中國歷史文集叢刊

校禮堂文集

〔清〕淩廷堪著
王文錦點校

中華書局

圖書在版編目(CIP)數據

校禮堂文集/(清)淩廷堪著;王文錦點校.—北京:中華書局,1998.2(2016.3 重印)
(中國歷史文集叢刊)
ISBN 978-7-101-01397-9

Ⅰ.校… Ⅱ.①淩…②王… Ⅲ.古典文學-作品集-中國-清代 Ⅳ.I214.92

中國版本圖書館 CIP 數據核字(2006)第 020459 號

責任編輯: 淩金蘭

中國歷史文集叢刊
校禮堂文集
〔清〕淩廷堪著
王文錦點校
*
中華書局出版發行
(北京市豐臺區太平橋西里 38 號 100073)
http://www.zhbc.com.cn
E-mail:zhbc@zhbc.com.cn
北京瑞古冠中印刷廠印刷
*
850×1168 毫米 1/32 · 11⅛印張 · 2 插頁 · 227 千字
1998 年 2 月第 1 版 2016 年 3 月北京第 3 次印刷
印數:5501-7500 册 定價:49.00 元

ISBN 978-7-101-01397-9

點校前言

凌廷堪是清代乾嘉時期著名的經學家、史學家和文學家。

凌廷堪字次仲，安徽歙縣人。乾隆二十年（一七五五）生。廷堪六歲而孤，年十二，棄書學賈，偶在友人家見唐詩別裁集、詞綜，攜歸研讀，遂能詩詞。年過二十，乃發憤讀書，群經皆手鈔之。後兩淮鹺使奉朝命於揚州置詞曲館，檢校詞曲中字句違礙者，邀廷堪從事校讎。二十九歲至京師，從翁潭溪習舉子業。乾隆五十五年中進士，銓授寧國府學教授，時年三十六歲。奉母之官，畢力著述。母没，哀毁骨立，眚一目。嘉慶十四年（一八〇九）卒於歙縣，年五十五。

廷堪天資聰穎，精力過人。雖家境清貧，而益自淬勵，於書無所不窺。他有很强的記憶力和理解力，加以筆札之功甚勤，故爾終能學有所成。主要著作有禮經釋例十三卷、燕樂考原六卷、元遺山年譜二卷、校禮堂文集三十六卷、詩集十四卷、梅邊吹笛譜二卷。

校禮堂文集三十六卷，共收各體文章共一百九十篇。文集有不少篇是探討學術的書信，從中得知他與當時著名學者錢大昕、盧文弨、姚鼐、程瑤田、焦循、孫星衍、王聘珍、孔廣森、汪中都有交往，尤其與阮元、江藩交誼最深。凌廷堪的學術成就，甚爲學者們所推重。

凌氏精於儀禮，所著禮經釋例十三卷，歸納出二百四十六例，即通例四十，飲食例五十六，賓客例十八，射例二十，祭例三十，器服例四十，雜例二十一。儀禮十七篇夙稱難讀，淩氏釋例不啻爲儀禮的讀者提供了一把鑰匙。文集中的鄉射五物考、九拜解、九祭解、釋牲、旅酬下爲上解、父卒則爲母齊衰三年解、射禮數獲卽古算位說，也都是淩氏詮釋禮學的重要文章。廷堪鑽研禮學不僅尋章摘句探索禮例，解釋名物制度，他對儒家制禮思想亦多有闡發。如文集中復禮上中下三篇，論禮爲儒學中心，道德仁義皆以禮爲依歸，聖人言禮不言理之旨，殊爲明晰，阮元嘆爲唐宋以來儒者所未有。此外，覲義、好惡說上下篇、愼獨格物說亦都是淩氏發揮儒家思想的文字。

廷堪研究樂律，成績斐然。他認爲「今世俗樂與古雅樂中隔唐人燕樂一關，蔡季通、鄭世子輩，俱未之知」。經他多年潛心探索，著燕樂考原六卷，辨析極爲精覈，當時著名學者江藩譽爲「思通鬼神」。文集中黃鐘說、燕樂二十八調說、字譜卽五聲二變說、宮調之辨不在起調畢曲說、徵調說、燕樂以夾鐘爲律本說、明人九宮十三調說、聲不可配律說、述琴、述笛，都是有關音樂方面的論文，多發前人所未發。淩氏精通樂理，非一般紙上談兵、不知而作者可比。

淩廷堪考證禮經樂律，精審無倫，洵不愧爲一代經師。不僅此也，淩氏於史書亦十分精熟。他的好友江藩在國朝漢學師承記裏說他「無史不習，大事本末，名臣行業，談論時若瓶瀉水，纖悉不誤。地理沿革，官制變置，元史姓氏，有詰之者，從容應答，如數家珍焉」。認爲當時「潛心讀史之人，先進之中惟錢竹汀、邵二雲兩先生，友朋中則李孝臣、汪容甫與君三人而已」。讀文集中隗囂論、漢順帝論、兩晉辨亡論、桓沖論、金宣宗遷汴論、後魏書音義序、擬西楚霸王廟碑可見其史識之高；擬王琳討陳檄文、擬淮南節度使楊行密大破朱温於清口露布、晉壽陽壯侯周訪頌、十六國名臣序贊、十六國名臣補贊、李鄴侯贊、書陳琳檄吴文後可見其史事之熟；與阮元論畫舫録書、與唐陶山書更可見其於揚州、海州掌故之博聞；書五代史梁家人傳後明歐陽修義例之乖，書權文公酷吏傳後論宋以來史法漸失，均深有見地。此外，辨學和與胡敬仲書扼要地論述了學術的發展變化及漢學流弊，且提出學術久而必變觀點，也是值得注意的兩篇文章。

淩氏還是位才子，不僅長於作詩填詞，文章也寫得相當出色，錢大昕稱贊他「精深雅健，無體不工，儒林文苑，兼於一身」。淩廷堪自幼篤嗜魏晉六朝辭賦，命筆操觚，喜作選體。文集中騷、賦、辭、七、表、啓、檄、頌、贊、箴、銘、誄各體俱備，所作大都遣詞妙，用典工，卓然大家風範。如華贍高渾之九慰、七戒，纏綿悽愴之孔檢討誄，義藴深厚之連珠四十六首，均文情並茂，不讓前人。集中所收書信序跋，往往也出之以四六，率皆麗而則，無礙於表情達意。他的這類文章呈現着一種規整的韻律美，在中國駢文史上自應佔一席之地。江藩評他「雅善屬文，尤工駢體，得魏晉之醇粹，有六朝之流美，在胡稺威、孔巽軒之上」，諒非溢美之辭。

廷堪對天文也甚有通解。曾取靈臺儀象志、協紀辨方書及明史、五禮通考等書互爲比勘，晝則索之以圖，夜則證之於天。他重視文獻資料，更重視實測。他認爲「至賾之理非器不能明也」，親手以紙製作渾儀，探索日月五星運行之故。讀文集中擬璿璣玉衡賦、懸象賦、氣盈朔虚辨、正蒙七政隨天左旋辨、中星閏月説、羅睺計都説、書汪若文書中星解後可以看到他在這方面的造詣。他重視古法，更重視西法，惟理是求，他說「西學淵微，不入其中則不知」。當時著名學者孫星衍夙以天文之學自詡，實則不免食古不化，專己守殘，力闢西人推步爲不可信，甚至認定天爲無歲差，地爲長方形。凌氏在與孫觀察書、復孫觀察書中，耐心地予以指正，並奉勸他說，「中西書俱在，願足下降心一尋繹之也」。天文曆象在凌氏腦海中是一項扎扎實實的學問。蘇軾赤壁賦，人人都在讀，而凌廷堪却發現了問題。他在書東坡赤壁賦後中指出：壬戌爲宋神宗元豐五年，距乾隆七年壬戌凡十一壬戌，六百六十年，歲差不過十度，七月太陽所躔約在張翼左右，則既望之月當在室壁之間，安能徘徊於斗牛之間。蓋東坡未必真有是遊，特想像而賦之耳。

凌氏算學水準亦高，中法西法俱通，於三角幾何尤有心得。文集收有這類文章，如與焦理堂論弧三角書、與孫符如同年書就談到了梅文鼎、戴震兩家著作的得失，並擬著弧三角指南一書，俾學者易得門徑。

此外，我們從文集中可以看出，凌氏於音韻訓詁、版本校勘、金石文字之學，亦是行家裏手。

總之，凌廷堪的一生是勤奮學習的一生。一事不知，儒者之恥，他求知欲特別强烈，什麽都想知道。他的知識之廣之深，當時罕見其儔。他留下的著作向人們表明，他的確是一位學有專長、知識淵博的學者。

應該指出，文集中凌氏的某些見解，未免失之偏宕，有欠圓通。如復禮上篇說「聖人之道，一禮而已」，「禮之外無所謂學也」。復禮中篇說「道亦跡也，必緣禮而著見；德無象也，必藉禮爲依歸」。凌氏視禮爲牢籠萬有、範圍一切的學問，顯然，話説過頭了，禮哪能管得那麼寬呢？好惡説又斷言「好惡生於聲色與味，爲先王制禮節性之大原」。其實，好惡不盡緣聲色味而發，禮亦不皆因節聲色而立，禮又不像淩氏説的這麼窄。復禮中篇謂「禮器一篇皆格物之學也」，慎獨格物説謂「大學之格物，皆格禮之器數儀節」，原文哪有這種意思呢？真可謂隨意解經、强就我範了。淩氏的史學觀點亦頗成問題，如書金史太宗紀後以金晟比漢文，又深惜其謀之不臧，坐失滅宋之機；書元史陳祖仁傳後慨嘆元人不能重用擴廓，遂令明太祖坐大而有天下；書宋史史浩傳後袒護秦檜。淩氏當漢族飽受欺壓奴役之時，讀書論古，每每爲異族統治者着想，是非頗繆於人民，誠可謂無民族觀念者矣。然民族觀念淡薄乃乾嘉學者之通病，又不獨淩廷堪一人而已。關於淩氏學術思想之得失，錢穆先生中國近三百年學術史第十章有詳細論列，請參考。

這個排印本是據一九三五年安徽叢書本點校的。我能看出的某些清諱字，都換了原字，没有出校。另外，我又訂正了若干錯字，擇其要者出校於書後。文集中駢體文多，作者甚喜用典，今施以全套標點，其難度不言可知。我學殖淺陋，雖頗認真，恐亦難免有誤標錯改者，歡迎讀者熱心指正。

王文錦一九八八年春天

校禮堂初稿序

吾嘗求友於四方，聞英奇卓犖之士，每願納交，而賴衆君子亦不棄余，各以其所充實流露者資益余，余獲其灌輸浸潤之力，知解因得以稍擴充焉。今者年已近耋矣，里居不能出遊，唯與邑中羣彥相爲周旋而已。今海内必有以碩學鴻文嗣興者，偶得聞之，尚思一接其言論丰采，觀其所著述，以爲平生快事，區區懷抱，固不少減於前時也，而卒不能往就之，況其不得聞者正多乎！今何幸，不出國門而得與新安淩君次仲以禮經相質正也。君既成進士，待教授闕，吾浙謝臬使藴山先生延至幕中。余新纂儀禮注疏詳校欲以發雕，先呈謝公，而君見之，亦以其向所研習之本示余。余求之千百人中，而卒未有相應和者，今乃於淩君遇之，爲之大喜過望，一見遂相契也。君於禮經用功最深。其所作詩若文，爲校禮堂初稿，余受而讀之。有七戒篇，其體略放校乘，以鄉飲酒之戒賓爲詞，先舉書畫、詞章、性理、經濟、史學爲問，而槩謝以未能或未暇。至言及五經，意始動焉。於後言及禮經，始欣然就之。蓋君於此書夙已篤好深嗜，嘗撰禮經釋例一書，凡八類，曰通例，曰飲食之例，曰賓客之例，曰射例，曰變例，曰祭例，曰器服之例，曰雜例，共十三卷。悉以禮經爲主，間有旁通他經者，則又各爲之考，附於所釋之後。君此書出，而天下始無有畏其難讀者矣。其與友人書言，金石文字之可貴者，非爲臨摹之具也，六經諸史非徒爲詞章之助也，商彝周鼎非以爲玩好之美也。古人左圖右書，書不易明者，藉圖以明之。而後世乃專以工於山川草木禽魚鳥獸爲能事，何其傎哉！君之持論如此，其卓識不大過人乎？君之鄉戴東原庶常，吾之益友也。自戴没，而有程君易田，吾亦得而友之。今君復又繼起，顧戴不能爲詩與華藻之文，而君兼工之。詩不落宋元以後，文則在魏晉之間，可以挽近時滑易之弊。吾方將饜飫咀味之，而君適已得寧國儒學之闕，不能留矣，是何其見之晚而别之速耶？程君不來而君又去，惆悵不能自釋，因爲弁其所著之端，以聊寫余傾倒之私云爾。時乾隆六十年孟陬月既望，杭東里人盧文弨序，時年七十有九。

校禮堂文集序

校禮堂文集三十六卷，亡友淩君次仲之文也。次仲歿於歙，受業弟子宣城張文學裴伯南走歙，北走海州，攟拾次仲之著述及詩古文詞，編次讎校，先刊燕樂考原六卷，又手寫文集。渡江至淮壖，就正於阮侍郎。返棹過邗江，因藩與次仲有縞紵之雅，屬藩爲序。伏讀卒卷，爲之序曰：君學貫天人，博綜丘索。繼本朝大儒顧、胡之後，集惠、戴之成。精於三禮，專治十七篇，著禮經釋例一書，上紹康成，下接公彥。而復禮三篇，則由禮而推之於德性，闢蹈空之蔽，探天命之原，豈非一代之禮宗乎！釋禮之暇，謂樂由中出，禮自外作，合情飾貌，相須爲用者。乃辨六律五音，明四旦七調，著燕樂考原，絶無師承，解由妙悟，容積周徑之説，河圖、洛書之謬，皆可廢矣。記曰：「禮義立則貴賤等，樂文同則上下和。」君之學可謂本之情性、稽之度數者也。出其緒餘，爲古文詞，經禮樂，綜人倫，通古今，述美惡，大則憲章典謨，俾贊王道，小則文義清正，申紓性靈。嗟乎！文章之能事畢矣。蓋先河後海，則學有原委；莽史枕經，則言無枝葉。卓爾出羣，斯人而已。近日之爲古文者，規仿韓、柳，模擬歐、曾，徒事空言，不本經術，汙潦之水不盈，弱條之花先萎，背中而走，豈能與君之文相提竝論哉！藩與君交垂三十年，論樂會意，執禮析疑，雖隔千里，同聲相應。自謂他年得遂耦耕，且代磨琢，豈知日景西頹，遽從短運，遺迹餘文，觸目增泫，絶絃投筆，恆有酸辛，涕之無從，言不盡意。悲夫！嘉慶十七年十一月既望，甘泉江藩作。

錢辛楣先生書

大昕謹啓次仲先生講席：聞大名十有四五年矣。老嬾又少便郵，然企慕之私，時在敬亭山色間也。頃於岌之兄處接奉手函，獎飾殷勤，俾衰顏頓爲生色。賜讀各體文十首，精深雅健，無體不工。儒林文苑，兼於一身，當吾世而遇必傳之詣，何快如之！七戒一篇，自出新意，真千載之奇作，而六者之中，不及仙佛，比於聲色游獵，俱在屏棄之列，昌黎以後無此絶識者，殆千年矣。禮經十七篇，以樸學人不能讀，故鄭君之學獨尊。然自敖繼公以來，異説漸滋。尊製一出，學者得指南車矣。屬題校禮圖，率成五言一篇，録于第二卷，蕪淺之詞聊佐大方莞然一笑耳。弟向留意乙部，嘗謂沈休文不特優於晉書，并在李延壽之上，於魏伯起亦不敢輕議。茲讀大製魏書音義序，可謂觀書眼如月，具眼人定不拾人牙後慧，爲之快絶。蒙示覃谿先生詩札，展玩一過，恍如覿面，遵即繳上，竝有寸牋，亦望轉呈覃谿先生爲感。承贈宣紙，感媿交并。弟去夏有重游泮宫之作，今檢送左右。如得先生寵以新篇，更出望外也。順候近禧，不盡馳切。弟錢大昕再頓首，癸亥五月朔。

校禮堂文集目録

釋

卷十六

說一

卷十七

說二

卷十八

說三

卷十九

說四

卷二十

論

卷二十一

連珠

卷二十二

書一

卷二十三

卷二十四

卷二十五

卷二十六

卷二十七

卷二十八

卷二十九

卷三十

跋一

卷三十一

跋二

卷三十二

跋三

先師淩次仲先生之文，舊名校禮堂初稿。其手録者有一大册，餘則零碎雜鈔而已。錦於庚午冬，特往海州搜輯，得其遺稿及叢殘雜草歸。戴子容茂才前在歙，曾於吾師篋衍擕雜文一本來宣，學博斗源先生亦命畀錦。於是竝以舊所鈔藏者，互相參考，如復禮諸篇已刻入禮經釋例者，則以刻本爲定，説樂諸篇則采自燕樂考原，并録入與錦之書者，師訓不敢忘也。共得文一百九十篇，謹分類爲三十，成卷三十有六，顔之曰校禮堂文集。舊有盧抱經先生序，錢辛楣先生書，今仍冠之。憶己巳秋，錦居先師靈次匝月，聞於其年春有重訂文目，求之未見。及在朐海所得者，卷面乃手書「嘉慶五年庚申十二月十五日訂，癸亥十二月初四日重訂」，乃隨手劄記，未經細編之目。己巳重訂之説，或即此，或已逸，蓋莫之能詳矣。嗚呼！先生學爲儒宗，其文章繫宇内企望，而天不憖遺，未及寫定。錦從遊雖久，又自愧譾陋，於先生之學不能測其厓岸，編輯校録，感涕靡極。恭逢皇上敦崇實學，編纂儒林。大中丞儀徵阮公時在史館，辛未冬，寓書安徽學使顧筠巖先生，采訪吾師遺書，下問及錦。當將已刻之燕樂考原，由學使顧公轉上。旋又編録各種，於去歲九月初，特齎之北行，擬獻諸史館，以備儒林傳之采擇。塗中適值雲臺先生榮膺簡命，督漕南來，因即謁呈淮上。乃極蒙獎借，教諸幕府，謂吾師爲天下大儒，其著述皆條貫古今，多發前人未發之覆，明聖道，惠來學，有非近代通儒所能及者，親加鑒定，謀付剞劂，有喜色而無倦情。吾師猶子晉昭世兄，復仰指示，努力相助，於是命錦校梓，將製總序以遺之。其仲弟梅叔上舍，學識超絶，樹幟騷壇；冢嗣小雲刺史，爲師門高業弟子。淩氏之學，竚見光大。錦於淮揚風雨，尊酒細論，竝懇懇拳拳，多所商搉，寧非吾師之厚幸歟！旌德江鄭堂先生曰：「淩君乃一代之禮宗也。如阮公，則真所謂知己矣。」爲之詳審，贈以序言。錦臘底囘宣，即稟命家君，假館於郡城吳許國公讀書舊塾。今春，工人咸集，篝燈校勘，日不暇給。吾友陳綱甫紀亦解囊資助。乃先刊成文集一種。每卷後著録羣弟子者，蓋師訓所在，惟相與紹述之而已。其詩詞雜撰，將次第及之。吾師不朽之業，庶可流播海内矣。然非阮公之表章碩學，篤念素交，夫豈易有此哉！爰紀其始末，并以誌盛德之不可諼云爾。

嘉慶癸酉六月朔日，受業宣城張其錦謹識。

校禮堂文集卷一

賦一

擬璿璣玉衡賦并序

書曰：「在璿璣玉衡，以齊七政。」東原戴氏書補傳曰：「考之周髀，有北極樞及北極璿璣之名。所謂北極樞者，今之赤極是也。所謂北極璿璣者，今之黄極是也。是知唐虞時作璿璣，運旋於中，所以擬夫黄極者也。衡，横也。横帶中圍，周髀所謂七衡以界黄道，其中衡則赤道，或古之遺制歟！」廷堪案：自漢太初以來，推步家不知有黄極。雖授時之精於測驗，於黄極亦茫如也。至西人始發明之，儒者驚爲創獲，不知其名已見於舜典，其解已具於周髀。後人囿於傳注，未之詳也。戴氏之言，信而有徵。乃竊取其意，擬爲璿璣玉衡之賦。至於吕覽引黄帝之言，所謂大圜在上，大矩在下，即弧三角從地心起算之理，則以廷堪之鄙見附焉。其辭曰：

稽古帝舜，受命之年。德協放勳，欽若昊天。在彼璣衡，用象大圜。乃召羲和，詢其説焉。曰：「夫璿璣玉衡之爲器也，行健遠法乎乾，敬授近取諸革。厥理既深，厥數尤賾。或曰：『璿璣者，渾儀也，其制三重；玉衡者，横簫也，其長八尺。兩曜之升降，轉之則符；五步之勾已，窺之則得。』或曰：『七政者，北斗之七星也。魁之四星爲璿璣，杓之三星爲玉衡。運中央而各建，閲四時而遞行。』孰是孰非，孰中孰失。汝世其官，知之宜悉。敷對無隱，欽哉汝弼。」羲和拜手稽首颺言曰：「臣聞天有赤極，是名北辰，蓋左旋之所循也。又有黃極，是名璿璣，蓋右旋之所依也。故北辰者，赤道之樞，動天由之而西趨。璿璣者，黃道之紐，七曜恆星由之而東走。是故兩極之相距，亦如赤道之距黃。二十四度而弱兮，二十三度半而强。故璿璣者較赤極而尤重，而言天者之所必詳。黃道一周，是分七衡。外衡爲南至之跡，内衡爲北陸之程。其中衡爲赤道，四時因之而遂成。蓋七政者，七衡也。昔者有熊氏迎日推策，厥名乃見於算經。故玉衡者，歲實之所麗，而言天者之所必精。璣衡之名既定，璣衡之理可推。儀象具備，臣請察之。一曰日躔。太陽本天，厥象橢如。日行其上，盈縮各殊。其縮末盈初，二象限歷，八十九日而不足。其盈末縮初，二象限歷，九十三日而有餘。或起春分之際，或起冬至之時。起春分者交點，起冬至者最卑。平行別於視行，恆氣岐於定氣。視行則更日而差，定氣則逐節而異。若夫歲實有消有長，高卑或後或前。雖黃赤之大距有定，久遠而亦有微遷。此則依古無一成之法，所當順天以求合，不當爲合以驗天。一曰月離。夫太陰之有疾遲，猶太陽之有盈縮。初均次均之有四輪，斯則太陰之所獨。月本無光，借日爲明。晦朔弦望，因之而生。其與太陽同度也，謂之朔；其與太陽對衡也，謂之望。其在日西一象限也，爲弦之下；其在日東一象限也，爲弦之上。每日右轉十有三度，二十七日轉終之數。轉終既周，至前朔處。斯時太陽之違月而東也，已歷二十七度而奇；故必又行二日，乃能及之。所以計日二十有九，始爲合朔之期。蓋三百五十四日者，歲策也；三百六十五日者，歲實也。以歲策與歲實相較，而多十有一日也。合三年而多三十有三，故必置閏而四時無失也。一曰五星。五緯在天，各有歲輪。遲速留逆，以日爲根。其衡日也如月之望，則爲衡；其合日也如月之朔，則爲伏。其離日漸遠也，星在歲輪上斜行，故東移之度遲；其離日未幾也，星在歲輪上平轉，故東移之度速。其距日及象限也，星在歲輪上直下，有類乎留；其距日將半周也，星在歲輪上左退，有類乎逆。既合以後則見於晨，既衝以後則見於夕。歲輪之大，同於日天。繞日圜象，得此乃宜。土木與火，圜象最大，以日爲心，包地之外；金水圜象，小於三星，不能包地，附日而行。亦有輪狀，伏見以名。蓋五星之行次也，高下各有等差，經緯各有定向。疏證而得其本原，可以破禨祥之矯妄。一曰交食。夫月之交黃道也，與黃之交赤同。其交自南而北也，爲交之正；其交自北而南也，爲交之中。蓋白道之中正二交，若黃道之春秋二分。其交也偏於黃道逐交而西徙，非若二分有一定之處而不棼。是故日躔在黃道上東進，交行在黃道上西退。每一交終而退一度有半，約一百七十三日而與日會。在朔而日爲之食也，日與月道同而度同；在望而月爲之食也，日與月道對而度對。蓋蝕日者月體，蝕月者地景。日食則易地改觀，月食則薄海相等。地圜而景大，故時有早與晚之分；月卑而日高，故人有見不見之境。一曰恆星。動天左旋，上布節氣。十有二宮，終古不易。恆星右移，判然爲二。是爲歲差，其數極微。六七十年，度分始知。譬如今之春分也，日在大梁，而中星爲鳥。冬至也日在玄枵，而中星爲昴。設歲差之逾三十度也，春分在奎而東井是稽，冬至在斗而東壁可考。閱歲二千，東差一次；閱歲逾萬，南北易位。彼謂日道內轉而縮，天度平運而舒，由不明恆星東徙之故而失之拘墟者也。是故天與恆星相較而歲差出焉，日與恆星相會而歲周秩焉，黃赤斜倚而節氣辨焉，日月循環而盈虧嬗焉，黃白交錯而薄蝕見焉，日與五緯離合而遲疾順逆起焉，地與諸圜不同心而高卑盈縮紀焉。既明法原，當明法數。方圜相涵，請陳厥故。昔黃帝誨顓頊之言曰：『爰有大圜在上，大矩在下。』割彼天體，謂之大圜；剖此地心，謂之大矩。夫大圜者，弧也。大矩者，觚也。方之與圜，無率可通。比例之術，於是斯窮。乃分圜周，爲四象限。一正一餘，釐成八綫。居圜之内，曰弦曰矢；在圜之外，割切繼起。以直求曲，淵哉斯理。三邊求角，三角求邊。或斜或正，分秒無愆。嗚呼！作之者惟聖，述之者惟賢。此璿璣玉衡之制，所以垂法守於萬年。」帝曰：「俞，欽哉！」乃賡作歌曰：「卿雲糺縵兮，光華復旦兮，璣衡炳煥兮。」羲和乃賡載歌曰：「昊天其清兮，大地其寧兮，泰階其平兮。」又歌曰：「七曜麗天兮，璧合珠聯兮，天子萬年兮。」

縣象賦并序

後魏張淵有觀象賦，隋李播有大象賦，皆敷陳星名，廣徵事應而已，無方位之所在及星數之多寡，讀之茫昧，奚裨仰觀，是作猶不作也。丹元子步天歌，鄭漁仲稱其句中有圖，言下成象，後有述者，莫能尚矣。然案之今圖，歌中所載，如紫微垣之御女四星，天柱五星，大理二星，五帝内座五星，天牀六星，内厨二星，勢四星，太微垣之五諸侯五星，亢屬之折威七星，氐屬之帝席三星，斗屬之天籥八星，農丈人一星，牛屬之天田九星，女屬之離珠五星，室屬之八魁九星，畢屬之咸池三星，井屬之積水一星，星屬之天稷五星，張屬之天廟十四星，翼屬之東甌五星，軫屬之軍門二星，土司空四星，器府三十二星，皆古有而今無者。又紫微垣之六甲六星，今一星；華蓋十六星，今四星；傳舍九星，今八星；天牢六星，今一星；太微垣之常陳七星，今三星；郎位十五星，今十星；天市垣之市樓六星，今二星；角屬之庫樓十星，今九星；柱十五星，今十四星；氐屬之亢池六星，今四星；騎官二十七星，今七星；心屬之積卒十二星，今二星；斗屬之鼈十四星，今十三星；牛屬之九坎九星，今四星；右旗九星，今八星；天桴四星，今二星；羅堰三星，今二星；女屬之周秦代趙皆二星，今各一星；扶筐七星，今四星；虛屬之司危二星，今一星；天壘城十三星，今五星；敗臼四星，今二星；離瑜三星，今二星；危屬之人星五星，今四星；臼四星，今三星；杵三星，今一星；車府七星，今五星；天鉤九星，今六星；天錢十星，今四星；蓋屋二星，今一星；室屬之羽林軍四十五星，今二十六星；土功吏二星，今一星；壁屬之天廄十星，今三星；奎屬之天溷七星，今四星；畢屬之九斿九星，今八星；井屬之軍市十三星，今七星；軫屬之青丘七星，今三星：皆古多而今少者。又奎屬之策星，旁有新出之客星，此則古無而今有者。又亢屬之陽門二星，今圖在頓頑上，而歌以爲在頓頑下；尾屬之魚一星，今圖在尾上，而歌以爲在傅說東；神宮一星在尾中，而歌以爲在尾西；女屬之十二國，代一星今圖在秦東，而歌以爲在秦南；晉一星在代東南，而歌以爲在代西；韓魏各一星在晉西，而歌以爲在晉北；楚一星在魏南，而歌以爲在魏西；燕一星在楚東北，而歌以爲在楚南；鄭一星在楚東南，而歌以爲在越下。然則執步天歌以求之，與今測亦不能悉合也。蓋自利氏東來，而天文之學又一變矣。乾隆癸丑，廷堪從座主韓城公於灤陽，公下直之餘，恆談論至夜分，往往謂廷堪曰：「顧亭林云，三代以上，人人皆知天文。『七月流火』，農夫之辭也。『三星在天』，婦人之語也。『月離於畢』，戍卒之作也。『龍尾伏晨』，兒童之謡也。後世文人學士有問之而茫然者，此亦儒者之所恥也。」語次輒舉象緯之名以授廷堪，而未甚究心也。及寓公京邸，公季子更叔能承家學，復相指示，遂與旌德江國屏共學焉。乃取靈臺儀象志、協紀辨方書及明史、五禮通考互爲比勘，晝則索之以圖，夜則證之於天，閱日四旬，大綱粗得。於是不揣弇陋，謹依今測，別撰縣象賦一首，考躔次於新圖，屏災祥之舊説。至於五緯行度，推步自有專書；隱界衆星，中國之所不見；天漢起没，紀前史者已詳；赤道經緯，隨歲差而輒改：亦皆在所略。雖辭意淺近，未能仰追前哲，庶於初學不無少助云爾。其辭曰：

仰大圜於在上，布列宿之森然。拱北辰而左轉，循黄道而右遷。別三垣洎四象，可歷歷而數焉。伊紫宫之昭著，持衆曜於中天。抱兩垣於左右，合十五而旁連。前門直房心之次，後户當胃昴之躔。左樞右樞兮夾前門而分峙，上宰少宰兮隨左樞而遞倚。繼右樞爲少尉兮，與少宰而遥指。左二弼而右二輔兮，衛丞上下而相比。數左八而右七，共環繞於紫微。亙五星於正北，瞻帝星之吐輝。前一星兮太子，後庶子兮后妃。紐星則居於最末，窺之僅得夫依稀。勾陳六星兮其一最明，天皇大帝兮於中耀精。四輔抱天樞而羣立，六甲繼勾陳而獨横。尚書兮太子側侍，陰德兮四輔平行。天一太一兮沿右垣而見，女史柱史兮夾左垣而呈。若乃居後門之内外，傳舍遥連夫華蓋。蓋僅四而舍猶八兮，聯八轂以來會。右内階而左天厨兮，光耿耿以竝對。天棓蔽天厨之面兮，三師拊内階之背。文昌六星兮斗魁所戴，天理四星兮居魁之内。天槍玄戈兮接摇光，輔星淡淡兮依開陽。三公三星兮宰相一，太陽之守兮居斗旁。天牢太尊兮各一，厥位乃近於文昌。赤極離紐星三度，黃極在二弼中央。宅太微於翼軫，辨執法於西東。厥形方而數十，應將相而位隆。納六星於垣左，曰九卿兮三公。內屏四黃兮帝座下，謁者一黑兮端門中。太子之左爲幸臣，從官之右爲上相。後郎位兮常陳，夾虎賁兮郎將。門外三星兮明堂開，堂後三星兮爲靈臺。長垣近次相而屈曲，少微傍上相而徘徊。垣北六星兮帶北斗，兩兩成列兮爲三台。臨析木則爲天市，次太紫而稱下元。絡河漢而控氐，判東西爲兩垣。宋南海而燕東海，徐吴越而齊中山。更九河而趙魏，在厥左爲東藩。韓楚及梁而巴蜀，秦周鄭晉而河間。殿河中於垣尾，在厥右爲西藩。垣內二星爲市樓，樓後二星爲車肆。識宗正而宗人，正則二而人四。帛度屠肆兮宗星，載稽其數兮各二。四星爲斛兮五星爲斗，列肆二星兮居垣之右。亦有帝座兮祇一星，宦者四星兮一爲候。天紀貫索兮數皆九，女牀七公兮在垣後。七公七星兮靜觀，女牀三星兮細剖。指東方之七宿，號蒼龍而蜿蜒。角二星而正立，麗南北而直縣。中二星爲平道，上二星爲天田。田上三星兮周鼎，道旁一星兮進賢。天門伏於角下，平星二而斜縈。庫樓九而穿柱，十四柱而四衡。南門二星兮最下，極高則入兮地平。亢四星而負角，儼彎弧而下垂。大角載夫斗柄，兩攝提以夾之。陽門亢下而睒睒，頓頑門下而離離。氐四星而正方，訝筐篚之欹仄。亢池四星而小明，天乳一星而淺黑。招摇下臨夫梗河，位與天槍而相直。竝天輻於陣車，在氐下而能識。車騎三合乎古經，騎官七驗乎今測。別一星兮將軍，車騎南而不忒。房四星而絡繹，既戴罰而覆心。鍵閉鉤鈐兮向上，兩咸夾罰兮互臨。房右一日兮孤聳，從官房下兮試尋。心三星而稍曲，中黃大而如珠。下積卒兮僅二，與甘、石兮不符。尾九星而連蜷，有雙岐而象蠍。天江遠接夫龜魚，神宮東聯夫傅説。江四星兮上鋪，龜五星兮下列。箕四星而類箕，口則張而背斂。其後杵兮三丸，其前糠兮一點。察龜蛇於北隴，錫嘉名曰玄武。斗六星而斗横，挹酒漿而誰取。天弁九而建六，斗魁上而詳數。狗國四而狗二，共天雞以羣伍。鼈十三而團欒，十天淵而東聚。牛六星而參差，二其首而三足。九坎四星兮戴牛，羅堰二星兮牛腹。天桴二星兮牛上覩，左旗右旗兮抱河鼓。輦道漸臺兮天漢邊，漸臺四星兮輦道五。輦道下兮爲左旗，漸臺上兮爲織女。女四星而側立，光微茫而易探。敗瓜瓠瓜兮層累，天津絶漢兮三三。扶筐七星兮天厨映，奚仲四星兮天津涵。女下二星兮秦代，周魏韓晉兮均參。越趙燕兮繼出，齊楚鄭兮最南。虚二星而平布，交照耀於天衢。司非司危兮切抱，司禄司命兮密扶。五星如城兮天壘，城下二星兮離瑜。北四星兮哭泣著，瑜東二星兮敗臼敷。危三星而望虚，法倨句之中矩。最上六星兮天鉤，鉤下五星兮造父。危下墳墓兮虚梁，危上人星兮臼杵。杵一星兮臼三，上五星兮車府。最下四星兮天錢，蓋屋一星兮踽踽。室二星而朗澈，恍碧落之植竿。離宫六星而中貫，騰蛇廿二而上蟠。錯六星爲雷電，伴功吏而下安。壘壁陣兮十二，覆羽林兮漫漫。羽林之數兮廿六，或三或五兮競攢。天綱遥射夫鈇鉞，北落一星而芒寒。壁二星而若室，勢相敵而色齊。天廐三星兮壁上設，土公二星兮壁下棲。霹靂五星兮侵室，鈇鑕五星兮入奎。雲雨四而方置，霹靂下而是稽。辨咸池於西陸，惟白獸之雄蹲。奎十六而修狹，曳敗履於高旻。閣道六星兮控紫微之後户，王良五星兮燭附路於軍門。策畔一星兮新出，名之以客兮獨尊。外屏七星兮奎之下，屏下天溷兮強半存。溷下司空兮號土，一星隱隱兮南陳。婁三星而不匀，方在縣之磬折。兩更各具夫五星，有左與右之區別。天大將軍兮婁北明，天倉天庾兮婁下生。天倉六星兮天庾五，天大將軍兮十一星。胃三星而細碎，譬鼎足而力持。胃北大陵兮既起，陵北天船兮復維。船九星而陵八，漾河漢之淪漪。船中一星兮積水，陵中一星兮積尸。天囷十三兮捧胃，囷側天廩兮莫疑。昴七星而成簇，彩熠爚以纍纍。天阿天陰兮西侍，昴東一月兮追隨。陰下芻藁兮六黑，天苑十六兮應規。六天讒兮繚折，接大陵兮倭遲。卷舌一星兮讒內，礪石四星兮水湄。畢八星而當度，審厥狀於倚乂。天街附耳兮左右，天節六星兮撒沙。天高天關兮王下，諸王六星兮匪差。三品字兮三柱，五明珠兮五車。天潢車中而端肅，參旗耳外而欹斜。九斿曲抱夫殊域，天園詎異夫長蛇。觜三星而一叢，踞參端而畫界。九星占井兮座旗，旗南四星兮司怪。參七星而何巨，森作作其有芒。三爲心而四足，伐三星而內藏。玉井軍井兮托足，屏有二星兮外張。伐下四星兮天廁，廁下天矢兮一黃。考南維之三次，合首尾而爲鶉。井八星而高絡，排井田於漢津。兩河六星兮南北，五諸侯下兮天樽。井左一星兮名鉞，樽東一星兮積薪。水府水位兮隔陌，四瀆闕丘兮卜鄰。天狼直注夫弧矢，野雞外圍夫軍市。南極一星兮呈祥，上有丈人兮孫子。鬼四星而中白，屬積尸之氣騰。四星在上兮爲爟，外厨天狗兮頻仍。天狗南而厨北，在鬼下而繩繩。一星爲天紀之號，六星有天社之稱。柳八星而曲頭，宛垂楊之低嚲。上三星爲酒旗，挂長空而婀娜。星七星而同鉤，一星圓而尤煥。軒轅夭矯兮龍拏，一十六星兮璀璨。御女一星兮承權，天相三星兮星畔。軒轅尾接夫上台，內平四星而可案。張六星而軫狀，耿南天而鮮儔。揖翼宿之眇眇，拱太尊而悠悠。翼廿二而隱約，窮目力以推求。上八下八兮交注，中有六星兮孔稠。軫四星而儋轄，內長沙而獨留。左右二星兮兩轄，三星在下兮青丘。爰自西而及東，歷圜周而已徧。十二宮而瓜剖，黄赤交而迭嬗。彼馬遷之天官，與張衡之靈憲。掇秦火之餘燼，混禨祥而惑眩。來利氏於歐羅，學因之而大變。發鄧平所未發，辨唐都所難辨。譬禮失而求野，詎棄經而信傳。昔披圖而莫明，今尋文其如見。冀少裨於來學，敢追蹤於往彦。

校禮堂文集卷二

賦二

辨志賦并序

乾隆四十四年，歲在屠維大淵獻，廷堪春秋二十有三，托跡溟海，抱影窮巷，爲賈則苦貧，爲工則乏巧，心煩意亂，靡所適從，用是慨然有嚮學之志焉。學記曰：「一年視離經辨志。」計余之時，則過矣。懼勤苦而難成也，乃爲辨志賦以自廣，其辭曰：

繄叔封之支子兮，分庶職於成周。官凌人以掌冰兮，實受氏之所由。緬先世於顯慶兮，逐薄宦而南游。敷美政於新安兮，肇雙溪而構宅。歷千祀而彌昌兮，食甘棠之舊德。惟詩書之是遵兮，惟田疇之是力。紛余既懷此良璞兮，竟飄轉乎海東。惜彫琢之未施兮，悵和氏之不逢。瓦礫狎而相誚兮，碔砆巧而相蒙。跛牂躑躅而得意兮，傲驥騄之騰驤。敗絮垂領而焜燿兮，薄黼黻之裔皇。下里啁哳而高唱兮，斥激楚之抑揚。廢瓿陳列而自雄兮，譏籩豆之短長。夜耿耿其不寐兮，晝忽忽而若忘。信樂土之孔多兮，余何獨居乎此鄉。海濱濕而蒸鬱兮，地窪下而卑污。偕雉兔而羣處兮，共鼃黽而雜居。黎與蒿其掩徑兮，荆與棘其塞塗。鷦鷯繫於葦苕兮，葦苕折而巢毀。蔦蘿施於蓬麻兮，以蓬麻爲可恃。競攀附而不以爲危兮，代私憂而竊恥。彊展卷而娱樂兮，見往事之可欣。岡巍巍而鳴鳳兮，椒穆穆其育麟。山有桂而可援兮，澧有蘭而可紉。心惝怳而疑惑兮，恐厥語之非真。洵余身所罕覯兮，豈古人之妄云。私仿偟而獨吟兮，諒寂寞而誰伍。乏霧雨之足潛兮，無羽翰而難舉。志輾轉其無方兮，抗遐思於千古。尹耕莘而待聘兮，望懷韜而釣蟠。奚食牛而遣繆兮，戚叩角而邀桓。冀風雲之或會兮，寧草澤之久安。衞霍顯而見長兮，建高勳於塞北。超慬奮而出奇兮，耀英聲於西域。當其困於戹窮兮，固時人之靡測。慕朱游之介節兮，希佐治之堅操。憲斷鞅以迴駕兮，宣彊項而曷撓。耿壯懷之激發兮，匪抗直以鳴高。賈指畫而陳書兮，策治道之閎深。馬瑰麗而掞藻兮，播子虛而奏上林。雖華實之各殊兮，均震盪於古今。却壇席於魯陽兮，思樊英之高蹈。振鸞鳳於蘇門兮，企孫登之長嘯。藐軒冕於塗泥兮，引浮雲而寄傲。朱家豪於漢初兮，脱季布於東魯。劇孟横於雒陽兮，判成敗於吴楚。豔游俠而拔劍兮，時酒酣而擊柱。嗤販脂之辱處兮，雍伯因之而素封。鄙馬醫之淺方兮，張里因之而擊鐘。果居積之可富兮，雖貨殖其願從。郅氏侈其鼎食兮，緣酒削之薄技。濁氏翩其連騎兮，賴胃脯之賤藝。愧習巧之多艱兮，焉百工之敢避。志虚懸而奚薄兮，恆欲辨而無因。攀前哲之矩步兮，足將進而逡巡。徒沉吟而憔悴兮，弊無益之精神。身雖托於海隅兮，心已超乎塵外。結遠夢於中宵兮，紛總總其來會。風蕭蕭而乍起兮，水浩浩而生波。挾五陵之豪士兮，醉擊筑而長歌。雜屠沽而竝坐兮，增逸興之嵯峨。欻放筆而萬言兮，叩九閽而獻策。擢高第於大廷兮，立朝端而規畫。擬拾遺而補闕兮，批龍鱗而力争。詎天威而莫讋兮，感恩重而身輕。秉斧鉞而專征兮，挺不世之奇略。標銅柱於炎荒兮，勒燕然於大漠。告成功而飲至兮，裂茅土而酬勳。闢南宮而貌象兮，開東閣而延賓。歸舊山而退休兮，課農桑於林下。奉滫瀡於晨昏兮，樂優游於田野。雞喔咿而遥唱兮，覺枕上之匆匆。巢蚊睫而快意兮，據蝸角而稱雄。唳九皐之鳴鶴兮，叫四壁之寒蟲。訝渺茫於俄頃兮，已遍閲乎窮通。山鬼化爲羽客兮，昧爽款余之敝廬。聳悦時之高弁兮，曳諧俗之長裾。欣然告之以所夢兮，語琅琅其責余。曰：「苟有志於顯榮兮，蓋嫽嬰之爲急。突梯脂韋以詭隨兮，慮喬野所難習。喜委曲而逢迎兮，患拘牽而膠執。桃李柔媚而蒙溉兮，松柏孤直而爲薪。敦洽塗澤而專寵兮，閻娵樸素而見嗔。以茲論爲不信兮，盍援古昔以指陳。范、蔡游説而輝光兮，孟、荀守道而偃蹇。馮尉皓髮而爲郎兮，高安弱冠而膺冕。何升降之相岐兮，幸因機而善轉。長孺持正而外出兮，平津釣譽而取容。喬、固鯁介而去位兮，廣、戎選懦而作公。信所由之殊軌兮，致禍福之不同。或懸絶其得失兮，或迥異其榮枯。或變亂其邪正兮，或顛倒乎賢愚。尚其知所趨避兮，奚獨抱此區區。」敬避席而謝客兮，辱君子之良誨。幼而狎於鵷雛兮，雄鳩非余之所愛。明知荃蕙之不如艾蕭兮，不忍舍余之常佩。追山鬼之既去兮，闕中情而莫宣。疑姱修不足以深恃兮，志瞀亂而紛然。就占人而齊遨兮，叩巫更而筵焉。將古訓之是究兮，顧紛華之悉捐。懼岐塗之錯出兮，疇趨向之能專。果孰從而孰違兮，果孰正而孰偏。蘄神明之預告兮，假靈蓍而默傳。道卑弱以自持兮，抱清虚而爲守。老寄旨於五千兮，莊寓言之十九。彼掊仁而擊義兮，非鯫生之所友。陰陽拘牽於禁忌兮，厥原出於羲和。假容成以相炫兮，托黄帝以互夸。彼舍人而事鬼兮，畏識者之譏訶。法信賞之必行兮，輔禮教之不逮。申商變本而加厲兮，成天資之殘害。彼任刑而致治兮，動仁人之深慨。名剖判於異同兮，核禮文而責實。縋鄧析之佚編兮，籤孫龍之遺術。彼鉤鈲而析亂兮，洵警者之流失。墨本出於清廟兮，翟貴儉以爲宗。掤兼愛而右鬼兮，闡非命而上同。彼摩頂而放踵兮，孟氏闢之而遂窮。從横簡練而揣摩兮，務權變而尚機巧。儀、秦騁說於七王兮，勝負絛分於秦、趙。彼棄信而詐諼兮，爲吾徒所羞道。雜兼儒墨而合名法兮，見王治之無不貫。文信流譽於嬴秦兮，淮南發聲於炎漢。彼漫羨而靡所歸兮，誠學人之通患。農艱難於稼穡兮，首八政以宜民。神農作耒而爲君兮，后稷播穀而爲臣。彼竝耕而誖序兮，允閭閻之小人。祝既畢而凝神兮，就余位於門外。羣執事之具陳兮，肅衣冠而敬待。巫更布席於闑西兮，抽上韇而受辭。卽席坐而書卦兮，還東面而占之。筮遇泰之初九兮，拔茅茹以彙征。上坤順而應乾兮，三陽同志而吉亨。象既告余以攸往兮，輒諏日而遄行。斵若木以爲車兮，叱頳虯以爲馬。桂旗連蜷於其右兮，霓旌繽紛乎其左。爭萬里於片時兮，虞鯤鵬之先我。登泰岱而振衣兮，躡日觀之崔嵬。探金緘而窺玉册兮，俯封禪之層臺。七十二君之已邁兮，吁三古其邈哉。懷秦皇之鉅製兮，想漢武之雄才。指衡嶽而南嬉兮，躋祝融於天際。鎮妖怪於火維兮，伊神柄之專寄。披丹質之綠文兮，摹禹碑之奇字。呼湘妃使出歌兮，奏碧空之鸞吹。馭天風而升太華兮，捫箭栝而摘明星。掎巨靈之遺掌兮，竦高峯之削成。開嶽蓮之十丈兮，彙西極之金精。叔卿排雲而長揖兮，毛女抗手而遠迎。適曲陽而北覩兮，跨恆山之片石。阻燕代而爲關兮，藏寶符於在昔。慨虞舜之時巡兮，留姒王之舊跡。左碣石而右居庸兮，擁太行而爲天下脊。攬余轡於崧高兮，任逍遥於中土。昔降神於有周兮，詠生申而及甫。泬寥靜而秋高兮，驚月明之砧杵。蹈石室與金堂兮，訪真靈之棲處。瞬息五嶽而已徧兮，吾將利涉乎大川。冰夷效靈而鼓楫兮，天吳揚鬣而負船。風摶擊而破浪兮，曾何有乎溯沿。遵桐柏而泛淮兮，信胎簪其始達。由豫、徐而之揚兮，度三洲之飄忽。命庚辰以縛支祁兮，駭神功之超越。嗟垂釣而封齊兮，弔假王之勳閥。豈蠙珠而見遺兮，吐奇光於空闊。覓真源於清濟兮，截河水而伏流。溢爲滎而成澤兮，又東出於陶丘。發王屋而會汶兮，界封畛於兖州。沇初名而漾旁出兮，溉萬頃之平疇。惟其小而能自達於海兮，故爵秩視乎諸侯。導長江於西戎兮，昉濫觴於岷蜀。出巫峽而奔騰兮，波濤幾撼乎坤軸。詫奇鶬之九頭兮，矜異鼈之三足。黿鼉宅之而作家兮，蛟龍據之而成族。欽巨量之淵涵兮，孕羣生而卵育。河渾灝於崑崙兮，瞰龍門之砰湃。觸底柱而欲迴兮，掛吕梁而争隘。讌則視之而若絲兮，盟則期之而如帶。流天苞而出圖兮，決銀潢而分派。慶九曲之安瀾兮，兆嘉祥於盛代。歷壯游而未滿吾志兮，睪然高望於雲間。洪厓持節而相召兮，告我以海上之三山。青童含笑而凝睇兮，素娥夾侍而垂鬟。練紺霞以爲骨兮，琢白玉以爲顔。聞瑤笙之隱隱兮，響雜佩之珊珊。虎鼓瑟而旁列兮，龍負弩而前驅。眇齊州於聚米兮，小滄海於一盂。盼息肩於玄圃兮，期稅駕乎方壺。粲樓臺之隱見兮，耀金碧於虛無。喈羣仙之出没兮，隔弱水而招呼。控青鸞而奮往兮，鞭黄鶴而疾趨。覲王母而慮遲兮，挹浮丘而恐不及。值雲氣之偶開兮，忽下覩乎魯之邑。聆金石之鏗鏘兮，式雲輧而佇立。瞻鳧繹之巖巖兮，臨洙泗之湯湯。羌弭節而審顧兮，悦壇杏之芬芳。停余驂而不進兮，更中路而迴翔。

重曰：蹞步千里，獲所依兮。經涂九軌，毋外馳兮。服習仁義，心自得兮。布帛菽粟，味無極兮。

聖賢之道，在六經兮。彪炳天壤，如日星兮。進而不已，山可就兮。鍥而不舍，石可鏤兮。守吾此志，莫或懈兮。道雖云遠，會當至兮。

鄉射賦以必先行鄉飲酒之禮爲韻

惟州長之習民，擇春秋之嘉日。苟審固之能嫻，自興賢之可必。主在阼而彬彬，賓當牖而秩秩。大夫方入，舉旅之典未行；司正乃升，一獻之儀已畢。縣中間奏，合之者三笙；堂上工歌，和之者二瑟。於是三耦既比，射禮作焉。司射誘射，司馬纚惌。下射居上射之右，上射在下射之先。其升也，惟在豫則鉤於楹內；其降也，與升射者交於階前。侯始繫綱，將射之節文如是；獲寧釋算，初射之制度則然。爾乃設楅取矢，竝洗當榮。繼比衆耦，再射遂行。主人耦賓，尊賢信其有等；大夫耦士，君子所以無爭。射者之進退允齊，當物及物；獲者之宫商悉協，舉旌偃旌。既佽既調，體直而各思其鵠；不貫不釋，心平而弗失其正。至於既卒射，較短長。中西數獲，次第安詳。司射去扑而視算，司馬袒決而升堂。二算爲純，因左右而分勝負；十純則縮，用奇耦而判陰陽。其禮不主飲酒，故謂之射；其禮殺於大射，故謂之鄉。當是時也，勝者舉趾靡矜，負者反躬宜審。欽實觶之雍雍，覩奉豐而凜凜。襲而加弛，似膺胥士之觵；袒而執張，如奪宫袍之錦。大夫飲於階上，緣其位之已尊；賓主授於席前，所以優之獨甚。大夫不勝，其耦不升；其耦不勝，升堂特飲。若夫屆三射而彌文，居一篇之最後。典稱樂正攸司，職在大師所守。五終祇奏夫騶虞，九節詎煩乎貍首。禮容樂節，奚須命中爲能；折矩周規，但以循聲是右。和容共尚，其餘皆率初儀;退遜自甘,厥志惟祈斯酒。迨乎射禮竟,酬禮施。以下爲上,由尊及卑。酬則有差,受者辯矣。爵行無算,樂亦繼之。説屨乃羞,禮之成也不紊;送賓再拜,事之卒也咸宜。於五禮爲嘉,研經師之訓詁;居六藝之一,肄學士之威儀。我國家偃武桃林,修文楓陛。薄海同春,斯民一體。慶多士之雍容,仰一人之豈弟。主皮興舞,比閭共協夫烝烝;襄尺井儀,庠序竝臻夫濟濟。敬五常而敷教,直躋虞舜命官;本三物以作人,遠邁姬公制禮。

校禮堂文集卷三

賦三

魏文帝賦詩臺賦并序

城子山在儀徵縣北六里，庚子之秋，同邑人趙參往遊焉。登覽竟日，山嵐侵肌，坐憩少時，江練凝目。參指竹樹蒙密處諗予曰：「此間即魏文帝賦詩臺也，盍一觀之。」乃披灌莽，穿邃林，見土阜數尺，枕於山坳。澗水齧基，深成窟穴，有野獸二眠息於中，聞人聲驚逸。叢薄磔磔，飢鴉悲鳴，迴風蕭蕭，敗葉雨墮。無碑碣題記可證，唯瓦礫縱橫而已。歸檢縣志，果如參言。案魏志文帝紀，黄初六年冬十月，行幸廣陵故城，臨江觀兵。裴少期注引魏書，載帝於馬上爲詩，所謂「觀兵臨江水，江水何湯湯」者是也。胡身之謂其處不可考。近顧景范以爲在揚州府城東北。是魏文觀兵賦詩但至廣陵，無緣得在斯地。然而方輿之書，樂史以還，精審蓋鮮，況穆而降，附會益多。矧茲邑乘，庸足辨乎？乃援毫以賦之曰：

有楚游客子者，翺翔乎揚子之津，徘徊乎迎鑾之浦。覽山色而遲回，望江光而延佇。維淮南之要衝，實控引於茲土。當京口之上游，作建康之門户。既度勢而興懷，遂撫今而思古。爰見高臺，零落江湄。覩遺址之漠漠，悵荒草之離離。慨焉以思，悄焉以悲。乃召三老，揖而問之。斯臺之構，昉於何時。三老斂衽，前席致辭：「不知何王，耀兵於兹。賦詩而還，臺實始基。居人相傳者如此，而無時代之可稽。」客子喟然而歎曰：「悲夫！此蓋魏文帝之賦詩臺也，胡爲乎寂寞而至於斯。往者炎精既衰，蛇見鹿走。羣雄擁戈，割裂九有。黄星燭天，太阿在手。翦尚、幹於河朔，蹙邊、韓於關右。奮雄才而夷難，若疾風之摧朽。當其劘荆襄，窺江潭。豚犬愚，鬼蜮貪。鯨吞天而岌岌，虎負嵎而眈眈。眇吴越之蕞爾，若机肉之可探。迨大衄於赤壁，始鼎足而成三。洵天命之有在，豈無意於東南。矧夫子桓嗣業，翩翩文士。紹乃霸圖，遂殄漢祀。建羽葆於廣陵，驅樓船於江涘。脅彼藩方，責其侍子。登平乘而賦詩，杭長江於一葦。後有好事，建臺於此。圖經遂據之而書，地志亦因之而紀。紫髯有知，得毋莞爾。洎乎阿童銜刀，元沖進兵。青蓋入洛，降旛豎城。嗟鳳皇之虚集，怨天璽之不靈。以彼黄屋左纛，割據自雄。築濡須之塢，營武昌之宫。猶且鐵鎖鎔于江上，鬼目生于苑中。況乎斯臺，數仞之崇，寧不隨浮雲而竝逝，逐駭浪而俱空。噫嘻悲哉！則見夫涼颸北來，白日西匿。鼠雀穴其顛，狐兔眠其側。緬通天於咸京，懷陵霄於雒陌。擬銅爵而不侔，較冰井而無色。榱桷毁兮餘蓬蒿，金碧銷兮但瓦礫。殘階有徑苔蘚没，斷碑無字風雨蝕。任才士與行人，罔不過之而太息。或駐馬而憑眺，或搦管而吟哦。望平原而極目，見江水之增波。對此茫茫，輒喚奈何。於是研芳抒藻，而爲弔古之歌。歌曰：「有魏守邊兮置四征。征南征東兮禦吴兵。胡爲此臺兮以詩名。萬乘南下兮功不成。三分已定兮空戰争。孫、曹既往兮世屢更。騁望千里兮愁人情。」

登鄴城賦

著雍涒灘之歲，六月哉生明。余發自大梁，將有京師之行。車馬既戒，道出鄴城。漳水東流，浩浩有聲。廢址尚在，頹垣已平。邑乘昧其處，居人忘其名。慨焉歎息者久之。於是解轡息驂，褰裳而上。披荆豁榛，憑高四望。古色蒼然，山川環向。太行爲之西擁，滑臺爲之東障。後倚襄國之險，前臨大河之壯。孰據之而稱霸，孰撫之而幾王。若乃本初任俠，東京世臣。睥睨漢鼎，以力假仁。驅策并、代之士，號召幽、薊之民。氣吞僭盜，志靖烽塵。野戰若雷電，攻城疑鬼神。智勇既竭，卒困於人。洎夫當塗應讖，魏基方固。黄符熾昌，赤靈震懼。蜀棲山而守險，吴臨江而設戍。銅臺之妙伎徵歌，華屋之詞人作賦。盛業未衰，雄圖如故。繐帳宵陳，傷心陵墓。又若季龍巨狡，窮侈極猜。璇室朝啓，瓊樓夜開。燦光奪月，香屑成埃。指揮則海水皆立，叱咤則江流欲迴。妄冀無窮之業，可憐有盡之財。一朝石獸徙，坐待步摇來。爾其慕容膺籙，握璽自雄。承人乏而爲帝，因世亂而興戎。父子兄弟，如虎如熊。洛陽著開疆之績，枋頭成克敵之功。遺愛既逝，王氣遂終。惜哉雙燕，竟入紫宫。至於高王奮戈，中原瓦裂。六鎮傾心，三軍飲血。邙山捷而宇文走，韓陵勝而爾朱滅。敕勒之歌既殘，羖羺之飛已決。曉日照兮桃枝繁，秋風起兮槲樹折。歎乞食於華林，聽琵琶而幽咽。是以興來情往，弔古悲今。數群雄而搔首，感千載而驚心。托微波而不語，對遠岫而長吟。雲茫茫以將夕，景翳翳其未沉。鼪鼯竄穴，鴟鴞嘯林。遺甎新雨蝕，折戟古苔侵。吁嗟乎！平沙則昔是騷壇，紺宇則今爲茂草。文章盛於建安，土木繫於天保。訪遺蹤於斷碑，徵軼事於故老。摩孤劍而徘徊，就陳編而搜討。畸人固別具性情，遠客本自舒懷抱。揮余策而摛辭，命僕夫而就道。

後大鵬遇希有鳥賦并序

乾隆四十九年，再晤阮伯元於揚州，賦此贈之。

昔李太白之見司馬子微也，感奇傑之罕覯，遂作賦於開元。譬希有之遐舉，遇大鵬而高騫。本東方之瑋説，敵南華之寓言。氣熊奮而虎躍，骨螭翥而虯軒。爾其事往千載，遥遥如待。歲月屢更，精神猶在。戢其英姿，弢其異采。辭仙囿而集儒林，棄文河而騰學海。原夫希有鳥者，秉秀奎壁，實生牛斗。左能覆東王公，右能覆西王母。視八荒爲庭除，指五嶽爲部婁。立彼崑崙，自求其友。乃有南風，起於天池。鯤化爲鵬，培風而嬉。扇屏翳而搏擊，挾豐隆而驅馳。鯨鯢讋伏而不敢出，黿鼉震駭而不敢窺。顧見希有，既驚且疑。曰：「此何鳥也，賦形之大，與吾等夷。」且夫物以羣分，方以類聚。兩美必合，間世斯遇。抗聲招之，欣然來赴。於是二鳥視笑，莫逆於心。將翺將翔，俯仰古今。有疑則剖析，有過則規箴。如阿膠之投漆，如慈石之引鍼。情以同而始洽，志以共而益深。天則蒼昊旻上，地則東西南朔。所至悉瑰奇，所游咸卓犖。但望影而互憐，不競雄而相角。環逢晉使而成雙，璧遺魯君而爲轂。非馬可以喻馬之精，非魚可以知魚之樂。息六月而小鷃雛，圖萬里而卑鸑鷟。其有時而上下也，若金水二緯附羲和而疾遲；其有時而遠近也，若羅浮兩山借風雨爲合離。其接翅而飛也，若五雲之麗於舜墀；其和聲而鳴也，若九磬之奏於后夔。甘露醴泉以待其飲，竹實琅玕以待其食。扶桑、若木以待其棲，玄圃、赤城以待其息。日中之金烏可媲其輝光，星躔之朱鳥可方其顏色。雕閬風之蒼玉以爲其爪距，萃蓬萊之紺珠以爲其羽翼。沐日浴月以爲其文章，抱陰負陽以爲其道德。進必以禮，法靈鳥爲依歸；止必以時，作凡禽之矜式。夫鸞見則天下安，鳳儀則天下寧。兹二鳥者，雖有鸞鳳之實，尚無鸞鳳之名。掩六合而横被，摩九霄而上征。望天路之坦蕩，擬竝朝乎玉京。下視葭葦之鷽鳩，固猥瑣不足攖；即蘭苕之翡翠，亦巨海之浮萍。昔義山之賦蝨也，魯望爲後蝨賦以廣之；魯望之賦杞菊也，子瞻爲後杞菊賦以張之。是皆有意發逸響，無窮出清新。將照映於來世，匪因襲乎古人。爰摛筆而賦此，步數子之後塵。未審太白、子微見之，以爲效西子之顰邪？抑致歎於積薪邪？

鳴蜩賦并序

山齋五月，緑陰當户，鳴蜩嘒嘒，其聲動人。感其自拔於糞壤之中，高舉於穆清之表，又能餐風飲露，不以嗜欲累其心也，於是不揣譾陋，伸紙賦之。其辭曰：

齊王命駕，游於稷下。騶忌子御，淳于髠爲右。有聲泠然，來於申池竹木之藪。嘈嘈騷騷，如絲之叩。琤琤鏗鏗，如竹之奏。齊王曰：「嘻！伊何聲也？試爲不穀究之。」淳于髠對曰：「是則所謂鳴蜩也。」齊王曰：「鳴蜩何如？」對曰：「糞土所積，爰生蠐螬。蠐螬爲腹蛸，腹蛸爲鳴蜩。屏遺蜕於滓穢，振輕軀於林臯。以埃堨之蠕蠢，逐雲霄之羽毛。譬如拔闤闠而閶闔，脱泥塗而軒冕。品以上而益清，聲以高而愈遠。蛣則九轉之丸，蠶則八功之繭。蜓蚞、螇螰，蝭蟧、蟪蛄，由此其選也。爾其夕陽初墜，涼飀乍起。郭遠負山，樓高抱水。古驛則一程兩程，垂楊則十里五里。馬蹀躞於路隅，棹容與於江涘。若乃長晝隱几，濃陰覆階。客子有佳興，居人有好懷。引濁醪而共酌，倚茂樹以自怡。咽繁響而方寂，曳殘聲而復來。既不似鼃黽之聒耳而喧也，又不似蚉蝱令人抑塞而不歡也。豈非庶生之可貴而微物之所難哉！且夫鼠之化鴽，禽獸之遞轉也。雉之化蜃，羽介之互嬗也。腐草之化螢，朽瓜之化魚，無情有情之相變也。未聞出羣不易乎羣，而秀頑之有分；出類不離乎類，而升沉之有異。其食惟風，同冥冥之太空。其飲惟露，同皎皎之太素。不攖於俗，自潔其身。以視夫螟蟘之害稼，蠅蚋之嘬人，晨蟻與羶附，夜蛾與火親，烏可同年而共語，相提而竝論哉！騶忌子曰：「善哉言乎。」乃援琴而歌之，歌曰：「風詩所詠，詳其聲兮。爾雅所記，辨其名兮。未若斯論，得其情兮。蜩乎，蜩乎，吾其從女游乎。」歌既闋，齊王大說。歸燕二子於柏寢，命齊女合樂。賜以附蟬之冠，白璧十瑴。

野茉莉花賦

若夫荒圃閒曠，疏花亂開。當門夾徑，依草蔭苔。既裛露而宛轉，復向風而徘徊。根雖托於淺土，色不染乎纖埃。屆時知發，無籍栽培。於是就石罅而叢生，傍牆陰而成列。雜蕪蔓而不羞，蘊芳馨而長潔。盼之子兮未來，遺所思兮誰折。女不以荆釵損容，士不以縕袍屈節。抱樸養恬，葆真守拙。是花也，斂必以晨，開必以晚。較木槿而或殊，與合昏而相反。爾其晡時新浴，籐牀茗盌。微飀乍來，涼生香滿。又若暮炊方熟，荷粗人返。餉婦插鬢，行歌緩緩。是以江東謂之「洗澡」，淮南呼爲「晚飯」。至于剥彼蓓蕾，仿佛朱鉛。是曰粉花，美人所憐。如探老蚌，既勻且圓。是曰珠花，宜綴翠鈿。聊揣摩其近似，遂嘉名之屢贋。蓋陸璣之所未載，亦嵇含之所未登。嗤折衷之無定，詎簡册之有徵。若夫擬諸茉莉，略罄形容。齊楚燕趙，稱謂多同。曰野者，取其意之蕭遠；曰紫者，取其色之鮮穠。覯其絢以黄緑，間以白紅。非一紫之能概，洵野趣之可風。爰有幽人，澹焉而至。采彼羣言，别其同異。侍兒小名之録，才士登科之記。許氏月旦之評，劉君人物之志。後有辭家，於焉徵事。或是或非，寧嫌位置。況夫微物無争，應候敷榮。有香有色，乃其性成。毁之不損，譽之不驚。但扶疏而自得，初何羨乎虚聲。彼夫梅有蠟梅，菊有藍菊。貌雖類而實非，乃依草而附木。應馬應牛，奚榮奚辱。豈必襲間色之稱，而避喬野之目哉！

晚霞賦并序

昔謝希逸之賦月也，應、劉既逝，猶有仲宣。庾子山之賦枯樹也，東陽出守，尚逢元子。皆假托古人以暢其旨，設爲往復以騁其才。是亦長卿之「亡是」「子虚」，平子之「憑虚」「非有」也。豈可指其疏舛，以爲詬病。或者遂謂文人之瑰辭，但以藻麗爲工，不以考證爲主，與博洽之儒，章句之士，兩不相謀。此又不然也。夫立言之體有常，爲文之塗不一。紀載則雅應典核，辭賦則無嫌恢詭。譬之冢襪羊苦，各有所宜；夏葛冬裘，反之均失。故虚爲主客之作，歲月若與史册相符，則何異於張霸之僞撰尚書，王肅之私定家語？凡所以故爲紕繆者，蓋明其非事實也。是以宣尼而友柳下，不害莊生之寓言；子產而臣鄭昭，終乖史遷之傳信。彼誤蹲鴟爲羊、認彭蜞作蟹者，殆未可援此以自謝矣。乾隆己亥，羈旅真州，索居無俚，偶師希逸、子山遺意，爲晚霞之賦，借江淹、沈約綴構成篇，蓋以昭明、冠時二子皆前卒故也。其辭曰：

天監十有四年三月季春，太子既冠，因監撫餘閒，徵學士，召辭臣。開燕於玄圃之館，泛舟於後池之濱。旅酬既作，籩豆雜陳。顧見晚霞，舒卷高雯。思賦其狀，爰命休文。休文對曰：「臣職忝紀載，才謝穠纖。體物瀏亮，不如江淹。」太子乃進淹而詔之曰：「抱景懷響，抽秘逞妍。當仁不讓，女其賦焉。」臣淹受命，運以精思。當筵授簡，大放厥辭：「臣聞霞之爲物也，乾坤造端，陰陽孕質。其體則雲，其精則日。耀西極之餘輝，秉南方之正色。天女翦之而爲衣，仙人鍊之而成食。赤城高起於斗牛，丹氣遠舒於梁益。其爲類也，或紫若玫瑰，或青若琅玕。或蒼若翠羽，或碧若木難。既稱名之各異，復變態之多端。蓋語之而未信，亦覯之而孔艱。惟茲霞之可貴，厥以赤爲大觀。若乃江光净，天宇空。帶碧落，縈蒼穹。遥村乍漾，疏樹半籠。鍾人遜技，績事失功。赬虬守金闕，朱鳳翼璇宮。川有涘而皆紺，山無峯而不紅。至夫既縱復横，將聯忽斷。乍見孤飛，旋驚四散。馬腦競鮮，鶴頭争焕。恍挹露之桃林，訝經霜之楓岸。弭彤節於閶闔，曳赬綃於河漢。天孫織兮藻火裳，美人贈兮錦繡段。爾其長虹亘霄，微波疊鱗，照爛兮若黼黻之襲天紳。素月東吐，潔無纖塵，晶瑩兮若珊瑚之捧玉輪。斯時也，君王乃擊蘭槳，棹桂舟。袪黼帷，鏡清流。暮潮未長，涼雨已收。虙妃陵波，神女出游。擁采旄而迴睇，解絳佩以相投。動朱脣以徐言，暈丹頰而含羞。托良媒而不前，抱明珠而夷猶。則有金閨之彥，石渠之英。侍青宮之暇日，娛鶴禁之閒情。仰天章之絢采，窺天藻之光明。雖冥心竭其意，極口發其聲。而天工不能代，天巧不能形。少焉，煙冪冪而霏霏，風徐徐以婣婣。緬神光之合離，類文心之夭矯。映極浦之歸人，度長空之高鳥。思遠道兮逶遲，盼佳期兮縹緲。望之而恍若可通，即之則忽焉已杳。安能脫屣於塵坱之中，而振衣於高霞之表。」賦既成矣，太子賞之。休文降席，再拜稽首而獻明霞之詩。詩曰：「明霞初起，當晚晴兮。散而成綺，薄且輕兮。千縷萬縷，誰經營兮。大塊耀彩，五色呈兮。霞外有人，吹玉笙兮。遺世獨立，抗手迎兮。願化卿雲，覆八紘兮。千秋萬歲，樂太平兮。」太子曰：「美矣茂矣，多爲富矣。允宜竝列辭林，咸登文囿。載諸選中，以垂於後。」

校禮堂文集卷四

雜著一

復禮上

夫人之所受於天者，性也。性之所固有者，善也。所以復其善者，學也。所以貫其學者，禮也。是故聖人之道，一禮而已矣。孟子曰：「契爲司徒，教以人倫，父子有親，君臣有義，夫婦有別，長幼有序，朋友有信。」此五者皆吾性之所固有者也。聖人知其然也，因父子之道而制爲士冠之禮，因君臣之道而制爲聘覲之禮，因夫婦之道而制爲士昏之禮，因長幼之道而制爲鄉飲酒之禮，因朋友之道而制爲士相見之禮。自元子以至於庶人，少而習焉，長而安焉。禮之外，別無所謂學也。夫性具於生初，而情則緣性而有者也。性本至中，而情則不能無過不及之偏，非禮以節之，則何以復其性焉。父子當親也，君臣當義也，夫婦當別也，長幼當序也，朋友當信也，五者根於性者也，所謂人倫也。而其所以親之、義之、別之、序之、信之，則必由乎情以達焉者也。非禮以節之，則過者或溢於情，而不及者則漠焉遇之，故曰「喜怒哀樂之未發謂之中，發而皆中節謂之和」。其中節也，非自能中節也，必有禮以節之，故曰「非禮何以復其性焉」。是故知父子之當親也，則爲醴醮祝字之文以達焉，其禮非士冠可賅也，而於士冠焉始之。知君臣之當義也，則爲堂廉拜稽之文以達焉，其禮非聘覲可賅也，而於聘覲焉始之。知夫婦之當別也，則爲笄次帨鞶之文以達焉，其禮非士昏可賅也，而於士昏焉始之。知長幼之當序也，則爲盥洗酬酢之文以達焉，其禮非鄉飲酒可賅也，而於鄉飲酒焉始之。知朋友之當信也，則爲雉腒奠授之文以達焉，其禮非士相見可賅也，而於士相見焉始之。記曰：「禮儀三百，威儀三千。」其事蓋不僅父子、君臣、夫婦、長幼、朋友也。卽其大者而推之，而百行舉不外乎是矣。其篇亦不僅士冠、聘、覲、士昏、鄉飲酒、士相見也。卽其存者而推之，而五禮舉不外乎是矣。良金之在卝也，非築氏之鎔鑄不能爲削焉，非㮚氏之模範不能爲量焉。良材之在山也，非輪人之規矩不能爲轂焉，非輈人之繩墨不能爲轅焉。禮之於性也，亦猶是而已矣。如曰舍禮而可以復性也，是金之爲削、爲量不必待鎔鑄模範也，材之爲轂、爲轅不必待規矩繩墨也。如曰舍禮而可以復性也，必如釋氏之幽深微眇而後可，若猶是聖人之道也，則舍禮奚由哉！蓋性至隱也，而禮則見焉者也。性至微也，而禮則顯焉者也。故曰：「莫見乎隱，莫顯乎微，故君子愼其獨也。」三代盛王之時，上以禮爲教也，下以禮爲學也。君子學士冠之禮，自三加以至于受醴，而父子之親油然矣。學聘覲之禮，自受玉以至于親勞，而君臣之義秩然矣。學士昏之禮，自親迎以至于徹饌成禮，而夫婦之別判然矣。學鄉飲酒之禮，自始獻以至于無算爵，而長幼之序井然矣。學士相見之禮，自初見執贄以至于既見還贄，而朋友之信昭然矣。蓋至天下無一人不囿於禮，無一事不依於禮，循循焉日以復其性於禮而不自知也。劉康公曰：「民受天地之中以生，所謂命也。」是以有動作禮義威儀之則以定命也。故曰：「天命之謂性，率性之謂道，修道之謂教。」夫其所謂教者，禮也，卽父子有親，君臣有義，夫婦有別，長幼有序，朋友有信是也。故曰：「學則三代共之，皆所以明人倫也。」

復禮中

記曰：「仁者，人也，親親爲大。義者，宜也，尊賢爲大。親親之殺，尊賢之等，禮所生也。」此仁與義不易之解也。又曰：「君臣也，父子也，夫婦也，昆弟也，朋友之交也，五者天下之達道也。知、仁、勇，三者天下之達德也。」此道與德不易之解也。不必舍此而別求新説也。夫人之所以爲人者，仁而已矣。凡天屬之親則親之，從其本也，故曰：「仁者，人也，親親爲大。」亦有非天屬之親而其人爲賢者，則尊之，從其宜也，故曰：「義者，宜也，尊賢爲大。」以喪服之制論之，昆弟，親也，從父昆弟則次之，從祖昆弟又次之。故昆弟之服則疏衰裳齊期，從父昆弟之服則大功布衰裳九月，從祖昆弟之服則小功布衰裳五月，所謂親親之殺也。以鄉飲酒之制論之，其賓，賢也，其介則次之，其衆賓又次之。故獻賓則分階，其俎用肩；獻介則共階，其俎用肫胳；獻衆賓則其長升受，有薦而無俎：所謂尊賢之等也。皆聖人所制之禮也。故曰：「親親之殺，尊賢之等，禮所生也。」親親之殺，仁中之義也；尊賢之等，義中之義也。是故義因仁而後生，禮因義而後生。故曰：「君子義以爲質，禮以行之，孫以出之，信以成之。」禮運曰：「禮也者，義之實也。協諸義而協，則禮雖先王未之有，可以義起也。」郊特牲曰：「父子親，然後義生，義生然後禮作。」董子曰：「漸民以仁，摩民以義，節民以禮。」然則禮也者，所以制仁義之中也。故至親可以揜義，而大義亦可以滅親。後儒不知，往往於仁外求義，復於義外求禮，是不識仁且不識義矣，烏覩先王制禮之大原哉！是故以昆弟之服服從父昆弟、從祖昆弟，以獻賓之禮獻介、獻衆賓，則謂之過。以從祖昆弟、從父昆弟之服服昆弟，以獻介、獻衆賓之禮獻賓，則謂之不及。蓋聖人制之而執其中，君子行之而協于中，庶幾無過不及之差焉。夫聖人之制禮也，本於君臣、父子、夫婦、昆弟、朋友，五者皆爲斯人所共由，故曰道者所由，適於治之路也，天下之達道是也。若舍禮而別求所謂道者，則杳渺而不可憑矣。而君子之行禮也，本之知、仁、勇，三者皆爲斯人所同得，故曰德者得也，天下之達德是也。若舍禮而別求所謂德者，則虛懸而無所薄矣。蓋道無跡也，必緣禮而著見，而制禮者以之；德無象也，必藉禮爲依歸，而行禮者以之。故曰：「苟不至德，至道不凝焉。」是故禮也者，不獨大經大法悉本夫天命民彝而出之，卽一器數之微，一儀節之細，莫不各有精義彌綸於其間，所謂「物有本末，事有終始」是也。格物者，格此也。禮器一篇皆格物之學也。若泛指天下之物，有終身不能盡識者矣。蓋必先習其器數儀節，然後知禮之原於性，所謂致知也。知其原於性，然後行之出於誠，所謂誠意也。若舍禮而言誠意，則正心不當在誠意之後矣。記曰：「自天子以至於庶人，壹是皆以脩身爲本。」又曰：「非禮不動，所以脩身也。」又曰：「脩身以道，脩道以仁。」卽就仁義而申言之。曰「禮所生也」，是道實禮也。然則脩身爲本者，禮而已矣。蓋脩身爲平天下之本，而禮又爲脩身之本也。後儒置子思之言不問，乃別求所謂仁義道德者，於禮則視爲末務，而臨時以一理衡量之，則所言所行不失其中者鮮矣。曲禮曰：「道德仁義，非禮不成。」此之謂也。是「故君子尊德性而道問學，致廣大而盡精微，極高明而道中庸，温故而知新，敦厚以崇禮」。

復禮下

聖人之道，至平且易也。論語記孔子之言備矣，但恆言禮，未嘗一言及理也。記曰：「道之不行也，我知之矣，知者過之，愚者不及也。道之不明也，我知之矣，賢者過之，不肖者不及也。」彼釋氏者流，言心言性，極於幽深微眇，適成其爲賢知之過。聖人之道不如是也。其所以節心者，禮焉爾，不遠尋夫天地之先也；其所以節性者，亦禮焉爾，不侈談夫理氣之辨也。是故冠昏飲射，有事可循也；揖讓升降，有儀可案也；豆籩鼎俎，有物可稽也。使天下之人少而習焉，長而安焉。其秀者有所憑而入於善，頑者有所檢束而不敢爲惡；上者陶淑而底於成，下者亦漸漬而可以勉而至。聖人之道所以萬世不易者，此也；聖人之道所以別於異端者，亦此也。後儒熟聞夫釋氏之言心言性極其幽深微眇也，往往怖之，愧聖人之道以爲弗如，於是竊取其理事之說而小變之，以鑿聖人之遺言，曰「吾聖人固已有此幽深微眇之一境也」。復從而闢之，曰「彼之以心爲性，不如我之以理爲性也」。嗚呼！以是爲尊聖人之道而不知適所以小聖人也，以是爲闢異端而不知陰入於異端也誠如是也，吾聖人之於彼教僅如彼教性相之不同而已矣，烏足大異乎彼教哉！儒釋之互援，實始於此矣。詩曰：「鳶飛戾天，魚躍於淵。」說者以爲喻惡人遠去，民得其所，即中庸引而伸之，亦不過謂聖人之德明著於天地而已，曷嘗有化機也？「子在川上曰，逝者如斯夫，不舍晝夜」。說者以爲感歎時往不可復追，即孟子推而極之，亦不過謂放乎四海有本者如是深求之，而已，曷嘗有悟境也？蓋聖人之言，淺求之，其義顯然，此所以無過不及，爲萬世不易之經也。深求之，流入於幽深微眇，則爲賢知之過以爭勝於異端而已矣。何也？聖人之道本乎禮而言者也，實有所見也；異端之道外乎禮而言者也，空無所依也。子所雅言詩書執禮。顏淵問仁，子曰：「克己復禮爲仁。」請問其目。曰：「非禮勿視，非禮勿聽，非禮勿言，非禮勿動。」顏淵曰：「夫子循循然善誘人，博我以文，約我以禮。」聖人舍禮無以爲教也，賢人舍禮無以爲學也。詩書，博文也，執禮，約禮也，孔子所雅言者也。仁者，行之盛也，孔子所罕言者也。顏淵大賢，具體而微。其問仁與孔子告之爲仁者，惟禮焉爾。仁不能舍禮但求諸理也。子貢曰：「夫子之文章，可得而聞也；夫子之言性與天道，不可得而聞也。」文章，詩書執禮也。性與天道非不可得而聞，即具於詩書執禮之中，不能托諸空言也。夫仁根於性，而視聽言動則生於情者也。聖人不求諸理而求諸禮，蓋求諸理必至於師心，求諸禮始可以復性也。顏淵見道之高堅前後幾於杳渺而不可憑，迨至博文約禮，然後曰「如有所立，卓爾」，卽立於禮之立也。故曰：「不學禮，無以立。」又曰：「不知禮，無以立也。」其言之明顯如此。後儒不察，乃舍禮而論立，縱極幽深微渺，皆釋氏之學，非聖學也。顏子由學禮而後有所立，於是馴而致之其心三月不違仁。其所以不違者，復其性也。其所以復性者，復於禮也。故曰：「一日克己復禮，天下歸仁焉。」夫論語，聖人之遺書也。說聖人之遺書，必欲舍其所恆言之禮，而事事附會於其所未言之理，是果聖人之意邪？後儒之學本出於釋氏，故謂其言之彌近理而大亂真。不知聖學禮也，不云理也，其道正相反，何近而亂真之有哉！

辨學

弟子問於博士曰：「夫飾知驚愚者，古人之所嗤；違道干譽者，君子之所棄。故德修於己，不放論以鳴高；道積於躬，不矯情以立異。矧夫法壽陵之步以爲高，適足羞也；竊東家之矉以爲異，適足累也。今天下爭言學矣，易以輔嗣爲異端，書以古文爲贋作，毛詩以淫奔爲非，左氏以杜注爲鑿。此唱彼和，一唯百諾。至於考其居稽，核其聞見，則彖、象、繫辭所云，典謨誓告之文，閱之未能徧也；三百十有一篇，二百四十二年，讀之未終卷也。甚且憶說文數字，挾許氏一册，輕詆先儒，妄改古籍；忽公穀之易，屏之而不視焉；畏禮經之難，束之而不觀焉。豈其言之果可從歟？抑浮薄不足效也？願先生教之。」

博士瞿然而答曰：「善乎吾子之問也。今夫天地之氣，一廢一興，一盛一衰，學術之變遷亦若斯而已矣。故當其將盛也，一二豪傑振而興之，千百庸衆忿而爭之；及其既衰也，千百庸衆坐而廢之，一二豪傑守而待之。故肆力於未盛之前，則爲矯枉之術；攘臂於既興之後，遂爲末流之失。子徒惜壽陵之失其故，不知固無傷於邯鄲之步也；徒訑醜女之驚其鄰，不知固無害於西子之真也。昔者漢氏諸儒，專己守殘，十四博士立於學官，同源別派，互相譏彈，非所師承則必毁，殊所授受則必刊。於是鄭康成、服子慎之徒，破其藩籬，抉其門户，鬱而未明者爲之探索，伏而未發者爲之訓詁。故其論撰諸家，皆西京儒者所未取也。自是而下，遞相闡揚，釋不厭冗，疏不厭詳，綿綿延延，以至於有唐。當是時也，唯傳注之是遵，莫章句之敢違，寧道孔聖誤，諱言鄭、服非。然後濂、洛、關、閩諸君竝起而救之，葢以矯株守之陋也。迨其後則不爾矣。其爲說易入，其爲教易成，以篤學爲鄙俗，以空談爲粹精。趨新義者謂之奇士，守舊訓者謂之腐生。天之所覆幬，日之所出入，紛紛焉，籍籍焉，萬口而同聲。數百年來，不復知漢唐之淵源，不能舉孔賈之名號。士有不講理氣心性之學，則采紒者傲之。於此而欲踵其故跡，襲其緒言，譬猶水沸於釜，火燎於原，捧雪塞之益其漲，負薪撲之增其燔，豈不誤哉！且夫積重難返者，依古之大懼也；貴遠賤近者，天下所深惡也。寒極則必暑，暘極則必雨，剛極則必柔，發極則必收。故易不獨掊擊輔嗣也，將荀、虞之是宗焉；書不獨指摘古文也，將馬、鄭之是從焉；毛詩不獨闢淫奔也，將以箋傳爲趨向焉；左氏不獨排杜注也，將以賈、服爲依傍焉。其視唐以還固無足重輕矣，且欲軼魏晉而上之。若夫斤斤於聲音文字者，蓋閔小學之不行而六書之久昧也；遲遲於二傳三禮者，蓋知異說之未淆而古義之尚在也。其又何怪乎？且吾聞之，氣之所開，勢不能禁。庸衆以從俗爲良圖，豪傑以復古爲己任。何吾子訾之太甚也！」

弟子曰：「敬聞命矣。然則今之學者萬全而無病乎？」

博士曰：「惡！是何言歟！夫僞士不可以亂真儒也，猶之魚目不可以混美珠也；虛聲不可以紊實學也，猶之燕石不可以冒良瑴也。世固有無得於己，無解於心，東撏西撦，是古非今，而自附於著作之林者矣。亦有剽竊陳言，譸張爲幻，竄易聖經，肆無忌憚，而自命爲宏通之彥者矣。子前所疑者，憤俗之激辭，乃并其不當疑者而亦疑之。今所信者，衞道之正論，乃并其不可信者而亦信之。必若所云，則是因黃鐘而貴瓦缶，因嘉禾而重稂莠，豈理之所有也哉！且吾不云乎，未盛而扶之，豪傑矯枉之術也；

既與而趨之，庸衆末流之失也。是故爲所爲於舉世不爲之時，則謂之抱遺守闕；爲所爲於衆人共爲之時，則謂之雷同勦說。彼拾人餘唾而甘之者，特猩猩之效人言耳，烏足與守先待後之儒竝論列乎！若乃東方朔客難之製，楊子雲解嘲之爲，班孟堅賓戲之理，崔亭伯達旨之辭，蔡中郎托興於釋誨，郤令先寄情於釋譏，張平子追蹤於應問，夏侯湛繼武於抵疑，僕誠無數君之感激，聊因子問而伸己之所知。」

覲義

古者天子以賓禮親邦國，春見曰朝，夏見曰宗，秋見曰覲，冬見曰遇，時見曰會，殷見曰同。是故天子當依而立，諸侯北面而覲；天子當宁而立，諸公東面，諸侯西面而朝。凡朝覲宗遇會同于王，公執桓圭，侯執信圭，伯執躬圭，繅皆三采三就；子執穀璧，男執蒲璧，繅皆二采再就。廟中將幣皆三享。諸侯朝于天子曰述職，一不朝則貶其爵，再不朝則削其地，三不朝則六師移之。故曰朝覲之禮，所以明君臣之義也。朝者位于內朝而序進，受贄于朝，受享于廟，生氣文也。覲者位于廟門外而序入，受摯受享皆于廟，殺氣質也。覲禮至于郊，王使人皮弁用璧勞，優侯氏也。天子賜舍，使侯氏卽安也。天子衮冕負斧依，鄉明出治，象天道也。侯氏裨冕入門右，所以承天，象地道也。覲用命圭特達，禮以少爲貴也。享用束帛加璧，有庭實，隆殺之義也。奠圭于堂下，擯者辭，然後升致命，降階，再拜稽首送玉，擯者辭，然後升成拜，覲禮盛，侯氏先以臣禮見，天子以客禮受之也。三享皆中庭奠幣，升堂致命，降階再拜稽首，不復升成拜者，享禮殺，全乎爲臣也。享畢不禮賓，天子尊也。不覿，侯氏自來，非使人也。禮畢乃右肉袒于廟門之東，天子威諸侯也。賜侯氏以車服，天子懷諸侯也。或曰：奠圭降拜，升成拜，明臣禮也。肉袒入門而右，以聽事也。饗禮乃歸，賓客之道也。時會殷同之禮，諸侯覲于天子，爲宮方三百步，四門，壇十有二尋，深四尺，加方明于其上。古者諸侯不順服，王將有征討之事，則既朝覲，王爲壇於國外，合諸侯而命事焉，謂之時會。十二歲，王如不巡守，則六服盡朝。朝禮既畢，王亦爲壇，合諸侯以命政焉，所命之政如王巡守，謂之殷同。方明設六色六玉者，禮天地四方也。覲受之于廟，會同受之于壇，文質相變也。上公建常九斿，侯伯建常七斿，子男建常五斿，故曰公侯伯子男皆就其旂而立也。拜日於東門之外，日生于東也。禮山川丘陵於西門外，山川導自西也。禮日於南門外，就陽位也。禮月與四瀆於北門外，就陰位也。祭天燔柴，祭山丘陵升，本乎天者親上也。祭川沈，祭地瘞，本乎地者親下也。天子將行會同之禮，必先朝覲諸侯于廟，故孔子曰：「宗廟會同，非諸侯而何。」爲其相者，諸侯之卿大夫士也，故曰：「宗廟之事，如會同，端章甫，願爲小相焉。」朝覲宗遇，常禮也。會同，大禮也。朝覲宗遇之於會同，如祠禴嘗烝之於禘祫也。先王之制，邦內甸服，邦外侯服，侯衞賓服，蠻夷要服，戎翟荒服。甸服者祭，侯服者祀，賓服者享，要服者貢，荒服者王。日祭，月祀，時享，歲貢，終王，先王之訓也。大雅曰：「韓侯入覲，以其介圭，入覲于王。」言覲禮也。又曰：「王錫韓侯，淑旂綏章，簟笰錯衡，玄袞赤舄，鉤膺鏤錫，鞹鞃淺幭，鞗革金厄。」言既覲而賜之車服也。小雅曰：「赤芾金舄，會同有繹。」言會同之禮也。

校禮堂文集卷五

雜著二

讀顧命

天子卽位之禮，儀禮無此篇，其不傳也久矣。惟尚書顧命尚存其制，必是周公所制之禮，康王循之而行耳。蓋康王之時，全禮具存，未必如今之十七篇。後人據顧命以補禮經之闕可也。蘇氏不之省，反引左傳叔向之言以疑之，見昭公十年傳。謂是召公之誤，周公若在，當不至此。何其傎也！夫侯國所行之典不可以繩天子，東遷以後之事不可以律周初，此固無俟辨者。獨不思國䘏是如何鉅典，卽位是如何大事，豈有周公制禮漫不及之而待召公臨時卒辦乎？蓋古人之禮以繼世爲最重。士冠禮：「冠者取脯見于母，母拜受，子拜送，母又拜。」此適子冠于阼者則然，是母拜其子也。喪服「父爲長子斬衰三年」，傳曰：「何以三年？正體於上，又乃將所傳重也。庶子不爲長子三年，不繼祖也。」是父爲長子之服如子服其父也。特牲饋食禮，祭畢，嗣子養，主人再拜。嗣子，將爲後者。主人，其父也。是父拜其子也。蓋有國有家者，宗廟世守，所繫甚大，故聖人制禮，於冠及喪祭特隆其文以別之，非常禮可比也。況天子卽位受顧命乎！不可以晉侯既葬未説衰經不見賓例之也。朱子亦曰：「易世傳授，國之大事，當嚴其禮。王侯以國爲家，雖先君之喪，猶以爲己私服也。」明乎此，則世之迴護顧命，或以爲有闕文，或以爲在東都者，皆可以不必矣。

讀孟子

孟子曰：「天之高也，星辰之遠也，苟求其故，千歲之日至，可坐而致也。」後之推步家，皆以星辰爲卽晝夜一周之天。若然，則孟子何故于「星辰」之上又云「天之高也」，爲此重複之文乎？蓋天者，卽西人所謂宗動天也；星辰者，卽西人所謂恆星天也。恆星天之上更有晝夜一周之天，西人謂之宗動天。此天以南北極爲樞，以赤道爲中圍，挈七政并恆星而左旋。恆星亦如七政在本天上，循黃道而右旋。此古今中星所以不同之故。使恆星卽晝夜一周之天，則冬至千古如一，無歲差矣。秦火之後，古法不傳，世儒遂誤謂恆星天卽晝夜一周之天。及晉以來，屢測中星不同，又誤謂日道內轉而縮，天度平運而舒，皆揣度之辭，未能真知其所以然也。自西人入中國，始以宗動天發明歲差之故。學其學者以爲得未曾有，不知古人蓋先知之矣。使古人祇知恆星爲天，則星者恆星也，辰者卽恆星所分十二次也。孟子著書但云星辰，其義已足。今既岐天與星辰而二之，則其必知星辰之上別有一天也明矣。蓋孟子此言爲歲差而發，非徒日至也。夫日至者，起算之端，卽每年歲實之一周，雖小餘有強弱之殊，皐行有前後之異，而皆與星辰無涉。況歲實若定，則平冬至固年年不變，何難坐致之有！所難知者，日至歲歲與星辰不同耳。欲求日至歲歲與星辰不同之故，非以宗動天與恆星天相較，則無以得其端倪，故曰「苟求其故，千歲之日至，可坐而致也」。古之儒者通天地人，後之儒者惟鑿空談理而已，故驟聞西說，或以爲創獲而驚之，或以爲異學而排之。愚以爲皆非也。西人之說，徵之虞書、周髀而悉合，古聖人固已深知之，非吾所未有，由說之者不得其意耳；則驚其爲創者，過也。西人之說既合於古聖人，自當兼收竝采以輔吾之所未逮，不可陰用其學而陽斥之；則排其爲異者，亦過也。古書雖不盡傳，就其存者而推之，虞書、周髀而外，孟子數言尤其明而易見者也。歲差之故，孟子既已知之而言之矣，而謂宗動天之說始於西人，豈篤論哉！

讀宋史

宋史成於元末，其時道學方盛，所謂君子小人者，皆朋黨之說爲之也。試以汴宋而論，嘉祐以前，以黨呂文靖者爲小人，以黨范文正者爲君子；治平以後，以黨熙寧者爲小人，以黨元祐者爲君子。此東都君子小人之大較也。夫黨范文正者，卽不敢置議矣，而當時所深詆者，如高文莊若訥、夏英公竦諸人，平心觀之，果皆小人乎？黨元祐者，卽不敢置議矣，而當時所深詆者，如李邦直清臣、楊子安畏諸人，平心觀之，果皆小人乎？慶曆朋黨易於平反者，以呂許公晚節涵容異己，有以全之也。至於紹聖之禍，綿綿不已，宋乃半入於金，以報復隙深，終無平反之日故也。再以杭宋而論，隆興以前，以攻和議者爲君子，以黨和議者爲小人；慶元以後，以黨道學者爲君子，以攻道學者爲小人。此南渡君子小人之大較也。夫攻和議者，即不敢置議矣，而當時所深詆者，如王恩節倫、史文惠浩諸人，平心觀之，果皆小人乎？黨道學者，卽不敢置議矣，而當時所深詆者，如王文定淮、林簡肅栗諸人，平心觀之，果皆小人乎？紹興和議難於平反者，以秦申王晚節誅鋤異己有以激之也。至於道學之焰，隆隆不已，宋竟全入於元，以心性勢重，永無平反之日故也。總兩宋之事而論，熙寧以前朋黨尚輕，元祐以來朋黨日重，至南渡以後，竟成水火仇讐，有不可解之勢，而國遂以亡，皆歐陽公朋黨一論不肯持平有以啓之也，學者不能無遺憾焉。嗟乎！靖康之時，不幸而用李伯紀之言，而東都旋亡；紹興之際，幸而不用胡邦衡之言，而南渡僅存。有識之士苟不爲朋黨私意横據於先，則得失自見。二事尤兩宋存亡所係，故特取而論之，則其他君子小人之說可以類推矣。後之秉筆者，但能心無偏倚，據事直書，不以一時之朋黨議論淆之，則百世之下或有平反之日乎？

拜周公言

非禹治水，則後世將無人；非周公制禮，則後世將無人倫。昔唐李翺敬再拜于禹之堂下，自賓階升，北面立，弗敢歎，弗敢視，弗敢祈，退降，復敬再拜，作拜禹言。今廷堪謁周公廟，入門右，北面再拜稽首于堂下，弗敢升階，中庭莫摯，退出，于廟門外立，接西塾。作拜周公言曰：

惟生人之有性兮受之於天，非公之制禮兮孰知其原。至矣！至矣！

述琴

琴之一弦爲黃鐘，二弦爲夾鐘，三弦爲仲呂，四弦爲夷則，五弦爲無射，六弦七弦則一二之清聲也。一弦爲宮，謂之黃鐘之均，卽慢角調也。二弦爲宮，謂之夾鐘之均，卽清商調也。三弦爲宮，謂之仲呂之均，卽宮調也。四弦爲宮，謂之夷則之均，卽慢宮調也。五弦爲宮，謂之無射之均，卽蕤賓調也。非一弦定爲徵也，唯仲呂之均，一弦始爲徵爾。律呂正義一弦爲徵，專指正宮一調而言。非三弦十一徽應五弦之散聲也，乃宮弦十一徽應小間之散聲爾。蓋琴無變宮變徵二弦，其商弦與徵弦，角弦與羽弦，徵弦與宮弦，其中皆有二變，是名爲隔一弦，實隔二弦也，故案十徽卽應小間之散聲。唯宮弦與角弦則真隔一弦，故案十一徽始應小間散聲也。此其故宋姜氏夔言之詳矣。其七弦琴圖說曰：「慢角調於大弦十一徽應三弦散聲。慢角調大弦爲宮，故大弦下一徽也。大弦爲宮，則四弦爲徵矣。」又曰：「清商調於二弦十一徽應四弦散聲。清商調二弦爲宮，故二弦下一徽也。二弦爲宮，則五弦爲徵矣。」又曰：「宮調於三弦十一徽應五弦散聲。宮調三弦爲宮，故三弦下一徽也。三弦爲宮，則一弦爲徵矣。」又曰：「慢宮調於四弦十一徽應六弦散聲。慢宮調四弦爲宮，故四弦下一徽也。四弦爲宮，則二弦爲徵矣。」又曰：「蕤賓調於五弦十一徽應七弦散聲。蕤賓調五弦爲宮，故五弦下一徽也。五弦爲宮，則三弦爲徵矣。」何嘗拘定一弦爲徵三弦獨下一徽哉！近通州王氏坦著琴旨，以一弦爲徵及三弦獨下一徽爲獨得之秘，一弦爲徵，明鄭世子已有此說。反覆辨論而不自知其昧於旋宮之理也，故於姜氏之說不得其旨，反謂斯言祇得乎當然而未明乎所以然，何其傎也！蓋自唐宋以來，樂之失其傳也久矣。以王氏習於其器，又殫畢生之力以求之，其所得不過如此，況不習其器而托之空言者乎！王氏又謂琴聲不當用律呂，只當較以五聲二變。斯言也但可以論琴徽，不可以論琴弦也。夫五聲二變，高下無定者也。無定者必以有定者程之，方不迷於所往。若不考律呂而但用五聲二變，譬之舍規矩而談方圓，棄權衡而論輕重，有此理乎！故琴徽雖具五聲二變，而琴弦必用黃鐘、夾鐘、仲呂、夷則、無射五律之名，然後無定之聲皆歸於有定之律矣。「不以六律，不能正五音」。孟子所云，豈虛語哉！

述笛

絲聲之度，長短不齊，今之琴徽可驗也。琵琶三弦同。竹聲之度，長短如一，今之笛孔可驗也。簫管同。續漢志載京房之言曰：「竹聲不可以度調，故作準以定數。準之狀如瑟。」則絲聲也，其律之長短皆用準定之，但以準之尺爲律之寸而已，非竹聲真度也。史記律數亦是絲聲，又在京房之前。自後儒者悉依其數以制律，故陳其義則可觀，施於用則鮮合。而竹聲真度，僅存於伶人之口。太常之器，簡編具在，無有深求其故者矣。何謂伶人之口？列和之辭是也。何謂太常之器？梁武之笛是也。案宋書律志載列和對荀勖之辭曰：晉書律志同。「歌聲濁者，用長笛長律；歌聲清者，用短笛短律。」又曰：「太常東廂長笛長四尺二寸。」又曰：「笛孔率短一寸，七孔聲均。」又曰：「聲濁者用三尺二笛，聲清者用二尺九笛。」此蓋制氏以來相傳之舊軌也。隋書音樂志載梁武帝十二笛之制曰：「黃鐘笛長三尺八寸，大呂笛長三尺六寸，太蔟笛長三尺四寸，夾鐘笛長三尺二寸，姑洗笛長三尺，下有『一寸』二字，疑衍。中呂笛長二尺九寸，蕤賓笛長二尺八寸，林鐘笛長二尺七寸，夷則笛長二尺六寸，南呂笛長二尺五寸，無射笛長二尺四寸，應鐘笛長二尺三寸。」此蓋竇公以來相傳之遺則也。自黃鐘笛至姑洗笛，五律率短二寸，即列和所云「歌聲濁者用長笛長律」也。列和又云：「東廂長笛長四尺二寸。」以其數推之，則黃鐘笛之前尚有二笛，蓋長笛之五聲二變也。自中呂笛至應鐘笛，七律率短一寸，即列和所云「歌聲清者用短笛短律」也。列和又云：「率短一寸，七孔聲均。」以其器考之，則笛之差數即笛孔之距，蓋短笛之五聲二變也。列和所云「三尺二笛」者，即梁武之夾鐘笛也。列和所云「二尺九笛」者，即梁武之中呂笛也。故今時所用之笛，七孔相距長短如一，與琴徽之相距不同，稽之古法正合。然則經生文士之辨論雖紛，而弦工吹師之授受不變也。荀勖不知竹聲之度異於絲聲，乃依京房之術，妄以笛孔取則琴徽，見晉宋二志。反譏列和作笛無法，無怪其十二笛當時不能用，後世不可行也。後之論樂者，於簫笛之孔，漫不加察，豈知爲竹聲之關要乎？今之簫蓋古之笛，今之笛蓋古之橫笛也。

校禮堂文集卷六

騷

祀古辭人九歌并序

蓋太空弗形，因人心而呈露；元始無眹，緣物象而流通。目所不暇瞬者，竹素能留之，舌所不遑宣者，鉛槧能達之，文之時義大矣哉！是故六律六同，協宮商以眇慮；一經一緯，搆杼軸以深思。或如金石諧而爲樂，或如丹黄雜而云采，則有神瞽遜其工，天孫慚其巧者矣。夫麴蘖所以釀酒，而水則類酒之形；黼黻所以成文，而質則爲文攸附。指麴蘖爲酒者固謬，謂水爲酒者更非。何則？離麴蘖而言酒，則水不可飲；舍黼黻而言文，則質將何辨。所以炳炳者其澤，琅琅者其響，渺渺者其情，蓬蓬者其氣，不欲陋而欲華，不取奇而取耦。譬之虞廷慶雲，色皆備五；豐城寶劍，光必成雙。此屈宋鴻篇，爲辭林之正軌；班張鉅製，乃文苑之大宗也。用能垂日月而不刊，與天地而齊壽。淵源自古，光景常新。雖徐庾之綺才豔骨，燕許之佩玉垂紳，而老成之典型尚存，高曾之規矩未改。降及韓柳，矯彼梁陳，漫云起八代之衰，實自成一家之學。然而進學名解，體仍沿於客難、釋譏；

貞符命篇，源本出於封禪、典引。方諸廬陵之高談太史，眉山之輕詆德施，固有間焉。或謂車以任重，安用雕輪；鈞以獲鮮，奚須桂餌。於是訓詁未辨，遽爾名家；古今未通，裒然成集。夫翦綵不如春華，而春華非朽株之謂也；瑑圭不如太璞，而太璞非頑石之比也。乃朽株且欲駕春華而上之，頑石竟欲渾太璞而同之，斯固陋夫藏拙之方，抑亦後來談藝之謬也。故風會所趨，格隨時變；見聞所囿，習與性成。論文之書日繁，爲文之旨日晦。自隋以上，溯魏之初，範良御之馳驅，示大匠之規矩。傳於世者尚有九家，約而言之均歸一轍。東萊文鑑久失其旨，西山正宗未覩斯秘，可謂一線之微傳，千鈞之重寄矣。於魏時則有若文帝之典論論文，於晉時則有若摯太常之文章流別、陸平原之文賦，於梁時則有若昭明太子之文選、沈隱侯之宋書謝靈運傳論、任敬子之文章緣起、劉舍人之文心雕龍、鍾記室之詩品，於陳時則有若徐僕射之玉臺新詠。他如荅賓戲、演連珠，兩京、三都，九懷、七發，子虛烏有之撰，墨卿翰林之搆，以迄箴銘頌贊之儔，書序誄碑之屬，篇章雖富，扃鑰未聞。凡此諸賢，皆在所略。夫技之深淺，語不能傳；心之精微，口所難喻。而數子者，叩音響於空虛，索端倪於冲漠。不疾不徐，而得心應手；或批或導，而官止神行。洵輪扁之甘苦咸宜，庖丁之躊躇滿志者矣。雖仲洽之編已殘，彦昇之作或僞，而趙璧睨柱，碎瓊彌珍；夏金淪波，贋鼎亦貴。昔賢不可作矣，解人當自知之。乾隆四十三年，著雍閹茂之歲，元日壬戌，廷堪將約友人章酌亭共治古文辭，於是釃酒於尊，刻楮爲主，書厥姓名，祀之蓬屋，割雞而登俎，芼菘而實豆。并仿楚辭九歌爲迎神送神之曲，屬酌亭和焉。

黃龍見兮戊寅，赤符謝兮黃運新。游南皮兮命駕，宴西園兮樂賓。睨三分兮踞鼎，膺萬國兮貢珍。心慨慕兮作者，志遐思兮古人。披百氏兮逍遥，設六博兮紛綸。組五章兮錦機，羅衆星兮蒼旻。激爽籟兮作秋，摛麗藻兮爲春。薦脯醢兮焫蕭，藉巫咸兮降神。右魏文帝丕。

羌履信兮思順，賦思游兮懷湘。楚騷兮苗裔，擷荃蕙兮遺芳。戴朗月兮高冠，綴太白兮明璜。制文霓兮爲衣，襲采雲兮爲裳。要華電兮煜爚，佩玉衡兮琳琅。好奇服兮不衰，鳴威鳳兮高翔。析文章兮流別，頌時政兮太康。靈去來兮颯爽，佇中庭兮仿偟。右晉摯太常虞。

論五等兮秉異才，長七尺兮聲如雷。識名卿兮入洛，寓豪士兮諷齊。日陊兮衆心，將發兮危機。目能見兮豪毛，不見睫兮齎咨。輕托身兮成都，冀綢繆兮久要。朝列軍兮朝歌，夕棄師兮河橋。詎害寵兮盧志，竟隕身兮孟超。忘三世兮爲將，蹈道家兮所忌。夢黑幰兮繞車，著白帢兮偃旆。感高穹兮霧冥，泣華亭兮鶴唳。憶賦文兮鉤玄，探才士兮用心。課虛無兮責有，叩寂寞兮求音。千蹊萬徑兮窅然而深，脈絡井井兮皆可以尋。前稱道兮張華，後推服兮葛洪。譬夜光兮積玉，表厥論兮至公。溯高風兮雲間，庶精誠兮克通。右晉陸平原機。

帝子降兮漢南，螭作馭兮虬爲驂。俯春風兮顧影，江水湛湛兮情含。折芳馨兮道遠，愛而不見兮傷讒。嗤六代兮泯棼，竊神器兮置棋。薄德誼兮任術，君何爲兮生此時。悲泉鳩兮桐偶人，巫蠱禍兮前史言。瘞鵝物兮負奇冤，心懷慙兮不敢論。疑蛟龍兮爲虺，又指鳳兮爲梟。雲濛濛兮風蕭蕭，君父咫尺兮萬里遥。羽翿兮前驅，雲旂兮北御。玄圃兮孰游，華池兮何處。獵藝苑兮蒐奇，身雖遷化兮名垂。朝羣仙兮絳闕，指東海兮爲期。右梁昭明太子統。

有美一人兮江之渚，曳華裾兮佐梁武。高一代兮史才，述彭城兮繼班馬。既藝芳枳兮北渠，又樹脩楊兮南浦。析音韻兮極微，屈宋而還兮未窺。前浮聲兮既施，後切響兮亟隨。不傳之妙兮在茲，匪歌詠兮獨宜。高文典册兮一以貫之，俗士不識兮以爲論詩。君臣不終兮自取，雷虩虩兮心苦。疏臬事兮何驕，上赤章兮曷補。懷情不盡兮主疑，以隱易名兮君所悲。取精多兮魄強，或翩然兮鑒茲。右梁沈隱侯約。

懸鈴四角兮彩旗，君之生兮鈴入懷。賓客兮恆滿，衣冠兮競推。曾居處兮無室，復生產兮不治。家雖貧兮四壁，書乃聚兮萬卷。類田文兮愛客，同鄭莊兮置傳。揚眉兮奬才，扼腕兮稱善。追東越兮瞑目，旋洛浦兮返骸。動輪之賓兮永絕，漬酒之彥兮不來。藐諸孤兮海南，被葛衣兮疇問。例人情兮太行，廣絕交兮劉峻。昔衡文兮鄴下，笑毀譽兮交爭。魏何爲兮見重，邢何爲兮見輕。君之文兮不朽，奚復待兮虛聲。右梁任敬子昉。

言之精兮爲文，文之心兮不紛。以文聞文兮徒跡，以心授心兮乃神。造棘端兮鄭削，去鼻堊兮郢斤。用「雕龍」兮命篇，匪談天兮好奇。執禮器兮矩步，緬夜夢兮往時。從尼父兮南行，旦而寤兮志怡。豈文章兮宗旨，實聖人兮式憑。耿陟降兮中宵，信著書兮祥徵。今去君兮千載，文之法兮未改。境鑿鑿兮非誣，世遥遥兮相待。探大衍兮取數，語含豪兮渺然。前體製兮詳剖，後肌理兮密研。允斯文兮正鵠，顧奕禩兮流傳。右梁劉舍人勰。

惟氣兮動物，惟物兮感人。合幽遐兮一致，惟歌詩兮見真。緊仲偉兮先覺，撰詩品兮論焉。旨銜華兮佩實，趣騰天兮入淵。楚臣兮去境，漢妾兮辭宮。骨橫兮朔野，魂逐兮飛蓬。負戈兮外戍，殺氣兮雄邊。霜閨兮淚盡，塞客兮衣單。凡性情兮所發，托比興兮互鳴。法九品兮衡士，寧逞臆兮妄評。欽位次兮咸當，溯源流兮極明。方春日兮載陽，恆眷懷兮彼美。手茲編兮風前，心悠然兮自喜。訊古歡兮天末，悵沿洄兮中止。右梁鍾記室嶸。

雲化鳳兮集左肩，石作麟兮降自天。悟三昧兮講經，立五願兮證禪。感使魏兮見留，羈異地兮孰憐。上書兮不報，隨貞陽兮放還。慨太建兮北伐，克彊齊兮拓疆。舉南平兮爲將，制勝算兮廟堂。拔壽春兮指顧，儼大振兮國威。運干櫓兮方寸，曾文士兮可譏。惜麗人兮金屋，緝新詠兮玉臺。月露兮俊致，走風霆兮逸才。漱芳潤兮六藝，馳籌略兮九垓。啓淮南兮數十州，以文自小兮文之羞。藻情縟思兮何足尤，中有勳業兮垂千秋。右陳徐僕射陵。

九慰并序

九慰者，淩廷堪之所作也。昔屈原婞直，遠放湘南。憂君聽之不聰，托文辭以自見，九歌所以風諫，九章所以縷陳。其徒宋玉，閔原之忠，述原之志，爲九辯之篇以哀之。說者曰：九者，陽之數，道之綱紀也。自時而後，王子淵則有九懷焉，劉子政則有九歎焉，王叔師則有九思焉。大抵皆傷原之懷忠而遭疾，履信而遘疑。悼念之情孔多，慰藉之意良少。不知使原發名成業，得君行志，上之秉鈞朝宁，僅媲烈於孫叔；下之備位庶官，但竝能於倚相。卽令如馬遷、賈誼所云，舍彼故土歷聘異邦，在齊不過如田駢、愼到，在秦不過如商君、應侯，極策士之浮夸，享人臣之隆遇，塵埃飄風，事過則已。安能所撰以經名，所言爲史載，垂瑰奇之令譽，與金石而齊壽，開詞賦之先聲，攀風雅而接跡哉！夫榮華有盡，未若文章之無窮也；事功易泯，未若著述之不朽也。原之所遇雖曰不辰，然文章之所沾漑，著述之所衣被，秦漢以還，得其一體，便可名家，獵其片言，卽成偉製，方且與鄒邑之言性，蘭陵之論禮，共彪炳於天壤，同焜耀於世宙。彼蘇、張從衡之學，莊、列虛無之旨，直土苴視之，詖邪斥之，又況上官大夫之無當輕重，令尹子蘭之不足比數者耶！在原天懷所蘊結，至性所流露，譬猶雷出地而作響，水得風而成文，何嘗求諒於後人，何嘗冀知於來哲。然世之論者，覩其爲百代之模楷，享千秋之俎豆，固當以慰而不當以悼也明矣！柔兆敦牂之歲，廷堪應京兆試罷歸，次年秋，薄游南州，泝江而上，經故楚之舊疆，感屈原之往事，惜後人之知悼而不知慰也，乃作頌一篇，號曰九慰。慰者，安也。聊以文章之無窮，著述之不朽，以慰安屈原之志云爾。

辭曰：

偉哉大江之東注兮，包七澤而孕三湘。瞻赤鼻之峩峩兮，顧樊口之蒼蒼。山川清淑之氣鬱積而磅薄兮，其人類皆忠信而能文章。歲在彊圉兮，余游乎楚中。駕千斛之巨艦兮，乘萬里之長風。紉江皐之蕙芷兮，搴木末之芙蓉。慨屈原之遭忌兮，悲楚君之信讒。徒行吟於澤畔兮，遠屛跡於湘南。倚余棹而望郢都兮，雲茫茫以問之。鼓余楫而招楚魄兮，靈紛紛以亂之。欷惝怳其如見兮，服奇服而來翔。冠切雲之崔嵬兮，佩寶璐之喬皇。策青虬以前導兮，驂白螭以夾輈。左詹尹而把袂兮，右漁父而竝游。竹中流而不進兮，陳余辭以慰之。川渺渺以增色兮，山脈脈而生輝。靈含情而未荅兮，指千載以爲期。茫然楚國兮蕭艾盈，中有一人兮佩杜蘅。謂蕭艾爲寶兮謂杜蘅爲不芳，佩之而退兮心竊傷。忠忱鬱邑兮賦離騷，君門九重兮增煩憂。情之所生兮文亦至，讀其文兮知其意。纏綿悱惻兮引之而愈深，顛倒瞀亂兮反覆而不可尋。既申之以九歌兮，又重之以九章，予懷渺渺兮思君王。遠游兮托仙，愛而不見兮呵壁而問天。望美人兮盈盈，心侘傺兮不平。雖侘傺兮其猶未悔，垂琳琅兮披藻采。彼突梯兮非吾徒，寧芳潔兮以自娛。詎有意兮示後人，後之人兮莫不祖其文。秋水兮滯滯，秋風兮淒淒。誦之千過兮神忽怡，木葉脱兮迴春姿。

惟尼父之删定兮，炳麟麟若日星。乃先生之論著兮，亦號之而爲經。本忠愛以扶質兮，羌就實而敷華。立言法夫周孔兮，誠殊轍而合塗。豈後人之僭擬兮，實學者之所欽。扶風謂其揚己兮，非夫子之知音。托六籍以立義兮，獲章句於宜城。辭隱晦而意顯兮，賴比例以致詳。帝高陽之苗裔兮，類生民之厥初。紉秋蘭以爲佩兮，若鶤翔之玉琚。夕攬洲之宿莽兮，象潛龍之勿用。駟玉虬而乘鷖兮，與時乘而竝重。就重華而陳詞兮，蓋皋陶之稽古。登崑崙而涉流沙兮，則禹貢之敷土。雖說者之穿鑿兮，非夫子之本懷。亦瑋文之深厚兮，隨所措而咸宜。垂百世之典則兮，骨縱朽而猶馨。彼昏濁而富貴兮，曾不如其無生。擬其語而仿其意兮，洵無病而呻吟。悼夫子之不已兮，何慰夫子之無人。

夫何十五國之詩竝采於太史兮，獨楚國而無風。豈南夷之僿野兮，致聲教之未通？昔文王化行於江漢兮，游女亦解夫行吟。胡歷年之六百兮，竟陵夷而至今？江漢之靈秀不能終閟兮，遂篤生夫屈原。又使之窮愁憤激而無所訴兮，盡發洩之於語言。鳥獸草木供其驅使兮，萬景俯首而莫驕。鼓兩閒之噫氣兮，激而成夫風謡。昔楚子憑陵於上國兮，迭與晉而主盟。惟土音之是操兮，不克偕唐魏而竝稱。詎國勢之既衰兮，得文章之後勁。惜不出於獲麟之前兮，親折衷於至聖。魯有頌而楚有騷兮，不以無風而見尤。非荃蘭之不察兮，寧聲名之能久留。

伊湘纍之憔悴兮，志鬱鬱而不舒。窮呼天而自訴兮，孰能測其所由。謂纍之過中而失正兮，胡不察纍之中情。雖怨誹而不怒兮，實二雅之變聲。使當王室之方盛兮，及周召而踵武。卽宣王之復平兮，亦仍叔之與吉甫。何纍生之不辰兮，值靈修之數化。僅自儕於蘇公、孟子之屬兮，終悲吟乎楚之野。發乎情而止乎禮義兮，隨感遇而成文。正固導揚主之德兮，變亦因乎愛君。惟大雅之材三十一兮，小雅之材七十四。笙詩六篇之已亡兮，賴序者之言其意。纍之賦亦二十有五兮，與日月而爭光。獨好修以爲樂兮，長顑頷以何傷。

竊聞夫賦爲六義之一兮，以敷陳而見長。詩人之賦麗以則兮，非淫豔之敢望。緬孫卿之著書兮，雖時竝而世同。賦質木而少文兮，非辭家之所宗。騷始廣其聲貌兮，蔚然成夫鉅觀。如星斗之有芒兮，如江海之有瀾。溯馬、揚而逮班、張兮，咸秉之爲橥則。因其枛而恢張兮，後皆指前而剽賊。假設主客以相詶荅兮，厥原出於卜居。招隱詠而思玄作兮，摹大招而規遠遊。懷則九而諫則七兮，襲九章與九歌。望舒、飛廉之瑋異兮，率雲霓而來御。國殤、山鬼之幽怪兮，紛總總其上下。世馳騁夫藻思兮，莫能越其範圍。僅似中而求似兮，疇奇外而出奇。其曲彌高兮，其和彌寡。忠湛湛而願進兮，芳菲菲以自寫。遭謡諑於當時兮，庶見知於來者。

歷九州而相君兮，豈遷地而弗能爲良。周流乎天而乃下兮，忽臨睨夫舊鄉。非不知異地之信美兮，伊舊鄉之可懷。撫我馬之蜷局兮，式我車之逶迤。俗徒譏夫子之迂拘兮，不能游列邦而擇主。彼秦齊燕趙何地不可往兮，寧獨眷戀夫荆楚。惟不忍輕棄夫舊鄉兮，固忠愛之根於性也。不屑與雞鶩而争食兮，亦潔清以自命也。挾狙詐以奸君兮，騁捷步而争先。獨懷瑾而握瑜兮，裹其足而不前。縱溘死而流亡兮，生氣奕奕乎千古。身雖蹈於汨羅兮，名乃照爛乎天下。嗤史遷與賈傅兮，覽沉淵而致惜。何異鷦鷯已翔於寥廓兮，而羅者猶視乎藪澤。士生三代以還兮，恐修名之不立。彼喔咿儒兒以事婦人兮，非余心之所急。伊鷙鳥之不羣兮，抗黄鵠而高舉。椒蘭康娱以淫游兮，共草木而同腐。彼椒蘭能阨先生之禄位兮，不能阨先生之文章。虎狼之秦能夷楚之宗社兮，不能滅先生之高名。臨湘流而哀悼兮，固世俗之常態也。蟬翼重而千鈞輕兮，余心蓋別有在也。年壽有時而遷化兮，未若聲名之無窮。先生求則得之兮，又何惜乎吾躬。至於宋玉、景差之閎肆兮，竊先生之緒餘。已足致身通顯兮，宵小側目而不敢誣。侍蘭臺而歘對兮，附於騷而倖傳。九原亮其有知兮，或破涕而欣然。

君之生兮遷謫，君之死兮廟食。廟巍巍兮江濱，神英英兮澤國。鑿黄金兮爲梁，雕白玉兮爲璧。美人降兮雲中，芳草生兮門側。占吉日兮辰良，楚之民兮敬俟於室堂。折瓊枝兮爲羞，精瓊爢兮爲粻。蜼彝奠兮桂酒，兕觥酌兮椒漿。大巫歌兮起擊鼓，小巫和之兮抃而舞。望神之來兮極浦，吹參差兮渺愁予。荷爲衣兮蕙爲帶，霞軒軒兮擁芝蓋。雷師砰訇兮載雲旗，羲和弭節兮雜沓隨。神之來兮滂之陽，上官之餒魄兮屏息於道旁。巫歌舞兮飶馨，神欣欣兮樂康。神之來兮風蕭蕭，神之去兮天漻漻。閲萬歲兮千秋，享俎豆兮永不祧。

亂曰：吐辭爲經，儷風雅兮。奕禩文人，奉爲祖兮。名在天地，長不朽兮。金石隆隆，與齊壽兮。古今迢遥，名可貴兮。敬告先生，良足慰兮。

校禮堂文集卷七

辭

招海客辭并序

僕本歙人，生於海上二十有一年矣，思歸不可得，乃擬楚人作招海客辭以自慰。招魂語辭用「些」字，大招用「只」字，盧柟放招用「且」字。今效漢廣及抑詩用「思」字云。辭曰：

帝軒轅氏臨乎黃嶽之上合神丹，天都容成子侍焉。帝謂容成子曰：「是有僊官，舊隸玉籍兮，名曰浮丘。乃者籋雲振藻兮，遠遷於海隅。閱年三七兮，作客而迷歸塗。余心閔焉。女其往招兮，俾乃返厥故墟。」容成子稽首受命，爰持絳節，東向而招之曰：「客乎歸來，海壖之棼惡，更僕其難數思。芳菲菲其彌彰，胡不懷夫故土思。客乎歸來，海之東，不可以容思。積水浸天，上下混同思。秋濤挾雨，高如連峯思。轉徙少滯，聚落一空思。歸來歸來，不可以托躬思。客乎歸來，海之南不可以躭思。蠣蝓千歲，腹倖甕甒思。茹火吐颸，噬雨工而甘思。有光四溢，芒角薄星思。巨絙絡野，縶撓雷霆思。歸來歸來，不可以或停思。客乎歸來，海之西，厥象慘悽思。鬼車嘯林，呷嘎兒嗁思。陰燐沸巢，偕魅竝棲思。倏虺暴穴，腐骴輪囷思。五色爛然，毒氛鬱𪊧思。繞山數匝，以尾擊人思。歸來歸來，無爲苦辛思。客乎歸來，海之北，不可以休息思。妖狐禮月，鍊形善惑思。幻爲女子，美好顏色思。伏險於順，攫魂搦魄思。吸人之髓，以供朝食思。歸來歸來，不可以宅思。客乎歸來，海之山孔高思。斥鹵彌望，磽瘠不毛思。泉苦土鹹，煎蝕脂膏思。草木螫膚，銛利邁刀思。豺虎窺户，靡所遁逃思。歸來歸來，不可以久勞思。客乎歸來，海之水何深思。黝然正黑，直下萬尋思。大魚人立，舞波夜吟思。猙獰朵頤，血流涔涔思。牙須翕張，雙瞳眈眈思。歸來歸來，無拂乃心思。客乎歸來，亟理裝思。發軔溟渤，載橐囊思。僕夫戒塗，裹糗糧思。紉蘭爲佩，瓊爲粻思。自北懷南，企故鄉思。客乎歸來，初渡河思。壯志矶硉，高峩峩思。崑崙導源，九曲波思。上接银漢，浮星槎思。中流擊楫，發浩歌思。客乎歸來，適淮水思。桂樹連卷，招隱士思。蘋草靃靡，思公子思。蠙珠媚川，光乍起思。望古而咍，情不能已思。客乎歸來，浮大江思。縱目拓胸，近乃邦思。馮夷伐鼓，聲錚摐思。江妃含睇，蛾眉雙思。百靈雜沓，擁寶幢思。金支翠羽，夾采艭思。客乎歸來，過吴門思。朱甍碧樹，歌吹繁思。冰紈霧縠，春風温思。烹龍炰鳳，開芳尊思。媚男冶倡，銷人魂思。明眸皓齒，多嬋媛思。錦天繡地，花能言思。客乎歸來，經聖湖思。黛痕隱見，山有無思。濃緑凈滑，波縈紆思。桃酣柳嚲，交扶疏思。芳洲風細，燕引雛思。新鶯出谷，調笙竽思。搴烟刻雨，疑畫圖思。客乎歸來，棹㴼舟思。曾巖窈窕，邃且幽思。長藤亂篠，覆瀨流思。巒迴岫折，任溯游思。衆瀑赴壑，寸寸秋思。羣峭刺霄，空翠浮思。韜奇藴秀，窮雕搜思。送妍引勝，與目謀思。客乎歸來，入里閈思。維桑與梓，不敢慢思。敬訊宗黨，言笑晏思。飲食洽比，樂親串思。

述祖稱先，几杖畔思。往蹟未湮，猶可案思。客乎歸來，登先隴思。丙舍森森，宰木拱思。松楸崇封，霜露重思。焄蒿怵惕，心爲動思。豐碑鑱銘，宿草擁思。再拜焫蕭，手親奉思。願言啓承，心竊恐思。客乎歸來，款舊廬思。婉容堂上，問起居思。循陔采蘭，慶有餘思。琳琅在笥，欽典謨思。越陌度阡，帶經鋤思。有山可耕，水可漁思。朝起視膳，暮讀書思。冬温夏凊，共我友于思。稽古居今，味道腴思。客乎歸來，長自娛思。亂曰：雲衢茫茫兮滯滄海，羣僊驂鸞兮笑相待。蓬瀛匪遐兮路可通，璇宮貝闕兮高穹窿。舟楫紆曲兮車馬煩，排風馭氣兮升天闕。鵬搏弱水兮幾千里，履之蕩蕩兮平若砥。夫君迢遞兮有所思，沉吟盤桓兮以俟時。容華未老兮歲月遲，良辰已卜兮懷佳期。服奇服兮被瓊玖，美人不來兮需我友。擷彼白華兮奉老母，立德功言兮三不朽，酌天漿兮爲君壽。」

詰叢桂辭并序

夫緇黃殊色，在乎所染；邪正異勢，由於其學。故游駛川之水者，必非恬鱗；息惡木之陰者，諒無靜鳥。因表以測裏，卽著以知微，類聚羣分，其效可覩矣。昔淮南王雅好文章，招致賓客。觀其合儒墨，兼名法，著書成家，立言不朽，七略列其目，九流厠其名，未嘗不負人倫之鑒，有高代之識焉。然而失如陛之節，忘維城之固，思出其位，睥睨神鼎，卒之身陷大僇，爲世詬厲，披猖顛蹶，良可悼惜。彼夫嬌離騷之作，爲招隱之詠，其朱邸所棲，素絲所聘，固應勸之忠孝，澹其嗜欲，明道家止足之義，講君子退讓之禮。何圖幸舍諸賢，計不出此，僅托空文，冀欺來哲，便可荅其飲食之惠，酬其幣帛之敬。迄今尋其遺編，爲之撫卷三歎焉。漢涿郡高誘序淮南王書稱，天下方術之士，多往歸焉。於是遂與蘇飛、李尚、左吳、田由、雷被、毛被、伍被、晉昌等八人及諸儒大山、小山之徒，共講道德，總統仁義，而著此書，號曰鴻烈。考史記淮南王傳，雷被上書告變，左吳、伍被爲畫反謀，而漢書亦以伍被與江充、息夫躬同傳。是作姦犯科者，八人中已有其三，不知所謂道德仁義者，果何等也。豈當時曳履而至者皆俳優侏儒之屬，彈鋏而求者竝椎埋亡命之侶邪？抑賢者見幾而作，不俟終日，棄萬鍾其若浼，翔千仞而不下邪？乃好事者或又傳其拔宅超舉，此何以稱焉！乾隆四十四年二月，廷堪辭家海隅，負米江介，依人方始，涉世未深，慨叢桂之不存，覩長淮之如故，臨風搔首，悠然有懷。嗟乎！天上無好亂之神仙，世間無徇人之儒術。三古已往，莫知其因，百感之興，無端而集。於是爲文一篇，投諸淮流以詰之。其辭曰：

騎白黿而溯游兮，攬長淮之蟬聯茲水發源於胎簪。合衆流而東邁兮，勢必靡迤澶漫而經過乎壽春。昔尺繒斗粟之家嗣兮，分桐葉乎彼方。何嬋媛而好文兮，獨蒙夫叛逆之惡名。懷帝子之失圖兮，嗟王孫之不歸。宮中倏生夫荆棘兮，露瀼瀼而霑衣。史稱淮南之爲人兮，好讀書而鼓琴。何圖喜妖言而樂諂諛兮，曾不自知其何心。豈八公之高棲兮，類逋逃之淵藪。競巢於危幕而康娛兮，寧不知禍發而不可久。何小山、大山之儒衣冠兮，不如孟嘗之雞狗。日夜與伍被、左吳兮，部署兵所從入。案輿地圖而思騁兮，顧彗星而汲汲。命樓緩先要成皋之口兮，周被下夫潁川。塞轘轅、伊闕之道兮，類中風失心而狂顛。以戈矛爲圭璋兮，以介胄爲冕服。以烏喙爲紫團兮，以鉤吻爲黃獨。酖鳥翕舌而以爲鵷雛兮，貜貐磨牙而以爲麒麟。直白黑火水之相反兮，奚止杜衡之亂細辛。氣怨結而不揚兮，涕滿匡而橫流。起歷階而徑去兮，違伍被之老謀。卒之不能堅守其說兮，竟突梯脂韋而同反。有客如此亦安所賴兮，曾何異羊勝、公孫詭之於梁苑。平日居王之左右兮，不能有所匡輔。及事敗而鳥獸散兮，雖著書其曷補。至今愚氓津津而稱道兮，謂乘雲氣拔宅而上升。天下豈有神仙兮，悉妖怪之所憑。彼河間獻王之好經兮，必實事而求是。瞻廟貌於武垣兮，享百世之禋祀。臨淮流而詰叢桂兮，桂樹偃蹇而無言。將史傳不可以盡信兮，或受誣乎蘭臺與龍門。古人骨朽呼之而不作兮，望高天漠漠而渾渾。撫鴻烈而廢書興歎兮，弭余棹而獨酹夫犧尊。

禮歷陽辭并序

禮歷陽辭者，爲宋寧遠軍節度使王堅而作也。夫風雨如晦，豐功或蘊於當時；陵谷已遷，潛德必彰於異代。故白虹貫日，鬼神畏其精誠；赤手屠龍，天地矜其智勇。未聞生前奇捷，困於國是之混淆，死後壯猷，抑於史臣之忌諱，如將軍之可慨者也。案宋史理宗紀，淳祐十二年春正月癸巳，武功大夫王堅以復興元功，轉遥郡團練使。捍禦三巴，折衝萬里。紀瞻統衆，抗強敵於方張；祖逖誓師，恢故疆於已陷。又寶祐二年六月甲辰，四川制司言，合州廣安軍北兵入境，王堅等戰禦有功，詔堅官兩轉。將士來從天上，難摧衆志成城；鼓角鳴於地中，莫撼孤忠似鐵。盱眙有臧質，拓跋氏徒奮衝車；陳倉有郝昭，諸葛君空施連弩。又秋七月己巳，以王堅爲興元都統，兼知合州。巴江之兵氣漸揚，蜀士之人心乃固。非張遼威略，莫抗吳人；藉韋叡英風，始當魏將。又開慶元年九月庚午，合州圍解，詔王堅寧遠軍節度使，進封清水縣開國伯。是役也，元憲宗殂於合州城下，或傳爲飛矢所中云。巢門未破，俄驚吴子輿尸；玉壁方圍，競説高王飲羽。殘黎呼曰更生，王室賴其再造。又景定四年三月丁酉，以王堅知和州，兼管内安撫使。斬郅支於大幕，稍遷從事中郎；却永固於壽陽，僅得會稽内史。賞罰如是，宋不欲亡，得乎？又景定五年三月辛巳，王堅卒，賜謚忠壯。馮唐終於郎署，王翦老於頻陽。百戰成功，九原齎志，悲夫！宋史成於異代，元臣頗有諱辭，略具大綱，多删偉績。承祚撰三國之志，久知葛亮受誣；永叔著五代之編，不爲韓通立傳。讀史者有遺憾焉。時當落木，道出横江，望城郭之隱然，歎英雄之逝矣。南渡故壘，已没平蕪；西風寒潮，猶帶餘怒。乃仿九歌禮魂作禮歷陽辭曰：

望長江之湛湛兮，驚秋風之蕭蕭。卷怒濤於天際兮，疑毅魄之可招。昔元軍之獵宋兮，若屠肆之縶羝。咸觳觫而伏質兮，竟瞑目而待封。方羽書而北馳兮，忽勁騎其南下。繞滇黔而夾攻兮，視江東若破瓦。何將軍之大勇兮，憑孤城而肆威。驚神臂之一發兮，折大首而解圍。彼合州之失利兮，遂羣帥而遄返。乃姦臣之邀功兮，矜援鄂而偃蹇。捋虎須而倖勝兮，裹馬革而未酬。騎箕尾而上升兮，偕蘄鄂而竝游。嗟宋史之無傳兮，致勳業之未詳。薦將軍以禮魂兮，壯令子爲國殤。匪血食於蜀口兮，合廟祀於歷陽。

校禮堂文集卷八

七

七戒并序

昔屈子作九章，王逸曰：「九者，陽之數也。」案春秋正義，九爲老陽，七爲少陽，故東方朔仿之而爲七諫焉。王逸以爲取天子有争臣七人之義者，非也。然考其意度，猶是騷人之遺；相其體製，未改湘纍之貌。獨枚乘七發因舊名而剏新格，變激響而成鉅觀，洋洋乎盡態極妍矣。東京作者，若傅毅之七激，崔駰之七依，崔琦之七蠲，李尤之七款，桓麟之七説，張衡之七辯，馬融之七廣；魏晉作者，若曹植之七啓，王粲之七釋，張協之七命，成公綏之七唱，陸機之七徵，左思之七諷。鄴中之才不殊於洛下，典午之士可配乎當塗矣。是以休奕集之而爲林，昭明采之而入選。至於元嘉以後，謝康樂、顔特進尚嗣厥響；太清而還，梁簡文、何仲言更衍其緒。而自漢迄今，尋其存者，皆不外乎飲饌、車馬、宫室、游觀之盛，田獵、音樂、服飾、嬪御之美，襲景摹聲，層見疊出。雖組織類錦綺，雕琢等圭璋，安能離枚叟之規矩，脱吴客之杼軸哉！若夫柳宗元之晉問，咸謂其振在陰之響，騁歷塊之技，不與燕雀競噪，不與駑駘齊走。究之險馬戈甲，名異而實同；材木魚鹽，語奇而意近。求其鳴鳳翔千仞而自協乎簫磬，飛兔馳萬里而不罣乎軌轍，則力有所未逮，才有所難給矣。總之，有若不能服魯人，優孟不能治楚國，似與不似，未足深論也。廷堪賦質椎魯，專嗜禮經，羣籍紛綸，無暇旁及。客有以書畫、辭章、性理、經濟、史學之等相勸勉者，於是擬七發之體，爲七戒一篇以荅之，兼用自厲焉，非敢與古人較得失也。其辭曰：

從宜處士，居於環堵。周旋中規，折旋中矩。抗志乎西雍，希心乎東魯。考淹中之異同，守古經之訓故。於是增美上卿，聞而心許。謀於致仕之老，立爲鄉飲之賓。當牖前而布席，中房户而設尊。上篚在禁南而東肆，下篚在洗西而南陳。緣席者緇布，覆尊者綌巾。西階東面者介，賓東南面者遵。阼階之席，厥惟主人。牲醴脯醢，各有司存。陳器之先，乃朝服而造處士之門。處士拜辱，立于門外。上卿門西，東面荅拜。告以賓興，敬恭而戒曰：「吾聞儒者學古以希獲，君子藏器以待試。是以運隆於上，賢哲符利見之占；教成於下，庸愚有奮興之志。今將禮子以一獻之禮，吾子其有意乎？」處士曰：「唯唯。夫貿然納交者，苦於無所擇；率爾應命者，闇於不自知。辱承高訓，良慰鄙懷。敢問介與衆賓，其人爲誰？」上卿曰：「曲藝可通，偏長足耀。府史所能，考工所效。或書或繢，各臻其妙。書則建安師宜官，黃初梁孟黃。潁川邯鄲淳，京兆韋仲將。衞氏之伯玉，鍾氏之元常。繢水則張僧繇，繢山則陸探微。繢物則曹不興，繢人則顧愷之。庭收宿雨，户納遠岫。纖塵不動，鳴琴初奏。流泉響其左，修竹覆其右。爾乃抒扶桑之繭，拔中山之豪。鑿橫浦之石，合易水之膠。夭嬌兮，縹渺兮，若時花之競奇焉。僄儇兮，窈窕兮，若好女之鬭姿焉。由是爭出玄構，互矜意匠。佛鬱輪囷，淋漓酣暢。縱橫譎詭，不可名狀。

俄頃紛萬類於筆端，咫尺幻五嶽於堂上。蓋信本、誠懸所不克晞，亦輞川、洪谷所不敢望。況復宋、元以還，術與代遷。枯寂爲逸，欹側取妍。遞相祖述，奚足道焉。此亦天下之技巧精良也。子能出而與之頡頏乎？」處士曰：「走素蹇拙，未暇有此長也。」

上卿曰：「將使長卿、子淵、武仲、亭伯之流，太冲、士衡、安仁、文通之屬。引蘇、李、曹、劉以指揮，進鮑、謝、徐、庾以馳逐。此數君者，驅使百靈似車馬，控馭萬景類臣僕。其運思也，幽乎窅乎，騰天入淵而不可追。其放筆也，灝乎沛乎，排山決河而不可迴。象虛而解構，境實而能開。既戛戛而務去，爰汩汩而遂來。麗乎日月號曰文，參乎天地謂之才。或鬱如龍虎，或變如鬼神。或雋如豪士，或豔如美人。或如彝鼎肅，或如圭璧尊。或淒淒若秋，或蓬蓬若春。飾玄黃以相雜，配宮徵而適均。摯虞志之而不能極其量，鍾嶸品之而不能得其真。雖鞶帨之繡，而華藻可珍。雖虛車之飾，而奔逸絶塵。托精誠以不朽，共光景而常新。此亦天下之繩墨機杼也。子能出而與之游處乎？」處士曰：「走本鈍椎，未暇爲其伍也。」

上卿曰：「意者子其卑辭章而高性天乎？則將爲之闡性命之旨，衍精一之傳。數取希夷之術，理兼曹溪之禪。茂叔揖於前，堯夫讓於後。伊川以爲師，横渠以爲友。考亭後至，居客之右。講河洛，畫太極。援體用，判感寂。出新義，破舊釋。易六書爲灑掃應對，變五行爲水火土石。彼漢唐諸儒之説，距之而唯恐不力。若夫同入其室，頓操厥戈。恥相剽襲，各鳴一家。問學方擅，德性乃夸。門户攻扞，莫可調和。以易通爲天符，以正蒙爲鴻寶。窮理致知以立其宗，居敬存誠以徵所造。云發兩間未發之藏，謂傳千聖不傳之道。小夫望之而羞沮，巨子對之而傾倒。此亦天下之高明奇特也。子能出而與之辨析乎？」處士曰：「鄉者竊浮慕焉，而玩索未嘗有得也。」

上卿曰：「意者子其輕道學而重事功乎？夫明者妙於應而無所惑，知者達於變而不可窮。深於學者其品正，發於事者其業隆。唯其大也故能濟，唯其博也故能通。約計宇宙，蓋有數公。其節目疏闊，有本有末，則京兆杜氏之包括也。其措之而正，施之而行，則鄱陽馬氏之粹精也。其治亂成敗，則涑水之書簡而備焉。其制度典章，則夾漈之作博且詳焉。且夫著述者，坐而論之；設施者，起而運之。是故食貨、選舉、職官、禮樂、刑法、州郡、邊防統其全；田賦、錢幣、户口、職役、征榷、市糴、土貢、國用區其類；經籍、帝系、封建、象緯、物異考其鉅；氏族、六書、七音、金石、昆蟲、草木志其細。生民盛衰之原，往古是非之蹟。稽山川之險要，明政治之失得。援千載而指陳，坐一堂而規畫。此亦天下之英傑雄俊也。子能出而與之荅問乎？」處士曰：「鄉者竊有志焉，而空疏未敢自信也。」

上卿曰：「紀傳之材，表志之體。龍門導其源，蘭臺循其軌。陳承祚文簡而事該，范蔚宗事闕而文靡。江左則沈休文，河朔則魏伯起。其義次於六籍，其説超乎百家。居稽者遂廣，研究者孔多。於是應劭、晉灼、韋昭、裴駰、薛瓚、顔籀之等爲之注釋，服虔、徐廣、孟康、崔浩、包愷、蕭該之徒爲之音義。司馬貞爲之述其贊，裴松之爲之補其事。下至紀月編年，雜出而不可勝記。咸納之函丈之間，悉置之尊俎之側。若者爲旁行斜上，若者爲因革損益。曷爲析文苑於儒林，曷爲别日者於龜策。唯時異則事殊，聊舉一以例百。其文也端嚴簡貴，而丐翦裁、竊藻繪者不數焉。其例也持擇矜慎，而寓褒貶、分正闓者不取焉。其事也宏贍賅博，而論邪正、評善惡者不與焉。此亦天下之大典鉅文也。子能出而與之究殫乎？」處士曰：「聞嘗學之，而不能徧觀也。」

上卿曰：「六藝者羣言之標準，五經者衆説之指歸。道統興而傳注息，心學盛而章句微。試爲溯師承之厥初，極專家之上選。矻矻乎名物象數之賾，斤斤乎聲音文字之辨。於梁則皇侃、沈重，於隋則劉焯、劉炫。扶其墜者楊士勳、邢叔明，集其成者孔穎達、賈公彦。」上卿之語未竟，處士欣然曰：「善。」上卿曰：「此特義疏之儒耳，未足以深羨也。進而召荀、虞以説周易，徵馬、鄭以講尚書。左氏則賈景伯、服子愼，周官則鄭司農、鄭大夫。毛詩則東海之衞，戴記則涿郡之盧。加以何氏之公羊，范氏之穀梁。集石渠之秘閣，而較經義之短長。此亦天下之肅穆嚴重也。子能出而與之折衷乎？」處士曰：「走嘗孜孜於是焉。愧材質之愚惷而不能兼綜也，然而爲之心動矣。」

上卿曰：「禮更祖龍，漢興乃出。其逸者三十九，其傳者一十七。曹褒升慶氏之堂，康成入小戴之室。下逮黃、李，憔悴專壹。地則考户牖堂階，位則分尸侑賓主。牲則别肩臂脊脅肫胳，器則辨籩豆簠簋鼎俎。冠何以有一醴三醮之殊，昏何以有棗臬腶脩之異。燕何以膳宰爲主而大夫爲賓，射何以堂西有位而洗東有次。聘何以有授玉、享禮、醴賓、私覿之儀，祭何以有九飯、三獻、陰厭、陽厭之制。以節民性，以制事宜。講之者忘倦，肄之者不疲。然後往聖之精神可接，先王之制作可推。雍容俯仰，仿佛遇之。此固崔靈恩聞之而馬不遑秣，陳祥道見之而車不及脂也。吾子習於儀者，已禮辭矣，而可固辭乎？」處士曰：「諾！子大夫有命，賓賢獻能。走雖固陋，敢不奮興。」上卿歸而陳器，羹定實脀。拜而速之，三揖至於階，三讓而後升。由酢而酬，由獻而酢。一人舉觶而行旅酬，二人舉觶而行無算爵。以下爲上，辯而交錯。先賓後主，先主後介。其心既恭，其體匪懈。歸俎奏陔，成禮而退。

校禮堂文集卷九

表　啓　檄　露布

擬賀日月合璧五星聯珠表

臣某言：伏覩欽天監奏，嘉慶四年四月己丑，日月合璧，五星聯珠，謹奉表恭賀者。伏以瑶圖協紀，齊覆幬於兩儀；珍籙乘時，仰照臨於五緯。建玉繩以交黄道，次舍無愆；連璿極以戴紫宫，躔離不忒。抱重光於太平之世，輝異彩於郅治之年。喜動三辰，慶生八表。臣等誠懽誠忭，稽首頓首上言：竊惟伊祁在位七十載而化日呈輝，軒后之壽三百年而景星叶紀，是皆德通洪化，仁浹生民，故能昭神祜於彼蒼，召休嘉於穹昊。謹案：雍正三年二月庚午，日月合璧，五星聯珠。其時清海底平，丹津遠遁。退渾爲鮮卑别子，鼠竄遐荒；吐蕃本秃髪後人，鳥飛空幕。先零大種，讐趙充國之英聲；呼衍名王，畏裴敦煌之威略。琱戈却敵，伏允犂庭；金甲受降，欽陵徙帳。又案：乾隆二十六年正月辛丑，元旦三朝，斯祥重覯。其時既開準部，復定回疆。拓區宇於烏孫，化侏離爲赤子。侍郎鄭吉所將千五百人，都護班超遂平三十六國。射郅支之鼻，靈獒從西極而來；飲月氏之頭，天驥驗東風而至。乃者百工熙績，萬福攸同，太史告祺，司天述職。三光順軌，禧延孟夏之初；七曜遵塗，瑞應咸池之首。稽諸上古，亙千載而一逢；粤至我朝，未百年而三見。蓋自五老游河之歲，以迄九疇出洛之朝，從未有雲物頻書，天厤累示，啓昌期於七衡六間，肇泰運於九道八行，如今日者也。欽惟皇帝陛下，德圓象璧，知朗同珠。禋于六宗，光被四表。括地著河圖之象，六合無塵；渾天傳漢代之儀，萬年有道。金烏寶兔，調玉燭於西成；朱鳥蒼龍，平泰階於北斗。朝升夕見，允宜霞纈之加；色正芒寒，儼若虹條之貫。書紀有冬有夏，凝二氣之精華；史稱諸布諸嚴，感五行之英爽。黄人旦捧，豈惟竝聚於奎垣；碧落晨懸，匪特中含夫王字。從此房庸熢燧，悉化卿雲；井絡欃槍，都成含譽。士卒則弢弓歸馬，烝黎則賣劍買牛。洗兵挽銀漢之波，露布上金函之奏。臣等識非甘德，學昧唐都。嗤執管而徒窺，愧爲規而妄測。尋保章氏之五物，粗諳勾股、開方；繹考靈曜之四遊，敢述周髀、宣夜。伏願執中惟聖，行健法乾。奉蒼璧以禮天，持紺珠而照世。堯聰舜孝，備四氣於宸躬；文治武功，念八徵於昭代。佇見獻聖壽無疆之頌，松牖賡歌；演皇建有極之章，蓂階載拜。臣等無任瞻天仰聖、踴躍懽忭之至。謹奉表稱賀以聞。

謝金櫻亭博士惠鰣魚蒸餅啓

金盤玉箸，曾傳何仲默之詩；秋練春綿，競述束廣微之賦。技誇饔子，案前雪膾羣飛；巧試厨孃，臼裏瓊糜細擣。雅製借櫻桃之色，鍊玉成膏；芳洲倩楊柳之穿，鎔銀作鬣。啓榼則思染指，何須象箸輕施；升筵但覺飫心，想見鸞刀縷切。邁五侯於漢世，嘗來飽送香秔；仿十字於晉時，擘去頻傾美酒。某蘆中窮士，桑下餓人。未遑彈鋏而求，敢望取珠以市。淮濱落拓，疲宜博士之羊；邗上經過，冷合廣文之飯。冀賜鮮於燕市，恍登粉署班聯；思開宴於曲江，如被紅綾寵錫。千金圖報，已看貯德於胷腸；五夜静思，猶自回甘於齒頰。

謝翁覃溪師贈戴氏遺書啓

南閣祭酒，綜異義於五經；北海司農，貫羣言於六藝。守先以待後，尼山之金鏡彌輝；繼往而開來，泗水之珠囊倍朗。巨唐孔、賈，未改遺規；炎宋邢、孫，猶存故步。自元豐之世，三經之解盛行；迨皇慶以還，四子之書大著。置典章於不講，後生莫識儒林；競心性以相高，先達皆言道統。惟國家重熙累洽，至治日臻；而學校漸義摩仁，真儒篤起。道該本末，豈惟鄗郡之光；學貫天人，誠屬聖朝之瑞。遺編在笥，傳之其人；著書滿家，壽諸斯世。某草茅賤士，粗識古今；韋布少年，略研訓詁。未遑進履，遂傳圯上秘書；更使升堂，許作淹中弟子。從此青燈佔畢，時尋學海之源流；絳帳追隨，敢忘師門之授受。

熱河謝座主韓城公貽鮮荔枝啓

王叔師之體物，灼灼丹皮；左太沖之屬辭，離離朱實。餐霞有術，南方習以爲常；縮地無由，北土致之匪易。芳甘已變，永元之置候徒傳；奔走維艱，天寶之郵程太苦。類舟車轉粟，嗤前人之計未工；法罌盎栽花，羨後世之思益巧。植靈根於廣器，遵塗而恆事滋培；護嘉種以丸泥，望闕而頻加灌溉。三霄瑞露，辭炎嶠而方垂；幾樹濃雲，到神京而正熟。仰惟一人敷治，雖草木亦被生成；是以羣策呈能，即瑣細皆關經濟。某燕山執業，灤水擔囊。欣於下直之時，寵以上方之賜。贊維馨於帝座，宰相斂福以錫民；咀至味於師門，弟子分榮以稽古。未作羅浮之客，居然薦此虬珠；何曾涪萬之遊，遽得探玆鳳卵。閩中玉女，驟降黃扉；海上仙人，飛來紫禁。飫清芬於今日，百竅皆融；廣聞見於他年，寸心知感。

謝山西方伯謝蘇潭先生惠朝服啓

纁裳韎韐，允稱雀弁之華；素韠玄冠，聿著羔裘之粲。魯之象環章甫，虞書未載其名；漢之貂飾惠文，周官不詳其制。曰皇，曰收，曰冔，時以遞尚而尊；或縞，或燕，或深，禮以從宜爲大。苟此解推之盛誼，寧忘銘佩之微忱。廷堪席帽初離，褐衣甫釋。對都人之臺笠，顧逢掖而依然；羨上士之葱衡，岸華陽而自若。半通墨綬，沾鸂鶒之新輝；一片青氈，分鵷鸞之舊寵。披仁風而耀彩，裁成紅錦垂肩；迎瑞日以生光，鑄就黃金覆頂。夫綈袍戀戀，尚傳須賈多情；敝袴區區，猶說韓侯慎賞。何況須諸雲外，如膺五服五章；擎向庭中，不啻三薰三沐。昭紘綖而賁首，受來禮則有加；飾黼黻以章身，從此被之無斁。

謝座主朱石君先生贈線縐啓

齊紈蜀錦，遷地弗能爲良；霧縠冰綃，合天所以觀技。漂來箬渚，羣推組織之精；濯自苕溪，共羨經營之密。惟緺名之可貴，樸以生華；更線質之爲佳，柔而能韌。積寸長爲引丈，俄而衣被寰中；加白賁以玄黃，遂乃文章天下。臨風靜展，如雲漢之常昭；向日徐觀，若波瀾之漸起。詎假鮫人之軸，價值兼金；恍穿龍女之梭，溫宜加璧。獲此雙縑之賚，何殊十瑴之投。某空集芙蓉，時牽薜荔。千尋之絹，徒存石室高懷；萬里之裘，恆抱香山虛願。凜素絲之罕譬，自少而多；秉奇服於師承，既安且吉。翦裁有法，身依大匠之杼機；經緯無方，志守宗工之繩尺。

擬王琳討陳檄文并記

年月朔甲子，梁丞相、都督中外諸軍、錄尚書事、侍中、使持節大將軍、中書監、安成郡公王琳告江東諸將校部曲及陳項宗親中外：蓋聞無禮則誅，聖哲之明訓；有賊必討，春秋之通義。是以臣子有闇干之罪，天乃命仗順之人以征之；君父有蒙塵之憂，天乃生效忠之士以弼之。昔王莽矯造符命，竊炎鼎者十七載，一旦南陽諸劉，驅新市、平林之兵，叩關而西，斗柄未移於天，而要領遂裂。桓南郡席再世之餘威，恣睢陸梁，易晉爲楚；宋武奮三尺劍，徒步大呼，桑落一戰，而靈寶之首，忽懸於大桁。彰癉所加，智愚共識。至於侯景負牛羊之力，挾梟獍之資，擁狼望於黃圖，塡盧山於赤縣。我太尉王大都督，橫琱戈，執金鼓，登壇誓衆，投袂勤王，指顧之間，固已埋長狄於駒門，斬蚩尤於中冀。此又近事之可見者也。逆賊陳霸先，長城匹夫，下若賤隸，乘國家顚沛之際，煽誘嶺表，幸以偏師屬王太尉戲下，供鞭策於駑駘，效鳴吠於雞狗。大軍破滅逆景，收復京邑，王太尉俯錄小勤，優加大賞，而且申之以盟誓，重之以婚姻，俾領北府之甲兵，用作南邦之屏翰。乃逆賊假虎之威，方鳴得意；藏蠭之毒，遽思螫人。往者梁室中微，江陵陷没，晉安未立，愍懷又薨，王太尉欲報岳陽於西，故納翼皇於北，蓋以時丁多難，國賴長君，冀交曲逆之歡，圖雪會稽之恥，且奉天戎於丹禁，既毓紹泰於青宫，反經行權，未爲失策。何圖陰謀伺隙，遂倡流言，夜襲石頭，害我元輔。始則事權未屬，藉口故君，繼則威福潛移，甘心幼主。夫袁本初議立劉牧，猶是隆準子孫；曹子桓躬廢山陽，竟隕赤符宗祏。五内之肺肝如見，萬民之耳目難誣。孰是孰非，不待辨矣。明辟之復未聞，委裘之卒非疾。中興之宗不祀，左纛之僭旋稱。試爲起魂魄於九原，何以對神靈於七廟？幕府爲國親臣，誼同休戚。當其篡竊之初，即申撻伐之典。沌口之役，賊之精鋭，鴟張螘集，幕府談笑揮之，大殲醜類，生擒周文育、侯安都暨周鐵虎、程靈洗諸人。幕府戮鐵虎於牙前，縶文育等於艑下，屬守者不戒，脱鏁逃歸，復用爲將，曾無愧赧。天道好還，乖氣致戾，渠魁自斃，骨肉相殘。陳昌，陳霸先之子也，而陳蒨擠諸深淵；陳伯宗，陳蒨之子也，而陳頊幽諸别第。天嘉奸位，既仿景栖，太建奪宗，復同宣訓，可謂饕餮、窮奇，世濟其惡者矣。賊頊不思苟延視息，偷生江介，公然跳踉猖獗，遣賊將吴明徹，率彼同惡，窺我壽陽，蓋昊天降凶，使之自嬰斧鉞也。幕府合淮南義故，借河朔勁兵，與齊國開府儀同三司尉破胡、長孫洪略等犄角而前，尅期竝進。嗚呼！靡奔有鬲，緣夏后之已亡；胥哭秦庭，值郢都之既覆。然而收斟灌、斟尋之燼，卒殪伯明；帥子蒲、子虎之師，終撓夫槩。區區之志，竊慕於斯。加以幕府所將多荆楚奇才，幽并劍客。麾之陷陣，如鷹隼之擊狐貍；統以登陴，如手臂之捍頭目。晉軍壯士，超乘搏人；蜀道殘黎，拔刀斫石。援戈則皎日不墜，飲馬則長江立乾。彼吴明徹，龜鼈小豎，奴僕下材，嘗犯溢城，僅以身免，素以涕唾鄙之，草芥視之。既非若周文育、侯安都之桀黠也，又非若周鐵虎、程靈洗之驍悍也。當彼逆焰方張，黨羽用命，幕府尚取之如捕孤豘，俘之如探雛鷇。況明徹者，傷弓逋寇，漏網餘生，又何足污寸刃，煩尺箠乎？夫綠圖出河，天澤之位斯定；丹書授洛，冠履之辨益彰。故當塗綰璽，諸葛氏拜表而出師；寄奴築壇，韓延之投書而奔敵。今古義烈，咸同兹憤。伏思江東人士，如淳于思明、徐孝穆輩，竝梁朝舊臣；孫德璉、任蠻奴及樊智烈兄弟，亦幕府故將。其餘或太清逸老，或承聖遺民。城闕未改，鐘簴已遷；風景不殊，江河或異。詠商郊之麥秀，賦周道之黍離，安得不撫銅狄而心傷，緬金甌而泣下哉！今與諸君子約：有能斬送陳頊首者，封萬户侯，賜絹布五萬匹；有能斬送吴明徹首者，封五千户侯，賜絹布五萬匹；部曲偏裨將校諸吏降者，勿問。科條所在，誓不食言。夫昆陽之虎豹犀象，輜重千里，非不強也；郿塢之金銀錦綺，積如丘山，非不富也；終於敗不旋踵，亡可翹足。何者？順逆之勢不侔而仁暴之情懸絶也。況東南杼軸，久困誅求；吴越丁男，夙稱脆弱。立見斲棺暴屍，瀦宫屋社，繫頸以組，搘喉以矛。諸君子若觀望不前，躊躇無決，異日函首行臺，署爲逆賊，豈不悲哉！布告揚粤，咸使聞知，檄到如律令。

揚州蜀岡側有五司徒廟，相傳祀茅智勝等五人，即北齊書所稱密送王琳柩達于鄴者也。竊謂吴明徹非王琳敵也。壽陽見獲，天實爲之。丹心未移，碧血已灑。千古而下，猶爲不平。辛丑仲夏，廷堪檥棹初地，金碧既窮，荒寒忽覩，顧瞻榱桷，有感於中。於是不揣固陋，擬爲討陳檄文一首，少抒忠憤，以當哀誄。庶幾斯遊，非徒流連光景，諒亦毅魄所樂聞云爾。

擬淮南節度使楊行密大破朱温於清口露布并序

敍曰：廷堪讀通鑑，至楊行密清口之戰，心甚快之。惜當時未露布以聞也，爰擬斯篇，以補其闕。

尚書兵部臣行密言：臣聞百谷争趨滄海，則澒洞克平；衆星環共紫微，則蚩尤自隕。故無忌奏邯鄲之捷，秦不敢遽下三川；重耳建城濮之勳，楚未遑輕窺九鼎。祥如威鳳，遇梟獍而必擒；仁若騶虞，見猰貐而亦噬。昔漸臺僞稱黄瑞，羣魄同仇；郿塢搆釁赤靈，諸袁致討。敦狂姑孰，郗太尉投袂而勤王；峻畔歷陽，温侍中登舟而灑泣。簡編所載，忠烈猶存。矧夫黑稍如雲，犯順而攻枹罕；青袍似草，送死而離壽陽。人神不容，士卒交憤。一舉全勝，萬姓騰歡。伏惟皇帝陛下，德孚蒼昊，光被黔黎，主神器者三百年，握乾符者十九世。生知血氣，莫不尊親；僸佅兜離，罔敢叛越。粤自天寶，以逮中和，凡有闇干，悉歸夷滅。軋犖封腸於嫡嗣，宰干磬脰於冢男。泚泯夏而尸肆九衢，巢矯虔而頭行千里。李希烈蒙蕭牆之禍，秦宗權被檻車之囚。是知天之所禍者淫，人之所助者信。逆寇朱温，黑山餘孽，赤縣亂民，從巨猾而鴟張，躪神都而豨突。爰因畏罪，自拔來歸，朝廷寬彼鯨鯢之誅，授以貔虎之任。應圖後效，用贖前愆。乃不革面洗心，推誠報國；輒更磨牙吮血，挾詐啓疆。杯酒藏姦，襲沙陀以密計；懸軍假道，脅魏博以凶威。蠶食天平而朱宣就縶，豺吞感化而時溥自焚。蓋欲翦公室之屏藩，成私謀於簒奪。同馬昭之心迹，行路皆知；爾朱兆之强梁，舉朝共見。行將希蹤浞、羿，接踵窮、新，罪崇丘山，惡深溟渤，爲王章之所弗赦，天鉞之所必加。猶且兼并不休，饕餮無厭，傾其醜類，侵我版圖。乾寧四年九月，温遣賊將龐師古統徐、宿、宋、滑之兵，壁清口，將趨揚州。又遣賊將葛從周統兖、鄆、曹、濮之兵，壁安豐，將趨壽州。而賊温自屯宿州，以爲聲援。苻永固由雍梁南下，已無晉國於目中；曹孟德從荆楚西來，直玩吴人於掌上。妄謂三州義旅，折箠可招，萬里長江，投鞭可斷。臣行密憑依國勢，宣布王靈，髮上指冠，劒將及寢，駕青龍而破浪，沉白馬而誓天。冬十月，率前泰寧軍節度使、今領武寧軍節度使臣朱瑾將兵三萬，拒賊於楚州。得王征虜始克中原，非劉豫州莫當大敵。徵卒徒於南北，扼險而待葛榮；蒐車乘於關東，憑高而臨韓約。黄頭都虞候、常州刺史臣張訓以漣水之兵爲前鋒。三河年少，百保鮮卑，超乘挾輈未能喻其勇，翹關透札未足比其長。於是壅淮上流，用以灌賊。效遏濰而破楚，乘溢漢而攻樊。十一月，臣瑾率裨將侯纘將五千騎趣賊中軍，臣訓踰栅而入。淮水大至，賊兵駭亂，自相蹈藉。不假雲梯，徑磨霜刃，大呼動山嶽，合戰走雷霆。劉道堅提北府偏師，抽戈直進；丁承淵領東興別部，免胄先登。臣行密自引大軍，與瑾夾攻，大敗賊衆，斬賊將龐師古。鼓我中權，蹶彼上將。康樂力争洛澗，果殪梁成；宇文潛出潼關，竟殲竇泰。蜀軍禦敵，斬夏侯淵於漢川；晉將臨戎，梟皇甫敷於羅落。强弓競射，嚨胡與楊柳同穿；蕭斧頻揮，頸骨與蔓菁共脆。怒蛙結隊，咸貫於大黄；雄虺成羣，畢懸於小白。桀同孟獲，奚煩七縱七禽；悍比陳安，不容十盪十決。追奔百餘里，斬首數萬級。聚髑髏於高岸，淮水爲之不流；閲皮肉於平原，徐野爲之盡赤。壽州團練使臣朱延壽，亦擊破賊將葛從周於濠州。周瑜、程普兩翼齊驅，僧辯、霸先分鑣竝發。鳴笳倏至，蠭蠆之尾方摇；折箠輕笞，螳螂之臂忽斷。方城左廣右廣，俱絀於蒙馬之胥臣；曲沃上軍下軍，悉撓於奉麇之攝叔。臣行密乘勝追殺，及於溥水，賊方半濟，我兵合擊，殺溺殆盡，從周僅以身免。河伯效忱，波濤壯其叱咤；飌師率職，沙石佐其指麾。轉戰而前，甲乃齊夫熊耳；潰圍而出，纛且奪其狼頭。積雪傷膚，嚴寒侵骨。首皆承於槊上，指可掬於舟中。齊士技窮，謂烏飛爲周幟；秦人氣沮，疑鶴唳爲晉兵。賊温聞敗，顛沛奔還。義陽不能拒元英之衆，惟棄戍而潛逃；蒲阪不能拔姚平之軍，但隔河而大哭。金墉，劉曜遇勁騎而莫支；玉壁，高歡頓堅城而致挫。驟車宵遁，聞鼓角而魂徂；鼠穴晝窺，望旌旄而膽落。不以賊遺君父，逐惡有愧於鷹鸇；祗將身報國家，除暴敢留夫蛇豕。妖氛静掃，八公之山色常新；毒螯全銷，六蓼之遺封如舊。淮沂土宇仍屬王臣，吳會衣冠不污僞命。椎牛江介，洗兵則高挽銀河；歸馬華陽，犒士則大陳金帛。振九州豪傑之志，堅四海忠義之心。斯皆聖天子之嚴恭，諸將軍之武力。瞻雲就日，殘黎有幸而僅存；沐雨櫛風，微臣無功之敢耀。從此皇猷式廓，永開魑魅之昏霾；佇見國憲大伸，直擣狐貍之巢窟。惟願尺書特降，中制載頒。削其東平之藩封，收其宣武之符節。御丹鳳門而受賀，升白獸闥而獻俘。被以五刑，夷其三族。庶黜姦回於既往，懲跋扈於將來。不勝慶快之至。謹遣都押牙壽州團練副使臣柴再用奉露布以聞。其軍資器械，別簿條上。謹言。

校禮堂文集卷十

頌

荀卿頌并序

夫人有性必有情，有情必有欲，故曰「飲食男女，人之大欲存焉」。聖人知其然也，制禮以節之，自少壯以至耆耄，無一日不囿於禮，而莫之敢越也；制禮以防之，自冠昏以逮飲射，無一事不依乎禮，而莫之敢潰也。然後優柔厭飫，徐以復性，而至乎道。周公作之，孔子述之，別無所謂性道也。劉康公曰：「民受天地之中以生，所謂命也。」是以有動作禮義威儀之則以定命也。故曰：「子所雅言詩書執禮。」又曰：「約之以禮，亦可以弗畔矣夫。」夫舍禮而言道，則空無所附；舍禮而復性，則茫無所從。蓋禮者，身心之矩則，即性道之所寄焉矣。時至春秋，即升降襲裼之節，鼎俎籩豆之數，士大夫已漸不能詳言之，況禮之深焉者乎？降而七雄竝爭，六籍皆闕，而禮爲尤甚。從横捭闔之説，堅白異同之辨，殽然而不可紀，雜出而不可窮。守聖人之道者，孟、荀二子而已。孟子長於詩書，七篇之中，稱引甚廣。至於禮經，第曰「嘗聞其略」。考其父命厥子，已與士冠相違；往送之門，又與士昏不合。蓋僅得禮之大端焉耳。若夫荀卿氏之書也，所述者皆禮之逸文，所推者皆禮之精意。故戴氏取之以作記，鄭氏據之以釋經。遺編具在，不可誣也。夫孟氏言仁，必申之以義；荀氏言仁，必推本於禮。推本於禮者，譬諸梟臬之有模範焉，輪梓之有繩墨焉，其與聖人節性防淫之旨，威儀定命之原，庶幾近之。然而節文器數，委曲繁重，循之者難，則緬之者便；好之者鮮，則譏之者衆。於是乎荀氏漸絀性道，始麗於虛，而仁爲杳渺不可知之物矣。孔子之論仁，曰：「克己復禮。」又曰：「非禮勿視，非禮勿聽，非禮勿言，非禮勿動。」顏淵曰：「夫子循循然善誘人，博我以文，約我以禮。」然則荀氏之學，其不戾於聖人可知也。後人尊孟而抑荀，無乃自放於禮法之外乎！頌曰：

七姓虎争，禮去其籍。異學競鳴，榛蕪疇闢。卓哉荀卿，取法後王。著書蘭陵，儒術以昌。本禮言仁，厥性乃復。如笵笵金，如繩繩木。金或離笵，木或失繩。徒手成器，良工不能。韓氏有言，大醇小疵。不學羣起，厲聲詬之。孟曰性善，荀曰性惡。折衷至聖，其理非鑿。善固上智，惡亦下愚。各成一是，均屬大儒。小夫咋舌，妄分軒輊。中風狂走，是謂自棄。史遷合傳，垂之千年。敬告後人，毋歧視焉。

漢十四經師頌并序

易四家：沛施氏讎長卿，東海孟氏喜長卿，琅邪梁丘氏賀長翁，東郡京氏房君明。尚書三家：千乘歐陽氏高子陽，魯大夏侯氏勝長公，小夏侯氏建長卿。詩三家：魯申公培，齊轅固生，燕韓太傅嬰。

禮二家：梁大戴氏德延君，小戴氏聖次君。春秋公羊傳二家：東海嚴氏彭祖公子，魯顏氏安樂公孫。右經師十四人。其源流授受具於孟堅漢書，其訓詁著録載諸子駿七略，卽范蔚宗所云光武中興，愛好經術，所立凡十四博士是也。當是時，赤符之運甫隆，新室之圖已謝。費氏之易伏而未行，左氏之傳立而旋廢，穀梁洎毛詩俱罷，周官與古文竝省。雖未遑廣厲微學，扶翼湮墜，亦可謂兼收博采，無所偏重者焉。夫説稻粱之美者，略種殖之艱；溉江河之潤者，昧疏鑿之力。況乎人情厭故而喜新，學者數典而忘祖。閲年漸遠，道術屢更。爰自束髮受書，以迄離蔬筮仕，咸以爲垂範者五經，載道者四子，洙泗既往，僅傳其辭，洛閩而還，始釋其義。豈知騶邑言性，本屬子家，小戴格物，亦云傳記，四始敦厚，棄序説而益誣，十翼精微，因圖書而轉晦，孔傳是後儒僞爲，魯論乃弟子雜撰，舍三傳而釋春秋，置六書而談小學，斯固聖學之別傳，非儒林之正脈乎！間有不安於所習，不溺於所聞，探貞觀之璇囊，啓永徽之寶笈，尋玄珠於孔氏，撿赤玉於賈君。然而當陽之麟史，第行於江東；仲真之蝌文，晚傳於河北。王輔嗣之虚誕，范武子之乖迕，匪當塗之攸述，卽金行之別𢱧。就令好古者闡厥荀、虞，研彼馬、鄭，搜景伯殘文，綴子慎逸簡，究亦建、初以後之流風，而非元始以前之古則也。譬如神禹導靈源於積石，人以爲九河窮始，而不知有崑崙之墟；成周配后稷於先農，人以爲百穀報功，而不知有厲山之子。彼夫決渠荷插，自詡其勞，沾體塗足，自神其術者，又無足深論焉矣。且夫五經之初立也，非惟章句，耑門不相假借；卽在經文，傳習亦有異同。故「三歳宦女」，魯詩特别於齊、韓；「邾婁盟眛」，公羊迴殊於左、穀。禮經篇次，二戴互岐。卦象糾紛，九師各判。熹平刻石，悉尚書之今文；祭酒説文，皆周易之孟氏。就其所存而驗之，家法如此其嚴也，師承如此其重也。若乃文學盛於東都，真儒興於北海，易宗費直，書述杜林，詩祇毛公，傳惟左氏，周官引先鄭之解，禮記爲小戴之注，酌彼羣論，訂爲彙歸，未顯立於黨庠，實私行於家塾。迨夫永嘉板蕩之際，舊訓靡遺；大興草創之初，新經聿建。蓋株守之陋由斯而破，而名家之學自是亦亡。行之既久，南北殊尚，華樸莫齊，鄭學將微，正義乃出。唐所立之五經，已非晉所立之五經；晉所置之博士，又非漢所置之博士矣。夫素王不作，黔首多愚。此是彼非，無嫌竝立。必執一師所垂以爲圭臬，懸一氏之義用作標準，則雖使西河復生，未必合東魯初旨。世之學者徒惜夫宋學行而兩漢之緒遂微，不知鄭學行而六藝之塗始隘也。今所傳者，孔壁非同伏書，鄭箋但取毛傳，禮經兼用劉向，公羊亦是何休。東京所謂十四經師之說，有一存焉者乎？嗟夫！奚斯頌魯，韓詩因李善而僅留；箕子明夷，孟易因班書而偶在。物希則貴，自古然矣。頌曰：

大樂云缺，五經是傳。五嶽鎮地，五緯麗天。去聖日遠，攸賴後賢。書芽於伏，易茁自田。高堂禮經，浮丘詩篇。春秋胡毋，公羊最先。師承不紊，漢興已然。奪諸秦火，厥績偉焉。施君謙讓，恪守冲虛。不敢教授，長陵徙居。卒業王孫，雜論石渠。結髮事師，衆莫之如。弟子知名，門人獲譽。丞相列卿，沾溉其餘。蘭陵孟生，獨用易顯。窮極陰陽，推求災變。萬物荄兹，高議宏辨。輕改師法，終以病免。少府小心，望重梁丘。孝宣行祠，劒墮旄頭。乘輿馬驚，筮有兵謀。通經足用，近幸有繇。尊崇施讎，排抑孟喜。證明枕厀，各成一是。甘露之中，臨乃繼起。士孫、鄧、衡，世傳博士。君明好學，占驗允長。吹律易姓，讖緯濫觴。極論巧佞，譎諫帝旁。奏法考功，課諸循良。宵小忌之，卒爲中傷。飛伏世應，五行六日。納甲歸魂，後世有述。卜儀筮法，厥制久失。求禮於野，火珠遺術。陋者揲蓍，妄言可黜。千乘歐陽，代爲鉅儒。爰及子陽，後生競趨。地餘其孫，林尊其徒。遞相推衍，樸學不孤。直哉長公，爲學精熟。已究洪範，更說禮服。俯拾青紫，胥由誦讀。爵登列侯，仕至光禄。張霍廢立，陰罰豫明。武皇廟議，恥徇公卿。受詔撰書，身貴道行。天子賜金，時以爲榮。奕奕長卿，從師問故。博考五經，與書相附。出入牽引，以次章句。獨抒心得，無必無固。議郎起家，太子少傅。申公受詩，爲楚賓臣。王戊胥靡，退歸終身。遠方問業，至千餘人。事紀青簡，名達紫宸。束帛加璧，安車蒲輪。明堂召對，素志未伸。轅固齊人，黄生伯仲。爭論湯武，帝爲色動。馬肝毋食，彘心能中。平津阿世，正辭托諷。太傅精悍，於詩素深。内外二傳，博通古今。齊魯異趣，燕趙同欽。尤長說易，不厭推尋。大戴彬彬，曲臺弟子。與沛慶普，同出后氏。小正、明堂，傳記尚爾。惜哉訓釋，史莫之紀。別録見遺，咎在中壘。小戴嶽嶽，聲望特著。以禮作郡，挂議而去。賓客爲盜，其子何與。史有明文，孰聞引據。庸夫論世，鮮克平恕。姬公制作，炳若日星。自冠迄覲，篇目未零。吉凶賓嘉，百代猶馨。四十九篇，非禮本經。後人尊信，無乃徑庭。嚴傳廉直，不事權貴。品異脂韋，性成剛毅。修行先王，振厲士氣。天不勝人，此語隳操。薄彼宰相，經誼誠高。苟少勉強，曷足以豪。公孫貧家，篤學見稱。眭孟姊子，具有師承。質問疑誼，暨嚴偕升。精力匪懈，歷官郡丞。泠、任、都、路，公羊勃興。仰溯漢初，聖塗方闢。惟專一經，疇兼六籍。歷久乃遷，匪伊朝夕。傳易而疏，注加以釋。性命肇開，封畛爰畫。傳道者今，傳經者昔。九原可作，願侍几席。我思古人，頌之無斁。

晉梁州刺史尋陽壯侯周訪頌并序

若夫兩鶩出地之日，五馬渡江之年，羣盜矯虔，諸州畔換，或走戟於漢沔，或篝火於湘羅，加以戓窺玉壘之闕，趙瞰金行之鼎，區區江左，良可寒心矣。天祐中宗，篤生名傑。晉南中郎將、梁州刺史、贈征西將軍、尋陽壯侯周訪，允文允武，有猷有爲。居鄉失牛，徵其寬博；臨陣射雉，見其整暇。倚士行若臂指，視處仲如涕唾。故能梟華軼於彭澤，殪杜曾於沌陽。雖吳漢之八戰八克，葛亮之七禽七縱，何以加焉。晉書稱其簡兵練卒，欲宣力中原。夫荆、揚初奠，勒、曜方爭，當此之時，東以祖逖爲輔車，西與張寔爲犄角。耀軍司、豫，則李矩、郭默之勢聯；傳檄幽、并，則邵續、劉琨之氣壯。使其尚存，或處之西藩，或居於北府，固可開復京都，指揮河洛，必非陶侃之斂戍自守、庾亮之輕舉挑釁者比也。晉書又稱「聞王敦有不臣之志，訪恆切齒。敦雖懷逆謀，終訪之世，未敢爲非」。夫鵞目久露，狼抗已成，所畏者惟訪，故兼領要害，專己之柄；别遺重寶，慰彼之心。至於譙王出鎮，鄙之以爲灰塵；郗公在邊，眇焉曾不蔕芥。使其無恙，或外統旄節，或内秉鈞軸，固可制其死命，折其兇鋒，亦非甘卓之狐疑兩端、戴淵之烏合一戰者比也。惜乎上將，僅享下壽，遂使快犢破車握璽於赤縣，老驥伏櫪稱戈於紫宮。時無英雄，名成豎子，可勝歎哉！夫蜀星隕營，未終伐魏之事；吳妖生鏡，徒存襲許之謀。今古誼士，皆同此慨；周侯賚憤，何獨不然。讀史有懷，遂爲之頌。其辭曰：

峩峩周侯，領玆梁州。惟玆雍梁，竝治襄陽。襄陽巨防，南北之鑰。南蔽江、淮，北控宛、洛。塵昏鐘簴，有志重開。禽曾馘軼，未盡其才。陶侃杖鉞，雖平杜弢。因其成資，曷足稱豪。逆敦滔天，猖狂犯順。既克石頭，擁兵不覲。隗、協蒙禍，周、戴見收。司徒首施，天子殷憂。使侯尚存，爲國心膂。制此兇豎，無異狐鼠。忠勇之氣，遺厥後昆。孟威抗節，實侯之孫。

越海祥風頌并序

蓋聞泰階既平，則卿雲見；天戈將洗，則膏雨沛。是皆一人秉德，誕膺昊貺；羣工熙績，宣布皇威。昔軒轅得六相，而星輝赤野；伊祁舉四岳，而圖溢翠川。故範敍休徵，已上應于國；而易稱餘慶，亦遞衍于家。載籍所述，不可誣也。嘉慶四年冬，天子將綏靖東南，命户部左侍郎儀徵阮公出撫浙江。次年，政康吏肅，歲和民安，宵柝不驚，晝候無警。以書諗其友寧國府教授淩廷堪曰：「夏間神風助順，安南夷匪溺死四五千人，俘獲千人；竝獲其大統兵進禄侯一名，磔于市。從此海疆日就寧靜。又捐造大船三十隻，大礮數百門，以備不虞。」偉矣哉！屏翳仗戚，飛廉敵干，箕伯建赤常，陽侯執鼖鼓，𪓰馮夷爲兩拒，鞭天吴使前驅。白羽一揮而渠魁面縛，蒼戮再礪而鯨鯢授首。雖雪牙金目，力逾九象，繡額雕題，勇邁三虎，不免歐刀之誅，終見長纓之縶。加以慮患未形，綢繆先事。千艘雲布，驚濤恬若衽席；萬礮雷動，高岸屹如金湯。謹案：周官「保章氏以十有二風察天地之和」。又禮斗威儀曰：「王政平則祥風至，江海不揚洪波。」然則兹風蓋祥風也。實惟天子之至德有以致之，亦惟公之偉略足以當之。然公不曰「克詰戎兵」而曰「神風助順」者，何歟？良以神之所感者誠也，天之所助者順也。蓋公不自有其功而歸功天子云爾。且夫風之德也，以不鳴條爲美，以能散物爲功，吹噓八方，調和萬彙，書所稱曰「聖時風若」是也。今乃鼓橐籥，轉洪鈞，爲聖天子摧姦宄于重淵，殪蠻夷于渤澥，此何異文學之士，著作之材，經史以爲韜鈐，禮義以爲干櫓，入則對敭巖廊，出則折衝尊俎者邪？昭陽大淵獻之歲四月丙戌，爲太公湘圃先生七秩誕辰，而公亦於是歲正月丙戌四十初度，重鼇疊臻，諸福來會，猗歟盛哉！枚叔、馬卿能文章而疏于經術，康成、子慎通經術而拙于文章，諸葛優于治國而將略非其所長，英衞嫺于用兵而經務非其所習。近代如王文成，樹績雖逮事嚴親，韓襄毅奏勳雖正當壯歲，然或講學僅與宋儒争勝，匪漢人篤實之遺；或論材僅與武夫矜能，鮮文士雍容之度。惟公以碩學酬知，以英年受任，趨鯉庭而展策，握虎節而承歡，用能曠代無儔，依古罕儷，雖百世而下、千里而遥聞其風者，猶與企慕，況竝時而生、親爲其友者乎？抑又聞之，古之善政者，盡人而合乎天，成民而致力於神。公既邀天寵，荷神庥，益思荅聖主之勤勞，慰斯民之仰望。閭閻至衆，何以遂其生？烽燧永消，何以善其後？水懦弱而易翫，何以協剛柔之中？人至察則無徒，何以盡張弛之道？則異日贊黄扉，升紫禁，柔遠能邇，謨明弼諧，胥於兹風始之矣。夫木連理，下瑞也，退之尚作頌以美渾瑊；練塘復，常政也，遐叔尚作頌以稱韋損。矧兹祥風，洋洋表海，輔翼我國家，捍禦我黔黎，譬之圭璋籩豆之光，化爲斧鉞旌旄之用，鋪張揚厲，曷容已焉。廷堪與公少敦昆弟之交，長愧雲泥之隔，不辭固陋，竊附退之、遐叔之後，爲越海祥風頌一首，馳上棨戟，少侑尊罍。至於摩厓紀伐，鞏石勤銘，典册高文，敢俟君子。頌曰：

維越之東，巨海環之。物豐民蕃，財賦所資。炎徼纖醜，孽牙於兹。帝命重臣，俾往撫綏。重臣維何，陳留望族。三十登壇，貌如冠玉。春霖同甘，秋霜比肅。短狐騰逃，長蛇跧伏。越民熙熙，如登春臺。選雋拔尤，幕府宏開。履屐之間，各盡其才。大法小廉，祥風乃來。維茲祥風，泠然而善。及其夷兇，過於雷霆。鼓我士卒，中流力戰。迅掃煙塵，山川清晏。當其起時，萬竅怒號。賊檣林立，盡覆洪濤。指揮如意，生縶其豪。維公之功，會稽爭高。出詠東山，以宣帝德。入賦南陔，以供子職。奉觴上壽，邦人矜式。求忠於孝，光我王國。從律不姦，好謀而成。干戈既戢，倉箱亦盈。郤穀敦詩，荀卿議兵。從來智勇，恆出儒生。煦物者仁，撓物者義。作善降祥，知風之自。瑞應有圖，靈徵有志。我願海隅，祥風廣被。

麥飯頌并序

瀕海之民皆食大麥，唯富商大賈始食稻焉。余家貧，恆以麥飯供膳，客有見而鄙之者。謹案：周禮食醫，凡會膳之宜，鴈宜麥。月令，孟仲、季春之月，天子皆食麥與羊。然則麥於九穀，固不卑於稻也，何鄙之有！余既資以養生，而又取其益氣調中焉。乃爲之頌曰：

不耕食，游惰子。飫膏粱，益增恥。共歲寒，我與爾。甘粗糲，真英雄。余鄙夫，惟固窮。賴爾飽，頌爾功。

水仙花頌并序

若夫江妃、漢女，本傳記之寓言；湘君、洛神，亦文章之托諷。華琚瑶佩，形容想見其人；翠羽金支，恍惚如逢其狀。溯遺聞於古籍，祗作空談；錫嘉號於名花，遂成實事。斯花也，栽培灌溉，雅宜白玉壺中；位置安排，合在烏皮几上。陳思北沚，君骨如仙；宋玉東牆，臣心似水。擬以三秋之菊，得其淡而失其清；衡諸九畹之蘭，有其芳而無其豔。自甘冰雪，搴鳳幄而含香；不受塵埃，負魚波而弄影。黄心錯落，依稀鎮粉金鈿；緑葉紛披，仿佛牽蘿翠袖。霞外孤行冉冉，憑誰取水哉水哉之稱；月中微步珊珊，令人起仙乎仙乎之歎。頌曰：

金爲之心，玉爲之質。金如其清，玉如其密。白賁无咎，黄裳元吉。夫惟君子，與之儔匹。

瑞桃頌并序

凡接花木者，皆於次年作蕊，此其常也。嘉慶癸亥正月，大兄手接絳桃一株，迨老母生辰，遂放四花，色穠態腴，盛開彌月，且結實焉。人皆異之，以爲瑞桃。乃作頌曰：

上壽百年，氣純固者則過之。荀爽起韋布，九十日而登台司。草木亦然，其理匪奇。錫嘉名曰瑞桃，侍蘭陔而怡怡。

校禮堂文集卷十一

贊一

漢左馮翊滕撫贊并序

單衣截，平朔血，龍騰西鐘，侯者十九人，而赤紐爰弛。冀嗣乘氏，娥號山陽君，齲齒一笑，一使埋其輪。無何，烝烝者衣則黄爾，林林者帝則黑爾。錢鎛厲爲劉戕，茅蒲易以組兜。揚徐磐牙，嚣然礫如蝟矣。叔輔秉璋鉞，資三公，揚于廷，握符出伐，爲漢召、方，羣蛾當焉，若毛焫于大熾，滕沃以沸羹，一戰再戰而東南底平。方諸雄、緄、尚、璇，允曰翹其英。伯始如鉤，黜庸于旂，而不能遏其奕世聲。於戲！隼克裂，翟女斬其食；盧克醢，欣女弗讎其直。章用失其所，視咎繇所陳悖矣。繇是鴟義朵頤，駿髦晦身，而雒京炎鼎遂冪于大小方之巾。贊曰：

烈烈滕君，漢之元戎。允文允武，如羆如熊。殺敵致果，老而不封。恩澤裂土，詎曰至公。女謁錫田，詎曰大中。無賞無罰，羣策莫從。雖有韓白，何以奏功。誰生厲階，天下中庸。抑茲干城，謀國未忠。千載而後，仰其英風。

後漢三儒贊并序

韓退之後漢三賢贊，爲王充、王符、仲長統作也。約漢史而成文，本蔚宗而立説，蓋亦如小司馬述史記之贊而已，無他深義也。三子者，范氏以其出處相類，彙爲一傳，論後固已贊之。退之既非闡揚，又鮮斷制，雖不作可也。若夫許君叔重、服君子慎、鄭君康成，皆東京之冠冕，洵儒林之翹秀，或長於小學，或精於春秋。其大者則功在六經，學通七緯，彬彬乎，郁郁乎，傳姬公之舊典，衍尼山之墜緒。方之論衡之篇，潛夫、昌言之述，殆不可同年而語矣。代傳其書，罔敢畔越。隋唐以來，王輔嗣之周易，梅仲真之古文，杜元凱之左傳，稍起而奸之。至於聲音文字，未之或改也。自宋以降，異説爭鳴。劉原父之小傳方興，王介甫之字説復出。延及南渡，厭故喜新，變本加厲，遏佚之，掊擊之，不遺餘力，而漢學遂廢焉。是不可以不贊也。於是仿之，爲後漢三儒贊。辭曰：

汝南祭酒，強識博聞。專門訓故，遂撰説文。五百四十，類別部分。六書肇始，具有條貫。象事象形，其理可案。形聲相益，實居太半。自宋以來，論曰謬悠。弇陋不察，唯意是求。穿鑿附會，疇知所由。爰歷既亡，凡將亦佚。小學一綫，賴此有述。爾雅之下，未見其匹。

服虔子慎，滎陽勝流。變易姓名，從崔公游。受業太學，尤明春秋。鄭兼羣經，擬注左氏。聞君言論，賞其相似。舉而授之，訓解爰起。當陽編纂，僅行江東。河洛學者，非君莫從。唐撰正義，始用見攻。逮於中葉，實生匡、助。傳且不信，何有於注。願蒐逸文，以糾厥誤。

康成鉅儒，舉世所宗。括囊大典，如日再中。詔書下徵，爲漢司農。禘則五廟，郊則六天。易書既注，毛詩復箋。語其粹精，禮十七篇。昔王子雍，著論難之。挾晉外家，未遂厥私。煌煌學官，百世不移。歲在辰巳，夢感素王。黄巾數萬，羅拜道旁。俗士詆諆，於公奚傷。

陶靖節畫像贊并序

易曰：「知幾其神乎！」又曰：「君子見幾而作，不俟終日。」非作之難，蓋見幾之難也。沈約稱陶靖節以宋高祖王業漸隆，不復肯仕。後人耳食，信爲固然，不核諸簡編，不證諸時事，第羨其入山之深，寧悟其見幾之早，心竊陋焉。考靖節乙巳歲，由建威參軍爲彭澤令，恥折腰以事吏，爰解組以歸田。是時實安帝返正之後，義熙改元之始。彼宋祖者，方秉天鉞以夷僞楚，提神器而還弱晉，皇輿重造，金運再開。苟略其本衷，觀其外跡，雖郗鑒之討王敦，温嶠之翦蘇峻，衡其功烈，未之或過。此正勇夫奮身之秋，忠臣效節之日。非若劉藩既誅，跋扈之形已著，宋臺既建，禪代之勢已成也。夫陳子公之籌略，莫測新莽於未然；荀文若之英材，亦信曹武於伊始。而靖節獨以靜妙之心，燭姦宄之膽，褰裳去之，惟恐不速，諒非明哲，能若是乎？意其春醪乍熟，秋鞠旋滋，聞奏慕容氏之捷，獻姚秦之俘，當必卧北牕以笑之；覩韓延之之出奔，諸葛長民之被害，當必倚東籬以弔之。羣雄之力方屈，一士之齒獨冷。世徒稱其詠荆軻以寄慨，書甲子以見意，斯蓋前史之美談，而非高賢之深識也。知人論世，良不易哉！今餅師之室，日者之肆，賣漿之家，村夫子之塾，莫不畫其像而懸諸壁，過者咸曰：「是晉之詩人也，是宋之處士也。」烏覯其爲見幾之哲乎？乃爲之贊曰：

遐哉陶君，澄懷淵靜。坐照幾先，如鑑取影。德輿狐媚，睥睨晉鼎。舉國皆醉，惟君獨醒。英英藏璞，曖曖含光。拂衣彭澤，歸耕柴桑。三徑之内，十畝之旁。卑視魏晉，高臥羲皇。不求甚解，時還讀書。不嫌人境，可以結廬。與物浮沉，與時卷舒。窮、新伎倆，奚足浼余。與艾而進，寧蓀而退。臧獲穆之，何有謝晦。匡阜嵯峨，長江汪濊。桃源仙人，庶幾同輩。飽則賦詩，饑則乞食。太山秋毫，無分畛域。屠沽所棲，牧豎所息。畫君之像，嬉戲君側。泥於迹者，謂之逸民。涉其淺者，謂之達人。夫惟明哲，足以保身。千載而下，罕有等倫。

十六國名臣序贊

夫世運有升降，人材之盛衰係焉。人材有盛衰，功名之廣狹分焉。伊、周鴻勳，方稷、契則有間；管、晏遺軌，例莘、渭則又殊。矧狗腳闒干、擁聲閏位乎！所以君子觀鳳儀之代，爲聖哲慶其遭；讀龍戰之編，爲智勇哀其遇也。自金行不競，天地板蕩，離石興淳維之胄，宕渠起廩君之裔，巴氏綰璽於劍閣，天子執戟於平陽。晉之方鎮，各據要害。王彭祖虎步薊郊，劉越石鷹揚并域，司馬保覬望隴右，李世迴鄴虞河上，苟晞守倉垣之固，曹嶷保青州之險。未幾，芟薙翦伐，摧陷蕩夷，若洪流之沃燼，疾風之振朽。惟河西張氏尚奉建興之號，遼左慕容猶稟江東之命。然而九州之六，咸析圭於襄國；三分有二，盡儋爵於武鄉。固曰天未厭亂，民不思順，抑亦趙之謀臣猛士之力焉。迨至季龍奄終，棘奴跋扈，步搖自和龍而南下，草付由枋頭而西返。由是競長於函谷東西，爭雄於太行左右。苻永固懷匡時之志，王景略振經世之才，興立學校，勸課農桑，驅策八荒，牢籠六合，遂乃燕飛於紫宫，鳳巢於阿閣。張天錫望旌旄而銜璧，劉衞辰聞羽檄而受吏。較隆於晉之泰始，已南踰於襄、樊；比盛於魏之景初，更西平夫巴、蜀。非夫駕馭英傑，登崇俊良，安能所當無勍敵，所至無堅城，拓土不逾時，破都不淹晷哉！無何，違衆南伐，淝水挫師。冠軍叛於洛陽，已失三晉；龍驤奔於馬牧，又生一秦。魚羊食人，虵豕塞路。徒河之緒方衍，狄道之長復興。貽身後之謀，而克平涼；叩囊底之智，而攻長子。羣材效力，亮有可觀。若夫中山既降，燕分爲二；姑臧爰拔，涼裂爲三。乞伏氏桀驁於苑川，赫連氏恣睢於統萬。或地纔數郡，或年逾一紀，而乃假息偏隅，偷名竊號，使貪使詐，均盡所長。在後之秉筆者，或斥之爲僭盜，或指之爲割據。史失其官，佚而莫考，事乖其正，削而不書。而不知當時桀犬吠非其主，跖客忠於所事。訏謨定策，效死捐軀。揆之開疆辟地之庸，致命遂志之理，洵無忝焉。問覽晉書，撰於唐代。西朝所歷，僅武、惠、懷、愍四帝；南渡所守，但荆、揚、交、廣四州。其諸臣立傳，乃至七十卷之多，而劉、石、苻、姚之載記，張軌、李暠之列傳所附書者，惟陳長宏、張孟孫等十餘人而已。豈非揚之則騰九天，抑之則入九淵乎？至於隋書經籍志所載，史通正史篇所述，如和包漢趙之紀，常璩蜀李之書，范亨燕書、高閭燕志之等，段龜龍涼記、劉昞涼書之屬，以及裴景仁之所撰，杜惠明之所注，崔鴻之所輯，蕭方等之所纂，皆已不傳。而伯起分國，君實編年，方之晉書，又爲簡略。是知諸臣行事湮没而不彰者，固已多矣。且夫尼父之作春秋，亦書荆楚；左氏之撰國語，不遺吴越。地雖居於僻陋，事無妨於闡揚。況所據者先王之區宇，所役者中原之黎獻。其迭爲驅除，互相吞噬，戰勝之略，攻取之規，衡之永和之敗姚襄，俘李勢，義熙之平廣固，拔長安，桓幼子白鹿之捷，朱伯兒黃虎之師，殆有過之。計其盛者百有餘年，語其大者十有六國，而北魏、東晉之外，若遼西之段氏，鄴之冉氏，上黨之慕容氏，仇池之楊氏，張掖之段氏，龍城之高氏，成都之譙氏，皆不數焉。嗚呼！其亦生民之不幸也已。昔袁彦伯爲三國名臣序贊，辭采瑰麗。爰擬其體，論次諸人，而各繫之以贊。於成得二人焉，曰丞相、西山侯范長生，尚書令閻式。於劉氏之趙得二人焉，曰御史大夫陳元達，大司徒、録尚書事游子遠。於石氏之趙得二人焉，曰大執法、濮陽景侯張賓，中書令徐光。於前燕得一人焉，曰太尉、侍中皇甫真。於苻氏之秦得一人焉，曰丞相、清河武侯王猛。於張氏之涼得一人焉，曰衛將軍、福禄伯謝艾。於後燕得一人焉，曰散騎常侍高湖。於南燕得一人焉，曰左光禄大夫潘聰。於呂氏之涼得一人焉，曰太常楊穎。於姚氏之秦得一人焉，曰尚書僕射、清河忠成侯尹緯。於乞伏氏之秦得一人焉，曰吏部尚書翟瑥。於禿髮氏之涼得一人焉，曰左司馬趙振。於沮渠氏之涼得二人焉，曰中書侍郎張穆，高昌太守隗仁。於李氏之涼得一人焉，曰武衛將軍、軍諮祭酒宋繇。於馮氏之燕得一人焉，曰尚書左僕射、永寧公張興。於夏得一人焉，曰都官尚書、冠軍將軍、河陽侯王買德。

典午失御，釁生八王。元海一呼，中區遂亡。二趙三秦，四燕五涼。成翦益土，夏城朔方。騏驥之材，熊羆之士。附翼奮飛，攀鱗崛起。搏擊九州，蹴踏千里。功著太常，事書右史。偉哉范賢，寄跡涪陵。青城方保，素輿竟升。爲成心膂，作蜀股肱。岷山崒嵂，江水奔騰。乃積乃倉，亦賓亦友。屈信得宜，出處不苟。爻分陰陽，象演奇耦。天地太師，厥稱希有。桓桓閻君，六郡雅望。李氏膺圖，篤生良相。目無辛冉，心輕羅尚。才任經營，勳高開捌。綿竹一戰，霸業乃隆。輿圖在掌，星宿羅胸。官制既定，國威以崇。變起左右，授命梓潼。長宏貞諒，漢之直臣。高氏才子，後部俊人。不羞郎官，志在濟民。履尾不咥，慷慨敷陳。其心光明，其氣果敢。鵷儀未營，龍鱗特犯。宮闈怵心，奄寺破膽。辛毗牽裾，朱雲折檻。游公長才，抱負宏略。行軍整暇，立朝謇諤。諫可迴天，勇能撼嶽。關中蕩平，隴右開拓。孟孫闍達，勤學博聞。自比子房，思建大勳。歷觀諸將，無如石君。杖策干主，提劍從軍。定都襄國，趙基始構。澤及斯人，美歸我后。襟懷愈虛，聲望愈懋。凜凜朝端，疇出其右。徐令剛方，洞明機務。勢不能屈，威不能懼。高候失律，金墉難固。羣工怯懦，大事將去。出之詔獄，畀之寵任。定計帷幄，深契厥心。西陽接刃，劉曜成擒。右侯而後，此其嗣音。山有摯獸，人不敢越。國有重臣，鄰不敢伐。巍巍楚季，鄴中黃髮。秦人窺伺，陰謀暫歇。智窮呂護，明察慕輿。清儉寡慾，飲酒石餘。不愛珍貨，唯擁圖書。太原桓王，推崇豈虛。景略瓌奇，高臥華山。偶謁桓公，拂衣而還。聿惟豹變，終覩龍顏。明良投合，開濟人寰。因利乘便，山河宰割。齊之夷吾，蜀之諸葛。庶幾兩賢，同此豁達。天假以年，亂世可撥。温温謝郎，翩然年少。文武兼資，天才超妙。趙師壓境，爰登樞要。黑矟如雲，顧之而笑。輶車統衆，白帢進兵。神鳥告捷，寇遁金城。石虎凶威，天下莫攖。乃以全力，困於儒生。堂堂常侍，材識明果。道明伐魏，爲計誠左。堅阻其行，謂屈在我。參合之敗，洞若觀火。昂昂尚書，濁世奇才。范陽失鄴，崎嶇草萊。力排衆議，決策滑臺。東據廣固，燕祚重開。楊公佐府，從征西域。旋師而東，旌旗改色。襄彼呂王，霸有涼國。遏事進規，多所匡翼。景亮藏器，姿表魁岸。興懷古人，輟書而歎。時明立功，志在翊贊。道消立言，志在彰癉。白雀佐命，驅走雷霆。廢橋扼要，秦雍以寧。生極端右，死饗廟廷。竹帛著録，金石垂銘。翟生專閫，受命率師。軻殫退沮，奮劒責之。再戰平川，意外出奇。齊視邊芮，俯接秘宜。邊隅鹿走，遐方虎戰。豪俊待時，英雄觀變。卓哉趙生，廣武之彦。捷步廉川，以才自見。邈矣張公，經史連屋。玉蘊深山，荃芳空谷。置諸廊廟，棨以章服。沮渠賢輔，敦煌巨族。落落喬松，不畏霜雪。英英良璧，不畏磨涅。烈哉隗卿，湟河喋血。城破身陷，乃見高節。祭酒懿親，托體武昭。白駒産廐，赤氣亙霄。追蹤西平，恭順晉朝。嘉猷是贊，寵冠羣僚。永寧懷寶，效績昌黎。手握重兵，出討萬泥。克敵制勝，智與勇齊。耀兹貔虎，取彼鯨鯢。嶽嶽軍師，明變達權。擇木而棲，作弼赫連。聚米堂上，借箸筵前。規取全秦，若運掌然。青泥進屯，咸陽震動。德輿老賊，爲卿所弄。雖遁弱息，竟失士衆。指揮如意，公瑾伯仲。凡此雋髦，咸能樹立。民無定居，日不暇給。求之甚殷，需之孔急。使當全盛，載維載縶。未遑俎豆，但逐干戈。散則見小，聚則見多。流連簡編，三復摩挲。播之聲詩，用代鼓歌。

十六國名臣補贊并序

廷堪少時作十六國名臣序贊，共二十人，但取諸異姓之彦，宗賢不與焉。迄今思之，慕容氏之太原桓王恪，苻氏之陽平融公哀，建樹表表，當時鮮儔，究不可以不贊也。乃補爲之贊曰：

太原純忠，受寄烈祖。建熙委裘，惟王作輔。下不能欺，鄰不敢侮。桓温雄傑，亦憚其武。手不釋卷，有勇知方。野王既拔，遂克洛陽。臨終薦賢，力舉吴王。崔浩有言，燕之霍光。

雍雍陽平，國之楨幹。下筆成章，人比王粲。永固圖晉，寢不暇旦。知止不殆，公每苦諫。淝水之戰，天不祚秦。桓桓上將，馬蹶隕身。國殤毅魄，化爲青燐。百世而後，想見其人。

校禮堂文集卷十二

贊二

李鄴侯贊并序

夫抗志江湖者，率蟬蛻於軒冕；希心鐘鼎者，恆豹變於珪爵。故墨翟之突，每苦不黔；許由之瓢，猶厭其擾。設使彼此易地，則不能相爲矣。李鄴侯當唐室顛沛之際，料燕薊之寇於掌上；及舊京奠安之時，置帶礪之勳於身外。其在山林也，見國家不安，則爲宰輔以救之；其在廊廟也，覩疆場不靖，則爲將帥以綏之。骨肉至難處也，傷父子不睦，則委曲以調之；堂陛至難孚也，閔君臣不和，則慷慨以護之。忽而王臣之蹇，則與夔龍爲儔；忽而幽人之貞，則與麋鹿爲伍。視傾危之國如坦塗，視猜忌之君如平交，殆所謂至人游戲不可方物者歟？夫張子房赤松遺榮，不復再與世事；陶通明青山論道，未聞更挂朝籍。維茲鄴侯，其出處語嘿之奇，仕止久速之妙，三代而下，無其人焉。乃爲之贊曰：

肅之草創，白衣山人。代之姑息，紫禁上賓。德之猜忌，黄扉老臣。汾陽之郭，西平之李。再造唐室，功無與比。唯公保全，唯公驅使。既爲英雄，又爲聖賢。既得富貴，又得神仙。維嶽降神，公其有焉。

金衍慶宮功臣贊并序

金世宗大定十四年，追思太祖、太宗創業艱難，求當時羣臣勳業最著者。冬十月乙卯朔，詔圖畫功臣於衍慶宮聖武殿之左右廡。曰遼智烈王杲，曰金源忠毅王撒改，曰遼忠烈王宗幹，曰秦桓忠王宗翰，曰宋桓肅王宗望，曰梁忠烈王宗弼，曰金源忠毅王習不失，曰金源郡王斡魯，曰金源貞憲王希尹，曰金源莊義王婁室，曰楚威敏王宗雄，曰魯莊襄王闍母，曰金源武襄王銀术可，曰隋剛憲公阿离合懣，曰金源郡王完顏忠，曰豫國公昱，曰金源莊襄王撒离喝，曰兗英敏公劉彦宗，曰莊翼特進斡魯古，曰齊簡懿公韓企先，曰威敏特進習室，凡二十一人。炳哉！麟哉！昔西京翊運，元功之臣二九；南宮應讖，中興之將四七。漢則有麒麟繪形，唐則有淩煙貌像，大氐異姓爲多，宗賢蓋尠。至於懿親鷹揚，同氣豹變，心焉以數，槩乎未聞。金源氏崛起東方，奄有中夏。其持節專征之彦，則緝素昭垂；其横槊酣戰之雄，則丹青輝映。他族惟兗、齊二國，自餘皆完顏一家。而太祖天屬，居其半焉。豈天苞獨畀於緑川，而王氣遂鍾於紫塞乎！夫慕容濟濟，竝出燕朝；拓跋莘莘，咸生魏世。然基開元璽，西鄰已懷覬覦；治極太和，南邦尚稽臣服。玆乃父子兄弟，戮力同心。六師載塗，遼之五京瓦解；兩軍分道，宋之九廟灰飛。上下千古，罕有倫焉。詩曰：「有虔秉鉞，如火烈烈。」其收國、天輔之謂歟！是故靖康李伯紀決背城之策，建炎吕頤浩進航海之謀，乃兵刃方接而大梁告陷，舟車甫戒而臨安失守，戰既速亡，避亦無地。故曰金之初興，天下莫強焉。宗翰宏遠，坐照事幾，謂宋盟難恃，宋罪可討，談笑南鶩，傾其京都。史稱其內能謀國，外能謀敵，豈不信哉！當夫天會載旆，罙入其阻，議以先事陝右，略定五路，然後順流次第規取江淮。老謀深慮，成算在握，使太宗采用其言，東南殆哉！宗望治軍燕山，首請伐宋，意在先圖，無滋後患。故藥師來歸，虛實盡悉；董才繼至，險阻備知。用是兩河唾手，二帝屈膝。蓋謀定而後發，非僥倖以成功也。雖韓、彭輔劉，英、衛佐李，方之於兹，未足多讓。宗弼以沉毅之才，當艱鉅之任，力折和議，獨主用兵，旄鉞所指，前無堅陣。命完顏昂走岳飛於京東，遣王伯龍敗韓世忠於淮北，故能再取汴京，臣妾杭宋。夫天眷之初，政出朋黨，撻懶通於內，秦檜誘於外，冀得劉豫之故疆，用作康王之分土。向非梁王深識，燭其姦謀，則河南之地非金有矣。婁室勇出天授，攻戰若神。耀兵龍、朔，而天祚被俘；移師麟、府，而折氏歸命。張浚治兵興元，擁衆來犯，富平一戰，無遺鏃之費，折箠之勞，而宋之士馬掃地盡矣。雖欲不和，豈可得乎！魯開六世相遼，一朝回面，固云賢者避地，良禽擇木，究之報韓博浪，遠愧張良，殉漢平陵，終慚翟義。跡其轉餉給軍，運籌料敵，袁祇、謝晦，庶幾流亞。雖大節可議，亦一代之能臣也。韓公浮沉耶律，名位不顯，一遘英辟，立操政柄。覩其入見，恭陵便加驚異曰：「朕疇昔嘗夢此人。」可知明良際會，非偶然矣。歷相兩朝，損益百代，遂使傅巖形求，復見後世。嗚呼盛哉！夫宋以積弱之邦，當勃興之國，不思守信以固圉，乃欲借和以伺釁。貽書邊境，潛相招煽，銜璧軍門，皆所自取。若夫南渡納幣，北面稱臣，宗社僅存，殘疆倖保。蓋由崎嶇兵間，灼見情勢，知強弱之不敵，故委曲而圖存。苟非明略，能及此乎？論者不察，猥以和爲失計，斯皆利害不關於心，紀載未經於目。挾彼兔園，矜其雜甕，何足責哉！何足責哉！偶讀金史，輒有所懷，乃於諸臣各爲之贊。熟於古今成敗者，或有取焉。

杲本名斜也，太祖同母弟，領都元帥，追封遼王，謚智烈，配享太祖廟廷。

遼王桓桓，天資英桀。武元同産，勇冠當代。拔幟先登，有進無退。遼兵聞風，不戰而潰。天會伐宋，留居京師。領都元帥，坐以指麾。左右兩軍，分道南馳。宗翰、宗望，皆其偏裨。

撒改，景祖之孫，宗翰父也。追封燕國王，改贈金源郡王，謚忠毅，配享太祖廟廷。

忠毅近屬，景祖冢孫。命爲國相，諸部咸尊。誅鋤強梗，攻下鈍恩。肇基王迹，既智且敦。

宗幹，本名斡本，太祖庶長子，海陵父也。進太師，封梁宋國王，監修國史。海陵簒立，追謚睿明皇帝，廟號德宗。海陵廢，削帝號，封遼王，謚忠烈，配享太祖廟廷。

宗幹庶長，王氣所鍾。治朔正服，興學明農。文習掌故，武能折衝。入朝不拜，佐理時雍。

宗翰本名粘没喝，景祖曾孫。左副元帥，兼都元帥，太保，尚書令，領三省事，封晉國王。追封周宋國王，改贈秦王，謚桓忠，配享太祖廟廷。

宗翰公忠，胸弢六奇。謂宋叵信，大舉伐之。統旅雲中，西道出師。取彼汴京，俯若拾遺。擒張孝純，克太原府。遷其重器，俘其國主。制勝在謀，克敵曰武。内外咸宜，爲國貔虎。

宗望，本名斡离不，太祖第二子。右副元帥，封魏王，進許晉國王，加贈太師、遼燕國王，改封宋王，謚桓肅，配享太宗廟廷。

宗望龍種，英略無雙。宋割三鎭，乃受其降。及彼反覆，始殄宋邦。遺嗣遠竄，遂阻長江。平仲健兒，如掇鼇蠆。李綱儒生，如刈草芥。軍若泰山，當之輒敗。宗子維城，無俾城壞。

宗弼，本名兀朮，太祖第四子。太師，左丞相，兼侍中，監脩國史，領三省事。初封瀋王，進封越國王，定封梁王，謚忠烈，配享太宗廟廷。

於鑠宗弼，勞苦功高。襲宋入海，不憚風濤。平地千騎，大江萬艘。張、韓、劉、岳，望旗逭逃。撻懶通宋，誅之勿宥。宋再請降，表稱臣媾。晝淮爲界，愼固封守。東西南朔，莫不稽首。

習不失，昭祖之孫。贈開府儀同三司，追封曹國公，進封金源郡王，謚忠毅，配享太祖廟廷。

忠毅良材，能左右射。馬中九矢，氣不少下。出河之役，取威定霸。收國改元，長依車駕。

斡魯，景祖次子，行西南西北兩路都統事，追封鄭國王，配享太祖廟廷。

矯矯斡魯，完顏宗英。薄伐高麗，對築九城。渤海侮遼，乘時弄兵。指顧盪夷，長驅東京。

希尹，本名谷神，金内族，左丞相兼侍中，加開府儀同三司，封陳王，追封豫王，例降金源郡王，謚貞憲。

偉哉貞憲，名實相稱。女直大字，乃其所定。獨將八騎，一日三勝。平遼伐宋，功垂史乘。

婁室，金内族，贈太子太師，泰寧軍節度使，兼侍中，加贈開府儀同三司，追封莘王，例改金源郡王，謚莊義，配享太宗廟廷。

糾糾婁室，天下健者。作鎮黄龍，立功白馬。轉戰而前，連城屢下。生擒遼帝，勳在宗社。宋人窺伺，力疾督兵。獨將右翼，戰於富平。大破張浚，風鶴皆驚。關陝之地，卒莫敢爭。

宗雄，本名謀良虎，康宗長子。追封太師、齊國公，加秦漢國王，例降太傅、金源郡王，定封楚王，謚威敏，配享太祖廟廷。

宗雄始生，風骨非常。世祖鍾愛，佩以千將。材武蹻捷，射遠挽強。伐遼力戰，萬夫之望。

闍母，太祖之弟，元帥左都監，追封吳國王，改封譚王，定封魯王，謚壯襄，配享太祖廟廷。

闍母能軍，屢著奇捷。革車攻城，高出于堞。克遼西京，敵人震懾。平宋奏功，晝日三接。

銀朮可，金內族，燕京留守，保大軍節度使，中書令，封蜀王，例改金源郡王，謚武襄，配享太宗廟廷，改配太祖廟廷。

武襄將才，出使遼國。歸言遼人，離心離德。決計伐遼，一舉而得。戰勝攻取，追奔逐北。後從宗翰，圍守太原。宋軍大出，先後來援。連戰破摧，克壯西藩。奕奕大勳，焜燿金源。

阿离合懣，景祖之子。追封隋國王，例降爲公，贈開府儀同三司，謚剛憲，配享太祖廟廷。

阿离合懣，聰明辨給。幼在行間，歷奏勳級。祖宗舊事，素所講習。片言析疑，衆皆弗及。

完顏忠，本名迪古乃，金內族，太子太師，保大軍節度使，同平章事。追封金源郡王，配享太祖廟廷。

金源沉毅，太祖深許。嘗過其家，憑肩而語。遼雖大國，其實可取。力贊宸衷，決策齊舉。

昱，本名蒲家奴，景祖之孫。大司空，豫國公，配享太祖廟廷。

豫國敢戰，其鋒無前。規畫泰州，萬家屯田。襲擊逃叛，至鐵呂川。被創十一，殪敵八千。

撒离喝，亦名杲，安帝六代孫，世祖養以爲子。封應國公，河中尹，行臺左丞相，追封金源郡王，謚莊襄，配享太宗廟廷。

莊襄疏屬，世祖養子。陝西既定，詔書褒美。海陵之時，正言忤旨。惜哉干城，含冤汴水。

劉彥宗，字魯開，宛平人。左僕射，同中書門下平章事，知樞密院，兼侍中。追封鄭王，定封兗國公，謚英敏。

兗公相家，耶律世臣。太祖器遇，奉贄委身。伐宋十策，次第敷陳。佐軍轉輸，智慮絶人。從容進言，隨事埤益。蕭何入關，唯取圖籍。遼宗入汴，但載金石。二帥俯從，民被其澤。

斡魯古，一作「阿魯古」，金內族，贈特進，謚莊翼，配享太祖廟廷。

莊翼有勇，國之幹臣。蒺藜乘勝，度阿里真。進焚顯州，驍果軼倫。拔城克邑，遂徙其民。

韓企先，燕京人，同中書門下平章事，知樞密院，尚書左僕射，兼侍中，右丞相，封濮王，例降齊國公，謚簡懿，配享太宗廟廷。

齊國碩學，博通古今。迴翔遼朝，仕進浮沉。風雲邂逅，輔弼大金。贊助機密，平章禁林。疇昔之年，太宗入夢。議禮制度，往往得中。因革損益，咸取折衷。密謀顯諫，邦家梁棟。

習室，一作「習失」，金內族，贈特進，謚威敏。

習室內助，功授世官。駕鶩灤上，襲走契丹。鎮撫懷、孟，四境以安。衍慶圖形，後勁壯觀。

此文作於乾隆辛丑歲，時伏處草野，未見新譯金史，故人名尚從其舊。頃於京師借書校之，諸本亦多有異同，遂不復追改也。廷堪記。

盧少楩贊并序

盧少楩之騷賦，蓋屈、宋之嫡子，馬、揚之遺音，盛漢而後千有餘年無此作矣。班、張、崔、蔡且不能過，況魏、晉、六朝、唐、宋、五季乎？夫相馬失之瘦，相士失之貧，徒以地處卑微，身遭幽縶，皮傅耳食之流，遂與草茅譚藝、裋褐稱詩者，何有何無，視同一例。常熟薛氏輯文在，長洲沈氏選別裁，皆屏而不錄，良可怪歎。且夫蘭茝章章，不以蕭艾遏其芳也；瑾瑜英英，不以碔砆掩其光也。其人云遥，其文斯在。迄今觀之，就令投諸水火，夷于藩溷，終當出九泉，升三霄，蒸爲矞雲，發爲震霆也。贊曰：

蒼精黃英，融結實難。既生騷人，其力已殫。大雅中微，真宰上訴。更歷千年，始克再聚。當其聚也，地負海涵。萬靈瞰室，降爲盧枏。挾彼奇氣，孕兹文章。奴崔僕蔡，兄馬弟揚。幽感鬼神，生捕蛟螭。西京以來，誰能及之。幽鞫、放招，如星在天。惜毀、夢洲，如珠在淵。弇州夸士，震川小儒。以方先生，龍之於豬。唐勒騶乘，景差扶輪。不知何日，復有斯人。

蕉園扇贊

溽暑蒸人，汝能抗之。囂塵污衣，汝能障之。飛蠅營營，汝能逐之。餓蝨嗷嗷，汝能撲之。長夏讀書，晝夜與處。物微功鉅，誰忍棄汝。秋風若起，謹藏篋間。用厥勞苦，報之安閒。譬如元勳，以俟就國。來歲逢時，再勤汝職。

校禮堂文集卷十三

箴　銘

學齋二箴并序

乾隆乙巳歲，余在京師，寓居天津牛次原齋中，學爲制舉之文，明年將以應京兆試，時余年已二十有九矣。夫制舉之業，學者結髮從事，皓首而不能博甲乙第者，比比然也。矧余以幾壯之年，而爲童蒙之求，悔老大之將及，慮聰明之已殫。非躁心乘之，虞其不速成；卽怠氣中之，虞其不獲成也。於是作學齋二箴以自勉，兼以勉次原焉。

適萬里之塗者，必自跬步起；樹千尋之木者，必自由蘖始。迢迢者徑，豈頃刻所勝邪？翹翹者材，豈頃刻所培邪？夫趨而赴之，其氣先竭；揠而長之，其本先撥。女胡不鑒於斯，而亟亟從事爲？

右躁箴

守吾志而弗衰，雖山可移。奮吾力而弗捐，雖鐵可穿。人以爲退也，我以爲進。人以爲疑也，我以爲信。置莫邪而不動，將奈腐草何？棄繁弱而不用，將奈魯縞何？勉乎勉乎！愼毋爲自厓之返乎！

右僉箴

秦東門銘并序

海州南四里，朐山上有雙峯如削，俗呼馬耳峯，志地者咸以是爲秦東門之遺址。案史記秦始皇帝本紀，三十五年，立石東海上朐界中，以爲秦東門。漢書地理志朐縣屬東海郡，秦屬薛郡。太平寰宇記，古盧王城在海州朐山縣西九里，卽漢朐縣。以諸書考之，所謂秦東門者，蓋信而有徵焉。當立石時，秦并六國方十年，取天下以力，得聖人之威，盛矣哉！前十年，滅齊，遷齊王建於共。又前二年，滅楚，以其地置楚郡。又前二年，灌大梁，滅魏，殺魏王假。又前一年，滅燕，拔薊。又前二年，克邯鄲，滅趙，虜趙王遷。又前一年，滅韓，以其地置潁川郡。六王之寶貨悉輦於咸陽，九州之地圖皆上於丞相。於是東封泰山，西巡隴右，北之碣石，南浮衡、湘，作阿房之宮，除雲陽之道，雜燒先王之詩書以愚黔首，聚銷海內之鋒鍉以弱赤縣，以禹貢之五服爲不足法而欲遠開之，以職方之九畿爲不足憑而欲斥大之。其志可謂荒矣，其心可謂侈矣。顧乃爲門於東海之濱，立石於朐山之上，亙千古者僅傳其一，表四極者尚闕其三，其義未聞，厥故安在？蓋謂臨洮之境未暨於流沙，華陽之封未逾於黑水，九原、上郡控朔漠者未滅匈奴，百粵、閩中扼炎荒者未夷甌越。雖五嶺之戍險不可踰，萬里之墉堅不可拔，然而未迄羲和之所入，是躔次更有遺天；未盡章亥之所窮，是坤維匪無餘地也。將蓄其願以俟異日歟，抑引其緒以待後人歟，皆未可知也。豈知日馭再周，天命已迄。宮車晚出，山鬼聞鮑魚之腥；妖璧晝遺，海神迎祖龍之駕。鹿馬變於永巷，鴻鵠呼於大澤。望夷之血方喋，軹道之頸旋繫。函谷自若，羣雄交鬭於山東；武關依然，真人歘翔於灞上。悲夫！地甫定其犬牙，基遂棄夫鶉首。剛極則折，堅極則缺，有由然矣。且夫金闕啓於降王，玉璽歸於庶姓，泗水之鼎已没洪波，嶧山之碑已焚野火，而雙石之峙，東門之名，閱千年而不改。昔者熊豹遁逃，今者狐貍叫號；昔者列辟震盪，今者羣豎偃仰。是可慨也。陸士衡弔魏武帝文有云：「長算屈於短日，遠跡頓於促路。」又云：「智慧不能去其惡，威力不能全其愛。」兹之所惑，亦猶是焉。乾隆戊戌歲，余游其地，憑眺遺址，徘徊故墟，其迴天倒日之槩，拔山超海之勢，至今猶想見云。向使赤帝不興，素靈不死，徐市之船可至，盧生之藥可成，必盡收馮夷、天吳以爲臣妾，改蓬萊、方丈以爲郡縣，豈第秦東門而已哉！爰爲之銘。其辭曰：

朐嶺巖巖，海波渾渾。有石卓立，曰秦東門。俯蟠地軸，仰極天根。歷千百載，厥蹟尚存。維彼始皇，氣吞宇宙。亰滅侯王，若豺逐獸。六合作宮，九寓爲囿。不師往古，取世大詬。邦畿千里，前王所營。國門十二，譏而不征。分土列爵，垂拱觀成。奈何恃力，以海爲程。當其建時，雷電揮霍。五丁齊驅，百靈具作。遺黎凋敝，疲氓孱弱。匪役鬼神，疇歟斧鑿。虎視八極，泯没無聞。區區片石，曾何足云。苔蘚溜雨，藤蘿扶雲。後有過者，視此銘文。

奇泉銘并序

蘆石山在海州東南六十里，所謂東蘆也。山麓之庵曰中庵。庵側有泉焉，巨石覆其上，中分爲二。

其右者澄澈如鏡，其左者濁不見物，石下之水往來固相通也。明萬曆中，知州事王同名之曰奇泉，大書而劖之石。庵之道士爲予言，嘗驗以瓦礫塵垢不潔之物，投諸右，少頃，悉汰而歸諸左；投諸左，則止而不遷。試之果然。夫朱墨變於相近，聖狂由於所習，此蓋謂中庸之材、凡民之量耳。若是泉者，其性本潔，其體本虛，雖日與至濁者居，而不易其初也；雖卒與至濁者遇，而不改其度也。豈非受之於天者深而植之於本者固乎？丈夫處世亦當如此泉矣。乃爲之銘曰：

素絲無恆，玄黃易施。中材涉世，習俗易移。卓哉此泉，潔清自持。海澨寂寥，識者伊誰。磨而不磷，涅而不緇。此理至平，乃謂之奇。在山已然，出山可知。後有志士，庶幾鑒茲。

天池銘并序

板浦東南一里而近，有天池焉。其圓如槃，其澄如鑑，約徑百步，厥周三之。瀕海之地，類多斥鹵，茲池之性，獨秉甘冽。鹽牐未啓，澍雨偶愆，婦子羣焉往汲，閭閻賴以獲濟。池上則葦荻瑟瑟，丘墟纍纍，境居荒原。雖無佳勝，時屆寒食，亦有野芳，上冢者寓錢焚於涸涔，翦紙覆以枯塊，隨風遠揚，沿岸相續。烏鵲浴之而不厭，馬牛飲之而不辭。語其器量則千頃之陂，衡其功用則九里之潤。蒼涼寂寥，又何損焉。銘曰：

驕陽爍野弗之減，暴雨溢川弗之濫。瀕海之泉味多鹻，澤及生民何湛湛。今我作銘爲世範。

方直儀銘并序

方直儀見梅氏塹堵測量，卽所謂句股立方錐也。儀凡五面，以鋭角爲圜心。其斜平面有黃道弧諸綫，又有相應之赤道弧諸綫。其平面有赤道弧諸綫，又有相應之黃道弧諸綫。其立面有大距弧諸綫，又有相對之黃赤距緯弧諸綫。其斜立面有黃赤距緯弧諸綫，又有相對之大距弧諸綫。面各具四句股形，而比例皆等。其一面爲方直形，則儀之底也。蓋會通授時弧矢割圜法而入於西法者，前此所未有也。陳而觀之，八綫三角可以不煩言而解。乃依其式取堅楮製焉。銘曰：

授時求矢，用三乘方。圍三徑一，得數不詳。遠西八綫，算生於量。君子善善，取彼所長。宣城知天，會通厥義。彼起二分，此起二至。探頤抉微，中西無異。後有萬年，偉哉斯器。

立三角儀銘并序

立三角儀者，方直儀之餘度也。方直儀起二至，立三角儀起二分，通授時於西法矣。方直儀凡五面，立三角儀僅四面，爲鼈臑形，亦以堅楮爲之。斜面爲黃道弧，平面爲赤道弧，立面爲距緯弧，外立面則黃赤二切綫也。合二儀成一象限，而正弧之理備焉。戴氏句股割圜記名之曰「次緯儀」，蓋欲易經弧爲緯弧耳，非於梅氏之外別有新義也。銘曰：

鼈臑測體，幾何術精。九章商功，已著其名。卽小見大，有象皆呈。曲綫三角，藉此而明。理無終閟，研之則開。截諸寸楮，巧奪三才。思之思之，鬼神畢來。歐邏之學，通於邢臺。

紙渾儀銘并序

余學推步，苦於無師，且縣象之理至賾，非器不能明也。讀書偶有所悟，輒取紙以意爲之，陳諸几案。七政運行之故，亦可稍得其端倪。他日匍匐渾儀之側，則以此爲筌蹄可矣。銘曰：

洛下范銅，用以測天。刻楮效之，亦象大圜。錯出四環，貫樞兩極。左旋右旋，大略可得。子午側立，地平平安。黃道赤道，斜倚其間。古人有言，左圖右史。唯此推步，非器何恃。大僅數寸，凡席足儲。導蒙啓悟，以佐讀書。

壽星硯銘

角亢之次，是名壽星。龍尾四寸，良工鏤形。或云老人，東井之側。子孫衆多，輝暎南極。贈者伊誰，瑶甫汪君。發篋視之，上有慶雲。我持此硯，歸遺老母。文字吉祥，以介眉壽。

小歙硯銘并序

予自受書，即得是硯。長游南北，恆以自隨。至于領鄉薦，成進士，皆其力也。乾隆癸丑，銘而藏之。銘曰：

試京兆，中副車。試于鄉，登賢書。試禮部，聞傳臚。幼至壯，唯汝俱。功既成，什襲儲。銘厥背，同璠璵。

書篋銘并序

書篋長尺有二寸，高五寸，廣五寸有奇，木質，外冒以皮，余家故物也。自出游以來，南浮吴、越，西適楚，北走燕、趙、鄭、衞之郊，凡風塵之所蒸鬱，雨雪之所匽薄，未嘗與之一日離也。夫人情習於久則自深，狃於近則益密，是故雖甚朴陋而彌覺其可親也，雖甚刓敝而彌覺其可珍也。昔浮屠氏三宿桑下，尚生愛慕，況十餘年之遠乎？今余歸矣，不忍再困之以舟楫之勞、車馬之役也。乃銘之曰：

己亥之春，余薄游乎江濱，唯子是隨兮。閱十有五年，跋山涉川，曾莫子之離兮。苜蓿堆盤，不厭冷官，曰余將歸兮。擁書南窗，視膳北堂，常與子相依兮。

擊蒙書室雜銘十五首并序

兄孫兆淵，年甫十齡，嘉慶三年二月至寧國學舍，乃葺書室，命之誦讀於中，名曰擊蒙，用王氏「擊去童蒙，以發其昧」之義也。爰取室中諸物，各爲之銘以示焉。

讀書燈銘

挹菽膏，然卉心。其光煒然，能照古今。

筆牀銘

中書休沐，小憩其上。數寸之地，聊供偃仰。

墨匣銘

斲木爲之，其光如漆，是曰龍賓之室。

鎮紙銘

其體端方，其性凝重。風氣轉移，不爲之動。

水盂銘

一勺之水足以容，楮墨得之生蛟龍。

研朱硯銘

南山石，何粼粼。賴彼一寸丹，磨此潔白身。

黏盂銘

來牟之精，藏之弗竭。楮先生著書，汝補其闕。

錐銘

器雖利，守以静。請處囊，莫露穎。

錫儀銘

錫於五金，其質不堅。範之爲儀，藉以談天。方諸刻楮，差爲勝焉。

琴銘

三弦仲呂，大弦黃鐘，燕樂之合非正宮。

笛銘

今之笛，製非古。其孔六，其聲五。間以二變，可應律呂。

尺銘

横黍縱黍，説如聚訟。曷若屏空言，但取能適用。

珠算器銘

古算以籌，今算以珠。其器雖異，其理不殊。譬之史籀後，乃有程邈書。

酒尊銘

一升爵，三升觶，受之大小存乎器。

釋禮硯銘

黑而津，正而固。用汝釋禮經，不用汝作辭賦。

杞菊軒銘并序

夫鳳鳥翔千仞，雝雝之鳴自盛；鷦鷯寄一枝，生生之理亦足。何則？分貴賤之等者觀乎外，齊小大之致者循乎内。就令物之相物，未妨損之又損。廷堪百里之才既乏，四方之遊已倦，思補晨葩之什，屢發夕葵之慨。成進士後，投牒吏部，乞一教官以養母。乾隆甲寅，選得寧國府教授。次年三月，挾書簏以之任，奉版輿而怡志。學署荒僻，宛若村舍，居城市之偏，枕岡阜之側，僅古樹十餘本，破屋八九間而已。中堂牖下，老梅詰屈，陰可蔽牛。梅之西則叢桂也。春秋作花，香色異狀。承北堂之歡，寄南窗之傲。卽饘粥不繼，致足樂也。東偏小齋三楹，約廣十笏。頗有梧竹，階除蕭然。安几以便誦讀，設榻以待偃仰。籬根庭隅，雜蒔卉木，莖葉間有可食者。因榜其楣曰杞菊軒，蓋取陸魯望之賦以名之也。嘗讀甫里先生集，見其有田可畊，有廬可棲，或擊鮮招之而不屑，或造門訪之而不見，尚於閉户著書之餘，起忍飢誦經之歎。矧夫地鮮置錐，室類懸磬，青氈自擁，綦巾告痛，高軒憎冷而弗過，肥馬畏貧而輒避。以昔準今，屠沽兒酒食豈易得耶？雖然，忝爲丈夫，生當盛世，利澤不克施於人，名聲不克昭於時，徒竊升斗之禄，爲甘旨之計，拾老圃之棄，作腐儒之餐，譬雁鶩之謀稻粱，鼠雀之偷倉廩，晚食逍遥，飯飽捫腹，亦已逾分矣，顧猶不足乎！人第笑其枝葉老硬，氣味苦澀，而不知爲固精神、延壽命之物也。乃爲之銘曰：

廣文之居，大不盈畝。鸞鳳鉅棲，麋鹿可友。何須折腰，獲此五斗。畦無秋菘，圃無春韭。言樹杞菊，茅齋前後。二月苗肥，擷以供母。五月葉麤，烹以佐酒。忍飢誦經，此外何有。以卑自安，以貧自守。潔白在躬，延年益壽。

瘞鴨銘并序

鴨死不忍食，使人瘞之，戲作瘞鴨銘。辭曰：

昔李萬江牧馬，比以輕肥；魏道武制官，取其迅速。聲喧夜半，平淮蔡於唐家；飯裹軍中，破高齊於陳代。篆薰蘭蕙，嘉名久擅博山；醅發蒲桃，倩色新分漢水。圓吭唼喋，最愛能言；短足拍浮，更欣善鬬。凡此簡編之內，美不勝收；若置鼎俎之間，理原未允。於是買來市上，衹需百十青蚨；放向灘頭，留伴一雙白鳥。王孫金彈，詎來碧草池塘；處士竹弓，不到綠楊洲渚。身無文采，羞近鴛鴦；意在稻粱，偶隨鴻雁。春波接岸，青萍一道衝開；秋雨平湖，紅蓼數枝睡折。每於翰音隊裏，循南浦以歸來；無何杜宇聲邊，逐西風而化去。遂使陸家欄內，頓減幽懷；杜老階前，疇增佳興。煙波江上，落霞寂寂長天；蒲稗溪旁，零露蕭蕭野水。多時豢養，忍能竟付庖丁；一旦淪亡，自可埋之敝篚。雖情同瘞鶴，饒有華陽真逸之風；設欺似放魚，保無鄭國校人之弊。嗚呼！野賓已去，李德裕既詩悼失猨；赭白不存，顏延之亦傳死馬。聊因抔土，用作短銘。銘曰：

奪諸湯鑊，以與蚍蜉。人腹蟲腹，何恩何讎。南畝之上，禾黍油油。荷插築土，樂哉斯丘。

校禮堂文集卷十四

考　辨

周官鄉射五物考

一曰和，二曰容，三曰主皮，四曰和容，五曰興舞：此周官鄉大夫鄉射五物之序也。前既云「和」「容」，後復云「和容」，人多不得其解。昔之説一曰和、二曰容者，鄭司農曰：「和謂閨門之内行，容謂容貌。」鄭康成曰：「和載六德，容包六行。」説四曰和容者，杜子春讀和容爲和頌，謂能爲樂也。又馬融論語注：「一曰和，志體和。二曰容，有容儀。四曰和頌，合雅頌。」此皆因經文和容前後再見，故强生異義。不知頌卽容字，史記儒林傳：「徐生善爲容。」漢書作「頌」。師古曰：「頌讀與容同。」是頌與容本無區别也。至于主皮之射，説者尤爲聚訟。考周官經文，明云「退而以鄉射之禮五物詢衆庶」。然則此五者固在鄉射禮之中，不在鄉射禮之外也。今鄉射禮一篇，載在禮經，竝未闕佚。不以經證經，而徒以意衡之，是亦説經者之過也。蓋一曰和、二曰容者，卽鄉射禮之三耦射也。獲而未釋獲，但取其容體比於禮也。是爲第一次射。三曰主皮者，卽鄉射禮之三耦及賓、主人、大夫衆耦皆射也。司射命曰「不貫不釋」，蓋取其中也，故謂之主皮。馬氏論語注以主皮爲能中質是也。是爲第二次射。四曰和容、五曰興舞者，卽鄉射禮之以樂節射也。司射命曰「不鼓不釋」，既取其容體比於禮，又取其節比於樂也。比於禮，故謂之和容，蓋如前三耦射也；比於樂，故謂之興舞，蓋取其應鼓節也。故前已言和容，此復言和容也。是爲第三次射。鄉射記云：「禮射不主皮。」鄭氏注：「不主皮者，貴其容體比於禮，其節比於樂，不待中爲儁也。」蓋古經師相傳之解，指第三次射而言，深得經意。不主皮爲第三次射，不鼓不釋；則主皮爲第二次射，不貫不釋可知矣。鄭氏不知主皮之射爲第二次射，而下以己意，謂張獸皮而射，故雖引尚書傳爲證，而亦不敢決之也。又考論語「射不主皮，爲力不同科」，孔子稱爲古之道者。蓋時至春秋之末，鄉射但以不貫不釋爲重，而容體比於禮，節比於樂，不復措意，故孔子歎之，以爲古禮仍有不主皮之射也。爲力不同科，馬融注「力役之事有上中下三科」，是別爲一事，與上句無涉。劉原父七經小傳不用舊説，而以下句解上句，後儒因之，遂謂主皮是貫革之射，非先王之禮。審如是也，則武王克殷，貫革之射已息，何以主皮猶在鄉射五物之中，而鄉射記復舉之以證經乎？其非貫革也明矣。或者謂鄉射記云「主皮之射者，勝者又射，不勝者降」，則似鄉射之外更有此射者。此殊不然。鄉射記所云，卽指第二次射也。凡經所未言，見於記者甚多。卽如此記中衆賓不與射者不降；賓主人射，則司射擯升降，卒射卽席而反位卒事；大夫降立于堂西以俟射；主人亦飲于西階上之屬皆是，不獨主皮之射一節也。若貫革及張獸皮而射，尚何升降之有哉！或者又謂大射之侯有皮，鄉射之侯無皮，何故謂之主皮。此亦不然。主皮者，謂不失正鵠也。布侯謂之正，皮侯謂之鵠。鄉射用布侯而云主皮者，舉皮以賅布，亦散文則通之義。經例往往如此，不足致疑也。然則主皮之射，考諸經而經合，考諸傳而傳合矣。彼說鄉射五物者，不於鄉射禮求之，無怪其乖隔鮮通而多紛紛之論也。

詩楚茨考

小雅楚茨凡六章，言王朝卿大夫之祭禮也。首章言黍稷爲酒食之用，遂及正祭之妥侑也。二章言牲牢爲鼎俎之用，遂及祊祭之饗報也。三章言儐尸于堂之禮也。四章言尸嘏主人之禮也。五章言既祭而徹也。六章言既徹而燕也。以少牢饋食禮考之，有同有異。少牢所言，蓋侯國卿大夫之祭禮也。如第一章云：「以爲酒食，以享以祀，以妥以侑。」案少牢上篇，尸入十一飯，所謂食也。卒食酳獻尸，所謂酒也。陰厭在尸未入之前，所謂享祀也。尸入升筵，祝與主人皆拜妥尸，所謂妥也。尸七飯後告飽，祝侑，尸八飯後告飽，主人侑，所謂侑也。第二章云：「或剝或亨，或肆或將。」案少牢上篇，司馬刲羊，司士擊豕，所謂剝也。熟牲體于雍爨，所謂亨也。升牲體于鼎，所謂肆也。載牲體于俎，所謂將也。皆言正祭之禮也。第三章云：「執爨踖踖。」案少牢下篇乃爇尸俎，蓋因儐尸而溫之，故前既云亨，此復云執爨也。又云：「爲俎孔碩。」案少牢下篇，儐尸之禮凡十一俎，唯尸、侑、主人、主婦四羊俎爲正俎，其餘八俎皆以雍人所執二俎益送，往還其禮繁多，故云孔碩也。又云：「君婦莫莫，爲豆孔庶。」案少牢下篇宰夫羞房中之羞于尸、侑、主人、主婦，皆右之；司士羞庶羞于尸、侑、主人、主婦，皆左之。此非正獻之豆，皆庶羞之豆，故云孔庶也。又云：「爲賓爲客，獻酬交錯。」儐尸之禮不獨助祭者爲賓客，卽尸、侑亦賓客也。案少牢下篇主人、主婦、上賓獻尸、侑，主人獻長賓以下，皆獻也。主人酬尸，酬賓及旅酬、無算爵，皆酬也。又云：「萬壽攸酢。」案少牢下篇，主人、主婦、上賓受尸酢，主人自酢于長賓，皆酢也。皆言儐尸之禮也。第五章云：「孝孫徂位，工祝致告。」蓋正祭告利成之禮。案少牢上篇，主人出立于阼階上，西面，祝出立于西階上，東面，祝告曰「利成」，故云徂位致告也。又云：「神具醉止，皇尸載起。」案少牢上篇，尸謖，主人降立于阼階東，西面，祝先，尸從，遂出于廟門。此正祭之尸謖也。下篇，尸出，侑從，主人送于廟門之外，拜，尸不顧。此儐尸之尸出也。以上皆與少牢饋食禮同者。第三章又云：「或燔或炙。」炙者，肝也，謂從俎也。案特牲禮，主人初獻，賓長以肝從；主婦亞獻，兄弟長以燔從。少牢下篇，不儐尸之禮，主人初獻，賓羞肝；主婦亞獻，次賓羞牢燔。蓋燔炙皆有。若上大夫正祭，則有肝無燔，儐尸則有燔無肝也。第五章又云：「諸宰君婦，廢徹不遲。」案特牲禮，羹畢，宗婦徹祝豆籩入于房，徹主婦薦俎。少牢下篇，不儐尸之禮，祭畢，婦人乃徹，徹室中之饌。注皆以爲禮殺。若上大夫儐尸之禮，則但云有司徹，不云婦人徹也。又云：「諸父兄弟，備言燕私。」案特牲禮，尸謖，徹庶羞設于西序下；羹畢，祝命徹阼俎豆籩設于東序下。注皆以爲將燕。少牢下篇，不儐尸之禮，歸尸俎後，徹阼薦俎。注引特牲禮爲證，蓋亦將燕也。若上大夫儐尸之禮，但云主人退，不云徹而燕也。又少牢無牛，而詩云「絜爾牛羊」。少牢無祊祭，而詩云「祝祭于祊」。少牢無樂，而詩云「鐘鼓既戒」，又云「鼓鐘送尸」，又云「樂具入奏」。以上皆與少牢饋食禮異者。至于少牢尸嘏主人曰：「皇尸命工祝承致多福無疆于女孝孫，來女孝孫，使女受祿于天，宜稼于田，眉壽萬年，勿替引之。」詩中如「孝孫有慶，報以介福，萬壽無疆」，又云「工祝致告，徂賚孝孫」，又云「永錫爾極，時萬時億」，又云「子子孫孫，勿替引之」，亦多與嘏辭合也。王朝卿大夫之祭禮，篇亡，不可考。楚茨與少牢饋食禮異者，或卽其遺制歟？王深寧但云「楚茨可以見少牢饋食禮」，而不知其中有王朝侯國之不同也。

氣盈朔虛辨

歲實者，日躔黄道一周，歷春夏秋冬，四時代序而成歲，一歲共三百六十五日有奇，此一事也。合朔者，月離白道一周，歷朔弦望晦，復追及日而成朔，十二合朔共三百五十四日有奇，此又一事也。故十二合朔與歲實一周而分四時者，各不相蒙。以恆氣而論，必日躔自立春至立夏，歷九十一日有奇，方謂之春，自夏至秋自秋至冬，莫不皆然，非三合朔爲一時也。古聖人因節氣過宫，民不易曉，姑借合朔一周爲一月，合朔十二周爲一年。良以生明生魄，擧頭卽見，取其便於授時，非謂合朔十二周爲卽歲實也。合朔十二周，共三百五十四日有奇，較歲實三百六十五日有奇所差者十一日弱而已，故一年四時不甚參差也。二年則多二十一日有奇，而冬至將第十二月，故三年必置一閏月也。此月非無端增出，蓋歲實滿三周則已歷三十七合朔有奇，故多一合朔也。夫歲實自爲歲實，合朔自爲合朔，在天各自運行，本非一軌。今既借合朔以紀歲實，兩數不齊，三年之中非以此所多之一合朔爲閏，則四時必參差難一，故書曰「以閏月定四時成歲」也。宋沈存中欲用二十四節氣爲一年，立春之日爲孟春之一日，驚蟄之日爲仲春之一日，則歲歲齊盡，永無閏餘月之盈虧，不預歲時寒暑，寓之曆間可也。其論最爲明晰。

近西法正如此。唯用中氣過宮，小有不同，故亦無閏月也。夫歲實共三百六十五日有奇，較十二合朔多十一日弱。氣盈者，此十一日弱也。十二合朔，共三百五十四日有奇，較歲實少十一日弱。朔虛者，亦此十一日弱也。非如蔡九峯書傳所云「三百六十日爲一歲之常數，多五日有奇，謂之氣盈，少五日有奇，謂之朔虛」也。術家以一月三十日爲常數，兩節氣，三十日有餘也，其有餘者爲氣盈。一合朔，三十日不足也，其不足者爲朔虛。此便於步算則爾。儒者説經當直指其所以然，苟僅襲術家之説，貿貿焉書諸簡册，則氣盈朔虛幾爲神奇不可測之事，學者何由而明閏月之所以然乎？試因蔡氏之説，以平朔恆氣約計之。假如甲年甲子日子正合朔，亦甲子日子正冬至，是爲十一月初一日甲子冬至，則乙年十一月初一日當爲戊午，較甲年十一月初一甲子日少五日有奇，此朔虛也。冬至當爲己巳，較甲年冬至甲子日多五日有奇，此氣盈也。戊午爲初一日，則冬至己巳爲十二日，較甲年冬至合朔同日者相差十一日也。至丙年十一月初一日當爲壬子，冬至當爲甲戌；壬子爲初一日，則冬至甲戌爲二十三日。平朔小餘，積三年多一日。至丁年十一月初一日當爲丁未，冬至當爲己卯；丁未爲初一日，大建晦日爲丙子，小建晦日爲乙亥，則冬至己卯必在次月。故取此月之前無中氣之月爲閏月，則丁未朔爲十月初一日，而冬至仍在十一月矣。此自然之理，不但非神奇，竝非勉强也。夫甲年合朔、冬至同此甲子日，則乙年戊午合朔少五日，己巳冬至多五日，皆以甲子日起算，猶可云此年甲子至彼年甲子共三百六十日也。至于丙年壬子合朔少五日，則與戊午日相較，甲戌冬至多五日，則與己巳日相較，合朔冬至竝不同日，安得云三百六十日爲一歲之常數乎？然則三百六十日者，干支之六周而已。惟三百六十五日有奇，始爲一歲之常數也。知十二合朔與歲實一周爲兩事，知干支六周非一歲之常數，則氣盈朔虛自不煩言而解，而閏月之所以然，已思過半矣。

正蒙七政隨天左旋辨

蔡氏書集傳：「天繞地左旋，常一日一周而過一度。日麗天而少遲，故日行一日亦繞地一周，而在天爲不及一度。月麗天而尤遲，一日常不及天十三度十九分度之七。」蓋本於張橫渠正蒙。正蒙之言曰：「天左旋，處其中者順之，少遲則反右矣。」朱子極取此說。書集傳二典三謨本朱子所定，故其說如此。其實不然也。往時讀之，以爲前儒所論必有至理，而寒暑發斂之故，由其說而推之，百思不得其解，遂疑天道果難明也。後讀步算家之書，乃知天左旋，日月五星與恆星皆右旋。左旋之天以赤道爲中圍，以南北二極爲樞紐，一日左旋一周。黃道斜絡於赤道，半出赤道南，半出赤道北，以黃極爲樞紐。日在其上右旋，一日平行一度弱。冬至日在赤道南二十三度有奇，去北極最遠。過此則循黃道右旋，而北歷九十度至黃赤二道交點而爲春分。又右旋而北歷九十度而爲夏至，日在赤道北二十三度有奇，去北極最近。過此又循黃道右旋，而南歷九十度至黃赤二道交點而爲秋分。又右旋而南歷九十度，仍至赤道之南，而爲冬至矣。此一歲寒暑發斂之故，其理本不難明。月五星與恆星其右旋也亦然。月五星之右旋，朔望合伏之故也。恆星之右旋，歲差之故也。然後知左旋之說，橫渠之臆說耳。如使天左旋而日月亦左旋，不識所謂日左旋者，循黃道而行乎？抑循赤道而行乎？使其循赤道而行，則右旋而東者，亦可言左旋而西，如是則終古如春秋分，無寒暑進退、晝夜永短。使其循黃道而行，則日一日左旋一周，必至朝爲冬至，左旋至午，退而爲秋分，又左旋至暮，退而爲夏至，參差晷景，顛倒四序，不可依據矣。夫日行天上，列宿爲日所揜，不可得見，而月則其最著者也。月有交道之出入，有兩交左旋之退度，有黃道内外之陰陽律，則月之行不但不循赤道，并不循黃道，而別有一道交於黃道矣。月既不循赤道而別有一道，使其果左旋，一日一周而不及天十三度有奇也，則一夜之中，月必循其本道徧歷半周天之列宿，而何以祇此右旋十三度之宿爲月所離也？夫右旋之度本由黃道，左旋之度則由赤道，斜直之勢不同，經緯之行亦異，中宵靜觀，歷歷可案。少識縣象者無不知之，不謂橫渠乃爾鹵莽也。儒者動云窮理，窮理者固如是耶？明史曆志：「洪武十年三月，帝與羣臣論天與七政之行，皆以蔡氏左旋之說對。帝曰：『朕自起兵以來，仰觀乾象，天左旋，七政右旋，術家之論，確然不易。爾等猶守蔡氏之說，豈所謂格物致知者乎？』」可見知之者不能罔也。毛大可世稱專攻宋儒者，而左旋之誤，獨從蔡氏，此蓋出於不知耳。若宣城梅氏之論左旋也，天之東升西没，自是赤道；七曜之東移於天，自是黃道。兩道相差，南北四十七度。平面之行與斜面之轉，終成疑義，安可以遽廢右旋之實測而從左旋之虛理哉！固已洞見其非矣。而復云朱子之言不可易者，特屈於宋儒而迴護之而已。夫不知者習於其非，知之者迴護其非，是右旋之理不得明於天下，而經生家終無以知天道運行之故矣。宋書天文志引劉向難夏曆列宿日月皆西行之謬，是其論久絀於前代。何橫渠之說入人之深牢不可破也！余自恨向者惑於是說，如墮雺圜中，久之始得其塗，因知世之昧所從入而畢生茫如者多矣。嗟乎！讀書所以增長智慧也，孰知乃自塞其智慧哉！故書此以告同志，毋似余幾墮霿圜中而不出也。

校禮堂文集卷十五

解釋

周官九拜解

大祝九拜，（周禮作捧字。）鄭注賈疏而後釋周官者，多語焉而不詳。而振動之拜，尤多臆說。陳用之禮書有拜儀上下二篇，細案之亦無確見。今據禮經爲之疏通而證明之。一曰稽（周禮作䭫字）首，此臣於君之拜也。鄭康成曰：「稽首，拜頭至地也。」燕禮、大射、覲禮，凡臣與君行禮，皆降階再拜稽首。若君辭之，則升堂，復再拜稽首，謂之升成拜。有降而未拜即升堂拜者，禮殺也。有不降即於堂上拜者，禮又殺也。聘禮、公食大夫禮，異國之臣與主君行禮亦然，皆稽首也。又有非君臣而稽首者，如儐郊勞歸饔餼使者、卿餼聘賓及大夫相食，皆敬之至者，故亦盛其禮也。（士昏親迎，特牲、少牢宿尸，士虞，特牲、少牢陰厭，特牲嗣舉奠，皆再拜稽首，蓋亦敬之至者。）賈氏儀禮疏云「稽首，臣拜君法」是也。二曰頓首，此相敵者之拜也。鄭康成曰：「頓首，拜頭叩地也。」凡禮經賓主相敵之拜，皆頓首。經不云頓首者，文不具也。若左傳文七年，晉穆嬴頓首於趙宣子，則小君於其臣，且婦人也，禮不應頓首。定四年，楚申包胥九頓首而坐，頓首竝壹拜再拜，無九頓首者。皆禮之變，故傳特書以別之。賈氏儀禮疏云：「頓首者，平敵相拜法。」然則禮經平敵相拜者，雖不云頓首，皆頓首可知也。三曰空首，此君荅臣之拜也。鄭康成曰：「空首，拜頭至手，所謂拜手也。」凡禮經君拜其臣皆空首拜。經不云空首者，猶之平敵相拜不云頓首也。若君特敬其臣，則拜手稽首，如太甲之於伊尹，成王之於周公，非常禮也。賈氏儀禮疏云「空首拜，君荅臣下拜法」是也。而周禮疏又云「卽尚書拜手稽首」，則誤矣。何也？尚書臣之於君，如臯陶、伊尹、周公，亦皆拜手稽首也。至於穆天子傳「許男降，再拜空首」，郭注「空首，頭至于地」，則卽稽首，非此空首矣。四曰振動，此卽喪禮拜而後踊也。振動之拜，諸儒言人人殊，惟杜子春得之。蓋凶事之有振動，猶吉事之有稽首，皆拜之最重者。士喪禮君使人弔襚及君臨大斂，既夕禮君使人賵，主人皆拜稽顙，成踊；非君之弔襚賵，則拜而不踊。是拜而後踊，於君始行之，故曰與稽首同也。踊與稽顙皆非拜，拜而成踊謂之振動，猶之拜而後稽顙謂之吉拜，稽顙而後拜謂之凶拜也。杜子春曰：「振讀爲振鐸之振，動讀爲哀慟之慟。」其義甚明，惜乎先後鄭之失其解也。五曰吉拜，鄭康成曰：「吉拜，拜而後稽顙也。」六曰凶拜，鄭康成曰：「凶拜，稽顙而後拜也。」二者亦皆喪禮之拜。檀弓：「孔子曰：拜而後稽顙，頹乎其順也；稽顙而後拜，頎乎其至也。」卽所謂吉拜、凶拜也。又檀弓：「秦穆公使人弔公子重耳，重耳稽顙而不拜。」左傳昭二十五年：「叔孫昭子自闞歸，季平子稽顙。」此徒稽顙，非拜也。唯拜而後稽顙謂之吉拜，稽顙而後拜謂之凶拜也。然考之禮經，但有拜稽顙而無稽顙拜之文，則拜而後稽顙，其周禮歟？鄭氏檀弓注以爲殷之喪拜者，尚與經未合也。七曰奇拜，凡一拜謂之奇拜，頓首、空首皆有之。鄉飲酒、鄉射所謂一拜者，卽頓首之奇拜也。燕禮、大射所謂公荅一拜者，卽空首之奇拜也。唯稽首皆再拜，無一拜者，鄭大夫曰「奇拜謂一拜」是也。鄭康成謂一拜荅臣下拜，賈公彥謂奇拜附空首，皆非也。八曰褒拜，凡再拜謂之褒拜。稽首無不再拜者，頓首、空首亦有之。鄉飲酒、鄉射所謂再拜者，卽頓首之褒拜也。燕禮、大射所謂公荅再拜者，卽空首之褒拜也。鄭大夫曰「褒拜，再拜」是也。鄭康成謂再拜拜神與尸，賈公彥謂褒拜附稽首，皆非也。九曰肅拜，謂婦人之拜也。少儀：「婦人吉事，雖有君賜，肅拜。爲尸坐，則不手拜，肅拜。」鄭氏注曰：「肅拜，拜低頭也。手拜，手至地也。婦人以肅拜爲正，凶事乃手拜耳。」其説是也。又鄭氏昏禮注曰：「婦人於丈夫爲禮，則俠拜。」又曰：「婦人扱地，猶男子稽首。」由此推之，扱地卽男子之稽首也，手拜卽男子之凶事拜也，俠拜卽男子之褒拜也。肅拜者，婦人之正禮。男子唯軍禮始肅拜。左傳成十六年：「郤至三肅使者而退。」卽鄭司農所謂「介者不拜」是也。蓋稽首、頓首、空首三拜皆吉事之拜也，振動、吉拜、凶拜三拜皆凶事之拜也，六者以爲之經也。奇拜、褒拜，凡拜皆有之，二者以爲之緯也。肅拜則專言婦人之拜矣。此九拜之序也。近人如顧寧人、毛大可、閻百詩、惠仲孺、江愼修諸君，於九拜皆有論著，均未能得其要領。而閻氏至以古之拜如今之揖，古之肅拜如今之拱手，見潛邱劄記荅萬公擇書，蓋本宋項氏説。則尤謬。案飲酒之禮，凡拜必坐奠爵，然後拜，既拜之後，始執爵興，則古之拜非今之揖明矣。肅拜，婦人之拜，鄭司農曰：「肅拜，但俯下手，今時撎是也。」撎同揖。士昏禮：「婦見姑，姑興拜，贊醴婦，婦興拜。」是婦人之拜不坐，如今之揖，卽肅拜也。軍禮亦用此拜。然則古之肅拜，非今之拱手明矣。考鄉飲酒禮：「賓厭介，介厭衆賓。」鄭氏注曰：「推手曰揖，引手曰厭，今文皆作揖。」然則今之揖乃古之肅拜，今之拱手乃古之揖耳。閻氏不深於禮，故有此誤，竝爲附辨於末云。

周官九祭解

大祝九祭，後鄭破杜子春及先鄭之説，以爲皆飲食之祭，善矣。惜其猶雜徵傳記，未能悉依禮經也。爰取舊注之善者從之，餘則以經爲主，下以己意，俟後之學者擇焉。一曰命祭，謂墮祭也。墮祭卽挼祭。士虞作「墮祭」，注：「今文墮爲綏。」特牲作「挼祭」，注：「周禮曰『既祭則藏其墮』，墮與挼讀同耳。」必祝命之，故曰命祭。特牲饋食禮：「尸入，祝命挼祭。尸執觶，右取菹，㨎亦作擩。于醢，祭于豆間。佐食取黍稷肺祭授尸。尸祭之。祭酒，啐酒，告旨。祭鉶，嘗之，告旨。」士虞禮祝命佐食墮祭，祭豆在祝命之前，與特牲小異，餘大率同也。特牲不云命佐食者，文不具也。少牢饋食禮「尸入，祝反南面」，注：「未有事也。墮祭、爾敦，官各肅其職，不命。」此説非也。案士虞「祝拜妥尸」，此西面拜也。與少牢同。拜畢，就南面位，命墮祭。特牲命挼祭亦南面，則少牢墮祭亦當命之。士虞、特牲云命祭，少牢云南面，互見也。大夫威儀多，不宜殺于士矣。此祭在尸未飯時，悉備諸祭，蓋祭食之最重者，故以爲首。二曰衍祭，謂祭酒也。詩小雅伐木：「釃酒有衍，籩豆有踐。」毛傳：「衍，美貌。」祭酒畢，禮盛者必啐之而告旨。説文曰：「旨，美也。」與衍同訓。又特牲饋食禮：「主人洗角，升酌，酳尸。」注：「酳猶衍也。」是知衍祭爲祭酒也。飲酒之禮，獻酒必祭，如鄉飲酒、鄉射、燕禮、大射、士虞、特牲、少牢、有司徹之獻酒皆祭。雖獻工、獻笙、獻獲者、獻釋獲者、獻祝、獻佐食之屬，無不祭者。酢酒、酬酒以及舉觶媵爵爲旅酬無算爵始之酒，亦必祭。

唯至旅酬無算爵，乃不祭耳。凡祭酒，皆左手執爵，于豆間祭之。又祭醴亦啐之，祭鉶亦嘗之而告旨，則祭醴、祭鉶當附於衍祭也。三曰炮祭，謂祭豆籩也。鄭康成曰：「炮字當爲包，聲之誤也。包猶兼也。」案：籩實爲脯，豆實爲醢，則用擩祭或振祭。籩實爲糗脩，豆實爲菹醢，則用兼祭。有司徹主婦受尸酢，左執爵，右取菹，擩于醢，祭于豆間，此祭豆也。又取麷蕡兼祭于豆祭，此祭籩也。豆籩同祭，故謂之兼祭。不儐尸之禮，主婦亞獻尸，左執爵，取棗糗，祝取㮚脯以授尸，尸兼祭于豆祭，亦兼祭也。他如特牲主人獻尸，有司徹主人獻侑，受尸酢，主婦獻尸，獻侑，致爵于主人；不儐尸之禮，主婦獻祝，致爵于主人，賓致爵于主婦：皆豆籩同祭。經或云兼祭，或云同祭，其實皆兼祭也。後鄭所舉有司徹宰夫贊者取白黑以授尸，尸受，兼祭于豆祭，則主人獻尸之禮也。四曰周祭，鄭康成曰：「周猶徧也。」曲禮曰，「殽之序，徧祭之。」案：公食大夫禮，賓祭正饌，坐取韭菹，以辯即徧字。擩于醢，上豆之間祭，此祭豆也。豆有六，故云辯。又云「贊者東面坐取黍，實于左手，辯，又取稷，辯，反于右手，興以授賓，賓祭之」，此祭黍稷也。簋有六，故云辯。又云「三牲之肺不離，贊者辯取之，壹以授賓，賓興受坐祭」，此祭肺也。食禮用牛羊豕，故云辯。又云「扱上鉶以柶，辯擩之，上鉶之間祭」，此祭鉶也。鉶有六，故云辯。又賓祭加饌，贊者北面坐，辯取庶羞之大，興，一以授賓，賓受兼一祭之，此祭庶羞也。庶羞十六豆，故云辯。皆周祭也。至于少牢墮祭，尸取韭菹，辯擩于三豆，祭于豆間，則又命祭中之周祭矣。五曰振祭，六曰擩祭，皆謂祭薦俎也。鄭康成曰：「振祭擩祭本同，不食者擩則祭之，將食者既擩必振乃祭也。」案士虞、特牲，尸入九飯，佐食舉肺脊，舉幹，舉骼，士虞作「胳」。舉肩，皆振祭，嚌之。少牢尸入十一飯，上佐食舉牢幹、魚、腊肩、牢骼、牢肩，尸亦振祭，嚌之。前此上佐食舉牢肺正脊以授尸，當亦振祭嚌之。經不云者，文不具也。此皆祭俎不擩而即振者也。士虞、特牲、少牢、有司徹凡以肝燔從者，皆擩于俎鹽，振祭，嚌之，此則擩而後振者也。將食故必振。鄉飲酒、鄉射、燕禮、大射所云祭薦，皆是擩祭。鄉射記云：「薦脯五膱，祭半膱橫于上。」膱長尺有二寸。蓋祭者左執爵，右取祭脯，擩于醢，而祭于豆間，不食故不振。經不云擩者，省文也。若籩實是糗脩之屬，不可擩，則必取菹擩于醢，兼取籩實祭之，又爲兼祭矣。賈疏引特牲、少牢挼祭，以明不食則不振，非注意也。少牢主人獻祝，祝取菹擩于醢，祭于豆間。此方是擩祭。若挼祭，所云則命祭中之擩祭。公食大夫祭豆祭鉶，則周祭中之擩祭。七曰絶祭，八曰繚祭，皆謂祭肺也。鄭司農曰：「絶祭，不循其本，直絶肺以祭也。繚祭，以手從肺本循之，至于末，乃絶以祭也。」鄭康成曰：「絶祭、繚祭亦本同。禮多者繚之，略者絶則祭之。」案鄉射、燕禮、大射主人獻賓，大射主人獻卿，特牲主婦致爵于主人，主人獻賓，有司徹主人獻尸，主人、主婦受尸酢，不儐尸之禮，主婦致爵于主人，賓致爵于主婦，經皆云「興取肺，坐絶祭」，是大夫、士皆絶祭，非繚祭也。唯鄉飲酒禮主人獻賓，賓興，右手取肺，卻左手執本，坐弗繚，右絶末以祭，尚左手嚌之，興，加于俎。注以弗繚爲繚，然鄭司農亦引此以爲繚祭之證。疏云：「鄉飲酒，大夫禮，故云繚祭。鄉射，士禮，故云絶祭。但繚必兼絶，絶不得兼繚，是以此經云繚兼言絶也。」又云：「燕禮、大射，雖諸侯禮，以臣在君前，故不爲繚祭。」然則有司徹大夫禮，非在君前，何以亦不繚祭也？張稷若曰：「弗繚者，直絶末以祭，不必繚也。大夫以上乃繚，士則否。經文言弗繚，以賓固士也。」説與鄭、賈異。如張氏所言，則禮經無繚祭矣。九曰共祭，鄭康成曰：「共猶授也，謂授祭也。」案：燕禮主人獻公，膳宰贊授肺，大射主人獻公，庶子贊授肺，此絶祭也。士虞、特牲、少牢墮祭，皆佐食授之，此命祭也。尸人飯時，舉牲體亦佐食授之，此振祭也。有司徹主人獻尸，宰夫贊者取白黑以授尸；不儐尸之禮，主婦亞獻，祝取棗脯以授尸，此兼祭也。有司徹主婦致爵于主人，其祭糗脩，祭鉶，祭酒，皆如尸禮。公食大夫祭黍稷，祭肺，祭庶羞，亦贊者授之，此周祭也。皆爲共祭也。前尸祭籩是兼祭，若祭鉶、祭酒，則不授也。凡祭，遠者授，近者不授。張忠甫疑「共」字是「共」字之誤，非也。故祭薦、祭鉶、祭酒無授祭也。共祭亦備諸祭，故以爲九祭之終焉。若夫命祭，杜子春以爲祭有所主命，鄭康成又以爲玉藻之君命；衍祭，鄭司農以爲祭殤，鄭康成又以爲曲禮之延客祭；炮祭，鄭司農以爲燔柴祭天；周祭，鄭司農以爲四面爲坐，賈公彦解以爲祭百神：皆與禮經不合，則不暇悉爲之辨矣。

旅酬下爲上解

鄉射禮旅酬，司正升自西階相旅，作受酬者曰「某酬某子」。注：「某者，字也。某子者，氏也。稱酬者之字，受酬者曰某子，旅酬下爲上，尊之也。春秋傳曰『字不若子』。」鄭氏此注，即中庸「旅酬下爲上」之確解也。考旅酬之禮，惟飲酒始有之。凡飲酒之禮，有獻，有酢，有酬，有旅酬，有無算爵，此一定之節次也。雖祭畢之飲酒亦然。獻酒用爵，燕禮、大射宰夫爲主人，則用觚，下爵一等也。皆主人獻之。酢亦用爵，禮盛者則酢主人。酬酒用觶，唯主人酬賓而已。至於旅酬，則賓酬主人，主人酬介，介酬衆賓，皆以尊酬卑，故曰「旅酬下爲上」也。獻酒，賤者不與。至旅酬、無算爵，則凡執事者無不與，終於沃洗者，故曰所以逮賤也。蓋獻、酢、酬所以申敬，旅酬、無算爵所以爲歡也。如鄉飲酒旅酬：「賓北面坐取俎西之觶，此卽一人所舉之觶，疏云：「前主人酬賓奠于薦東者，不舉，故言俎西以別之。」阼階上北面酬主人，主人降席，立于賓東，賓坐奠觶，遂拜，執觶興，主人荅拜，不祭，立飲，不拜，卒觶，不洗，實觶，東南面授主人，主人阼階上拜，賓少退，主人受觶，賓拜送于主人之西，賓揖復席。」此賓酬主人也。又云：「主人西階上酬介，介降席自南方，立于主人之西，如賓酬主人之禮，主人揖復席。」此主人酬介也。又云：「司正升相旅，曰某子受酬。受酬者降席，司正退立于序端，東面。受酬者自介右，衆受酬者受自左，拜興飲皆如賓酬主人之禮。辯，卒受者以觶降，坐奠于篚。司正降復位。」此介酬衆賓，衆賓又以少長爲次序相酬也。鄉射旅酬同，唯無介。賓酬主人後，則主人酬大夫。若無大夫，則長受酬亦如之。又司正升自西階相旅，作受酬者曰「某酬某子」，與鄉飲酒「某子受酬」異。又云「辯，遂酬在下者，皆升受酬于西階上」，亦較鄉飲酒爲詳。蓋賓尊于主人，主人尊于介，鄉射則大夫。介尊于衆賓，是以尊酬卑也。鄉飲酒義云「少長以齒」者，如酬衆賓則先酬其最長者，最長酬其次長者，以次而及最少。雖以少長爲先後，亦是以尊酬卑也。長尊于少。今以長者酬少者，故曰以尊酬卑。燕禮，公爲賓舉旅行酬，「坐取大夫所媵觶，興，以酬賓。賓降，西階下再拜稽首。公命小臣辭，賓升，成拜。公坐奠觶，荅再拜，執觶興，立卒觶。賓下拜，小臣辭，賓升，再拜稽首。公坐奠觶，荅再拜，執觶興。賓進，受虛爵，降，奠于篚，易觶洗，經又曰：「公有命則不易不洗。」反升，酌膳觶，下拜，凡旅酬，賓主之禮，賓酬主人，皆賓先卒觶，然後實觶以授主人。此公酬賓，是君臣禮，故公卒觶不實觶，但以虛爵授賓，使自酌也。小臣辭，賓升，再拜稽首，公荅再拜。」此公酬賓也。又云：「賓以旅酬於西階上。射人作大夫，長升受旅。賓大夫之右坐奠觶，拜，執觶興。大夫荅拜。賓坐祭，立飲，卒觶，不拜。經又曰：「若膳觶也，則降更觶洗。」升，實散。方壺之酒爲散，非膳尊也。大夫拜受，賓拜送。大夫辯受酬，如受賓酬之禮，不祭。卒受者以虛觶降，奠于篚。」此賓酬大夫，諸大夫兼三卿大夫。又以爵之尊卑爲次序相酬也。爲卿爲大夫舉旅行酬，皆于西階上如初。爲士舉旅行酬亦如初。大夫卒受者興以酬士于西階上，亦以士之尊卑爲次序也。大射旅酬大略相同。大射「興以酬賓」，注「公起酬賓於西階，降尊以就卑也。」亦旅酬下爲上之義。蓋公尊于賓，賓尊于卿大夫，賓雖大夫爲之，然命之爲賓，則尊于卿矣。卿大夫尊于士，以公酬賓，以賓酬卿，以卿酬大夫，以大夫酬士，亦是以尊酬卑也。此皆飲酒正禮之旅酬也。特牲饋食禮，主人酬賓之觶奠于薦北，籩豆之左也。賓取之奠于薦南，籩豆之右也。賓位西階前東面，故北爲左而南爲右。俟主人獻長兄弟、衆兄弟、內兄弟畢，至長兄弟、衆賓長加爵及嗣舉奠後，兄弟弟子始于阼階前，北面舉觶于長兄弟，如主人酬賓儀，此觶蓋兄弟弟子先奠于薦南，長兄弟取之奠于薦北。長兄弟位阼階前西面，則南爲左而北爲右。此二觶皆旅酬之發端也。於是賓取主人酬賓之觶，阼階前北面酬長兄弟，長兄弟在右。賓奠觶拜，長兄弟荅拜。賓立卒觶，酌于其尊，東面立。長兄弟拜受觶，賓北面荅拜，揖，復位。此賓酬長兄弟也。又云：「長兄弟西階前北面，衆賓長自左受旅如初。長兄弟卒觶，酌于其尊，西面立。受旅者拜受，長兄弟北面荅拜，揖，復位。衆賓及衆兄弟交錯以辯，皆如初儀。」此長兄弟酬衆賓，衆賓又酬衆兄弟，各以尊卑少長爲次序而相酬也。長兄弟又取弟子所舉之觶以酬賓，如賓酬兄弟之儀。蓋賓尊于衆賓，長兄弟尊于衆兄弟，交錯以辯，亦是以尊酬卑也。有司徹旅酬，則賓三獻後，使二人舉觶于尸侑。侑奠觶于右不舉。尸舉一觶，北面于阼階上酬主人，主人在右。坐奠爵，拜，主人荅拜。不祭，立飲，卒爵，不拜既爵，酌，就于阼階上酬主人。主人拜受爵。尸拜送，尸就筵。此尸酬主人也。有司徹是祭畢儐尸之禮，略如飲酒，尸如賓，侑如介。又云：「主人以酬侑于西楹西，侑在左。坐奠爵，拜，執爵興。侑荅拜。不祭，立飲，卒爵，不拜既爵，酌，復位。侑拜受。主人拜送，主人復筵。」此主人酬侑也。又云：「乃升長賓，侑酬之如主人之禮。」此侑酬長賓也。又云：「至于衆賓，遂及兄弟，亦如之，皆飲于上。儐尸旅酬在堂上，與特牲異。遂及私人，拜受者升受，下飲，卒爵，升酌，以之其位，相酬，辯。」此衆賓與兄弟及私人各以尊卑少長爲次序而相酬也。蓋尸尊于主人，主人尊于侑，侑尊于長賓，長賓尊于衆賓、兄弟及私人，亦是以尊酬卑也。此皆祭畢飲酒之旅酬也。比而觀之，豈非旅酬以尊酬卑，即以下爲上乎？鄭氏於鄉射注已詳言其義，且引中庸「旅酬下爲上」以證之；而於禮記中庸篇復注云：「旅酬下爲上者，謂特牲饋食之禮，賓弟子、兄弟弟子「弟子」今本誤作「之子」，唯孔疏尚作「弟子」。各舉觶於其長也。逮賤者，宗廟之中以有事爲榮也。」蓋旅酬唯獻者得與，其餘執事之人必至無算爵然後與。鄭氏欲明逮賤之義，故引特牲賓弟子、兄弟弟子發端之文，以括無算爵，非謂旅酬，亦非謂舉觶于其長爲下爲上也。爵至無算，則神惠均于在庭，凡執事者以得與飲酒爲榮，不執事者則不與，故曰以有事爲榮，非謂舉觶爲有事也。孔氏正義不知引鄉射注，博考禮經，疏通證明，但因文而妄爲之說。至中庸章句因舊注復增「故逮及賤者，使亦得以申其敬也」二語，而鄭義益晦。自是數百年來，踵譌襲謬，不啻郢書燕説，無有能辨正者矣。

父卒則爲母齊衰三年解

儀禮喪服篇齊衰三年章「父卒則爲母」，兼所生母而言者也。何以知之？喪服經傳，當封建之世，合尊尊親親而制者。漢以後封建既廢，儒者不識尊尊之義，故於此經多失其旨。案齊衰期年章「父在爲母」，傳曰：「何以期也？屈也。至尊在，不敢伸其私尊也。」此言適母也，父在則其服齊衰期年。大功九月章「大夫之庶子爲母」，注：「大夫之庶子，則父在也。其或爲母，謂妾子也。」傳曰：「大夫之庶子，則從乎大夫而降也。父之所不降，子亦不敢降也。」此言大夫之庶子不爲後者爲其所生母也。父在則其服大功九月。緦麻三月章「庶子爲父後者爲其母」，傳曰：「何以緦也？傳曰：與尊者爲一體，不敢服其私親也。」此言庶子爲後者爲其所生母也，父在則其服緦麻三月。傳於父在適母謂之私尊，所生母謂之私親，皆厭於至尊，不得伸其私，所謂尊尊之義也。又大功九月章「公之庶昆弟爲母」，注：「公之庶昆弟，則父卒也。」傳曰：「何以大功也？先君餘尊之所厭，不得過大功也。」此言諸侯之庶子不爲後者，父卒亦爲所生母大功九月。是父雖卒，猶爲嗣君所厭不得伸，故傳以爲先君餘尊，亦尊尊之義也。若爲後之庶子，父卒爲母，竝得伸其齊衰三年也。或謂經傳無「所生母」明文，何以知其兼言之也？案齊衰三年章又云「繼母如母」，傳曰：「繼母何以如母？繼母之配父，與因母同，故孝子不敢殊也。」又云「慈母如母」，傳曰：「慈母者何也？傳曰：妾之無子者，妾子之無母者，父命妾曰『女以爲子』，命子曰『女以爲母』。若是，則生養之，終其身如母，死則喪之三年如母，貴父之命也。」夫慈母亦父妾也，非其所生尚爲之三年，而謂所生母不得三年乎？蓋經所云「繼母如母」者，謂如適母也。慈母如母者，謂如所生母也。經文簡括，儒者罕通其意。唯漢鄭氏能窺見之，故其於緦麻三月章「庶子爲父後者爲其母」注云：「君卒，庶子爲母大功。大夫卒，庶子爲母三年。士雖在，庶子爲母皆如衆人。」於「慈母如母」注云：「大夫之妾子，父在爲母大功，則士之妾子爲母期矣。父卒則皆得伸也。」蓋父在則有諸侯、大夫、士之差，父卒則皆得伸齊衰三年也。鄭氏此注，直可補經，後人熟視無覩，遂使聖經賢傳，千年來幾淪長夜，良由尊尊之義不明故也。禮意精深，原不易曉，而後世反道亂常之論，顯悖天經地義。又皆陋儒說春秋者啓之，尤不可以不講。考春秋隱公二年經，「十有二月乙卯，夫人子氏薨」。公羊以爲隱公之母，穀梁以爲隱公之妻，左氏無傳，杜預則以爲桓公之母。此夫人三傳皆不知爲何人。又僖公八年經，「秋七月，禘于太廟，用致夫人」。左氏以爲哀姜，公羊以爲齊媵，范甯注穀梁引劉向說，則以爲成風。此夫人三傳亦皆不知爲何人。又宣公八年「夏六月戊子，夫人嬴氏薨」。左傳經作嬴氏，公羊、穀梁二傳經皆作熊氏。又「冬十月己丑，葬我小君敬嬴」。左傳經作敬嬴，公羊、穀梁二傳經皆作頃熊。此夫人傳者姓與謚皆互異。又襄公四年「秋七月戊子，夫人姒氏薨」。左、穀經皆作姒氏，公羊經則作弋氏。又「八月辛亥，葬我小君定姒」。左、穀經皆作定姒，公羊經則作定弋。此夫人傳者姓氏則互異。又昭公十有一年「五月甲申，夫人歸氏薨。九月己亥，葬我小君齊歸」。何休注公羊以爲襄公嫡夫人。後儒據左氏則以爲敬歸之娣。此夫人說者嫡庶則互異。人尚不知爲何人，姓謚嫡庶且互異，傳者說者之是邪？非邪？吾烏從而辨之！唯文公四年「冬十有一月壬寅，夫人風氏薨」，說者皆以爲僖公之母，莊公之妾。請得而論焉。經書夫人風氏薨，五年又書「春王正月，王使榮叔歸含且賵。三月辛亥，葬我小君成風，王使召伯來會葬」。左傳：「王使榮叔來含且賵，召昭公來會葬，禮也。」召伯，穀梁作毛伯，楊士勛據徐邈本當作召伯。公羊、穀梁皆以含與賵兼之爲非，餘無異詞。九年經又書「冬，秦人來歸僖公成風之禭」。繫成風于僖公之下者，正公羊母以子貴之義也。說見劉原父春秋權衡。許君五經異義從左氏、公羊之說，以爲禮也。鄭君駁之，雖兼用穀梁，而其服問注亦引春秋之義以證之，蓋三傳本無甚異同也。春秋經文既無譏辭，傳者又以爲禮。胡安國乃云：「以妾母爲夫人，徒欲崇貴其所生，而不虞賤其父。」此論不知出何經傳。周公制禮，凡妾子皆謂之母。孔子作春秋，於其薨也大書曰夫人某氏薨，於其葬也大書之曰葬我小君某，是春秋與禮經合也。論語曰：「子生三年，然後免於父母之懷。」夫子告宰我之辭也。試思母者耑言嫡母乎？抑兼言所生母乎？孟子曰：「無以妾爲妻。」齊桓命諸侯之辭也。試思戒諸侯無以妾爲妻者，又何嘗戒庶子無以妾爲母乎？胡安國卽不能知禮與春秋，豈論語、孟子亦不能知乎？說春秋者，啖、趙而下，妄人固多，未有如安國之甚者。憑陋腹以爲理，其罪乃至上通於天，宜其見黜於聖王之世也。

廷堪爲此義，通禮經于春秋，竊謂得聖人微旨。而稽之儒說，鄭康成、劉原父二君而外，罕有同者，遂不敢自信。後讀鄞人萬氏斯大儀禮商父卒爲母三年，又讀元和惠氏士奇春秋說僖公成風之禭，竝同鄙見。萬氏之言曰：「齊衰三年，首言父卒則爲母，下卽及繼母、慈母，因知妾子之爲其母，當與此同。經不言者，包于父卒爲母之中也。」惠氏之言曰：「春秋者，正名之書也。仲子者，孝公之妾，惠公之母。成風者，莊公之妾，僖公之母。母以子貴，而妾不得體君，故于宰咺及秦人之來躡禨也，而書之曰「惠公仲子」「僖公成風」。易象陰係于陽，春秋母係于子，故母以子氏，其名正矣。鼎之爻辭曰：『得妾以其子，无咎。』此之謂也。」可見人心不甚相遠。自宋以後，通儒日少，故鮮發明之者。嘗謂本朝經術之醇，直接漢儒，視宋人之憑理妄言，真有霄壤之别矣。

儀禮釋牲上篇

凡牲左體謂之左胖，右體謂之右胖。前體謂之肱骨，又謂之前脛骨。肱骨三，最上謂之肩，肩下謂之臂，臂下謂之臑。後體謂之股骨，又謂之後脛骨。股骨三，最上謂之肫，又謂之膞；肫下謂之胳，又謂之骼；胳下謂之觳。中體謂之脊。脊骨三，前骨謂之正脊，中骨謂之脡脊，後骨謂之橫脊。脊兩旁之肋謂之脅，又謂之胉，又謂之幹。脅骨三，中骨謂之正脅，又謂之長脅，前骨謂之代脅，後骨謂之短脅。少牢饋食禮鄭氏注：「脊從前爲正，脅旁中爲正。」肩上謂之膉，又謂之脰。肫上謂之髀。餘骨謂之儀。所以踐地謂之蹄。士昏、士喪皆云「去蹄」，則凡牲皆去蹄可知。脊骨盡處謂之尻。皮謂之膚，精者謂之倫膚。腹腴謂之腸胃。知食味者謂之心舌。氣主謂之肺。舉肺謂之離肺，又謂之嚌肺。祭肺謂之刌肺，又謂之切肺。肺與正脊謂之舉。肉理謂之腠，又謂之奏。鄉飲酒記、鄉射記皆作「腠」，公食大夫禮作「奏」。肉在汁中者謂之肉湆。殊左右肱股四、脊一、兩脅二，謂之七體，又謂之豚解，豚解謂之全脅。士虞記「豚解」，鄭注：「豚解，解前後脛脊脅而已。熟乃體解，升於鼎也。」左右肱股骨各六、脊骨三、左右脅骨六，謂之二十一體，又謂之體解，體解謂之房脅。股骨三，陳氏祥道禮書曰：「肫也，胳也，觳也，不數髀，以經云『髀不升』故也。」儀禮經傳通解謂當去二觳，增二髀，爲二十一體。

與陳説異。節解謂之折骨，折謂之殽脅。凡士冠、昏、喪之牲，特豚；鄉飲酒、鄉射、燕、大射之牲，狗；士虞、特牲之牲，豕；既夕、少牢、有司徹之牲，羊、豕。公食大夫之牲，牛、羊、豕。凡牛羊有腸胃，無膚；豕有膚，無腸胃。少儀曰：「君子不食圂腴。」凡牲皆用右體，進腠；變禮則用左體，進柢。凡腊之體同牲。

儀禮釋牲下篇

在鼎謂之升，在俎謂之載。士冠之鼎，合左右胖、離肺。士昏之鼎，合左右胖，去蹄，舉肺脊二，祭肺二。士昏三鼎，其二鼎則魚、腊。公食大夫之鼎，牛羊豕各一鼎，牛羊腸胃共一鼎，豕膚一鼎。公食下大夫，七鼎，其二鼎則魚、腊。若上大夫，增鮮魚、鮮腊，爲九鼎。士喪之鼎，四鬄，去蹄，兩胉，脊，肺。此卽豚解。小斂奠一鼎，大斂奠、朔月奠、既夕遷祖奠皆三鼎，其二鼎則魚、腊。既夕大遣奠五鼎，羊、豕皆左胖，其三鼎則魚、腊、鮮獸也。士虞之鼎，左肩、臂、臑、肫、胳、脊、脅、離肺、膚祭三、肺祭一。特牲之鼎，豕右胖，十一體。士虞、特牲皆三鼎，其二鼎則魚、腊。少牢之鼎，羊、豕右胖各一鼎，豕膚一鼎。羊豕之髀皆不升。少牢五鼎，其二鼎則魚、腊。鄉飲酒、鄉射賓俎，脊、脅、肩、肺；主人俎，脊、脅、臂、肺；遵俎，脊、脅、臑、肺。見賈氏疏。遵卽大夫也。鄉飲酒介俎，脊、脅、肫、胳、肺。賈疏：「大夫俎卑于賓，主人尊于介。若有一大夫用臑，卽介用肫。若有二大夫分用臑肫，則介用胳。故肫胳兩見。」或曰肫字衍。鄉射獲者之俎，折脊、脅、肺、臑，臑字疑衍。大射「獻服不」注引鄉射記證之，亦無臑字。釋獲者之俎，折脊、脅、肺，皆有祭。注：「皆獲者也。祭，祭肺也。」燕禮、大射賓俎，脊、脅、肩、肺；燕禮記：「唯公與賓有俎。」大射「主人獻賓」，鄭注引鄉射記曰：「賓俎，脊、脅、肩、肺」證之。燕禮當與大射同。公俎，脊、脅、臂、肺。大射：「主人獻公，庶子設折俎。」注引鄉射記曰：「主人組，脊、脅、臂、肺。」然則公組如鄉飲酒、鄉射之主人組也。大射卿組，脊、脅、臑折、肺。大射：「主人獻卿，庶子設折組。」注：「卿折組，未聞，蓋用脊、脅、臑折、肺。卿有組者，射禮尊。」公食大夫之組，肩、臂、臑、肫、骼、脊、脅，此賈疏所說，即士虞記七體也。士虞用左胖；公食大夫用右胖，其左胖以爲庶羞。牛羊豕各一組；牛羊腸胃七，共一組；豕倫膚七，一組。上大夫或九，或十一。下大夫或七，或九。士虞尸組，如其鼎；祝組，髀、脰、脊、脅、離肺。特牲、少牢肵組，心、舌。特牲饋食尸組，右肩，臂，臑，肫，胳，正脊二骨，橫脊，長脅二骨，短脅，膚三，離肺一，刌肺三。此特牲九體，無脡脊、代脅。祝組，髀，脡脊二骨，脅二骨，膚、離肺各一。阼組，臂，正脊二骨，橫脊，長脅二骨，短脅、膚、離肺各一。阼組，主人組也。主婦組，觳折，其餘如阼組。佐食組，觳折、脊、脅、膚、離肺各一。賓組，骼；長兄弟、宗人組，折：其餘如佐食組。衆賓、衆兄弟、內賓、宗婦、公有司、私臣組，皆殽脅、膚、離肺各一。少牢饋食尸羊組右胖，肩、臂、臑、膞、胳、正脊、脡脊、橫脊各一，短脅、正脅、代脅各一，腸胃各三，舉肺一，祭肺三；此少牢十一體也。尸豕組如羊，無腸胃，豕膚九，另組。祝組，牢髀、橫脊、短脅各一，腸胃各一，膚三。佐食組，折，一膚。有司徹尸羊組右體，肩、臂、肫、胳、臑、臑在肫胳下。正脊、脡脊、橫脊各一，短脅、正脅、代脅各一，腸、胃、祭肺各一。侑羊組，左肩，左肫，正脊及脅各一，腸、胃、切肺各一。阼羊組，肺、祭肺各一。尸、阼、侑唯羊組爲正組。其尸、阼羊肉湆二組。尸、阼、侑豕魚各三組。共八組。皆以二組益送之。主婦組，羊左臑、脊、脅各一，腸、胃、豕膚、嚌羊肺各一。長賓組，羊骼一，腸、胃、切肺、豕膚各一。長兄弟組，折脅一，膚一。衆賓衆兄弟組，儀。內賓、私人組，脅。

校禮堂文集卷十六

説一

好惡説上

好惡者，先王制禮之大原也。人之性受於天，目能視則爲色，耳能聽則爲聲，口能食則爲味，而好惡實基於此，節其太過不及，則復於性矣。大學言好惡，中庸申之以喜怒哀樂。蓋好極則生喜，又極則爲樂；惡極則生怒，又極則爲哀。過則佚於情，反則失其性矣。先王制禮以節之，懼民之失其性也。然則性者，好惡二端而已。大學云：「所謂誠其意者，無自欺也。如惡惡臭，如好好色。」此言誠意在好惡也。又云：「所謂脩身在正其心者，身有所忿懥則不得其正，有所恐懼則不得其正，有所好樂則不得其正，有所憂患則不得其正。心不在焉，視而不見，聽而不聞，食而不知其味。」忿懥，惡也。好樂，好也。此言正心在於好惡不離乎視聽與食也。又云：「所謂齊其家在脩其身者，人之其所親愛而辟焉，之其所賤惡而辟焉，之其所畏敬而辟焉，之其所哀矜而辟焉，之其所敖惰而辟焉，故好而知其惡、惡而知其美者，天下鮮矣。」此言脩身齊家在好惡也。又「所謂治國必先齊其家者」下云「其所令反其所好而民不從」，此專言好也。又「所謂平天下在治其國者」下云「所惡於上毋以使下，所惡於下毋以事上，所惡於前毋以先後，所惡於後毋以從前，所惡於右毋以交於左，所惡於左毋以交於右」，此專言惡也。下又云：「詩云：『樂只君子，民之父母。』民之所好好之，民之所惡惡之，此之謂民之父母。」又云：「唯仁人放流之，迸諸四夷，不與同中國。此謂唯仁人爲能愛人，能惡人。」又曰：「好人之所惡，惡人之所好，是謂拂人之性，菑必逮夫身。」此言治國平天下亦在於好惡也，終於拂人之性。然則人性初不外乎好惡也。愛亦好也。故正心之忿懥、恐懼、好樂、憂患，齊家之親愛、賤惡、畏敬、哀矜、敖惰，皆不離乎人情也。大學性字祇此一見，卽好惡也。大學言好惡，中庸言喜怒哀樂，互相成也。好惡生於聲色與味，爲先王制禮節性之大原，此其故子產言之備矣。案左傳昭公二十有五年，子太叔對趙簡子曰：「吉也聞諸先大夫子產曰：『夫禮，天之經也，地之義也，民之行也。』」此言禮本於天地人三才而制也。又云：「天地之經，而民實則之。則天之明，因地之性，生其六氣，用其五行。氣爲五味，發爲五色，章爲五聲。淫則昏亂，民失其性。」此言性卽食味、別聲、被色者也。大學言「心不在焉，視而不見，聽而不聞，食而不知其味」，卽此義也。又云：「是故爲禮以奉之，爲六畜、五牲、三犧，以奉五味；爲九文、六采、五章，以奉五色；爲九歌、八風、七音、六律，以奉五聲。」此言聖人制禮，皆因人之耳有聲、目有色、口有味而奉之，恐其昏亂而失其性也。大學以好惡相反爲拂人之性，卽此義也。又云：「爲君臣上下，以則地義；爲夫婦外內，以經二物；爲父子、兄弟、姑姊、甥舅、昏媾、姻亞，以象天明；爲政事、庸力、行務，以從四時；爲刑罰威獄，使生畏忌，以類其震曜殺戮；爲溫慈惠和，以效天之生殖長育。」此因禮本於天經、地義、民行而發明之。

又云：「民有好惡喜怒哀樂，生於六氣，是故審則宜類，以制六志。哀有哭泣，樂有歌舞，喜有施舍，怒有戰鬭，喜生於好，怒生於惡。」此言喜怒生於好惡也。又云：「是故審行信令，禍福賞罰，以制死生。生，好物也；死，惡物也。好物，樂也；惡物，哀也。哀樂不失，乃能協於天地之性，是以長久。」此言哀樂亦生於好惡也。蓋喜怒哀樂皆由好惡而生，好惡正則協於天地之性矣。子産所言，皆禮之精義，與大學、中庸實相表裏。然則大學雖不言禮，而與中庸皆爲釋禮之書也明矣。

好惡説下

論語：「子曰，惟仁者能好人，能惡人。」此好惡卽大學之好惡也。宋儒説之曰：「蓋無私心，然後好惡當於理。」考論語及大學皆未嘗有「理」字，徒因釋氏以理事爲法界，遂援之而成此新義。是以宋儒論學，往往理事竝稱。其於大學説「明德」曰「以具衆理而應萬事」，説「至善」曰「事理當然之極」，説「格物」曰「窮至事物之理」；於中庸説「道也者」曰「道者，日用事物當然之理」。其宗旨所在，自不能揜。又於論語説「知者」曰「達於事理」，説「仁者」曰「安於義理」，説「吾斯之未能信」曰「斯指此理」，説「不知而作」曰「不知其理」，説「知及之」曰「知足以知此理」。至於「無違」下文明有三「禮」字，亦云「謂不背於理」。無端於經文所未有者，盡援釋氏以立幟。其他如性卽理也，天卽理也，尤指不勝屈。故鄙儒遂誤以理學爲聖學也。然理事竝稱，雖爲釋氏宗旨，猶是其最初之言。若夫體用對舉，惟達磨東來，直指心宗，始拈出之。至盧慧能著壇經語録，乃云：「法門以定慧爲本，定是慧體，慧是定用。」宋儒體用實出於此。故其大學補傳曰「全體大用」，中庸章句曰「一體一用」。又以大本爲道之體，達道爲道之用。論語集註說「七十而從心所欲」，以爲心卽體，欲卽用，體卽道，用卽義。說「忠恕」以爲至誠無息者，道之體也；萬物各得其所者，道之用也。孟子集註說理也義也，引程子曰：「在物爲理，處物爲義，體用之謂也。」至於論語「禮之用」，本無「體」字，亦云「禮之爲體雖嚴」，補出「體」字，以與「用」對。此外，隨處莫不以體用對舉之。然則宋儒所以表章四書者，無在而非理事，無在而非體用，卽無在而非禪學矣。鄙儒執洛閩以與金谿争，或與陽明争，各立門户，交詬不已，其於聖學何啻風馬牛乎？明以來，講學之塗徑雖多，總之不出新安、姚江二派，蓋聖學爲禪學所亂將千年矣。自唐以後，禪學盛行，相沿既久，視爲固然，竟忘「理事」、「體用」本非聖人之言也，悲哉！元明定爲功令，學者童而習之，不暇深求經傳，妄以理學爲聖學，體用爲聖言。今試爲指出之，亦不敢謂有功於聖學，聊以扞禦異端，不使侵我六經而已。

夫好惡原於性，子產言之，子太叔述之，春秋時學士大夫尚知此義，故子產之言無「理」字，亦無「體」「用」字。以子產之言，解大學、中庸，不猶愈於釋氏乎？宋儒最喜言學、庸，乃置好惡不論，而歸心釋氏，脱口卽理事竝稱，體用對舉。不知先王制禮，皆所以節民之性，好惡其大焉者也，何必舍聖人之言而他求異學乎？故舉此以質世之有志聖學者，溯流窮源，平心自能辨之。晁以道曰：「體用本乎釋氏。」然則雖在宋人猶有見及此者，豈余一人之私言哉！近時如崑山顧氏、蕭山毛氏，世所稱博極羣書者也。而崑山攻姚江，不出羅整庵之剩言，蕭山攻新安，但舉賀凌臺之緒語，皆入主出奴餘習，未嘗洞見學術之隱微也。又吾郡戴氏，著書專斥洛閩，而開卷仍先辨「理」字，又借「體」「用」二字以論小學，猶若明若味，陷於阱擭而不能出也。其餘學人，但沾沾於漢學、宋學之分，甚至有云「名物則漢學勝，理義則宋學勝」者，寧識宋儒之理義乃禪學乎？或謂禪學以理爲障，宋儒以理爲性，其宗旨自別。此黠者欲蓋彌彰之說也。夫楞嚴二障，由華嚴之理事而生，理事無礙爲法界，有礙卽爲障，則更爲理事出於釋氏增一證矣。嗟乎！「理事」「體用」闌入聖言，俱洛閩所倡，豈亦金谿、陽明爲之邪？不塞其源，徒遏其流，是亦後學者之過也。開門揖盜，反藉揖者而驅除之，深可慨也夫！

愼獨格物説

禮器曰：「禮之以少爲貴者，以其内心者也。德産之致也精微，觀天下之物無可以稱其德者，如此，則得不以少爲貴乎？是故君子愼其獨也。」此卽學、庸愼獨之正義也。愼獨指禮而言。禮之以少爲貴，記文已明言之。然則學、庸之愼獨，皆禮之内心精微可知也。後儒置禮器不觀，而高言愼獨，則與禪家之獨坐觀空何異？由此觀之，不惟明儒之提倡愼獨爲認賊作子，卽宋儒之詮解愼獨亦屬郢書燕説也。又曰：「君子曰，無節於内者，觀物弗之察矣。欲察物而不由禮，弗之得矣。故作事不以禮，弗之敬矣。出言不以禮，弗之信矣。故曰，禮也者，物之致也。」此卽大學格物之正義也。格物亦指禮而言。禮也者，物之致也，記文亦明言之。然則大學之格物，皆禮之器數儀節可知也。後儒置禮器不問，而侈言格物，則與禪家之參悟木石何異？由此觀之，不惟明儒之爭辨格物爲牀下鬭蟻，卽宋儒之補傳格物亦屬鬻沙爲飯也。謹案：禮器曰：「禮有大有小，有顯有微。大者不可損，小者不可益，顯者不可揜，微者不可大也。」又曰：「君子之於禮也，有所竭情盡慎，致其敬而誠若，有美而文而誠若。」無非慎獨之學也。中庸曰：「莫見乎隱，莫顯乎微，故君子慎其獨也。」大學曰：「此謂誠於中，形於外，故君子必慎其獨也。」以禮器證之，慎獨非指禮而言者邪？又案：禮器曰：「禮有以多爲貴者，有以少爲貴者，有以大爲貴者，有以小爲貴者，有以高爲貴者，有以下爲貴者，有以文爲貴者，有以素爲貴者。」又曰：「君子之於禮也，有直而行也，有曲而殺也，有經而等也，有順而討也，有摲而播也，有推而進也，有放而文也，有放而不致也，有順而摭也。」無非格物之學也。大學曰：「致知在格物。」又曰：「物有本末，事有終始，知所先後，則近道矣。」以禮器證之，格物非指禮而言者邪？今考古人所謂慎獨者，蓋言禮之內心精微，皆若有威儀臨乎其側，雖不見禮，如或見之，非人所不知、己所獨知也。仲弓問仁,子曰:「出門如見大賓,使民如承大祭。」言正心必先誠意也,卽慎獨之謂也。故曰「君子之所不可及者，其唯人之所不見乎？」詩曰『相在爾室，尚不愧於屋漏』」。然則正心必先誠意，所謂「不顯亦臨，無射亦保」是也，豈獨坐觀空之説乎？又考古人所謂格物者，蓋言禮之器數儀節，皆各有精義存乎其間，既習於禮，則當知之，非天下之物莫不有理也。晉侯謂女叔齊曰：「魯侯不亦善於禮乎？」對曰：「是儀也，不可謂禮。」言物格不能知至也，即格物之謂也。故曰「禮之所尊，尊其義也；失其義，陳其數，祝史之事也」。然則物格不能知至，所謂「文勝質則史」是也，豈參悟木石之説乎？嘗謂學、庸之慎獨及大學之格物，其説皆在禮器中，本極簡易。自後儒以釋氏汩之，而聖學遂至於不明、不行，蓋聖學爲異端所亂也久矣。論語記孔子之言曰：「恭而無禮則勞，慎而無禮則葸，勇而無禮則亂，直而無禮則絞。」四者獨不云學而無禮之蔽。又曰：「好仁不好學，其蔽也愚；好知不好學，其蔽也蕩；好信不好學，其蔽也賊；好直不好學，其蔽也絞；好勇不好學，其蔽也亂；好剛不好學，其蔽也狂。」六者亦不云好禮不好學之蔽。而勇而無禮與好勇不好學同謂之亂，直而無禮與好直不好學同謂之絞。由此觀之，聖人之所謂學即指禮而言也明矣。學者尚何疑乎？

論語禮後說

論語：子夏問曰：「『巧笑倩兮，美目盼兮，素以爲絢兮』，何謂也？」子曰：「繪事後素。」曰：「禮後乎？」子曰：「起予者商也，始可與言詩已矣。」何晏集解：「鄭曰：『繪，畫文也。凡繪畫，先布衆色，然後以素分布其間，以成其文。』」考工記：「凡畫繢之事，後素功。」後鄭註：「素，白采也。後布之，爲其易漬汙也。」鄭司農說以論語曰，「繢事後素。」朱子集註不用其說，以後素爲後於素也。於考工記舊註亦反之，以「後素功」爲先以粉地爲質，而後施五采。近儒如蕭山毛氏、元和惠氏、休寧戴氏皆知古訓爲不可易，而於「禮後」之旨，終不能會通而發明之，故學者終成疑義。竊謂詩云「素以爲絢兮」者，言五采待素而始成文也。今時畫者尚如此，先布衆色畢，後以粉勾勒之，則衆色始絢然分明，詩之意即考工記意也。子夏疑五采何獨以素爲絢，故以爲問，子以繪事後素告之，則素以爲絢之理不煩言而解矣。子夏禮後之說，因布素在衆采之後而悟及之者也。蓋人之有仁義禮智信五性，猶繪之有青黃赤白黑五色也。禮居五性之一，猶素爲白采居五色之一也。中庸曰：「仁者，人也，親親爲大；義者，宜也，尊賢爲大。親親之殺，尊賢之等，禮所生也。」孟子曰：「仁之實，事親是也；義之實，從兄是也。禮之實，節文斯二者是也。」是仁與義，皆所以制禮之本也，所謂道也。白虎通曰：「智者，知也，所以知此禮也。」即大學之致知，中庸之明善也。又曰：「信者，誠也，所以行此禮也。」即大學之誠意，中庸之誠身也。是智與信，皆所以由禮之具也，所謂德也。故曲禮曰「道德仁義，非禮不成」也。然則五性必待禮而後有節，猶之五色必待素而後成文，故曰「禮後乎」，本非深文奥義也。何氏集解云「以素喻禮」，但依文解之，而不能申言其義。毛氏、惠氏、戴氏雖知遵舊註，而解因素悟禮之處，不免格格不吐，皆坐不知禮爲五性之節故也。今爲解之如此。至於朱子亦非故反舊說，其意以爲素近質，不可喻禮，繪事近文，方可喻禮，故取楊中立所引禮器「甘受和、白受采」之說而附會之。不但不知五性待禮而後有節，并不知五色待素而後成文矣。若夫古畫繪之事，從無以粉地爲質者，諸儒辨之已審，不具論焉。

論語黃衣狐裘說

宣城張生其錦讀詩羔羊正義問於余曰：「論語黃衣狐裘，當從其說否？」余嘉其有識而惜其未暢也，乃爲之說曰：論語鄉黨篇「緇衣羔裘，素衣麑裘，黃衣狐裘」，邢疏以緇衣爲朝服，素衣爲皮弁服，皆是也。唯黃衣狐裘，則以郊特牲之黃衣黃冠而祭息田夫者當之，嘗竊疑其不倫焉。詩羔羊「素絲五緎」，孔氏正義曰：「若兵事既用韎韋衣，則用黃衣狐裘及貍裘，象衣色故也。」然則黃衣狐裘者，韋弁服也。韋弁服，陳氏禮書以爲卽爵弁服是也。案弁服之制有三：士冠禮陳冠服，爵弁服一也，皮弁服二也，玄端三也。玄端卽朝服之異其裳者，故言玄端卽兼朝服也。士喪禮陳襲服，爵弁服一也，皮弁服二也，褖衣三也。賈疏謂褖衣則玄端又連衣裳，是褖衣卽玄端之不殊裳者也。又周禮司服，凡兵事，韋弁服，一也；眂朝則皮弁服，二也；凡甸，冠弁服，三也。韋弁服卽爵弁服也，冠弁服卽朝服也。以論語考之，緇衣羔裘，朝服也；素衣麑裘，皮弁服也；黃衣狐裘，韋弁服也。儀禮、周禮先爵弁服、後朝服者，自重而逮輕也。論語先朝服、後爵弁服者，由輕而溯重也。比類而觀，其義見矣。論語記士之三正服，不應去爵弁服而忽雜以黃衣黃冠之野夫草服也。黃衣狐裘之爲韋弁服，詩正義已有明文，而世但知宗邢氏說，故因張生之問而申之如此。難者曰：「儀禮既有爵弁服，又有韋弁服，自是二服，不可如陳氏說以韋弁服當爵弁服也。」荅之曰：「韋弁服卽爵弁服，但異其衣耳，其弁則同，當如陳氏說也。鄭注爵弁服以爲緇衣，韋弁服以爲韎布衣，司服注又以爲韎韋衣，是鄭氏亦無定說。今考禮器所謂士玄衣纁裳者，指冕服而言也。禮之通例，弁服則衣與冠同色，不當用緇。又，皮弁服上下同色，則爵弁服亦當上下同色，蓋用纁衣，韋弁服蓋用韎韋衣。其衣不同，故名亦隨之而異，猶之緇衣素裳爲朝服，緇衣玄裳爲玄端，其實皆一物也。」難者又曰：「纁衣非黃也，何以謂之黃衣？」荅之曰：「此裼衣，非正服也。裼衣黃，取其與正服相類也。周禮司服鄭注：『凡冕服，皆玄衣纁裳。』賈疏云：『易繫辭：「黃帝、堯、舜垂衣裳，蓋取諸乾坤。」乾爲天，其色玄；坤爲地，其色黃。但土無正位，託於南方火赤色。赤與黃卽是纁色，故以纁色爲名也。』是纁與黃相類也，又何疑乎？

校禮堂文集卷十七

說二

射禮數獲卽古算位說

鄉射、大射數獲之位，卽古籌算之位也。禮記投壺「卒投請數」，鄭氏亦引射禮以注之。考鄉射禮，第二次射畢數獲，釋獲者東面于中西坐，先數右獲，右獲者，賓黨也。二算爲純，一純以取，實于左手，十純則縮而委之。鄭注：「縮，從也。於數者東西爲從。」釋獲者東面故。孔穎達投壺疏：「滿十純則從而委之，每十雙則東西縮爲一委。」經又云「每委異之」，鄭注：「易校數。」案：此籌皆東西直列也。經又云：「有餘純則橫於大射作「諸」。下。」鄭注：「又異之也。自近爲下。」孔穎達投壺疏：「有餘謂不滿十雙，或八雙、九雙以下，則橫於純下，謂橫在十純之西，南北置之。」案：此籌皆南北橫列也。經又云：「一算爲奇，奇則又縮諸純下。」鄭注：「奇猶虧也，又從之。」孔穎達投壺疏：「若唯有一算，則縮之零純之下，在零純之西，東西置之。」案：此籌又東西直列也。數右獲畢則數左獲，亦東面，「坐，兼斂算實於左手，一純以委，十則異之」。鄭注：「變于右。」賈疏：「右則一一取之於地，實于左手。此則總斂於左手，一一取之於左手，委於地，是變也。必變之者，禮以變爲敬也。」經又云「其餘如右獲」，鄭注：「謂所縮所横。」楊信齋曰：「釋算之法，先數右獲，其算在地，以右手取之於地，二算爲純，實於左手，十純則縮而委之於地，有餘純則横於下，奇則又縮諸純下。及其數左獲也，總斂其算於左手，以右手取之，二算爲純，即委之於地，十純則異之。其餘如右獲，謂有餘純則横於下，奇則縮於純下，如右獲之法也。」是數右獲左獲雖有於地於手之異，而其先直列，次横列，又次復直列，則皆同也。大射儀數獲亦然。其法，滿十位則直横遞列，恐其易淆也。蓋古九數布籌列位之本法，凡算皆用之，不獨射禮數獲也。故既夕禮云：「讀書釋算則坐。」鄭注：「必釋算者，榮其多。」然則數多皆釋算可知也。元郭若思授時術草乘除之位正如此，唯其位平列爲小異耳。自珠算盛行，古算籌算位皆已不傳，僅此見於禮經者，尚可推見聖人遺制。梅氏古算器考但引周易揲蓍以證古籌算，而不及此，蓋未之深考也。

中星閏月説

歲實一周，較原星度分必有微差，日至非恆星所能馭也，然聖人祇就恆星而分十二次焉，其日至歲差之故，則以中星考之。合朔一周，較一次度分必有不及，四時非月離所能馭也，然聖人亦祇就恆歲而分十二月焉，其四時不齊之故，則以閏月定之。何也？恆星之升降出没，人所易明者也；本天右徙，則難明矣。太陰之晦朔弦望，人所易見者也；節氣過宫，則難見矣。聖人豈真有所不知哉！特取易明易見者而敬授人時耳。其所以然之故，則别立法以變通之。嗚呼！此其所以爲聖人歟？

羅睺計都說

羅睺計都，卽月道之中交正交也。其名始見於沈存中筆談，謂之西天法。案：新唐書藝文志有都聿利斯經二卷。注云：「貞元中，都利術士李彌乾傳自西天竺，有璩公者譯其文。」然則彼時西法已入中國，但其書不傳，未審與今法何如耳。今西法中交正交之名，與古法相反。蓋月道交黃道亦如黃道之交赤道也。其交之自南而北，謂之正交，古名中交。如春分之交點也。其交之自北而南，謂之中交，古名正交。如秋分之交點也。其黃白大距五度有奇，亦如二至之黃赤大距二十三度有奇也。在黃道之南曰陽律，如冬至之距也。在黃道之北曰陰律，如夏至之距也。但其兩交無一定之處，每歷二十七日有奇則一交終，而其交點在黃道上西退一度半弱，約不滿二十年則其交徧於黃道，非若春秋二分終古一定而不移也。如日與正交同度也，則日爲之蝕。自是日而後，日躔過正交，進而東移，而中交在黃道上退而西移。凡六交。每二十七日有奇，六交約一百七十餘日，交點在黃道上西退約九度，而日躔東移已一百七十餘度，適與中交同度，而與正交則對度矣。故孔穎達左傳正義以爲大率一百七十三日而道始一交也。過中交之後，至正交亦如之。日與交同度則爲朔，而日爲之食。月在日下，日爲月掩，則蝕日者月體也。日與交對度則爲望，而月爲之食。月與日沖，爲地所掩，則蝕月者地影也。若月不入交，而但與日同度對度，是同度不同道也，則爲朔望而不食。若月但入交，而不與日同度對度，是同道不同度也，并不得爲朔望，則更不食矣。大衍術議：「立春、春分，月東從青道；立夏、夏至，月南從朱道；立秋、秋分，月西從白道；立冬、冬至，月北從黑道。」亦就交行與半交之所在而言。此八道皆在黄道上，并黄道而九，非真有此九道也。所謂春夏秋冬者，皆指日所躔之處，非指日所躔之時也。每一交終西退一度半弱，以二十七日有奇除之，一度通作六十分，故曰每日西行三分有奇。此推步家便於運算，非兩交在黄道上每日實有行分也。術者不察此理，以爲羅睺計都某日在某宫幾度，爲人決窮通得失，不亦謬乎！

黄鐘説

黄鐘爲萬事根本，蓋言律度量衡所從出也。黄鐘者，律也。黄鐘起於一黍。黍之積而爲分也，分之積而爲寸也，寸之積而爲尺，尺之積而爲丈爲引也，所謂度也。原其始，始於一黍而已。黍之積而爲龠也，龠之積而爲合也，合之積而爲升，升之積而爲豆爲釜也，所謂量也。原其始，亦始於一黍而已。黍之積而爲銖也，銖之積而爲兩也，兩之積而爲斤，斤之積而爲鈞爲石也，所謂衡也。原其始，亦始於一黍而已。然則西人點線面體之説，古聖人固已嘗言之，後人特未之察耳。世之學者但知平弧三角爲古聖人勾股之精，而以幾何之點線面體與九章本末不同，咸以爲西人之新意，而不知亦中國所自有也。何以知之？於黄鐘爲萬事根本知之。夫黄鐘生於一黍，數之所始也，非西人所謂點乎？黄鐘之長九寸，由黍之所積也，非點之引而爲線乎？黄鐘之圍九分，非線之引而爲面乎？黄鐘之實千二百黍，非面之積而爲體乎？是故度之爲分爲寸也，是西人由線而面之説也。量之爲龠爲合也，是西人由面而體之説也。而律與衡，實兼點線面體而一之。何也？音之有高下，物之有重輕，非具點線面體之全不能該也。夫三角不同於勾股者，其名耳，黄鐘不同於點線面體者，亦名耳，理則未嘗不同也。玄聖之測天也以髀，神禹之行地也以矩，然則聖神之功莫有大於平弧三角者矣。虞之帝也，曰「同律度量衡」，周之王也，曰「謹權量，審法度」，然則帝王之政莫有先於點線面體者矣。而平弧三角實亦出於點線面體，信哉爲萬事根本也。而古聖人直以黄鐘二字賅之，可謂簡而要矣。東海有聖人出焉，此心此理同也；西海有聖人出焉，此心此理同也。故謂西人之學爲吾所未有而彼獨得之者，非也；爲吾所先有而彼竊得之者，亦非也。今夫理之在心也，非猶視聽持行之在身乎？彼視聽持行之在身，未必待吾聖人而後能之也；而謂此理之在心，必待吾聖人而後能之乎？必不然矣。彼有幾何而能用之，吾有黄鐘而不能用之，此學者之過也，於西人何尤？於西人又何羨乎？學者知勾股而通之，不必岐三角於勾股之外，則知黄鐘而通之，亦不必岐點線面體於黄鐘之外矣。或謂幾何起於一點，至細也，而黄鐘之桼方之則已鉅，似不能比而同之也。此又不然。夫點雖細，有形可見也，有數可稽也，非麗於空虚可知矣。夫細之而至於塵，極矣。以塵與桼較，則桼爲鉅矣。使離朱察之，則又以細於塵者與塵較，則塵復鉅矣。形與數鉅細，亦何常之有。古聖人特借桼爲形數之托始耳，不必泥其跡也。由此觀之，大之而典樂授時，小之而考工制器，何一不由於點線面體，即何一不出於律度量衡，故曰黄鐘爲萬事根本也。

任運説

南郭機、東方警、北宮知叟、西門慮人，家於楚之北鄙，比鄰而居，各以富豪於楚國。四子者，揣事勢，料物情，互相矜尚，自以爲駕馭萬類，如弄一丸於掌上。同里之民，凡利害在前不能趨避者，咸往受教焉。莊王六年之冬，雪中有客過南郭氏之門者，鶉結被體，神采偉然，叩南郭子而求宿焉。南郭子以爲盜，不許，且詬之曰：「若境困而貌舒，辭卑而志傲，是奸人也。不速去，吾召游徼收若矣。」客退，南郭子謂人曰：「汝曹識之，少憒憒則墮盜之術也。」然客故楚令尹微行察民隱者，廉其富而狙詐，竟修前隙，假他事而收之，籍其家。明年冬，復有冒雪假東方氏宿者，其舉止如前令尹狀。東方子鑒南郭氏之失禮而破家也，延之入，恭敬備至，食之於廟，舍之於寢，燕飲數日始去，未幾，羣盜入其室，胠其篋，攫其金，炙掠甚慘。蓋盜謀刼東方氏，畏重門之阻，不敢遽來，故其渠詭形往探之，卽嚮所留客也。北宮知叟、西門慮人覩其故，喜相謂曰：「前事之不忘，後事之師也。禍患彼二人當之矣，過此以往，吾儕庶知所趨避爾。」又明年，北宮氏垣墉之側有丐者，僵而乞食，其聲孔哀。北宮知叟欲延之則疑於盜渠，欲驅之則疑於令尹，於是處之門外之西塾，給之米粥，俾丐自爨。是夜丐者不戒於火，知叟之家遂燼焉。又明年，若敖氏既滅其族人，將亡奔晉，夜投西門氏之家，變易其姓名。西門慮人以南郭、東方、北宮三子之待羈客皆不得其當，乃甘言謝之，以金一鎰爲賮而不留。其人北之境上，爲守者所獲，機而致之郢。士師詰其金之所自來，其人以西門氏對。莊王以爲黨逆，乃族西門慮人。魯任運子聞之，喟然歎曰：「天下之事變，至無窮也；一人之意計，至有限也。以有限者應無窮，其不跋前而疐後者鮮矣。事變之來也，順而應之，其不幸而失之者，命也，非吾之拙也；其幸而得之者，亦命也，非吾之巧也。狡兔之避盧鵲也，恃其捷也，而患起於杅株焉；蒙鳩之繫苕葦也，恃其固也，而患生於暴風焉。是豈材力之不足哉？事變每出於意計之外也。吾任運而貧，今尚存焉。彼機警知慮者，究何益哉！」

校禮堂文集卷十八

說三

燕樂二十八調說上

燕樂之源，據隋書音樂志出於龜茲琵琶，惟宮商角羽四均，無徵聲，一均分爲七調，四均故二十八調也。其器以琵琶爲主，而衆音從之。遼史樂志曰：「四旦二十八調，不用黍律，以琵琶弦叶之，皆從濁至清。」是也。虞世南琵琶賦「聲備商角，韻包宮羽」，與段安節琵琶録「商角同用，宮逐羽音」二語正同，皆不云有徵聲。琵琶四弦，故燕樂四均矣。第一弦聲最濁，故以爲宮聲，所謂大不逾宮也。分爲七調，曰正宮，曰高宮，曰中呂宮，曰道宮，曰南呂宮，曰仙呂宮，曰黄鐘宮，謂之七宮。此弦雖曰宮聲，即用琴之第七弦，名爲黄鐘，實太蔟清聲，故沈存中云「夾鐘宮今爲中呂宮，黄鐘爲太蔟，故夾鐘爲中呂。下同。林鐘宮今爲南呂宮，無射宮今爲黄鐘宮」也。第二弦聲次濁，故以爲商聲。分爲七調，曰大石調，曰高大石調，曰雙調，曰小石調，曰歇指調，曰林鐘商，即商調。曰越調，謂之七商。此弦琴中無此聲，即今三弦之老弦，琴散聲無二變，故以應鐘當之。名爲太蔟，實應鐘聲，故沈存中云「無射商今爲林鐘商」也。太蔟爲應鐘，故無射爲林鐘。第三弦聲次清，故以爲角聲。分爲七調，曰大石角，曰高大石角，曰雙角，曰小石角，曰歇指角，曰林鐘角，卽商角。曰越角，謂之七角。此弦琴中亦無此聲，卽今三弦之中弦，與七商聲相應，故其調名與七商皆同，所謂商角同用也。名爲姑洗，實亦應鐘聲，故沈存中云「黃鐘角今爲林鐘角」也。姑洗爲應鐘，故黃鐘爲林鐘。第四弦聲最清，故以爲羽聲，所謂細不過羽也。分爲七調，曰般涉調，曰高般涉調，曰中吕調，曰正平調，曰高平調，卽南吕調。曰仙吕調，曰黃鐘調，卽黃鐘羽。謂之七羽。此弦卽今三弦之子弦，實七宫之半聲，故其調名與七宫多同，所謂宫逐羽音也。名爲南吕，實亦太蔟聲，故沈存中云「黃鐘羽今爲中吕調，南吕爲太蔟，故黃鐘爲中吕。下同。林鐘羽今爲黃鐘調」也。今補筆談誤作「大吕調」。後之言樂者，不知二十八調爲何物，不知古今律吕不同爲何，故多置之不論。卽論之，亦茫如捕風，故或於琴徽應聲求之，或直以爲貿亂，皆不得其解而妄説也。蓋燕樂自宋以後，汩於儒生之陋者數百年矣。明魏良輔製水磨腔，又高於宋之燕樂，雖有六宫十一調之名，其實燕樂之太蔟一均而已。今爲考之陳編，案之器數，積之以歲月心力，始得其條理。惜孤學獨是獨非，未敢自信，願與世之同志者共質焉。

燕樂二十八調説中

宋南渡，燕樂不用七角聲及三高調，蓋東都教坊之遺制也。至於七商七羽，亦如七宫用黃鐘、大吕、夾鐘、仲吕、林鐘、夷則、無射七律，則與東都之燕樂互異焉。夫古今律吕不同，世儒不得其解，已疑爲貿亂；而東都之律吕復異於南渡，苟不深求其故，則歧路之中又有歧焉，益樊然莫辨矣。七商本起太蔟也，南渡乃起黃鐘，故姜堯章云「黃鐘商俗名大石調」，王晦叔云「夾鐘商俗名雙調」，朱文公云「無射商俗名越調」，而周公謹亦有夷則商調也。七商起太蔟，則無夷則商。七羽本起南呂也，南渡亦起黃鐘，故王晦叔云：「黃鐘羽俗呼般涉調，夾鐘羽俗呼中呂調，林鐘羽俗呼高平調，夷則羽俗呼仙呂調。」周公謹亦云：「中呂，夾鐘羽也；高平，林鐘羽也；仙呂，夷則羽也。」案夢溪筆談燕樂字譜分配十二律及四清聲，七宮一均用黃鐘、大呂、夾鐘、仲呂、林鐘、夷則、無射七律，故殺聲用六、配黃鐘清。四、配大呂。一、配夾鐘。上、配仲呂。尺、配林鐘。工、配夷則。凡配無射。七字也。七商一均用太蔟、夾鐘、仲呂、林鐘、南呂、無射、黃鐘七律，故殺聲用四、配太蔟。一、配夾鐘。上、配仲呂。尺、配林鐘。工、配南呂。凡、配無射。六配黃鐘清。七字也。七羽一均用南呂、無射、黃鐘、太蔟、姑洗、仲呂、林鐘七律，故殺聲用工、配南呂。舊作「四」，誤。凡、配無射。六、配黃鐘清。四、配太蔟。一、配姑洗。上、配仲呂。尺配林鐘。七字也。七角不用，故不數。南渡之律呂雖與此異，而殺聲則未聞有異，是名異而實不異也。於是大石調本太蔟商，更爲黃鐘商矣；雙調本仲呂商，更爲夾鐘商矣；小石調本林鐘商，更爲仲呂商矣；歇指調本南呂商，更爲林鐘商矣；商調本無射商，更爲夷則商矣；越調本黃鐘商，更爲無射商矣：此七商互異之故也。般涉調本南呂羽，更爲黃鐘羽矣；中呂調本黃鐘羽，更爲夾鐘羽矣；正平調本太蔟羽，更爲仲呂羽矣；高平調本姑洗羽，更爲林鐘羽矣；仙呂調本仲呂羽，更爲夷則羽矣；黃鐘調本林鐘羽，更爲無射羽矣：此七羽互異之故也。姜堯章大樂議曰：見宋史樂志。「鄭譯八十四調，出於蘇祇婆之琵琶。且其名八十四調者，其實則有黃鐘、大呂、宋史作「太蔟」，誤。下同。夾鐘、仲呂、林鐘、夷則、無射七律之宮、商、羽而已。於其中又闕大呂之商、羽焉。」闕三高調。今云「商、羽」，蓋當時高宮尚存。亦其證也。二十八調闕七角聲及三高調，尚有六宮十二調。乾興以來，教坊新奏又闕一正平調。金、元人因之，遂餘六宮十一調云。中原音韻云：「自軒轅制律一十七宮調，今之所傳者一十有二。」元人之不考如此。

燕樂二十八調說下

元周德清中原音韻、陶宗儀輟耕録論曲，皆云有六宮十一調。六宮者，正宮、中呂宮、道宮、南呂宮、仙呂宮、黃鐘宮是也。舊皆以仙呂宮爲首，今依燕樂次序正之。下十一調仿此。十一調者，大石調、雙調、小石調、歇指調、商調、越調、般涉調、高平調、宮調、角調、商角調是也。案燕樂既有七宮七角矣，何由又有宮調角調也？七角調宋教坊及隊舞大曲已不用矣，何由元人尚有商角謂也？皆可疑之甚者。考宋史樂志，太宗所製曲，乾興以來通用之，凡新奏十七調，總四十八曲。所謂十七調者，正宮、中呂宮、道宮、南呂宮、仙呂宮、黃鐘宮六宮，大石調、雙調、宋史誤脱「調」字，今補。小石調、歇指調、商調、宋史誤脱「商調」，今補。越調、般涉調、中呂調、高平調、仙呂調、黃鐘羽即黃鐘調。十一調，燕樂二十八調不用七角調及宮商羽三高調，七羽中又闕一正平調，故止十七調也。此則正史所傳，鑿然可信者矣。蓋元人不深於燕樂，見中呂、仙呂、黃鐘三調與六宮相複，故去之，妄易以宮調、角調、商角調耳。所以此三調皆無曲也。中原音韻有商角調黃鶯兒六章，輟耕録併入商調，則「商角」卽「商調」之誤也。六宮之道宮，元人雜劇不用，金人院本有之，是金時六宮尚全也。十一調之小石調、歇指調、般涉調、中呂調、高平調、仙呂調、黃鐘調，元人雜劇皆不用，金人院本亦有之，惟無歇指調，是金時十一調僅闕一調也。以金元之曲證之，中原音韻小石調青杏兒注云「亦入大石調」，則小石調附於大石調矣。元北曲雙調有離亭宴帶歇指殺，則歇指調附於雙調矣。般涉調諸曲輟耕録皆併入中吕宫，則般涉調附於中吕宫矣。中吕調金院本與石榴花同用，則中吕調亦附於中吕宫矣。元北曲商調有高平隨調殺，則高平調附於商調矣。高平調卽南吕調。元南曲有仙吕入雙調之名，則仙吕調附於雙調矣。黄鐘調金院本與喜遷鶯同用，則黄鐘調附於黄鐘宫矣。又金院本有羽調混江龍，元南曲有羽調排歌。此羽調不知於七羽中何屬，當是黄鐘羽也。混江龍本仙吕宫曲，排歌亦在仙吕宫八歌甘州之後，然則黄鐘羽又可附於仙吕宫也。故元人雜劇及輟耕録有曲者，祇正宫、中吕宫、南吕宫、仙吕宫、黄鐘宫五宫，大石調、雙調、商調、越調四調，較中原音韻少小石、商角、般涉三調。明人不學，合其數而計之，乃誤以爲九宫。至於近世著書度曲，以臆妄增者，皆不可爲典要也。

字譜卽五聲二變説上

燕樂之字譜，卽雅樂之五聲二變也。論樂者自明鄭世子而後，如胡氏彦昇樂律表微、沈氏琯琴學正聲、王氏坦琴旨，皆知以上字配宫聲，尺字配商聲，工字配角聲，凡字配變徵聲，六字配徵聲，五字配羽聲，乙字配變宫聲，合字配下徵聲，四字配下羽聲，而世終以其與宋人所配者不同，遂不敢深信，不知其所配與宋人無異也。吴氏穎芳吹豳録又謂合字當配林鐘，而以宋人配黄鐘爲誤，則亦不知聲與律不同之故。蓋十二律長短有定者也，五聲二變遞居之，無定者也。黄鐘爲宫，亦可以爲商、爲角、爲徵羽、爲二變也。黄鐘爲合，亦可以爲四、爲上、爲尺工、爲乙凡也。宋人但云以合字配黃鐘，不云以合字配宮聲也。考隋志鄭譯似以合字當宮聲。然譯之言曰「應用林鐘爲宮」，則亦知以徵聲爲合字，故唐宋人但以合字配黃鐘，不云宮聲也。趙子昂琴原以一弦爲宮曰黃鐘之均，二弦爲宮曰夾鐘之均，三弦爲宮曰仲呂之均，四弦爲宮曰夷則之均，五弦爲宮曰無射之均。仲呂均者，琴之正宮調也。各調皆以此爲主。三弦爲仲呂。琴弦一爲黃鐘，二爲夾鐘，三爲仲呂，四爲夷則，五爲無射，六七即一二之清聲。五聲雖遞變，而五律之名不變，故燕樂亦用此五律，加大呂、林鐘，則爲燕樂之七律矣。燕樂以仲呂配上字，則是宋人亦以上字爲宮無疑也。宋濂論琴謂南宋楊纘以仲呂爲宮爲疑，不知此正唐宋上字爲宮之遺法。仲呂配上字爲宮聲，則林鐘配尺字爲商聲，南呂配工字爲角聲，應鐘配凡字爲變徵聲，燕樂所謂變徵於十二律中陰陽易位，即此意。蓋應鐘本變宮，今配變徵故也。黃鐘配合字爲下徵聲，太蔟配四字爲下羽聲，姑洗配乙字爲變宮聲，黃鐘清配六字爲徵聲，太蔟清配五字爲羽聲。而蕤賓之配勾，燕樂因蕤賓爲變徵，故立勾字之名，其實即下尺也。夷則之配下工，無射之配下凡，大呂之配下四，夾鐘之配下乙，皆所以輔五聲二變者也。又各聲皆分高下，惟上字無高下，亦可見宮聲之獨尊矣。然則宋人之所配與後人寧有異邪？乃不得其解者，泥定合字爲宮聲，遂起扞格，不知宋人未嘗以合字爲宮聲也。宋房庶謂太常樂黃鐘適當仲呂，司馬溫公以爲開元之仲呂，此又唐人以上字爲宮之一證。夫雅樂去二變可以成樂，俗樂去乙凡亦可以成樂。若合字爲宮，則乙凡不當二變之位，而俗樂不能去二變聲，轉可以去五正聲矣，有是理乎？今樂器中惟琴尚有五聲二變之名，而古人精義多爲陳言瞀說所晦，學者未遑深思力索，故不能通之於俗樂也。至於蕭山毛氏以四字爲宮，而乙凡不當二變，乃移二變於宮徵之後以就之，益武斷不必辨矣。蕭山說經，廓除宋儒蒙晦，於聖門頗爲有功，然間有矯枉過正、近於武斷者，不獨論樂也。學者辨之。

字譜即五聲二變說下

遼史樂志大樂各調，其聲凡十，曰：五、凡、工、尺、上、一、四、六、勾、合。宋史樂志雖有高下緊之分，亦止此十聲，蓋唐人之遺制也。朱子琴律辨自注：契丹樂聲比教坊樂下二均，疑唐之遺聲。自明以來，俗樂字譜但有九聲，無勾字。韓邦奇曰：「勾即低尺也。」韓氏之言雖以意斷，而實與古人暗合。何以徵之？於燕樂殺聲徵之也。案五聲二變，衹有七聲。今字譜有九聲者，以四即低五、合即低六也。故燕樂二十八調，殺聲有六無合，有四無五，有尺無勾，沈氏筆談可考也。燕樂以勾字配蕤賓律，而四均所用之律呂皆無蕤賓，唯七角一均，名爲起姑洗，實生於應鐘，則歇指角即蕤賓角殺聲當用勾字，而沈氏乃云歇指角用尺字，豈非勾即低尺之明證邪？宋人以字譜分配律呂某宮某調，則殺聲用某字殺聲者，即姜堯章所謂住聲，蔡季通所謂畢曲也。蔡氏畢曲即竊燕樂之殺聲以爲說，而增一起調以惑人。以今器考之，琵琶第一弦最濁，即琴之第七弦，燕樂七宮應之。三弦第一弦最濁，即琵琶之第二弦，燕樂七商應之。七宮一均，殺聲正宮用六字，即六字調；高宮用四字，即四字調；中呂宮用一字，即一字調；道宮用上字，即上字調；南呂宮用尺字，即尺字調；仙呂宮用工字，即工字調；黃鐘宮用凡字，即凡字調：此今琵琶之七調也。七商一均，殺聲大石調用四字，即四字調；高大石調用一字，即一字調；雙調用上字，即上字調；小石調用尺字，即尺字調；歇指調用工字，即工字調；商調用凡字，即凡字調；越調用六字，即六字調：此今三弦之七調也。今之俗樂用三弦，不用琵琶，然則今之四字調乃古之正宮，一字調乃古之高宮，今人不用一字調，猶宋教坊不用三高調之遺。上字調乃古之中呂宮，尺字調乃古之道宮，工字調乃古之南呂宮，凡字調乃古之仙呂宮，六字調乃古之黃鐘宮，故南宋七商亦用黃鐘至無射七律也。七角一均，閏聲也，燕樂七閏爲角，非正角聲。宋人已不用。七羽一均，么弦也，唐人六么，皆在七羽。羽弦最小，故曰么弦。元人已不用。今俗樂所用之七宮，又古燕樂之七商，則今樂又高於古樂二律矣。太蔟高黃鐘一律。此皆案之典籍器數而得者，非鄉壁虛造也。由此觀之，古之字譜與今之字譜，古之宮調與今之七調，無以異也，學者又何疑乎？字譜十字見遼史。唐荊川謂載籍無考，而以楚辭「四上競氣」當之，誤也。

校禮堂文集卷十九

説四

宮調之辨不在起調畢曲説

起調畢曲用某律即爲某調，始見於蔡氏律呂新書。蓋因燕樂殺聲而附會之者，朱子所云行在譜，亦即燕樂之殺聲。古無是也。安溪李氏論樂，篤信不疑。彼蓋不習於器數，固無足責焉耳。明荆川唐氏頗知於燕樂，推尋乃亦言宮調之辨，惟在起調畢曲，殊可哂也。夫沈存中、姜堯章但言燕樂某宮調殺聲用某字，非謂殺聲用某字方爲某宮調也；亦非謂宮調別無可辨，徒恃此而辨也。如宮調別無可辨，徒以殺聲辨之，則黄鐘起調畢曲謂之黄鐘宮者，改作太蔟起調畢曲，又可謂之太蔟宮，則宮調亦至無定，不可據之物矣。夫五聲之於耳，猶五色之於目也。必青色然後謂之青，必黄色然後謂之黄，必赤白黑色然後謂之赤白黑也。若不問其何調，而但以起調畢曲辨之，則與以一色之物但題青黄赤白黑之號以辨之者何異？試以今之度曲家明之。工字調與六字調迥不相同，雖俗工亦知之也。倘以工字調之曲，用六字起調畢曲，卽可謂之六字調，聞之者有不啞然失笑者乎？近方氏成培談燕樂，亦仍其謬，謂如黄鐘宮則用合字起調畢曲。然則以合字起調畢曲，不拘今七調中何調，皆可謂之黃鐘宫。是古之宫調尚未明，今之宫調已全昧，古之宫調反不如今之七調鑿然爲可考矣。推其意以爲燕樂有二十八調，今祇七調對之，如治絲而棼，心目俱亂，中既無所見，而外又震於考亭、西山之名，遂不得不從其説。不知燕樂二十八調，卽今之七調，一均七調，四均故二十八調，不必作捕風繫影之談也。卽以蔡氏之説而論黃鐘宫、無射商、卽無射宫。夷則角、卽夷則宫。仲呂徵、卽仲呂宫。夾鐘羽，卽夾鐘宫。竝用黃鐘起調畢曲者，在燕樂殺聲則有六、凡、工、上、一之不同，亦豪釐之於千里也。且其所論者雅樂耳，雅樂亦無此説，特就蔡氏言之。方氏必欲強合於燕樂，其參差不齊之故，雖支離牽附，究何益乎？方氏又譏今之度曲家殺聲不用本律，不知在宋已然，沈存中所謂諸調殺聲不能盡歸本律是也。殺聲雖不歸本律，而調之爲調，不因殺聲而改，則宫調之辨不在起調畢曲，其理益明矣。蕭山毛氏曰：「設有神瞽於此欲審宫調，不幸而首聲已過，必俟歌者自訴而後知之？」誠快論也。

徵調説

絲聲以一弦爲一均，猶之竹聲以一管爲一均，金石以一簴爲一均也。琵琶四弦，故燕樂四均，無徵調也。然唐人樂器中有五弦彈者，能備五調，杜氏通典謂之五弦琵琶。蓋五弦則宫商角徵羽五調皆全矣。元稹五弦彈詩云：「趙璧五弦彈徵調，徵聲巉絶何清峭。」樂府雜録：「五弦，貞元中有趙璧者，妙於此伎也。白傅諷諫有五弦彈。近有馮季皋。」又張祜五弦詩云：「徵調侵弦乙，商聲過指籠。」皆云此器有徵調也。新唐書樂志：「五弦，如琵琶而小，北國所出，舊以木撥彈，樂工裴神符初以手彈。」又西涼伎、天竺伎、高麗伎、龜茲伎、安國伎、疏勒伎、高昌樂皆用五弦，亦此器也。此器至宋初尚存。徽宗時，置大晟府，命補徵調。其時在事如柳耆卿、周美成輩，不過習於燕樂之抗隊，餘則佐之以俗工，雖唐人五弦之器亦不之知。元稹、張祜詩亦未之考，但借琵琶之黃鐘宮弦妄爲之，而住聲於林鐘，謂之徵調，故丁仙現聞之即譏其落韻也。又不能備七徵，但有黃鐘徵而已。案蔡絛鐵圍山叢談云：「政和間作燕樂，求徵角調二均韻亦不可得，有獨以黃鐘宮調均韻中爲曲，而但以林鐘律卒之。是黃鐘視林鐘爲徵，雖號徵調，然自是黃鐘宮之均韻，非猶有黃鐘以林鐘爲徵之均韻也。」姜夔白石集徵招序云：「黃鐘以林鐘爲徵，住聲於林鐘。若不用黃鐘聲，便自成林鐘宮矣。故大晟府徵調兼母聲，一句似黃鐘均，一句似林鐘均，所以當時有落韻之語。」又云：「此一曲乃予昔所製。因舊曲正宮齊天樂慢前兩拍是徵調，故足成之。雖兼用母聲，較大晟曲爲無病矣。」餘皆論琴，與燕樂無涉，故不録。合二説觀之，豈非宋人借黃鐘宮弦以爲徵調之明證哉！姜氏又謂徵調無清聲，只可施之琴瑟，琴之無射均即徵調也。雖入燕樂，則亦不知唐人五弦之器有徵調矣。甚矣解人之難索也！夫借黃鐘宮弦以爲徵調，雖住聲於林鐘，而其爲黃鐘宮聲自若也。即此足見蔡元定起調畢曲爲某調之不足憑矣。乃或者謂燕樂無徵調，猶之周官三大樂無商聲，則又與於穿鑿誣誕之甚者。朱文公云：「不知有何欠缺，做徵調不成。」朱氏不知樂，固自言之，不似後人強不知以爲知也。

燕樂以夾鐘爲律本説

或曰：「蔡氏元定燕樂書見宋史樂志。云『燕樂獨用夾鐘爲律本』，此何說也？」曰：「此燕樂之關鍵。初讀之亦不能解，積疑至二十餘年，漸有所悟入，始知蔡氏雖言之，亦不自知之也。案唐書樂志云：『俗樂二十有八調，其宮調應夾鐘之律，燕設用之，其器以琵琶爲首。』宋史樂志云：『燕樂聲高，實以夾鐘爲黃鐘。』凡樂器皆以聲之最濁者爲黃鐘之宮聲，卽所謂律本是也。遼史樂志云：『燕樂不用黍律，以琵琶弦叶之。』自是唐人相傳之舊法。琵琶第一弦聲最濁，卽燕樂之律本也。其弦之鉅細如琴之第七弦。以器考之，琵琶大弦卽用琴之第七弦也。考趙孟頫琴原以二弦爲宮，謂之夾鐘之均。二弦者，夾鐘也。七弦比二弦，是夾鐘清聲也。以琴之夾鐘清聲爲琵琶之黃鐘宮聲，故曰燕樂以夾鐘爲律本也。」或又曰：「何以知蔡氏雖言之，亦不自知之也？」曰：「蔡氏燕樂書又云：『緊五者夾鐘清聲，俗樂以此爲宮。』此說則誤甚。俗樂以夾鐘爲宮者，謂琴之夾鐘清聲，非謂燕樂緊五之夾鐘清聲也。故曰燕樂高於雅樂。若用緊五爲宮，則燕樂中再無高於緊五之聲者，何以相旋而成曲？此理極易明，不謂蔡氏竟昧之也。是以知其不知也。」或又曰：「近方氏成培詞麈云：『今人度曲，必先吹笛以定其工尺。以夾鐘爲律本者，以緊五爲夾鐘之清聲，而曲之腔、樂器之字眼，皆從五字調而生也。』此說何如？」曰：「此又因蔡氏之誤而誤者也。夫宋人所謂下五、高五、緊五者，琵琶弦乃有之。若今笛中，但有五字而已，安所得高五緊五哉！且『字眼皆從五字調而生』者，蓋謂五字調之工字爲五字卽工字調，尺字爲五字卽尺字調。此亦俗工相沿之膚語。不知六字調之工字爲六字亦工字調，尺字爲六字亦尺字調，七調旋相爲宮皆如此，不獨五字調也。今笛之七調，以琵琶弦叶之，實應唐宋人燕樂之七商，蓋今之俗樂又高於古燕樂二律矣。方氏於古今器數全未考究，僅能吹笛唱崑山調，不知夾鐘爲何物，夾鐘在何處，漫欲於今笛中求燕樂之律本，豈非強作解事者邪？」又或曰：「子論二十八調則以琵琶宮弦爲太蔟，論律本又以爲夾鐘，何說之岐也？」曰：「夢溪筆談以高四字近夾鐘，補筆談又以高四字配太蔟。蓋燕樂聲高，本無正黃鐘聲，故可以爲夾鐘者，亦可以爲太蔟，非岐也。」

明人九宮十三調說

明吳江沈伯英本毘陵蔣氏之舊著，增定南九宮十三調曲譜，其中但有仙呂、仙呂調、羽調、正宮、正宮調、大石調、中呂、中呂調、般涉調、南呂、南呂調、黃鐘、越調、商調、小石調、雙調、仙呂入雙調，十七宮調而已。非宋史十七宮調也。不知所謂九宮十三調者何所指也。後之作者、讀者，徒沿襲其名而不暇求其說。沈氏復以名同而音律不同者列於後，云某調在九宮，某調在十三調，竟似鑿然有九宮十三調者，學者益增其惑，不知皆沿明代之俗稱，非事實也。考元人雜劇及輟耕錄，但有正宮、中呂、南呂、仙呂、黃鐘五宮，大石調、雙調、商調、越調四調，合九宮調，此九宮之所由來也。中原音韻九宮調之外，又有小石、般涉、商角三調，謂之十二調。元末南曲無商角，有羽調，又增一仙呂入雙調，合十三宮調，此十三調之所由來也。沈氏胸中亦不知九宮十三調爲何物，但沿時俗之稱而貿然著書，題於卷首，即起沈氏而問之，恐亦茫無所對也。何以知之？沈氏既有仙呂，又有仙呂調，既有中呂，又有中呂調，既有南呂，又有南呂調，此猶可曰宋人燕樂仙呂、中呂、南呂三律本有宮調之分也。至於既有正宮，又正宮調，此何說也？而燕樂黃鐘亦有宮調之分，何以有黃鐘而無黃鐘調？可見沈氏於宮調全無所解，則其所謂某調在九宮、某調在十三調者，皆自欺之讕言也。蓋古人著書，於樂書多空言無實，後人讀書，於樂書多不求甚解，卽其淺者而觀之，已如是矣。夫燕樂但有七宮，去高宮不用，僅有六宮。合七商、七角、七羽當有二十一調。去七角不用，當有十四調；又去二高調及正平調不用，僅有十一調。合六宮計之，則有十七宮調。烏覩所謂九宮十三調哉！後世曲譜皆沿沈氏而爲九宮之名，復有引景祐樂髓新經六甲九宮之語爲九宮名譜解者；又桐城方氏物理小識因見沈氏有十三調之稱，遂雜湊黃鐘調、正宮調、大石調、小石調、仙呂調、中呂調、南呂調、雙調、越調、商調、商角調、般涉調、子母調十三調之名以足其數：皆不可爲據。至於七宮之道宮，七羽之高平調，自元以來皆不用，舊曲具存，班班可驗。近長洲徐靈昭乃以沈氏附録不知宮調之鵝鴨滿渡船，定爲應時明近，屬之道宮，又以所犯諸曲屬之高平，皆師心憑臆，益不足論矣。

南北曲說

今之南北曲，皆唐人俗樂之遺也。德清胡氏樂律表微謂今之南曲不用一凡，爲雅樂之遺聲。其說非也。字譜之一凡，卽古之二變也。蓋古樂有不用二變者，有用二變者。經典相承，但云五聲者，此不用二變者也。兼云七音者，此用二變者也。左傳昭公二十年，晏子曰五聲、六律、七音。又二十五年，子太叔曰「七音六律以奉五聲」。七音者，服氏注云：「黃鐘之均，黃鐘爲宮，太蔟爲商，姑洗爲角，林鐘爲徵，南呂爲羽，應鐘爲變宮，蕤賓爲變徵。」見魏書樂志。陸氏釋文云：「七音，宮、商、角、徵、羽、變宮、變徵也。」是雅樂亦兼用二變也。通典：「祖孝孫以梁陳舊樂雜用吳楚之音，周齊舊樂多涉胡戎之伎，於是斟酌南北，考以古音，而作大唐雅樂。」是雅樂亦有南有北也。姜堯章側商調序云：「琴七弦，具宮商角徵羽者，爲正弄；加變宮變徵爲散聲者，曰側弄。」是無二變者，琴之正調也；有二變者，琴之側調也。蓋龜茲琵琶未入中國以前，魏晉以來相傳之俗樂，但有清商三調而已。清商者，卽通典所謂清樂，唐人之法曲是也。清樂之清調、平調，原出於琴之正弄，不用二變者也。清樂之側調，卽瑟調。原出於琴之側弄，用二變者也。至隋唐，本龜茲琵琶爲宴樂四均，共二十八調。宴樂者，卽通典所謂讌樂，唐人之胡部是也。讌樂二十八調，無不用二變者，於是清樂之側調雜入於讌樂而不可復辨矣。故以用一凡不用一凡爲南北之分可也，以雅樂俗樂爲南北之分不可也。然則今之南曲，唐清樂之遺聲也；今之北曲，唐讌樂之遺聲也：皆俗樂，非雅樂也。夢溪筆談云：「唐天寶十三載，以先王之樂爲雅樂，前世新聲爲清樂，合胡部者爲宴樂。」三者判然不同，則清樂、讌樂與雅樂無涉可知矣。白香山立部伎詩自注云：「太常選坐部伎絕無性識者，退入雅樂部。」所謂雅樂者如此，安能如今南曲之諧婉可聽哉！清樂者，梁、陳之舊樂，梁、陳，南朝也，故謂之南曲。讌樂者，周、齊之舊樂，周、齊，北朝也，故謂之北曲。事隔千載，而沿革之脉絡尚隱隱可尋也。至於近世周祥鈺輩，以宮商之調爲南曲，角羽之調爲北曲，又以正宮爲南曲，以高宮爲北曲。夫七角、七羽及高調，其廢已久，世俗雖有宮調之名，所用者實燕樂太蔟一均，憑何器而分角羽乎？且南北之分，全不關乎宮調也。亦同歸於不知而作焉已矣。

聲不可配律說

律者，六律六同也。其長短分寸有定者也。如黃鐘之長不可爲無射也，應鐘之短不可爲大呂也。聲者，五聲二變也。其高下相還於六律六同之中，無定者也。如大司樂黃鐘爲角，又可以爲宮；太蔟爲徵，又可以爲角；姑洗爲羽，又可以爲徵也。堯典「律和聲」，大師「掌六律六同，皆文之以五聲」，禮運「五聲六律十二管，還相爲宮」，孟子「不以六律不能正五音」，皆此義也。燕樂之字譜，卽五聲二變也。蓋出於龜兹之樂，中外之語不同，故其名亦異也。當其初入中國之時，鄭譯以其言不雅馴，故假聲律緣飾之。其言曰：「應用林鐘爲宮，乃用黃鐘爲宮。」所謂林鐘者，卽徵聲也。黃鐘者，卽宮聲也。所謂宮者，則字譜之合字也，猶言應用徵聲爲合字者，乃用宮聲爲合字也。以聲配律，實始於此。黃鐘聲最濁，故以合字配之也。又云「應用林鐘爲宮」，則亦疑徵聲當爲合字，宮聲不當爲合字矣。至宋楊守齋以琴律考之，確然知宮聲非合字，乃以仲呂爲宮聲。燕樂以仲呂配上字，是以上字爲宮聲也。蓋琴律一弦爲黃鐘，二弦爲仲呂。正宮調一弦爲合字，故以合字配黃鐘；三弦爲上字，故以上字配仲呂也。何嘗以合字爲宮聲、上字爲角聲哉！宋人樂譜所注十二律呂及四清聲者，蓋卽字譜十字高下之別名耳，不可以稱謂之古，遂疑其別有神奇也。自學者不明律有定、聲無定之理，遂泥定黃鐘一均不可移易，不論何均，遇黃鐘之律則以爲宮聲，遇太蔟之律則以爲商聲，遇姑洗之律則以爲角聲，遇林鐘之律則以爲徵聲，遇南呂之律則以爲羽聲，遇應鐘之律則以爲變宮聲，遇蕤賓之律則以爲變徵聲，而旋宮之義遂晦。於是論燕樂者，以宫聲爲合字，而有一凡不當應鐘蕤賓之疑；論雅樂者，以七聲用七律，而有隋廢旋宫止存黄鐘一均之疑；論琴律者，以三弦獨下一徽，而有不用姑洗而用仲吕爲角之疑。而尚書、周禮、禮記、孟子諸書舉不可讀矣，皆以聲配律之説啟之也。不知燕樂字譜卽五聲二變也，非六律六同也。宋人以六律六同代字譜者，蓋緣飾之以美名，卽鄭譯之意也。以聲配律始於鄭譯，成於沈括，皆無他奥義。後儒不遑深求其故，遂怖其言若河漢之無極。苟明律與聲不同之故，則千古不解之惑，可片言而決矣。

校禮堂文集卷二十

論

隗囂論

天下事猶奕也，同此一路，置子有先後，而勝負殊焉。天下事猶醫也，同此一方，投劑有遲速，而安危判焉。昔者漸臺之威斗將移，淯水之鎮圭初秉，隗王以西州巨室，乘運而起，奉盤于高廟，割牲於土階，盟三十一將，統十有六姓，升壇隴坻，移檄郡國，亦可稱豪傑之士，負英雄之略者矣。然而九虎雖殪夫金刀，三馬俄驚于鐵柱，諸于繡䘿，莫覩司隸之威儀；錦袴襜褕，方受通侯之爵賞。羣雄逐鹿，諸夏戰龍。方望以爲時未可知，勸其沉幾觀變，自是高識之談，允宜虛己以聽。乃刮席之徵甫下，而褰裳之行恐後，托足鱷牙之中，側身羊頭之列。未幾，樊崇外逼，張卬內訌，通緑林刼君之謀，啓金吾圍第之禍，昏夜斬關，僅乃獲免。若夫白水握圖，赤符應讖，高密西伐，承制而拜官，子陽北侵，手書而求助，則奉司空之印綬，上覲闕廷，藉天水之甲兵，從征巴蜀，此其會矣。而王元小夫，昧於遠謨，妄謂危國不可以屢試，覆轍不可以再循。固當內斷於心，外揆諸勢，鬼中殤宮，以瑱塞耳。庶幾馬文淵無事致春卿之書，班叔皮不必作王命之論。何圖懲前之艱，忘後之患，蹶惡馬者畏欵段而不敢乘，折危檣者憚餘皇而不敢渡，徒思拓疆宇於三輔，封巖關以一丸。以蹇人而冀上天，以么麽而欲竊鼎。卒至愛子嬰歐刀於上京，良臣伏長劍於下邑，糗糒不充，倉黄出走，勳業莫遂，恚憒就終。亮爲明智，固如是乎？嗟乎！王元之計卽方望之計也，建武之時非更始之時也。彼之計用之則勝，此之計用之則負。譬諸方罫之間，非別有謬巧焉，先與後而已矣；應之於彼時則安，應之於此時則危。衡諸藥石之性，非別有神奇焉，遲與速而已矣，苟匪其際而倒施之，匪其候而誤服之，雖有奕秋之深警，俞跗之精能，安得不袖手而仿偟、拊心而太息哉！是故聖公據長安，此閉關守險之秋也；文叔都洛邑，此委質納土之日也。彼隗王者，當民生無定而背平陵老成之讜議，值天命有歸而納游翁諂諛之邪說，遠愧吳芮，近慚竇融。詩曰：「謀之其臧，則具是違。謀之不臧，則具是依。」其隗囂之謂乎！

漢順帝論

夫春秋之例，爲賢者諱，君子之論，善善也長。至於作史，宜循斯義。故曰一言以爲智，一言以爲不智，不可不愼也。范氏後漢書於順帝語多貶辭。今案其簡編，綜其事實，殆不然也。順帝踐阼，年方沖齡，粤自永建，迄於建康，享國之數，幾盈二十。惟時在廷，師師濟濟，公卿則龐參、王龔、虞詡、左雄，將帥則班勇、趙沖、馬寔、馮緄，經術則馬融、張衡，文章則李尤、王逸，抗直則周舉、張綱，循良則任峻、吳祐，嚴能則蘇章、沈景，術數則郎顗、唐檀，徵聘則黄瓊、楊厚，藹騤騤乎有武宣之風，隆隆乎有中興之象焉。若夫出宋娥而庸李固，是從諫如轉圜也。雪梁商而戮張逵，是照姦如執炬也。從翟酺之言而起太學，是崇儒之誠也。欽樊英之對而賜玄纁，是禮賢之實也。南嶠未平，則任祝良、張喬以討之；北庭未靖，則簡馬續、梁並以綏之；十九侯定策元功，有罪則黜之；二千石治民長吏，有勞則升之。文碧獻珠，則斥其求媚；种暠手劍，則嘉其持重。又如設使者分行州郡之條，立孝廉察舉限年之法，還三郡於舊土而禦東羌，復屯田於伊吾而控西域。就范氏之書而觀之，豈中主所能及哉！或謂不辨賢姦，委心梁冀，肇跋扈之釁，貽煮餅之變，非其所短乎？此亦深刻之論也。夫皐陶之哲，尚慮知人，諸葛之明，未能逆覩。矧后家柄政，西京遺習，外戚封侯，東都故事。是以茂陵雄略，尚用田蚡，肅宗長者，亦庸竇憲，何於順帝獨加苛責也。且永和之末，乘氏世卿，甫及三年，憑几斯遺。向使丹雲莫兆，鼎湖未升，則生兔之歎，理無不敗，白鵠之諷，久必自悟。嗚呼！延熹敝朝，猶授單超之鉞，桓皇闇辟，竟發虎賁之兵，安知當五七之戹不能迴百六之運乎？范氏著書，不根持論，叙事皆襲舊文，評斷則出己製。故於和熹則譽之，於孝順則毁之，可謂無是非之心，拂好惡之性者矣。

兩晉辨亡論上

夫晉之有天下也，既無積德累仁之基，又鮮移風易俗之具，其興也勃焉，其亡也忽焉。干令升論之詳矣。若乃崎嶇江左，草創立國，强敵屢伺，悍藩迭興，政不加於泰始，地且蹙於洛邑，而承祚者逾十主，膺命者邁百年，方之西朝，遂乃倍之，厥故何歟？蓋君之於國也，猶心之於身也。百體雖健，心無以運之，則必頹惰而不支；庶政雖存，君無以操之，則必廢壞而不立。百體惰，身隨之而踣，庶政壞，國由之而隕，其勢然也。是故西晉一傳而即有惠帝，故其世遂促；東晉九傳而始有安帝，故其祀少延。案史稱晉惠帝爲人戇騃，嘗在華林園聞蝦蟆，謂左右曰：「此鳴者，爲官乎？爲私乎？」時天下荒饉，百姓餓死，帝聞之曰：「何不食肉糜？」由是權在羣下，政出多門。又稱晉安帝幼而不慧，口不能言，至於寒暑饑飽亦不能辨，飲食寢興皆非己出。母弟琅邪王德文常侍左右，爲之節適，始得其宜。嗚呼！此二君者痞罔愚惑，即一身且不克自理，顧使之撫臨天下哉！故西晉之亡也，不亡於八王之搆釁，而亡於惠帝之戇騃也；東晉之亡也，不亡於諸桓之阻兵，而亡於安帝之不慧也。載籍具存，事實未泯，尋其變故，可得而言。夫楊駿以后父而受誅，何異王恭以元舅而嬰戮；齊冏以懿親而蒙禍，何異元顯以貴戚而被夷。雍、魏之合謀偪京，不殊於殷、楊之依勢向闕；劉、石之奮劍中土，不殊於孫、盧之揭竿海隅。張方之安忍，近於牢之之反覆；裴頠之貪祿，近於國寶之怙權。馬倫之華林負扆，儼然桓玄之建康受圖；永寧之金墉復辟，儼然義熙之江陵反正。蕩陰奉之而入鄴，宛若尋陽挾之而奔楚；顯陽之中毒於食麨，宛若東堂之獲縊於散衣。嗟乎！主昏於上，臣靡於下，先後未及百載，治亂如出一轍。所不同者，元超得政而還區宇漸削，德輿秉權以後版疆日宏而已。論者徒以銜西都之璧，歸咎於屠各之憑陵，築南郊之壇，抱怨於寄奴之跋扈，不亦謬乎！且夫兩朝之時勢也，比類以觀，其事方著，易地而處，其理益明。故當東晉之中葉也，處仲抗顏犯順，問鼎之跡已彰，非若東海、河間之藉詞相伐也；宣武君拜臣揖，下堂之勢已定，非若汝南、長沙之受詔不違也。然而肅宗發尺一之制而斃其軀，簡文下數行之泣而破其膽。向使於太熙、元康之際，乘乾繼統，則王浚之異志無自而生，李含之邪謀末由而起矣。及夫南渡之末造也，參合之敗甫聞，則燕、魏戰争之始，非若王彌、石勒之出入郊圻也；淝水之捷未遠，則王謝規畫之餘，非若麴允、索琳之苟安旦夕也。然而孝懷之寡弱，能拒劉聰於宜陽；子業之衰微，能勝趙染於馮翊。向使於隆安、元興之時，當璧臨朝，則王謐之璽綬不遑遽解，傅亮之禪草不敢遽呈矣。然則西晉之亡亡於惠帝，東晉之亡亡於安帝，豈不信哉！蓋古之人君，有以予智而失國者焉，故正月詩人刺之曰：「具曰予聖，誰知烏之雌雄？」有以偏任而失國者焉，故小旻詩人刺之曰：「謀之其臧，則具是違，謀之不臧，則具是依。」從未有智昏菽麥，識昧寒煖，塊然如土木，兀然如贅旒，若金行兩君之比者也。案禮有正體傳重之文。説者謂適子有廢疾，不堪主宗廟，則不立，若衞侯之兄孟縶是也。夫廢疾尚爾，又况如惠之戇騃、安之不慧者哉！設兩晉之君，知其子非主器之材，別擇賢者而授之，兩晉之臣，知其君之子無紹衣之略，別擇賢者而奉之，譬之肢體雖廢，心腹未傷，則安知揮魯陽之戈不可以返虞淵之日乎？乃徒執立長之辭，不審經權之義，漫挈天位，畀之偶人，此所以索靖顧銅駝而興歎，陶潛托精衞以感懷也。

兩晉辨亡論下

或曰：「西晉一傳而卽有惠帝，東晉九傳而始有安帝，其遲速延促之故，人爲之乎？抑天爲之乎？」應之曰：「天也，亦人也。」古之帝王，太上以德，其次以功，又其次以力。以德者德遠則衰，以功者功盡則弱，以力者力屈則蹶。故曰「積厚流光，積薄流卑」，未有狐媚狙詐而克永世者也。晉宣帝以狼顧之姿，遘虎變之會，藉雞棲秘謀，成馬槽妖夢，力除異己，志翦王室，佯病以紿李勝，誣奏而族張當，將軍投劍而見收，司空折簡而就縛。當其時，篡弑之勢成矣，禪代之基兆矣。故石主拊掌而羞其所爲，明帝覆面而傷其已事。然而竊嘉平之魁柄，尚執信圭以終其身，窺當塗之大寶，猶拜黼扆以畢其世。跡其西拒斜谷而葛亮撓，南臨上庸而孟達獲，破文懿之衆於遼左，走子瑜之師於柤中，勳銘魏朝，功在曹氏。夫若敖之鬼不餒於伯棼，曲沃之勞詎墜於欒黶？是以雙鵝方出於洛陽，一龍獨飛於建業。元皇系出琅邪，托體高祖，仲達之惡猶未稔焉，欲速其亡而不能也。若夫文帝恃父兄之業，忘君臣之分，問鼎於國中，抽戈於闕下，爲人神所共憤，覆載所同疾。拔壽春而夷欽、誕也，較諸奕棋置主，刀環殺人，未盡其殘忍。舉成都而搆鍾、鄧也，律以保全士治，調和玄沖，益形其猜忌。又若司馬以直諫而蘭摧，中散以高名而玉折。王處道，方趾之蝨賊，而蒙茅土之賜；賈公閭，圓顱之梟獍，而結昏姻之好。膺九錫而易侯而王，封十郡而化家爲國，襲莽、操之虛文，踵羿、奡之故跡。綱常廢棄，倫理絶滅。於此而欲傳之子孫，保其福祚，譬猶藝荆棘而求釐牟，毓猰貐而望符拔，寧可得乎？夫盈虛之理，無往不復，善惡之報，如響應聲。卒之兒墳未乾，癡孫尸位。充女召南風之禍，沉子興北陲之甲。青衣行酒，慘逾刃出於背；戎服執戟，酷甚帝崩於車。加以聯頭而諸王竝戮，排牆而闔宗俱盡。衡其本末，非無故矣。且夫永嘉之末，建武之初，荆揚寇亂，蓋岌岌焉。華軼以累世公卿之胄，跋扈吳楚，方之離石都尉，其強弱非懸殊也；杜曾以被甲游水之能，馳驅漢沔，方之在平牧率，其勇怯無歧視也；杜弢以西川秀才之望，屯聚江湘，方之青州散吏，其利鈍可等觀也。況夫甘卓、應詹，僅劉琨、李矩之匹亞，周訪、陶侃，亦邵續、荀晞之等儔，乃或偏師一發，或義旗一指，莫不迎麾屈衂，望風授首，斯豈景文勝於豐度、石馬不及金牛哉？殆亦天命未遽去，人心未遽忘焉爾。是故敦之叛也，導設爲居中應外之謀，如昭之輔師可矣，乃首施觀望而不敢焉；溫之薨也，沖設倡兄終弟及之議，如文之繼景可矣，乃致政朝廷而不忍焉。然則闔隕於江上，司徒仗鉞而滅親，鼂產於河中，車騎簡甲而入衞，黃須遺七寶之鞭，素官作五湖之長，非盡由始安之匡扶、廬陵之翼贊也。所以北騎憑陵而有降霖之異，西藩窺覬而有折翼之祥，蘇峻內難而七廟不驚，苻堅外侮而疆圉無損。雖銅環之傳疑，終玉璽之應讖。易曰：「水流濕，火就燥。」又曰：「積善之家，必有餘慶，積不善之家，必有餘殃。」蓋移祚之有遲速，即基惡之有淺深矣。必以惠之不廢也，追尤於世祖之寡斷，安之得立也，委過於烈宗之因循，固哲士濟變之良圖，豈儒者推原之先見乎？夫典午之德，固無論矣。宣以狐媚，猶有功之可稱；文以狙詐，竟唯力之是視。食報於後，亦不爽焉。由此觀之，兩晉之亡也，匪特惠帝、安帝不任其責也，世祖、烈宗不受其咎也，即其遲速延促之故，亦默囿於帝謂鑒觀民情詛祝者矣。書曰：「天聰明自我民聰明，天明畏自我民明威。」有旨哉！

桓沖論

自古姦雄竊命，亂賊干統，曷嘗不父子遞承，兄弟相嬗，藉彼遺業，奮厥詭謀，魁柄不使旁落，神器遂爾暗移。漢之爲魏，魏之爲晉，徵諸簡策，大抵然矣。若夫總已成之資，當可爲之會，稽首歸藩，復子明辟，如桓沖者，詢宣城之肖子，典午之忠臣焉。晉書稱桓沖代兄溫居任，盡忠王室，謝安輔政，乃解揚州，自求外出。桓氏黨與，以爲非計，莫不扼腕苦諫，郗超亦深止之，沖皆不納，處之淡然。於戲！心跡若此，可謂忠矣。夫簡文憑几之後，孝武委裘之初，宣武告殂，餘威尚在，雖九錫之文未下，而三讓之儀將作。使沖如前之馬昭繼師，後之高洋繼澄，獨秉軍國之軸，兼擅中外之權，安見不似石馬之代當塗，河殺之攘拓跋也！乃授政東山，出鎮北府，恪守臣節，致恭王朝，此其純忠，胡可及哉！或謂王謝當時雅負人望，留之不爲己用，殺之則失士心，故守在躬之短垣，不蹈厥兄之故轍。爲此言者，豈獨疏於考古之識，不樂成人之美，抑亦導後世以篡殺之禍機，予大盜以矯虔之口寔矣。故謂其可以取而不忍也，後人將慕沖之大節而效忠焉；謂其不得已而不敢也，後人將鑒沖之失計而肆毒焉。自非阿衡之篤棐，玄聖之勳施，則持太阿之柄，據天下之圖，孰肯獨抱丹衷，貽譏青史哉！昔臨洮既誅於京兆，天柱已戮於洛陽，然而傕、汜之屬信賈文和之狡策，隆、兆之徒從司馬子如之急計，驅涼州餘衆，統秀容醜類，猶能爲害於漢室，搆釁於魏廷，豈有桓沖處全盛之時，秉積威之漸，智反出姑臧年少、雲朔武夫之下邪？至于王子師東京之貴公，臨淮王北朝之懿戚，其品秩之崇，聲名之重，方之琅邪舊族，陳留高門，正恐未易軒輊也，乃一則屠之如孤豘，一則割之如腐鼠。沖若存問鼎之念，萌綰璽之望，則魏武之於北海，晉文之於中散，處仲之於周、戴，元子之於殷、庾，有前事矣，復何忌於安石，何愛於叔武也？且桓南郡一豎子耳，席先世煥休之惠，控江陵士馬之緒，假甘露之祥，無亡鏃之費，居然化家爲國，易晉而楚。又況沖之沉毅老成，久更戎事者乎？觀後靈寶伏辜，義熙返正，劉裕以桓沖忠誠，特宥其孫胤徙于新安。嗟乎！沖之忠誠，宋武尚知之矣。論古之君子，慎無求夏璜之考、尋趙璧之瑕可也。

金宣宗遷汴論

宣宗貞祐二年四月，及蒙古和。五月，以中都難守，謀遷南京。徒單鎰諫，不從。命完顏承暉、抹撚盡忠奉太子留守中都，遂與六宫啓行，至良鄉，扈衛糺軍斫荅作亂。蒙古主曰：「既和而遷，是疑我也。」乃遣明安援斫荅，會其兵圍中都。宣宗聞變，使人召太子，七月至南京。太子去，中都益懼，明年蒙古攻破之，土地日蹙，不二十年，金遂以亡。論者或謂南遷之舉，適足爲蒙古用兵之口實。此兒童之見也。策敵者不問吾所以待之者何如，而以和爲可恃，豈金不南遷而蒙古遂不再至乎？重門洞開，幸盜不來，反咎擊柝者召之，毋乃愚甚。吾則謂當問南遷之失不失，不當問蒙古之來不來。蘇子之論平王東遷，述蔿賈之言曰：「我能往，寇亦能往。」王導之言曰：「北寇方彊，不可示弱。」據此二者爲平王罪，非篤論也。何則？我能往，寇亦能往，則遷庶可以逃死，不遷則坐而待死矣。徒知示弱於寇之爲可虞，而不知示弱于民之爲尤可虞也。吾論宣宗南遷之失，蓋別有説焉。夫兩軍之戰，其勝負也，不在衆而在有所恃；不在力而在作其氣。有所恃則無恐，作其氣則敢鬭。無恐則人心不摇，敢鬭則人心思奮。今夫興廢之數，雖智者不能預燭其幾，而况蚩蚩之情亦安知國之將亡而先生張皇怯懦之心乎？顧在上者有以維繫之耳。田單之神師，陳涉之狐鳴，皆所以示之有所恃而作三軍之氣也。嗟夫！人君之爲人心所憑者，又豈特神師、狐鳴之微而已哉！國勢岌岌之時，百計扶持，尚恐人心之不固，矧在上者以退避率之而能有濟者乎？蓋蒙古之破中都也，非蒙古破之，宣宗自破之也。中都之不守也，非兵力之不能守，宣宗已去，人心無所恃而其氣不足以守之也。宣宗誠能於當時厲兵秣馬，繕城積粟，示民以必死，使之無恐，教之敢鬬，敵兵若來，背城借一，蒙古雖强，天下之事未可知也。計不出此，播遷顛越，倉黃南走，以汴爲家，與讐敵鄰。僅以區區承暉，輔以僨事之盡忠，困坐孤城，而望其收拾渙散人心，效死固守，爲河南之屏蔽，蓋亦難矣。乘舟而遇風也，不思收帆定柁以待之，乃棄舟抱片板，汩没波濤之中，冀以達岸，有是理乎？彼宣宗者，抱板者之智也。

校禮堂文集卷二十一

連珠

擬連珠四十六首并序

傅鶉觚連珠序以爲興於漢章之世，班固、賈逵、傅毅受詔作，而劉舍人、任中丞皆云揚雄肇爲連珠，疑不能明也。厥後魏文帝、王仲宣、謝惠連、梁武帝、沈休文、吴叔庠皆有此體，而陸士衡之演連珠五十首、庾子山之連珠四十四首，最爲富而工也。又潘元茂有演連珠，顏延年有範連珠，王仲寶有暢連珠，他如梁武帝有賜到溉連珠，簡文帝有被幽連珠，劉孝儀有探物作豔體連珠，率因其體而惟廣之者。孟堅受詔作，故首云「臣聞」，士衡諸人或效之，或演之，故亦云「臣聞」。子山非受詔作，則云「蓋聞」，孝儀作豔體則云「妾聞」也。唐以前連珠之盛如此。至姚寶之唐文粹竟無一篇，蓋元和以還，魏晉之風藻漸微矣。己亥，客於鑾水，欲學爲文，苦無塗徑。竊謂連珠之體，編金錯繡，比物喻情，而對偶聲韻，靡所弗備，於初學爲近。時方讀三國志，遂組織事之相類者，姑擬爲之，羞沮未敢示人也。十餘年來，不復省憶。辛亥，發篋得於蠹簡中，以其覆簣之始，不忍棄也，乃少加潤色，録而存焉。别云「僕聞」者，緣作於傭書之暇，匪表異也。

僕聞二氣迭運，日在東井則陰生；五德遞興，律中林鐘則庚伏。違時故奏效難，順序故成功速。是以漢失其鹿，黃星已膺夫九五；蜀得其龍，赤符寧迴於百六。

僕聞縣物於衡，不能臆爲輕重；列貨於廛，不能私爲貴賤。是以魏武臣節終身，而三祖竝紀；劉宗帝制自爲，而二牧同傳。

僕聞夏翟不材而鷙鳥慚其色，黔驢無技而猛獸畏其聲。是以許靖負月旦之名，作公於西蜀；劉表竊顧厨之譽，假節於南荆。

僕聞鱗鬣非龍，龍得之則貴；爪牙非虎，虎藉之則威。是以丁敬禮尚主，以眇目而蒙棄；劉玄德對客，以無鬚而見譏。

僕聞勇與勇角，勇出其下則莫支；智與智爭，智在其先則無敵。是以易京之鼓，伯珪怖若鬼神；官渡之車，本初驚爲霹靂。

僕聞璆琳可碎，其堅不可奪；竹箭可剖，其節不可移。是以田子泰不忘故君，冕紱棄之如土；臧子源不負郡將，鼎鑊就之若飴。

僕聞築場於中野，藩籬不可不修；爲室於通都，垣墉不可不備。是以張既刺涼土，而丁令、盧水降；梁習領并州，而烏丸、鮮卑畏。

僕聞士無孅惡，區之以貴賤則鼓舞；民無秀頑，誘之以利害則歆動。是以陳羣設上中下九品而論人，張衡造天地水三官而惑衆。

僕聞介胄無擊刺之能，禦兵則過於殳戟；錢鎛有耕耨之績，伐木則不如斧斤。是以攻不足而守餘，子桓再屈於黃武；治國長而用兵短，孔明屢挫於曹真。

僕聞昧其實而獵其名，鼠腊可以充璞；取其文而遺其質，魚目可以混珠。故考德行則非類，紀簡策則不殊。是以建安九錫之篇，辭同訓誥；延康三讓之令，跡媲唐虞。

僕聞易象咸、恆，聖賢不禁；詩書寤寐，愚智所齊。是以張車騎之桓桓，曾納夏侯氏之女；關盪寇之嶽嶽，亦乞秦宜禄之妻。

僕聞塞耳盜鐘，聽者覺矣；掩目捕雀，觀之顯然。是以魏公建國之初，荀令君持論而中止；先主稱王之際，費從事忤旨而左遷。

僕聞良工繢形而不能摹其肝膽，明鏡辨貌而不能察其性情。是以曹牧尋讐，寄百口於張邈；劉君顧命，托六尺於李平。

僕聞稼穡不興，則百姓無以爲天；輓輸不繼，則三軍無以托命。是以董昭上鑿渠之策而邊塞平，棗祗建屯田之議而中夏定。

僕聞震風盪海，魚鼈竄於頹波；疾雷破山，鳥獸讋於空谷。是以許攸割淳于之鼻而仲家潰；牽招捉韓忠之頭而峭王服。

僕聞匠遺杞柟，采之爲棟；樵逢松栢，析之作薪。是以呂範事英爽之君，奉公而致位；鮑勛遭谿刻之主，持法而隕身。

僕聞神羊之角，金剛遭之而撓；靈貘之齒，賓鐵見之而絀。是以馬超有信、布之勇，閻行以折矛撾其項；張郃有韓、白之材，葛亮以飛矢中其䣛。

僕聞菁茅非寶，因宗廟之薦遂馨；圭璧誠尊，加繅藉之光益重。是以杜預爲仲達之女壻，注左而盛行；王肅乃子上之婦翁，難鄭而見用。

僕聞九疇之書，劉向演之而爲傳；五行之志，班固録之而成史。何則？達士識治亂之幾，儒者闡天人之理。是以晉基未建，張掖之石馬出；董卓始生，臨洮之銅人毁。

僕聞牛羊互競於原野，嘉禾由之而損；黿鼉自深其窟宅，高岸因之而墜。是以審配、郭圖争權寵而覆袁，劉放、孫資保利禄而亡魏。

僕聞四時之序如轉轂，寒往則暑來；三代之治若循環，質損則文益。是以三公災異策免之制，當塗代漢而始除；郡國選舉限年之條，黄初改元而方革。

僕聞樗櫟當路，非材亦除；荃蘭在庭，以臭自殆。是以孫文臺之殺王叡，坐其無知；曹孟德之害孔融，不必有罪。

僕聞文命鑄形，不能盡天壤之怪；商高布算，不能窮象緯之奇。是以述武擔之舊聞，山精幻爲女子；紀秣陵之軼事，熒惑化作小兒。

僕聞宇宙之理廣大，不可測之以小慧；耳目所接微眇，不可斷之以私智。是以魏文謂火浣布爲非有，而西域獻其物；秦朗謂指南車爲必無，而博士製其器。

僕聞虓虎負嵎，猛士莫攖；蛟龍離淵，匹夫能制。何則？阻險則彼無所施，就夷則此失所恃。是以蜀窺邊而野戰，烈祖豫策其窮；吳棄水而陸攻，明皇坐乘其弊。

僕聞日月無停晷，西伏則東升；江海無駐波，前過則後續。是以戲志才既逝，乃生郭嘉；黄公衡已降，復來狐篤。

僕聞睦鄰扞敵，示之以信則少安；保境分疆，推之以誠則恆固。是以幼節慷慨，飲羊公之藥而不疑；子敬英雄，赴關侯之會而不懼。

僕聞振轡於平原，善騎則逢蹶；搴藤於絶壁，緩步則獲安。是以樊城之圍，于禁七軍皆没；秭歸之敗，向寵一營特完。

僕聞伏鷲以雞，屆期亦育；續桃於杏，當春亦華。是以施然易朱姓而建功，本爲後於舅氏；王平托何宗而效節，緣寄養於外家。

僕聞溉平疇者洫澮，不在瓶罍之有無；扶大厦者梓材，不在丹雘之得失。是以世祖曉五兵，而高壽獲其羽蓋；彦士通六藝，而成濟犯其警蹕。

僕聞爲國忘家，理原互足；作忠移孝，誼不相違。是以陳宫之叛兖州，畢諶以親而東邁；劉琮之棄荆域，徐庶以母而北歸。

僕聞邪正由己，鴟梟本賤於鵷鸞；禍福在人，豺狼或逸於牛馬。是以王蕃整躬以匡世，碧血灑於殿前；潘璋殺人而取財，白首終於牖下。

僕聞貌閭娵之象，增損則失真；聚棠谿之金，散逸則難購。是以陳思王定丁廙之文，及身而不敢；鍾太傅編荀攸之集，垂老而未就。

僕聞燕必於寢，瑟笙交作；食必於廟，俎豆畢陳。是以子廉奏伎侑觴，致非於楊阜；元讓命婦出飲，蒙誚於衛臻。

僕聞方寸之地，日浚則日深；靈明之府，愈探而愈變。是以編鐘造於柴玉，杜夔譏其不和；連弩製自武侯，馬鈞譏其未善。

僕聞蛣蟯之丸，歷千轉而猶穢；茝蘅之佩，經百紉而尚芳。是以陳泰爲元方之孫，剛正由於夙昔；孟達爲伯郎之子，變詐是其故常。

僕聞伯有介而馳，非鄭人之虛搆；彭生豕而立，豈齊襄之妄焉。蓋聖人知其情狀，而俗士惑於拘牽。是以游功曹之魂死報胡軫，王司空之鬼生擊晉宣。

僕聞所必報者，不戴天之仇讐；極難忘者，未際時之知遇。是以龐會入蜀，盡滅關氏之家；曹武過梁，獨拜橋公之墓。

僕聞才優於任，無事矜持；學懋於名，奚須矯飾。是以臨淄之傅粉，未礙酬賓；文偉之圍棊，自能辨賊。

僕聞鷹隼欲擊而先舉，懼驚禽之竄逸；貍狌將擒而故縱，玩怯鼠於股掌。是以掩軍百尺，折簡而致王淩；屯兵洛水，奉表而廢曹爽。

僕聞三古難迴，小人恆緣以藉口；六經易鑿，大盜多假以飾躬。是以剛卯遷移，罷三公而置丞相；典午圖啟，復五等而建上公。

僕聞棟楣縝栗者，非一蠹之穴所能傷；隄防完固者，非一蟻之封所能壞。是以壽春壘就，朱異不遑拔全懌而遽還；西陵圍成，楊肇不獲迎步闡而致敗。

僕聞探驪偶得，再往必危；畫蛇倖成，多求則辱。是以元遜矜東關之捷，卒挫於新城；伯約紐洮西之功，終撓於段谷。

僕聞素靈已熄，尉陀不能干孝文之統；火政復昌，子陽不能分建武之位。是以備、權兩主，魏收目之以爲僭；吳、蜀二書，劉昫別之而曰僞。

僕聞傳聞黑白，識者必詳；俗語丹青，君子宜慎。故作僞者徒勞，蹈虛者常擯。是以郭沖五事，裴少期則以爲多誣；陸凱廿條，陳承祚則以爲難信。

僕聞明堂琴瑟雅音，以和易爲高；太室尊彝法物，以端嚴見寶。是以王司徒立朝亮直，經術而蘊文章；高太尉御物寬平，富貴而兼壽考。

校禮堂文集卷二十二

書一

與章酌亭書

昔鮑明遠之傷離，驚禽夜起；江文通之惜别，征馬寒鳴。以彼托興篇章，猶深繾綣，況僕真處此境者哉！别時春草方茁，今兹早梅又華。人去白沙，未逾千里，日躔黄道，已閲一周。撫時望遠，觸緒懷人。脉脉者此衷，綿綿者此意，不能宣之於口，不能喻之於心。乃者學業何似？起居適否？僕思極而夢，夢覺復思，思夢如環，循生迭起。僕況如是，足下自同矣。爾其宿雨初足，新潮漸長，望盈盈之水，度遲遲之日，柳既黄欲藏雅，麥亦青能覆雉。設與足下，共巾車而熙游，藉芳徑而眺矚，登曹子桓之廢臺，尋謝安石之遺壘，致足樂也。至如繁霜侵户，朗月入樓，庭樹疎而墜葉，風篁淒以成響。楚客感知已，九辨寫其情；漢臣思美人，四愁寄其慨。設與足下，踐對牀之舊約，尋促膝之古歡，開尊以永今夕，撫劍而論往代，中宵屈指，則又唾壺欲碎矣。嗟乎！人生值嘉辰，逢勝地，羈棲乏侣，索處鮮儔，雖平生邂逅之交，疇昔諧談之客，猶且念之不置者，人之情也，況僕於足下乎！近者南雪在地，北風滿天，平原之枯草如沙，大澤之濃雲似幕，長江墨色，斷雁呼羣，遠岫蒼然，妖狐嘯侶。又安得與足下臂俊鶻，馳怒馬，神珠應手，烏號掛腰，披紫綺之裘，飲黄麞之血，屠門大嚼，聊快人意乎！夫寄身造化之内，托跡形骸之中，而欲淡焉接物，境過輒忘，自匪漆園之夷曠，桑門之覺悟，竊恐未易臻此也。尚記乙未之年，建亥之月，與足下躡郁洲别峰，躋蒼梧支麓，右瞻廣隰，左望遠海，暮色赴山，紫翠交暎。足下凝睇久之，謂僕曰：「垂髫徵逐，昕夕聚首，乘輿偕游，似無足異，别後思之，當復黯然耳。」事更五載，天各一方，回憶斯言，非深於情者不能道也。寄來近詩，語長心摯，把玩吟諷，如親顔色。冬間北返，良晤非遥。伏惟珍重。廷堪頓首。

復章酌亭書辛丑

芳草如積，懷人正深，尺素乍來，啟函而笑。伏惟文祉日新，快慰無已。并知搜金笈於龍威，注玉溪之獺祭。夫句用雲添，良辰寄感，巧同鶯囀，本意滋多。繹古人之深心，賴後世之巨眼。誠爲盛舉，自屬必傳。然而竊有惑者，請得言焉。元裕之詩云：「詩家總愛西崑好，只恨無人作鄭箋。」此在當時，應發兹慨；若生今日，定無是説。何則？蓋體擬西崑，習沿北宋，但知撏撦，罕見爬梳。既非若少陵之有魯訔、黄鶴，太白之有齊賢、士贇也；又非若坡老之有元之、龜齡，涪翁之有青神、天社也。玉在璞中，珠沉淵底，不得不望卞和之剖、象罔之求也。自明及今，時移事異。道林、長孺釋之於前，平山、午橋箋之於後。三首碧城，或窺初旨；一篇錦瑟，已得解人。頃聞徐湛翁、馮孟亭兩君復有所撰。譬之千家注杜，五百家注韓，作者既衆，讀者恆寡。夫崑山之旁以玉抵鵲，彭蠡之濱以魚飼犬，物多則不貴，數見則不鮮也。苟弊精神，勞楮墨，孳孳耗日，汲汲窮年，卽令奇外出奇，終成屋下架屋。事匪刻舟，理難膠柱。踵事而增，不如其已。且善居積者，貨之所聚則棄之；善治生者，衆之所趨則避之。至於著書，何獨不然。僕與足下幼而學賈，故其議論不出所習，想聞斯言，當發大噱也。比因删改辭曲，留滯廣陵。所對者惟箏師笛工，所讀者皆傳奇雜劇。淮南佳麗，見而益愁；竹西歌吹，聞之增感。安得乘風高舉，卽日言旋，與足下月下開尊，花前攜手，互酬新詠，同話舊遊也。時齋在此，近狀頗佳。序堂、牖雲諸君，想各無恙。草草奉復，不盡欲言。

與程時齋論曲書

時齋足下：承示新曲，讀之暢甚。竊謂雜劇，蓋昉於金源。金章宗時有董解元者，始變詩餘爲北曲，取唐小説張生事撰絃索調數十段，其體如盲女彈詞之類，非今之雜劇與傳奇也。且其調名，半屬後人所無者。元興，關漢卿更爲雜劇，而馬東籬、白仁甫、鄭德輝、李直夫諸君繼之，故有元百年，北曲之佳，僂指難數。然世所傳雜劇，大率以四折爲準，其最多則王實甫西廂記之二十折也。其書潤色董本，亦頗可觀。今爲吴下妄人點竄，殆不堪寓目。元之季也，又變爲南曲，則有施君美之拜月，柯丹丘之荆釵，高東嘉之琵琶，始謂之爲傳奇。蓋北曲以清空古質爲主，而南曲爲北曲之末流，雖曰意取纏綿，然亦不外乎清空古質也。自明以來，家操楚調，户擅吴歈，南曲寖盛，而北曲微矣。雖然，北曲以微而存，南曲以盛而亡。何則？北曲自元人而後，絶少問津，間有作者，亦皆不甚踰閑，無黎丘野狐之惑人。有豪傑之士興，取元人而法之，復古亦易爲力。若夫南曲之多，不可勝計，握管者類皆文辭之士。彼之意以爲，吾既能文辭矣，則於度曲何有？於是悍然下筆，漫然成編，或詡穠豔，或矜考據，謂之爲詩也可，謂之爲詞也亦可，卽謂之爲文也亦無不可，獨謂之爲曲則不可。前明一代，僅存鯨羊者，周憲王、陳秋碧及吾家初成數公耳。若臨川，南曲佳者蓋寡，驚夢、尋夢等折，竟成躍冶之金。惟北曲豪放疎宕，及科諢立局，尚有元人意度。此外，以盲語盲，遞相祖述。至宜興吴石渠出，創爲小乘，而嘉興李漁效之，江河日下，遂至破壞決裂，不可救藥矣。四百年來，中流砥柱，其稗畦之長生殿乎！足下愛稗畦守法之嚴，而惜其立意未善，乃反其事，以曹鄴梅妃傳譜入新聲，爲一斛珠傳奇，而法律亦如稗畦，不廢元人繩墨，誠斯道之功臣也。頃與酌亭同閱，終卷，滿引而醉，不禁發其狂瞽，以供一噱，足下其亦以爲知言否也？不宣。

與汪繡谷書

繡谷足下：前蒙見規，謂廷堪近日稱許不愼，交游鮮擇，品題下及於凡庶，綢繆浪結於童幼，恐於聲華無益，聞望有損。甚善，甚善。然足下所謂愼者，徒愼於名位之崇卑，擇者，特擇於年齡之壯穉，則僕未敢以爲信也。夫三尺之水，豈無嘉魚；半畝之園，必有芳草。況隨珍在暗，已驚照乘之彩，豫章初生，自具參天之勢，安在枳棘偶棲卽是凡品，芹藻未擷便非佳士也！馬八尺則爲龍，雲三色而成矞，雖困在峻阪，棲於深岫，而歷塊之步不能掩也，騰霄之氣不可遏也。必待遵道遵路，爲霖爲雨而後咨嗟太息，不已晚乎？今夫乘車者必察輪，操舟者必眂楫。朱軒繡幰，皆飾觀也；錦纜牙檣，皆虛器也。故魁傑岸異之子，不可以咫角驂駒少之；博通淹雅之流，不可以貂裘負籠怪之。昔賈誼年少而有伊、管之才，劇孟布衣而爲吳、楚所重，足下豈未之知邪？抑吾聞之，浴不必江海，要之去垢；食不必牲牢，要之適口。苟其學問相益，奚取龍頭之貴？苟其臭味相投，奚取馬齒之長？倘搴蘭茝於飲食徵逐，采葑菲於冠蓋紛呶，則何異煎流水而求冰、沃冷灰而取火哉！一時之譽，千載之名，果孰重而孰輕也？杯炙酸辛，典籍芬芳，果孰短而孰長也？易曰：「方以類聚，物以羣分。」詩曰：「爰有樹檀，其下維蘀。」以此言慎，可謂慎之至矣；以此言擇，可謂擇之精矣。各有面目，不能强同；各有志趣，不能强合。足下之論，近於藉稱許爲聲氣，引交游爲光寵，實有未安於愚心，未愜乎鄙意者。非敢巧言如簧，以規爲瑱也。伏惟照察，不宣。

上冼馬翁覃溪師書甲辰

昔左思賤士，得皇甫謐而譽成；宋果凡材，見郭林宗而品立，故散木遭匠石而喜，駑馬顧伯樂而鳴，誠以師資不易而知己良難也。廷堪江淮韋布，吳越斗筲，藏修所積，不逮二子，遭遇之隆，乃逾皇、郭。遂爾不羞卑陋，奉贄講堂，用感恩施，執經函丈，持寸莛而叩巨鐘，抱片蠡而測滄海。方懼孤根薄植，揮諸門牆，何期略分原情，忘其名位。命除草野之鄙習，使就科舉之正塗，口講手畫，面命耳提。自顧何人，獲此非分，往往中夜傍偟，不禁感而欲泣也。當去歲發憤之日，正京兆賓興之期，入粟成均，貿焉就試。適值大君子秉鑑天邊，持衡日下，冀厠鄉薦之末，以報期望之深。究之覂駕之馬，未就靮銜，鹵莽而耕，終難刈獲，秋風淪落，顧影自慚。復蒙撫既焦之桐，拭已刖之璞，加以朱絲，藉以黼繡，使枯木有琴瑟之思，頑石有圭璧之想。高誼殷拳，雅懷真摯，求諸斯世，亦云鮮矣。冬間言邁，歸省老親，今春娶婦廣陵，攜家朐海。俾廡下無井臼之勞，堂上有滫瀡之奉，便可安然北行，不煩南顧矣。伏思長安米貴，古有成言。苟非半榻能安，一枝可借，則已勞心於衣食，豈遑肆力於文章？不敢告之苦衷，不能言之瑣事，諒必俯鑒之耳。拜别以來，窮愁交迫，未敢一日廢學，以孤盛心。治經之暇，便習時文，攻古之餘，兼求制藝。第回惑孔多，扞格不少，俟詣扶風之帳，再問侯芭之字也。廷堪少好六朝辭賦，爲文喜作選體。每見近代名家，以此爲諱，於是起衰八代，既愧退之，酌雅六經，復慚子固，徒以結習已深，未能輒改。今年在揚州，見汪君容甫，研經論古，偶及篇章。汪君則以爲周官、左傳本是經典，馬史、班書亦歸紀載，孟、荀之著述迥異於鴻篇，賈、孔之義疏不同於盛藻。所謂文者，屈宋之徒，爰肇其始，馬揚崔蔡，實承其緒，建安而後，流風大暢，太清以前，正聲未泯。是故蕭統一序，已得其要領；劉勰數篇，尤徵夫詳備。唐之韓、柳，深諳斯理；降至修、軾，寖失其傳。是説也同學或疑之，廷堪則深信焉。第云文藝，厥故難明，譬彼儒林，其則不遠。夫靈均之高曾規矩，不猶漢晉之授受專門乎？昌黎之力排駢麗，不猶洛閩之高談性命乎？北地之追秦漢，何異姚江之致良知也？震川之祖歐、蘇，何異餘干之主忠信也？雖門徑岐趨，冰炭殊尚，而衡諸舊訓，總屬背馳。世儒言學則知尊兩漢，而論文但解法八家，此則廷堪所滋惑者矣。獨是汪君，既以蕭、劉作則，而又韓、柳是崇，良由識力未堅，以致游移莫定。猶之易主荀、虞而周旋輔嗣，詩宗毛、鄭而迴護考亭，所謂不古不今，非狐非貉者也。愚見若是，未知適從，伏惟教之。又有儀徵阮君名元字梁伯者，年踰弱冠，尚未采芹，其學問識解，俱臻極詣，不獨廷堪瞠乎其後，卽方之容甫、鄭堂，亦未易軒輊也。素知愛才若饑渴，謹以奉聞。餘情縷縷，不盡所云。廷堪頓首。

荅牛次原孝廉書丁未夏

廷堪再拜。辱惠書，云「近頗學漢人隸書」，僕竊以爲非也。僕向者勉足下留心秦漢以來金石文字者，誠以其有益於考訂，由此漸可窺六書之蘊，證經史之疑，非謂之爲法帖而執筆以摹之也。古之著録家如歐、趙、洪、薛，皆於金石文字中學古有獲，非寶其字畫之工整也。此數君者，何嘗擅能書之名哉！今夫王者紀功，考工制器，以及廟中之碑，壙中之石，墓前之表，類皆記歲月，書名氏，導揚盛美，傳之無窮。後之學者，披深林，探絶壑，穿宿莽，掘荒原，搜之拓之，尋之繹之。其幸而存者，可以覩一代之制度焉，可以補六經之訓故焉，可以辨諸史之信疑焉，可以知小學之遷流焉。所關係者良非淺鮮，故可寶也。汴宋之初，以南唐所藏歷代法書彙而刻之，謂之曰淳化閣帖。法帖之名，由是而起。其中大半僞作，多不可信。嗣是而後，纖兒小夫，各以所購前人手蹟，或尺牘數行，或詩歌數箇，或真或贋，皆刻之於石，名曰彙帖，而執筆以摹之，自稱賞鑒家。此鈔胥之流，賤者之事，與金石文字兩不相涉也。而不學者昧於古今，囿於習俗，遂以漢唐以來碑版，亦强名之爲法帖，而執筆以摹之。嗚呼！亦可哀已。夫執筆以摹之，非畢生之力不能工。卽工矣，亦僅徒隸之所長，傖子之所貴耳。人生精力有限，敝之於此，殊爲可惜。趙古則云：「禮樂射御之習，舉掃蕩之，所存者惟書耳。書又工乎點畫波折之間，務奇巧，逞姿媚。至於六書，則茫乎其未聞知也。」今之學者，豈不坐此。蓋嘗論之，六經諸史，聖人之道法在焉，先王之治術存焉。儒者訓故之，章句之，抱殘守闕，存什一於千百。後世辭章之徒，乃第獵其采藻，以供取青妃白、駢四儷六之用，方且自以爲得也。商周鼎彝之屬，好古者得之，考其形模輕重高卑廣狹之故，借以知傳注之得失，箋疏之僞誤，律度量衡古今之同異，故購求之不遺餘力。而商賈負販之流，僅賞其形狀之古質、青翠之班駁而已。至於左圖右史之設，則以文字所不能明，乃爲圖以明之，所以輔典册之不逮也。天象非圖不明，輿地非圖不明，宫室非圖不明，器服非圖不明，揖讓登降非圖不明，年經月緯、旁行斜上非圖不明。史記十表，圖之屬也。故鄭漁仲於藝文之外，另爲圖譜一略，誠通儒也。圖之所係如此。唐以前間有畫古今忠孝節烈之人者，雖失圖之義，然猶可考其衣冠器物之制。自是而後，有以澹墨約略作山川草木之形，自云工意，而世之陋夫，什襲藏之以當卧游者。凡此數弊，其與以金石文字爲法帖而執筆以摹之者何以異耶？以經史爲辭章，有識者猶知非之；以彝器爲玩物，以圖譜金石文字爲書畫適情之具，世之君子習爲固然，莫或非之矣。嗟夫！以儒者孜孜矻矻考訂之學，而乃與茗盌香鑪一例視之，何其傎乎！誠哉夏蟲之不可語冰也。此固足下所深知，聊爲足下一暢發之耳。伏惟照察。不宣。

與阮伯元孝廉書丁未

伯元足下：六月二十七日，南昌使院奉到好音，知動履勝常爲慰。僕今年五月到南昌，七月將有大梁之役。奔走道塗，學殖荒落，辱以著書相勉，愧汗無地。竊以儀禮一經，在漢與易、書、詩、春秋竝列爲五。史記儒林傳、漢書藝文志皆以此書爲禮經。後人不曰禮經而曰儀禮者，猶之易曰周易、書曰尚書也。若周官則另爲一書，漢志附於禮家者，亦如逸周書附於書，戰國策附於春秋，非禮之本經也。至於二戴氏之記，乃章句之餘，雜記説禮之言，互相引證，不但非禮之經，且與傳注有間，蓋猶易之有京房易傳，書之有伏生大傳，詩之有韓詩外傳，春秋之有外傳國語而已。故鄭氏既注禮經，又注戴記，既注尚書，又注伏傳，此其例也。自范蔚宗有三禮之稱，而經傳不分，後儒弇陋，束之不觀，六籍遂闕其二，樂經本亡。心竊惑焉。今擬區其門類，爲禮經釋名一書。年來粗有規模，到都日當以艸創請正也。至於大戴禮記一書中，如夏小正、曾子十篇、武王踐阼、五帝德、帝繫、諸侯遷廟、諸侯釁廟、朝事、公冠等篇，又三朝記七篇，何遽不如小戴，而世久廢之。其書自三十九篇始，共十三卷三十九篇。或作四十篇。其八卷有周盧辯注，所闕者王言、哀公問五義、哀公問於孔子、此篇見小戴記，即哀公問。禮三本、禮察、夏小正、五帝德、帝繫、勸學、千乘、四代、虞戴德、誥志、朝事、投壺此篇與小戴小異。十五篇耳。足下何不因其有注者疏之，其失者正之，其無注者補注而復疏之，其諸本異同之處，并仿陸氏之例，爲釋文一篇以附於末，庶幾此書體例與小戴、春秋三傳同，此亦千古之業也。來示云「矯疏不破注之説」，誠爲有見。然以疏不破注爲謬，説則不然。疏不破注，此義疏之例也。劉光伯、黄慶之徒，公然違注，見譏孔、賈。若以爲謬而矯之，恐又蹈宋人武斷之習矣。廷堪再拜。

校禮堂文集卷二十三

書二

大梁與牛次原書 戊申

在南昌從忠叙師所，奉上手牋，亮塵清聽。嗣卽鼓彭蠡之棹，挂荆江之帆，於去年八月秣馬夏口，税駕夷門。畢尚書以忠叙師之雅，不嫌微賤，爲之設館授餐，幕府賓客故盛，起居食息尚復適意。度足下聞之，有不臨風念遠、倚樓惆悵而情馳汳上者乎？今夫大梁，天下四戰之區也。東瞻睢上，驚沙亂起，則條侯用之委吴而彭王所以苦楚也。西望滎陽、成臯之間，劉項遺壘，隱轔可見，未嘗不升高搔首，想其英風。側聽河聲湍疾，疑聞拓跋氏之鞞鼓，而嗤元嘉將帥又何懦焉。前指官渡，百里而近，尋魏武經營之跡，而蝕戈遺鏃，耕夫往往獲之。僕少生海澨，長游水鄉，未覩中原之雄闊與夫高山大川之形勢，譬鷄棲于塒，燕巢于屋，比因飢寒所驅，獲此壯觀，攜史而訪苟晞之屯，載酒而問侯嬴之里，其方寸之盤紆，陳編所觸發，蓋不僅如前所云云也。而或者搜斷碑半通，刺佚書數簡，爲之考同異，校偏旁，而語以古今成敗，若坐雰霂之中，此風會之所趨而學者之所蔽也。惟足下洎武進孫郎、廣陵阮子、吴下江君，竝窮經稽古，而上下千載，雅懷高識，異於近之君子。此問新交，雖有數賢，或吟情頗豪，或游道甚廣，求其如足下俊爽豪邁、卓爾不羣，固未易數數覯也。昔陳思撫劍東顧，念吳會而心馳，季重聞筝北發，藐備、權而情躍，此皆文人之夸辭，非吾曹之所許也。願足下得時而駕，擁旄建節，一雪斯言耳。今天下澄平，百姓豐樂，田者歌于野，饁者勞于道。僕他日倘倖獲一第，備員諸曹，亦思爲國家宣力，少酬其生平。如其不然，則退伏空山，循陔著書，成一家之言，以自娛樂。布衣諸生，忽作此論，使外人聞之，有不掩口胡盧者邪？足下知我，自不以爲誕謾也。郵傳甚便，幸時惠好音。廷堪頓首。

與焦里堂論路寢書壬子

里堂先生足下：承示羣經宫室圖，受而讀之。至宫圖第八篇，新考定路寢之制，鄙意竊有未喻者。寢廟之制，見於禮經，鄭氏注詳矣。寢廟制皆如一。鄭又謂天子路寢制如明堂。此說非是，觀顧命可見。後儒雖偶有異同，不足據也。今足下乃改之以爲東堂東鄉，東夾在其後；西堂西鄉，西夾在其後。東序則曲而指于東，西序則曲而指于西。西房之後，又增一北堂，與東房之北堂北階相竝。曲引經注以證之，辨則辨矣，恐未能合經注之本意也。今以足下所引者，聊一獻疑焉，願足下教之。特牲饋食禮：「主婦視饎爨本書誤作「爨饎」。于西堂下。」注：「西堂下者，堂之西下也。近西壁，南齊于坫。」饎爨南齊于坫，雖近西壁，尚與西堂廉相直，故亦云西堂下也。注所謂南齊于坫者，指饎爨所在也，非指西堂也。特牲記曰：「饎爨在西壁。」注：「西壁，堂之西牆下。舊說云：南北直屋梠，稷在南。」所謂南北直屋梠者，即南齊于坫也。稷在南者，稷饗在黍饗南也。注本易解，足下不讀「稷在南」一句，而以爲指西堂在南檐之北，北檐之南，恐不爾也。又引特牲饋食云：「盛兩敦陳于西堂。」注：「盛黍稷者，宗婦也。」遂謂西堂若面南，是時衆賓、衆兄弟列于階下，主婦、宗婦不當登降其間。案特牲饋食禮視饎爨及陳兩敦之際，衆賓、衆兄弟尚未至也，何容代爲慮乎？燕禮云：「小臣師一人在東堂下，南面。」此小臣師之位也。又云：「公降立于阼階之東南，南面爾卿。」此公自阼階席上降階而爾卿也。今足下刪去「降」字，又刪去「爾卿」字，以爲小臣不當與君竝立，疏矣。卽以此位而論，公位亦在小臣師之南，小臣師在公後也，何得云竝立乎？蓋東堂西堂皆南鄉，東夾在東堂之北，西夾在西堂之北。公食大夫禮「東夾南」、「東夾北」者，皆以近夾故也。東堂下者，卽阼階東也；西堂下者，卽西階西也。堂東者，卽堂之東壁下也；堂西者，卽堂之西壁下也。故大射有次三耦皆俟于次，鄉射無次三耦則俟于堂西，袒決遂亦于堂西，取其隱蔽而已。今足下以堂西爲在西階西，則鄉射三耦袒決遂皆在顯處矣；東堂下爲東堂之東，則小臣師轉在隱處矣：無是理也。足下又引大射儀「工人士與梓人升自北階，兩楹之間卒畫，自北階下，司宮埽所畫物，自北階下」，爲由北階可至于堂之證。案：升自北階，由東房而至于堂，自是寢廟本制，與足下新解無涉也。至于公食大夫禮，宰夫自東房授醯醬及薦六豆之等，此是公親爲主人，故饌自東房而出。聘禮歸饔餼六豆之等，陳于兩夾，此是聘賓卽館之後，主國之君使卿歸使者饔餼之禮，無主賓之儀，陳之而已，與公食大夫禮迥不相侔也。而足下申之曰：「夾通于房，陳于夾，以便薦于房也。」豈聘賓在館，自爲主人，由東房薦饌于席乎？且東夾之饌自東房出，西夾之饌亦自西房出乎？主人在阼階上，故饌皆陳于東房而薦于堂。今曰薦于房，亦非。鄉飲燕食饌自東房而來者，皆先陳于東房，不聞由夾而至於房也。況陳饌于賓館之禮，與主人親食賓于廟之禮判若徑廷，而以之互相比勘，似亦牽強。大射儀云「賓之弓矢皆止于西堂下」，又云「賓降取弓矢于堂西」。李氏釋宮以爲西堂下卽堂西，此蓋經之變例，無容曲爲之解。足下皆反之，所謂強經以從己耳。東序之東爲東堂，西序之西爲西堂，鄉射所謂賓與大夫之弓倚于西序者，卽正堂之西序也。足下謂東序西序指東西堂之序，非正堂之序。若然，則正堂二序，東西堂各二序，兩北堂又各二序，是寢廟凡十序矣，何禮經僅曰東序西序，而不分析言之乎？案公食大夫禮：「立于序內，西鄉。」注：「不立阼階上，示親饌。」所謂序內者，卽堂上東序之內也。如足下所云東序曲而指于東，則序內竟在何地乎？足下又引鄉射，謂東序東非東堂，不曰東堂而曰東序東，益知東堂西堂非南鄉。案鄉射主人弓矢倚于東序東者，卽東堂也。如但曰東堂，不變文曰東序東，則弓矢倚于東堂何處乎？如東堂東鄉，東序曲而指于東，則當曰東序南，不得曰東序東矣。足下不融會禮經之全而觀之，僅節取其一二語，宜乎多窒礙也。凡足下所據以爲說者，唯公食大夫禮「大夫立于東夾南，西面北上」，鄭注雖自明晰，而說者間有異同，或可附會，其他則不敢以爲然也。如鄙論非是，亦乞破其迷惑，進以所未逮，幸甚幸甚。

與胡敬仲書癸丑夏

久不得音問，都中奉到手書，如親謦欬也。并悉道履勝常，伏惟萬福。所云近之學者，多知崇尚漢學，庶幾古訓復申，空言漸紬。是固然已。第目前侈談康成、高言叔重者，皆風氣使然，容有緣之以飾陋，借之以竊名，豈如足下真知而篤好之乎？且宋以前學術屢變，非漢學一語遂可盡其源流。即如今所存之十三經注疏，亦不皆漢學也。蓋嘗論之，學術之在天下也，閱數百年而必變。其將變也，必有一二人開其端，而千百人譁然攻之；其既變也，又必有一二人集其成，而千百人靡然從之。夫譁然而攻之，天下見學術之異，其弊未形也；靡然而從之，天下不見學術之異，其弊始生矣。當其時亦必有一二人矯其弊，毅然而持之。及其變之既久，有國家者，繩之以法制，誘之以利祿，童稚習其說，耄耋不知非，而天下相與安之。天下安之既久，則又有人焉，思起而變之，此千古學術之大較也。漢興，立五經博士：易，施、孟、梁丘、京氏；尚書，歐陽、大小夏侯氏；詩，齊、魯、韓氏；禮，大小戴、慶氏；春秋公羊，嚴、顏氏；春秋穀梁氏。黨庠無異學，授受有專家。西京之盛，蔑以加矣。哀帝時，劉歆欲立左氏春秋、毛詩、逸禮、古文尚書，諸儒怨恨，衆議沸騰，龔勝乞骸，師丹大怒。建武初，韓歆欲立費氏易、左氏春秋，范升持之爲不可，陳元争之而不從。譁然而攻之者如此其衆也，豈非變於始者難爲力乎？當是時，數家雖不立學官，而私相講習，亦有擢高第者。至鄭君康成出，括囊大典，網羅衆家，所注諸經，皆兩漢之不立學者，易費氏，書古文，詩毛氏，禮則校以古文，取其長者，左氏則以授服子慎。於是天下皆靡然從之，矯之者獨一王子雍耳。雖然，東漢所立十四博士，猶未改西京之舊。及魏晉以還也，鄭氏之易、書、詩、禮，服氏之左傳，始立於學官。延至永嘉之後，西京立學之書，遂掃地而無餘。此學術之一變也。魏王輔嗣以空言講易，好異者競相祖述，而范甯謂其罪浮於桀紂，蓋有識者猶或非之。乃未幾，而杜預之左氏春秋出矣；又未幾，而梅賾之古文尚書出矣。東晉大興初，周易王氏、尚書孔氏古文、左傳杜氏各置博士一人，而儀禮、公羊、穀梁及鄭易竟省而不置。自是而後，南北分裂之際，好尚互有不同。江左，易則王輔嗣，尚書則孔安國，左傳則杜元凱；河洛，易、書則鄭康成，左傳則服子慎。詩則竝主毛公，禮則同遵鄭氏。蓋天下攻之者半，而從之者亦半，其風會又不同於魏晉之初矣。唐貞觀十二年，詔國子祭酒孔穎達等撰五經正義，周易用王弼、韓康伯注，尚書用梅賾所上孔氏傳，詩用毛公訓故傳及鄭氏箋，禮記用鄭氏注，春秋左氏傳用杜預注，天下始靡然從之。而鄭、服之學寖微，唯資州李鼎祚撰周易集解，少存漢晉以前之舊，所謂刊輔嗣之野文，補康成之逸象，毅然而持之者如此而已。此學術之又一變也。由是而行之數百年，雖其書不盡兩漢之遺，而學者守訓詁而不鑿，考制度而必詳。陸務觀所云：「唐及國初學者不敢議孔安國、鄭康成，況聖人乎！」當時恪守五經正義者如此。啖助、趙匡舍三傳而說春秋，時人未之或從也。宋劉原父七經小傳出，稍稍自異於傳注。嗣是有疑及繫辭者，有排及詩、書序者。王文公導之於前，朱文公應之於後。大學、中庸，小戴之篇也，論語、孟子，傳記之類也，而謂聖人之道在是焉，別取而注之，命以四書之名，加諸六經之上。其於漢唐諸儒之說，視之若弁髦，棄之若土苴，天下靡然而從之，較漢魏之尊傳注、隋唐之信義疏，殆又甚焉。而浚儀王氏、金華范氏數公者，尚能以舊說自持者也。元仁宗皇慶二年，詔易用程氏、朱氏，尚書用蔡氏，詩用朱氏，春秋用三傳及胡氏，禮記用古注疏，四書用朱氏章句、集注，明初因之。此學術之又一變也。元明以來，儒者墨守程、朱，亦如隋唐以前儒者墨守鄭、服也。元行沖謂「寧道孔聖誤，諱言鄭服非」者，則又寧道孔聖誤，諱言程朱非矣。疑之者，自陳氏經典稽疑、郝氏九經通解開其端，然其書或守誦習之說而未安於心，或舍傳注之文而別伸其見，學者咸以詭異視之。固陵毛氏出，則大反濂洛關閩之局，掊擊詆訶，不遺餘力，而矯枉過正，武斷尚多，未能盡合古訓。元和惠氏、休寧戴氏繼之，諧聲詁字必求舊音，援傳釋經必尋古義，蓋彬彬乎有兩漢之風焉。浮慕之者，襲其名而忘其實，得其似而遺其真。讀易未終，即謂王韓可廢；誦詩未竟，即以毛鄭爲宗；左氏之句讀未分，已言服虔勝杜預；尚書之篇次未悉，已云梅賾僞古文。甚至挾許愼一編，置九經而不習；憶說文數字，改六籍而不疑。不明千古學術之源流，而但以譏彈宋儒爲能事，所謂天下不見學術之異，其弊將有不可勝言者。嗟乎！當其將變也，千百人譁然而攻之者，庸人也；及其既變也，千百人靡然而從之者，亦庸人也。矯其弊，毅然而持之者，誰乎？蓋深有望於足下焉。故不禁發其狂瞽，幸足下教之。外附上舊文辨學一首，漢十四經師頌一首，皆論古今學術源流者也。足下見之，當不以爲河漢。書不盡言。廷堪頓首。

與阮伯元閣學論畫舫録書

憶讀去歲手札云「將爲李艾塘刻揚州畫舫録」，迄今未蒙寄示。昨自皖上返棹，道經灣沚，於同鄉案頭見之，匆匆展讀一過。此書體例不高不卑，是必傳之作。注經考史，非識者不能知，故好之者鮮；志怪談詩，爲通人所羞道，故棄之者多。而此則無所不有，當在老學菴筆記、輟耕録諸書之上，不可與近日新出鄙聞瑣說等視之也。況揚州本朝文獻甚大，有志乘所不能盡者。艾塘既以著作自任，必使詳備典核，爲世所徵據，不可疏略舛訛，予人以指摘也。其中有科分誤者，爵里誤者，年月誤者，甚至有以地名誤爲表字者，重校之擧，所不待言。竊窺本書例，大約近詳而遠略，國朝詳而前代略，與志乘不同，自是卓識。然郝公憬春守房縣，係明季事，且明史已有傳，乃載之甚詳，而國朝諸大典故皆與畫舫有關係者，轉盡遺之，未審何故？又瑣事、巧藝、器物、諧談之類，或爲前代所未有，前人所未發，亦多闕而不登，則尚非斯世不可無之書也。竟須閣下偕里堂、鄭堂諸君破數十日功夫續成之。若逐條補入，恐更張太甚，不若總爲數卷，名曰補遺録，置之舫區録之前，通爲若干卷，庶爲完璧。且此書雖艾塘草創，今已集千狐之腋，故僕與閣下及里堂輩，亦不必避越俎之嫌也。謹將應補入者條列於左。幕中揚州人如汪晉蕃諸君，皆多聞舊事，又正輯淮海英靈集，在僕聞見之外者必多，此不足當大鼎一臠也。昭武將軍楊捷，康熙十六年救泉州，擊敗海寇鄭經將劉國軒，其事宜録於三元巷下。須據其家傳，節録大略。勇略將軍趙良棟收復全蜀，底定滇南，及乾隆中追封伯爵，宜附録於其孫運使趙公之璧後。趙在運使任，必刊家傳送人，宜覓之，據以入録，口說不可憑也。令祖游擊公湖南平苗及全活苗衆事，宜録入。樂善菴有岳威信題額，則威信或嘗至揚州，亦當略採其事，以壯畫舫之氣。又威信題畫馬詩云：「誰寫驊騮卧碧茵，曹將軍骨子昂神。年來未向沙場跨，畫裏相看也動人。」相傳以爲在揚時作。威信若果到揚，則此説或不誣也。年汝鄰自云年希堯之孫，則年大將軍亦可入録。然此條可否，去取尚希酌定。唐柘田尊人觀察公宸衡任普洱府時，緬匪正蠢動，柘田隨任，曾有文紀事，當與其後封貢事并録入。建隆寺爲造九龍甕及大禹開山圖玉局，因此可載近日山料玉子所産之處，并勘定準部回部之梗槩。此須據西域圖志録之，若詢諸玉賈，恐無稽也。書在文瀾閣，取之甚便。平定準噶爾方略亦在文瀾閣。近來琢玉之工甚巧，突過往代，如九龍甕先用火刀鑿定規模之類，宜擇揚州玉工之尤者録焉，而痕都斯坦玉工亦宜牽連及之。鐘表、水銃、鼻煙、水煙之屬及近日英吉利所製之洋燈、風鎗，古之所無，而揚州皆有，宜詳詢耑家入録。邇來著書家不尋題目，但趨風氣，否則論詩説鬼，所以可傳者少，不知可傳之事乃在眼前也。英吉利又名英機黎，明史不載，唯陳倫炯海國聞見録有之。天寧寺行宫書樓内，貯圖書集成一部，馬氏亦有之。此書浩繁，外間士子所不能見，四庫書目未載，存目尚有可録。其卷數、大門類及總裁纂修等姓名年月，只此一條，便可傳世行遠。杭州借此書録之，甚易，不過前數册。文匯閣貯四庫全書，可將修永樂大典及采訪遺書崖略録入。又校此所貯書者，議敘舉人，一體會試，亦近時掌故，俱宜録之。閔廉風澄秋閣集又金盤曲詩，自注爲史八夫人作，事見楊光先筆記，此事當覓筆記録之，詩亦當録入。楊光先，歙之新安衛人，明末以劾陳啓新得名，於天學全無所解，康熙六年上書力闢西法，逐欽天監監正湯若望而代之。又著不得已書，專攻西人之學，自命孟子，未幾以閏月失推論死。此我朝中西争競之大關鍵。聖祖閔中國儒者皆不知算，至殫睿慮，親爲講求，於是設蒙養齋，有曆象考成、數理精蘊之撰。梅文穆、瑴成何宗伯，國宗皆蒙養齋之選也。此事官私之書皆不詳，不及此時覓其不得已書并訪諸耆舊，附見顛末，則愈久而愈湮没矣。考成後編作於乾隆七年，是言橢法，總裁戴進賢、徐懋德，皆西洋人，其書十卷，亦宜附見。六安夏湘人，名之璜，盧雅雨運使高弟子也，嘗依盧公客揚州。乾隆六年，盧公有軍臺之謫，賓客多散去，湘人毅然請從。孔體仁爲作軍臺負笈圖。後歸，有橐中集、出塞日紀二書。時以準噶爾台吉策妄阿拉布坦及其子噶爾丹策凌相繼負嵎，世宗赫怒，用彰天討，自張家口起，共設軍臺四十九所。乾隆元年，改存二十九臺，至鄂爾坤河而止。盧公所戍則第二十六臺也。膠州高西園有詩送湘人出塞云：「傳筆能投事更誇，烏孫相伴走天涯。蘇門不少秦、晁客，只喫龍團辦子茶。」陳其年湖海樓集有小秦淮曲十首，當采。紫雲姓徐，揚州人。迦陵有惆悵詞二十首別雲郎，又蔣大鴻有惆悵詞序，皆見湖海樓集中。新繁費錫璜字滋衡，中文先生費密次子，流寓揚州，著有貫道堂文集、掣鯨堂詩集。汪文著，其門人也。錄中所載揚州好諸詞，即其所作。遠如蔣前民、潘雪帆、宗定九等，近如厲樊榭、杭堇浦、陳授衣等，詩若詞有關於畫舫者，宜略采之。其他湮没不彰者，亦須搜訪，蓋錄中詩甚少，恐未能合俗情也。曹楝亭鹽政寅嘗刻韻書五種，玉篇、廣韻、集韻、禮部韻略、類篇。又十種，盛熙明法書考八卷，孫紹遠聲畫集八卷，朱長文琴史六卷，高似孫硯箋四卷，晁說之墨經一卷，史虛白釣磯立談一卷，王灼糖霜譜一卷，鍾嗣成錄鬼簿二卷，黃大輿梅苑十卷，王士點禁匾五卷。又二種，後村千家詩，耐得翁都城紀勝。楝亭，內務府正白旗人，官至通政使。項氏羣玉山堂、馬氏叢書樓、盧氏雅雨堂所刻之書，皆宜臚列其目。項氏刻絶妙好詞，當與天津查氏注本竝論之，此道汪晉蕃想深知也。陸渟川合刻姜白石詩詞，亦畫舫佳話，宜錄。郁州山人吳恆宣字來旬，歙人，能詩，喜談兵，尤長於奇門，在揚州，先客鄭運使大進所，後客朱運使孝純所。朱昔守泰安，嘗贈以詩云：「丈夫不解飲，何事敢談兵。」又云：「五嶽獨容開卧榻，六丁應與護詩囊。」其湖上詩云：「保障湖南荷葉圓，保障湖北荷花鮮。泛舟湖北湖南裏，日暮清香載滿船。」石莊上人琢一硯，擬寄朱運使於泰安，朱聞之，報以句云：「聞持石壁將貽我，那得桃花不憶君。」范西屏、施襄夏之奕，皆絶技。范所作桃花泉譜序，頗能言其所得，宜錄。邵二雲學士、童二樹布衣，皆因修志來揚州，事雖未果，亦宜附見。二雲先生嘗言曹憲、李善皆揚州人，文選樓非曹即李，斷非昭明之遺蹟，蓋昭明未嘗渡江居廣陵也。此論甚確，宜著之録中。文選樓即精忠寺。寺中老僧爲律門，頗深律論，忘其名，是文海弟子。雍正中，侍文海入京，曾賜絳帛。夫禪學有傳燈、指月諸書，言其宗派甚詳，而四分律、梵網經皆秘在釋藏，文士無由窺其端緒，宜考其源流授受，附録於此，以供獺祭者采摭。釋藏，杭州甚易借。康熙丙寅，查初白在京師，館於明相國珠之自怡園，揆愷功總憲兄弟皆從之讀書。時安麓村岐在館中執灑掃之役。後十年丁亥，聖祖南巡閱河，初白方以編修請假在籍，偕其弟查浦侍講恭迎鑾輅。後同舟返浙，道經揚州，而安岐已爲相國鬻鹽於兩淮，勢甚喧赫。聞初白來，謁見於舟中，執禮甚恭。初白不命之坐，但云：「汝小心貿易，勿爲爾主生事。」安唯唯而退。查浦潛遣人持刺往拜，於是安餽初白贐儀三百金，而查浦則倍之，老輩風采猶可想見。初白有與德尹自揚州連舫渡江詩云：「梅花開後草堂前，準擬春來共醉眠。此福兩人消不得，半年五上渡江船。」蘄春顧黃公景星有憶戊子夏客廣陵遇田九，自云：「故貴妃異母季弟也。潛述其事，恨流傳失實，追賦此篇。」詩可與明史及梅村永和宮詞互證，宜録。見白茅堂集及徐釚本事詩。貴妃，揚州人。僕與閣下自辛丑年識面，甲辰年定交，皆在揚州，事非偶然。彼時少年氣盛，自謂不啻大鵬之遇希有鳥也。嘗妄擬李太白之於司馬子微，爲後大鵬遇希有鳥賦一篇紀其事。今雖判若雲泥，而交誼自在。合志同方之際，固未敢方駕古人，而擬諸時流，尚無愧色，不僅爲畫舫之光也。今録寄舊作數章，以備采擇。亡友章洄字酌亭，績溪人，流寓海州之板浦場。與僕同庚而小一月，少共硯席，交誼最深。性淡雅，似衛洗馬、嵇中散一流人。僕來揚州，酌亭以詩見寄云：「琢就新詞字字嬌，此行况聽玉人簫。憑將滴粉搓酥句，唱徧揚州廿四橋。」僕荅之云：「回首河梁袂乍分，滿天風雪悵離羣。揭來清夜吟餘際，不夢梅花即夢君。」其人風致可想，惜閣下未見之。僕甲辰歲與閣下訂交歸，即述之酌亭，酌亭嘗作詩奉懷，有「我友淮南返，新知得俊人，相思不相見，吟徧淮南春」之句，語頗雋爽。今歿已十餘載，言念宿草，爲之惘然，望附入録，亦僕不忍死其友之意也。記憶所及，祇此而已。此外可以類推。所難得者，適在浙江，應用諸書皆易借，文瀾閣亦在咫尺，他處則安可得哉！伏祈不可因循，集衆力速爲艾塘了此一重公案，并見寄，俾快讀焉，幸甚。不宣。廷堪頓首。

校禮堂文集卷二十四

書三

與江豫來書

癸丑冬，同出都門途中，談論頗快人意。別來荏苒，幾經浹歲，頃得好音，遠懷爲少慰也。曩者所云：「近見爲文者，稽之於古，則訓詁有乖；驗之於今，則典章多舛。」又云：「能文者必多讀書，讀書不多必不能文。」此數語，僕俯首至地，以爲非真讀書人不能道也。蓋文者，載道之器，非虛車之謂也。疎於往代載籍，其文必不能信今；昧於當時掌故，其文必不能傳後。安有但取村童所恆誦者而摹擬之，未博先約，便謂得古人神髓，何其淺之乎視古人也！今之號稱能文者，以空疎之腹，作滅裂之談，懼讀書者之掎摭其後也，於是爲之說曰：「能文者不在多讀書也。」吾讀書不屑屑於考據也。」又忌讀書者之陵駕其上也，於是爲之說曰：「多讀書者，類不能文也。即能文，亦往往不暇工也。」及其遇胸腹之更陋於彼者，則又毛舉一二誤處，以自矜淹雅，竟忘其與前說相剌謬也。嗚呼！是則所謂強顏者矣。昔韓昌黎見殷侑新注公羊春秋，遂乃愧生顏變，不復自比於人。今之文人每自詭步趨昌黎，何狂易之病不以昌黎瘳之也。顧寧人曰：「名臣碩德之子孫，不必皆讀父書；讀父書者，不必能通有司之掌故。若夫爲人作誌者，必一時文苑名士，乃不能詳究而曰『子孫之狀云爾，吾則因之』。夫大臣家可有不識字之子孫，而文章家不可有不通今之宗匠。乃欲使籍談、伯魯之流爲文人任其過，若是則盡天下而文人矣。」黃太沖曰：「文章之道，非可一蹴而至者。苟好之，則必聚天下之書而讀之，必求天下之師友而講之，必聚一生之精力而爲之，其文有不工者乎！不然，所接不過腐生末學，所讀不過毛頭制義、必讀古文，繼之或作或輟之工夫，視醯雞之甕爲藝苑，而曰『吾能文，吾能文』，豈可乎！」二君子皆多讀書者也，故其言如此，彼豈未之聞耶？試使舉二君子之言以相詰難，吾知其必併二君子而詆之，何也？積陋成愚，積愚成妄，其所以流爲肆無忌憚者，皆此護短飾非之一念基之也。孫君淵如、焦君里堂聞茲邪說，輒力闢其謬。僕則謂若輩聞道已晚，迫于桑榆，所以倒行逆施者，本爲解嘲計，不足與較也。今因足下所言，有感於中，亦復剌剌不休，足下得毋笑僕争其所不必争也乎？廷堪頓首。

與焦里堂論弧三角書

去年奉到手書，竝釋弧數則，雖未窺全豹，即此讀之，足見用心之犀利也。戴氏勾股割圜記唯斜弧兩邊夾一角及三邊求角，用矢較不用餘弦，爲補梅氏所未及，矢較即餘弦也。用餘弦，則過象限與不過象限有加減之殊，用矢較則無之。其餘皆梅氏成法，亦卽西洋成法，但易以新名耳。如上篇卽平三角舉要也，中篇卽塹堵測量也，塹堵測量雖通西法於中法，然亦用八綫，究與郭邢臺舊法無涉也。下篇卽環中黍尺也。其所易新名，如角曰觚，邊曰距，切曰矩，分弦曰内矩，分割曰經，引數同式形之比例曰同限互權，皆不足異。最異者，經緯倒置也。夫地平上高弧，此緯綫也。此綫以天頂言之，則自上而下，以北極言之，則自北而南，而緯度皆在其上，故今法以南北爲緯也。地平規，此經綫也。此綫自卯至酉，而經度皆在其上，卯爲東而酉爲西，故今法以東西爲經也。然剖緯綫爲緯度者，是距等圈，其圈與高弧皆作十字爲東西綫。蓋受緯度者雖南北綫，而成此緯度者實東西綫也。剖經綫爲經度者，是高弧綫皆過天頂而交于地平圈爲南北綫。蓋受經度者雖東西綫，而成此經度者實南北綫也。故大戴禮曰：「凡地東西爲緯，南北爲經。」與此相成無相反也。而戴氏誤據之易經爲緯，易緯爲經，於西人本法初無所加，轉足以疑誤後學。又記中所立新名，懼讀之者不解，乃托吴思孝注之，如矩分今曰正切云云。夫古有是名而云今曰某某可也，今戴氏所立之名皆後于西法，是西法古而戴氏今矣，而反以西法爲今，何也？凡此，皆竊所未喻者。鄙見如此，幸足下教之。

荅孫符如同年書

都門一别，歲實六周。時於雒君處詢悉道履綏康爲慰。昨子畏令弟見示手書，發函伸紙，如聆言笑，并稔著述日富，欣抃奚似。廷堪自問，百無一長，乞此冷官以爲養親之計，離羣索處，同志者稀，向所沾溉於友朋者，遺忘幾半。方深不殖之虞，乃荷獎藉勤勤，過相推許，殊增顔汗也。年來從事算學，本欲借此以消晷漏，何敢遽望有成，不謂道路之口遂聞左右，且懼且慚。夫西人之學最難者爲弧三角，而難中尤難者爲斜弧三角。梅氏之書欲天下後世共明其理，故往往論多於法，而法取其備，又往往各書中參差互見，不嫌於複。如斜弧兩邊夾一角求對角之邊也，弧三角舉要中既有垂弧法，又有垂弧捷法，環中黍尺中又有先數後數法、初數次數法、加減法、甲數乙數法、加減捷法、加減又法，而三邊求角，環中黍尺亦具此數法。其實便於用者，祇加減捷法而已。今休寧戴氏於加減捷法內，改用兩矢之較不用餘弦，則尤捷而便也。又如有相對之邊角而求角，無對角之邊求邊無對邊之角，舉要中垂弧法則分爲二，一先有一角二邊而角與邊對，一先有一邊二角而邊與角對，算殊繁重。婺源江氏則併爲一法，先用邊角比例法求得一邊或一角，再用舉要中正弧三角黃赤二切綫法求得兩分邊，合之則得餘一角，較原法省，作垂弧而復簡易。又兩角夾一邊，舉要中亦有垂弧法，更繁重。江氏則以角易爲邊，邊易爲角，用加減捷法，一求而得。此蓋於次形中悟得之者。然則梅氏之書詳則詳矣，而初學不無苦於望洋也。今約而言之，不論角之鈍鋭，邊之大小，而斜弧三角，六類可盡。一曰兩邊夾一角，則用戴氏法；一曰兩角夾一邊，則用邊角相易法；一曰邊角相對有對所求之邊角，則用邊角比例法；一曰邊角相對無對所求之邊角，則用江氏法；一曰三邊求角，亦用戴氏法；一曰三角求邊，亦用邊角相易法。內兩角夾一邊，邊角相易，卽兩邊夾一角法。三角求邊，邊角相易，卽三邊求角法。而兩邊夾一角，又卽三邊求角之反其率者。四類皆同用戴氏之加減捷法。所謂六類者，只三法而已。會通之後，固較若列眉也。至其三率比例，精密巧妙，誠非邢臺弧矢割圜所可及者。妄欲撮其旨要，勒爲一書，名曰弧三角指南，俾初學易得門徑，然後再取梅氏之書讀之，亦行遠自邇、登高自卑之義。因有事禮經，尚未遑屬草也。竊謂近者學術昌明，士咸以通經復古爲事，本無遺議。而一二空疎者流，聞道已遲，向學無及，遂乃反脣集矢，謂工文章者不在讀書，淪性靈者無須考證。此與臥翳桑而侈言屏膏粱，下蠶室而倡論廢昏禮者何異。不知容有拙於藻繢之儒林，必無昧於古今之文苑也。來教所云某君者，其弊似亦類此，所謂道不同不相爲謀者也。書不盡言。廷堪再拜。

與王蘭泉侍郎書戊午

廷堪伏處衡茅，沾溉公之著述者有年矣，祇以緣分慳薄，未得一瞻山斗，徒切景行之思。昨敝同郡汪君樹棠書來云，春間謁大君子於里第，仰邀傳語，諄諄索廷堪所作詞稿，選付剞劂。初聞之，驚愧無地，既而竊幸微賤姓名，亦爲孔北海所知，復爲之大喜過望。又云廷堪有舊作雜文一編，留在籤記。此蓋數年前敝友江子屏攜去者，皆未定之稿，今已竄易過半，乃荷不加揮斥，而殷殷稱道之，益見獎藉後進之心遠過昔人也。伏惟閣下，人倫師表，經術文章久已照耀宇內，何俟廷堪之頌揚，獨是以弇陋不足比數之人，獲蒙通儒所齒及，則不得不一陳其衷曲焉。廷堪幼而孤露，學賈不成，貧困無聊，漫爲古今體詩洎宋元人詞曲以自怡。未幾棄去，治古文辭。年二十餘，負米出游，經史尚未之全覩，由是發憤手録諸經文，伏而讀之，復取漢唐宋人説經者比勘之，入乎其中，茫無畔岸。所深好者雖在士禮一經，而性喜旁騖，不自揆度，兼及六書九數之等。加以寡聞無師，故扞格不勝之處，往往而有，信乎時過然後學之難也。癸卯入京師，覃溪先生教以舉子業，勉之應試，則又見異而遷，專意於時文。成進士後，乞一氈以養母，始得重理舊業。中間奪於飢寒，奪於道路，又奪於利祿，胸腹所得，蓋無幾矣。至於詩餘，率多少作，且雕蟲末技，何足當匠石之顧。然以大廈程材，下徵樗櫟，又不敢自匿其短，撿敝篋所存，不及二百闋，錄成一卷，用俟塗乙。舊承衡鑒之文，謹將已改定者四首及未經呈政者六首共十首，另錄請教。株守宛陵，見聞日陋，何時鼓棹由拳，摳衣於鄭學齋中，盡出生平所業，面求康成指示，則幸甚矣。不盡欲言，統惟鈞鑒。

與孫淵如觀察書

廷堪頓首。癸秋一別，忽忽逾六載矣。昨張季和歸宣城，云騶從近駐秣陵。詢知須髮強半已白，而意氣轉豪。回憶京華燕游舊事，爲之惆悵久之。丁巳夏，朱少白同年南來，見貽大著問字堂集六卷，又岱南閣集一卷。其中崇論閎議，足使昔賢俯首，小儒咋舌。彼時即欲奉書，而足下觀察山左，罕遇便郵。既而傳聞丁伯母太夫人之艱，僻處山城，未得確耗，以致失於弔賻，五中曷勝耿耿。伏讀集中論禘諸篇，以禘爲配天之祭，以祖之所自出爲感生帝，以大祖爲明堂，以經文禘與嘗竝舉皆指時祭，真百世不磨之論。方之他篇，尤爲醇粹，不徒作鄭氏功臣也。然周禘表中配天之外兼及地示是已，竊謂人鬼之大祭亦不可謂非禘也。考周禮大司樂圜丘禮天神，方丘禮地示，宗廟禮人鬼。後鄭注此三者，皆禘大祭也。是天神、地示、人鬼祭之大者，皆得禘名。故爾雅以禘爲大祭也。又儀禮少牢饋食禮鄭注引禘于大廟禮曰：「日用丁亥。」禮記王制「天子犆礿」，疏引禘于大廟逸禮，其昭尸穆尸，其祝辭總稱孝子孝孫。逸禮又云「皆升合食於其祖」。此禘于大廟禮，則人鬼之禘也，有逸禮可證，非天神、地示二禘但據傳記者比也。人鬼之禘，卽說文所引周禮「三歲一祫，五歲一禘」之禘，非時祭禘嘗之禘，似未可闕而不言也。逸禮既云「昭尸穆尸」，又云「皆升合食於其祖」，益知趙匡禘不兼羣廟之說爲無稽矣。小記及大傳「王者禘其祖之所自出，以其祖配之」。祖之所自出，指感生帝也。周感生帝爲靈威仰，卽夏正南郊以稷配者，亦是天神之禘，與人鬼無與。近吾歙金氏以文武爲祖，以后稷爲祖之所自出，雖較趙匡爲近理，然終不若鄭義感生帝爲長也。五廟二祧辨，亦精覈不可易，皆廓清宋以後霿圛之文。至於以天爲無歲差，以地爲長方形，與江處士艮庭相往復而堅持己說，故不敢再與足下辨，此學自有本末，終未能以足下之言爲是也。廷堪窮守一氊，無可告語，惟老母康寧，有暇讀書，藉以自娛。年來陸續成禮經釋例十三卷，元遺山年譜二卷，未敢自信，其他雜文尚多，緣乏人録副，俟他日寄政。季和寓白下，寄書甚便，暇時望付一好音，并示近稿，以慰索居也。餘情縷縷，不盡欲言。己未小除夕，廷堪頓首。

復孫淵如觀察書

去秋奉到鈞函，力扶漢學，闢西人推步爲不可信，洋洋累牘，可謂好古情深、不徇衆議者矣。爾時病痁初愈，未竭愚陋之思，少申疑義。今年復蒙手書，來相督責，益增惶悚。伏讀來札云：「近時爲漢學者，又好攻擊康成，甚以爲非。」此言切中今日之弊，夫何間然。又，來札云：「康成注禮，分夏、殷、周、魯禮，則周官、禮記無不合符。」向來鄙見正如此。後儒於三禮互異之處，不肯援據鄭注，徒滋聚訟，頗以爲惑，不謂高識，先得我心，何快如之。至於所駁西法數條，既不敢違心相從，亦不敢強辭求勝。良以合志同方，寥寥無幾，不忍以一事岐轍，自啓爭端。第學貴虛中，事必求是，請略言之可乎？竊謂主中黜西，前代如邢雲路、魏文魁諸君皆然，楊光先淺妄，不足道也。蓋西學淵微，不入其中則不知。故貴古賤今，不妨自成其學，然未有不信歲差者也。歲差自是古法，西法但以恒星東移推明其故耳。不可以漢儒所未言遂并斥之也。再審來札所云：「天文與算法，截然兩塗。」則似足下尚取西人之算法者。夫西人算法與天文，相爲表裏，是則俱是，非則俱非，非若中學有占驗、推步之殊也。苟不信其地圓之說，則八綫、弧三角亦無由施其用矣。西人言天，皆得諸實測，猶之漢儒注經，必本諸目驗。若棄實測而舉陳言以駁之，則去鄉壁虛造者幾希，何以關其口乎？中西之書具在，願足下降心一尋繹之也。聞旌旆冬間入都，有暇仍望教以所不逮，幸甚幸甚。頃因書賈之便，率泐數行，惜未能面論之耳。順候升安，統惟垂照。不備。

復姚姬傳先生書壬戌

客夏在皖，獲親杖履，二十年仰止之忱，一朝頓慰。歸舟每繹教言，猶肅然生敬也。緣秋間抱病未痊，不克牋候起居，中心曷勝歉仄。昨貴門生嚴明府來，乃荷手書，勤勤懇懇，獎掖備至。并蒙示新刻大集二種，潛玩累月，聞見藉以擴充，不啻重侍几杖也。伏讀集中論司馬法，以世所傳本爲僞撰，故漢書刑法志所引不在其中。竊謂漢志所載司馬法，與今所行司馬法當是兩書。何以知之？考隋書經籍志經類三禮雜大義下注云：「梁有司馬法三卷，亡。」此卽漢書藝文志禮類所載軍禮司馬法百五十五篇也。其書亡於江陵之難。隋志據七録存其目耳。又隋志子類載司馬兵法三卷，下注云「齊將穰苴撰」。此卽今所行本也。汪容甫明經因此書無傳注所引者，遂謂是宋人刪本，金輔之脩撰又謂是闕佚不全，皆不知爲兩書故耳。又集中論詩假索倫、蒙古人之射爲喻，以爲非有定法。此誠不易之論。竊謂詩既如此，文亦宜然，故於方望溪義法之説，終不能無疑也。讀書鹵莽，苦不自知，敢質之左右，願先生終教之。入冬以來，伏惟頤養康強，順時綏吉。遥企江雲，依溯何已。不宣。

復錢曉徵先生書 癸亥冬

六月三日奉到手教，又賜題校禮圖五言古詩一章，爲之大喜過望。及發函莊誦，見獎許逾分，忸怩不安者久之。在大君子誘掖後學之深心，不嫌溢美，而身受者自不知汗下之何從也。學術自亭林、潛丘以來，士漸以通經復古爲事，著書傳業者不下十餘家。求其體大思精，識高學粹，集通儒之成，祛俗儒之弊，直紹兩漢者，惟閣下一人而已。廷堪年少粗疏，展卷偶有所得，未敢自信。讀閣下之書，往往實獲鄙心，且多開其所未至者，恆不覺俯首至地，故雖未逮親承提命，實與禮堂請業者無異也。前書未盡所懷，敢再陳固陋。董廣川以仁誼與義同。禮智信爲五常之道，故其言曰：「道者，所繇適於治之路也，仁義禮樂皆其具也。」又曰：「漸民以仁，摩民以誼，節民以禮。」又曰：「知仁誼，然後重禮節。」蓋先聖相傳之遺訓也。竊謂五常實以禮爲之綱紀。何則？記曰：「仁者，人也，親親爲大。義者，宜也，尊賢爲大。親親之殺，尊賢之等，禮所生也。」是有仁而後有義，因仁義而後生禮。故仁義者，禮之質幹；禮者，仁義之節文也。夫仁義非物也，必以禮焉爲物；仁義無形也，必以禮焉爲形。所謂道也，卽君臣、父子、夫婦、昆弟、朋友，五者天下之達道也。記曰：「致知在格物。」物者，禮之器數儀節也。若泛指天下之物，有終身不能盡識者矣。智者，知也，所以知此禮也，卽記之致知也。信者，誠也，所以行此禮也，卽記之誠意也。蓋先習其氣數儀節，然後知禮之原於性，知其原於性，然後行之出於誠，皆學禮有得者，所謂德也。故曰德者，得也，卽知仁勇三者天下之達德也。記曰「意誠而后心正」，若舍禮而言誠正，則正心不當在誠意之後矣。記曰「禮節民心」，又曰「齊明盛服，非禮不動，所以脩身也」。然則聖人正心脩身，舍禮末由也。故舍禮而言道，則杳渺而不可憑，舍禮而言德，則虛懸而無所薄。民彝物則，非有禮以定其中，而但以心與理衡量之，則賢智或過乎中，愚不肖或不及乎中，而道終於不明不行矣。釋氏之言心性，極其微妙，皆賢智之過。吾聖人不如是也，但一於禮而已，所謂中庸也。顏淵問仁，子曰：「克己復禮爲仁。」又曰：「非禮勿視，非禮勿聽，非禮勿言，非禮勿動。」顏淵曰：「夫子循循然善誘人，博我以文，約我以禮。」是聖人所以教，大賢所以學，皆禮也。論語一書未嘗有理字。後儒怖釋氏之微妙，以爲六經所未有，於是竊取其說，發揮一理以與之爭勝，故無論本天本心，卽事物，離事物，皆宗門之緒餘也。然則洛、閩之後名爲聖學，其實皆禪學也，何必金谿、餘姚哉！特洛、閩之徒或諱言之，金谿、餘姚之徒不諱言之，淺識者不得其要領，遂互相詬厲耳。孟子以爲人性善，猶水之無不下；荀子以爲人性惡，必待禮而後善。然孟子言仁言義，必繼之曰「禮則節文斯二者」，雖孟子亦不能舍禮而論性也。廷堪學禮未深，管窺及此，敬質諸函丈，不知尚不謬於經義否，非與講學家立異同也。伏乞開其迷惑是幸。遵命奉和重遊泮宫元韻，附呈改正，不足言詩也。廷堪頓首。

與阮侍郎書癸亥十一月

廷堪頓首伯元侍郎大弟大人閣下：四月間得鈞札，并覃溪師信，均收到。兼知連年石麟載毓，欣慰奚似。彼時因旌節北發，未遑奉覆。嗣後閲邸抄，具悉天寵優渥，晝日三接，仰企卿雲，彌深歡抃。頃者使來，蒙寄經籍纂詁一部及新著浙江圖考一部，匆匆尚未細閲，僅讀序文與圖一過。三江主漢志，實東原先生開其端，近人若金輔之、姚惜抱、錢溉亭諸君皆然。然説文所載浙漸二水，皎若列眉，俱不知引，非閣下博稽精證，則學者疑義終未析也。洪稚存亦有分江水考一篇，即金、姚諸君之説。前過宛陵，留飲累日，告以説文云云，渠爲之疑愕，不能言下了然，蓋由於襲人之説，非有心得故也。東陵主漢志，亦確不可易。以巴陵爲東陵者，真臆説也。校禮圖，稚存及錢辛楣先生皆有題詠，并荷錢先生貽書，極爲奬藉，言重，殊不敢當，然知己之感則深矣。樂律心解甚深，有非擬議所及者，前此所云，尚屬膚末，惜無知音者相與考究耳。署中清吉，堂上康寧，幸無廑念。近來不能用心，惟日讀通鑑數頁。未審何日接席細論，言之悵然。惟冀惠我手書，細言近況，以慰遠想。越海祥風頌又改正十餘字，容日奉寄。匆此布復，順候文安。言不盡意。廷堪頓首。

校禮堂文集卷二十五

書四

與阮伯元侍郎論樂書

承詢近來心得，唯於樂律似稍稍有所獲，但苦書少，又精力不繼，不能用心探討耳。間爲燕樂考原一書，中言二十八調，頗爲自來講樂家所未悟。其不遽爾録寄者，緣此書及禮經釋例尚爲有關係之作，非雜文詩詞可比，懼以未定之本流布於外人也。其書不論容積周徑，不論六十律及八十四調。蓋容積周徑如推步之算秝元虛數，皆無用之説也。不知至元辛巳可爲元，崇禎戊辰亦可爲元，康熙甲子又可爲元也。猶之今笛，自吹口至出音孔，約長八九寸，卽黄鐘也；簫約長一尺五六寸，亦黄鐘也；琴弦約長三尺有餘，又黄鐘也。此易知者也。六十律八十四調，如月之有九道八行，皆疑世之言也。不知行朱道、黑道者，止此月道也；行青道、白道者，亦此月道也。猶之京房六十律，錢樂之三百律，止此五聲二變也；鄭譯八十四調，聲成文謂之音，後世始謂之調。蔡元定六十調，亦此五聲二變也。此又易知者也。字譜唐以後始有之，蓋卽龜茲之樂。然字雖異，其所以七聲相旋者不能異也。如今日上尺，古曰宫商；猶之中法曰降婁之次，西人曰白羊宫也。唐荆川以楚辭「四上競氣」爲即今之字譜，此附會之談，近人多從之，而未悟其失。蓋樂自鄭譯而後乃一大變更。周官同律無論矣。漢以來之樂，以京房律準爲根，絲聲倍半相應，與竹不同，竹聲半太蔟始應黃鐘。故荀勗笛律以絲度爲竹度則不能行，而梁武帝十二笛仍用列和之制也。隋以來之樂，以蘇祇婆琵琶爲根。琵琶四弦。一弦七調，故爲二十八調。唐宋以來之雅樂及燕樂宫調字譜，皆琵琶之遺聲也。燕樂無徵調，不必補。然二十八調，實止十四調，以七羽合於七宫，以七角合於七商也。觀段安節樂府雜録「商角同用，宫逐羽音」二語可知矣。夢溪筆談所載燕樂宫調，與律呂異名，其故雖沈存中、姜堯章不能言之。今皆推得其所以然，誠生平一大快事，容後寄正。北宋乾興以來，通用者六宫十一調；而自明至今，燕樂之宫調祇七商一均而已。此古今言樂之最要關鍵，蔡季通、鄭世子皆未之知也。毛西河武斷，江、戴二君亦無確見。若胡彦昇，但知唱崑山調及推崇考亭耳。昨寄來錢溉亭論樂諸篇，以爲必有妙理，及讀之，仍是郢書燕説。偶有所見，皆取諸律呂正義，又不能發明之。其餘則皆言算數。甚矣此學之難索解人也。溉亭但取今之笛以上考律呂，此必不得之數也。夫今笛與古律，中隔唐人燕樂一關，此關不通而欲飛渡，何其傎也！持今笛以求燕樂之二十八調，尚不可得，况律呂乎！今笛止七調，欲備八十四調，必十二笛而後可。於此即見溉亭之愚矣。試起溉亭而問之，何者爲二十八調？恐亦茫然張兩眸也。竊謂推步自西人之後，有實測可憑。譬之鳥道羊腸，繩行懸度，苟不憚辛苦，無不可至者。若樂律諸書，雖言之成理，及深求其故，皆如海上三神山，但望見焉，風引之則又遠矣。何者？一實有其境，一虚搆其理也。他日吾書成，庶東海揚塵，徒步可到矣。乃戲爲游仙詩曰：「三千弱水不勝舟，丱女童男枉自求。誰信丹成非異事，如今緩步到瀛洲。」因念此中神悟，雖容甫、衆仲二君尚存，亦難語此。可與語者，惟大弟耳。所以每至讀書有得之際，輒思之入骨也。書至此時，已二鼓，寒月在雲，將有雪意。縮地無方，溯洄靡致，浮一大白，默然就枕而已。想吾弟閱之，亦同此相思之況也。餘具別紙。廷堪頓首。

復許雲樵司馬書甲子

廷堪循陔守拙，以書自娛；忍飢誦經，有疑誰析。前者幸瞻熊軾，訝曩哲之復生；暢飫麈談，覺陳編之多謬。別纔逾月，曠若經年。頃接手函，如親顏色。并見還書二種，近作文二篇。敬悉鈞履綏和，下懷欣抃。竊謂近之言地理者，或古蹟是求，略今時之建置；或寰中是究，遺徼外之圖經。縱號專家，終非絕學。惟閣下列九州於掌上，包四極於胸中，東抵大興安嶺，西至兩哈薩克，其間部落遷移，山川形勢，不啻置棊方罫，聚米廣庭，豈但京相璠釋春秋之地名，班孟堅詳隨刊之水道也。伏讀來札，擿海國聞見錄與圖岐錯，區宇乖迕。可謂眼如朗月，罅隙靡遺，腹有智珠，豪釐畢照者矣。蓋陳氏僅據歐邏之地球，自餘大都憑臆。未考職方之掌故，此中寧盡愜心；遂來有識之譏，自屬無稽之病。又伏讀大著書王思任黑水辨後，不矜創解，歸于闕疑，允爲宏通，奚煩辨難。夫玄圭五服，其說多門；黑水一川，幾成聚訟。蓋在雍州者，無由絕河水而行；在梁州者，安能溯華陽而上？葉榆、瀾滄，往籍恆淆；漾濞、闌滄，故書奚信。以哈喇烏蘇當之，則已遠於禹跡；以雅魯藏布當之，則又入于蠻荒。樊綽本是耳談，仲默亦非目驗。矧王氏移三危於大理，致南北之不分；徐氏指盤江爲下流，竟東西之未辨。仰聆高論，夫何間然。惟德清胡氏以爲，入南海者在敦煌，已湮涸而莫考；界梁州者爲瀘水，尚附會而可通。固不能與今地相違，又不可謂古經爲誤。斷爲兩水，似非一偏。此則儒生擇善之素懷，亦君子博聞之微意也。未審當否，敢祈折衷。前許賜新疆、蒙古諸圖，俾增斥鷃之觀，稍擴醯雞之識。暇能見寄，感何可言。附上婺源江氏算經度里數一紙，乞檢入。不宣。

與張生其錦書

子數年來於禮經用功最多，經文簡潔，鄭注賈疏又古奥質直，故子之文，余每嫌其鮮色澤，少風韻，蓋文章之道雖有天性，亦由習致也。前閲子今科鄉試文稿，深爲狂喜。子歸後，吴石臣、戴斗垣二君見之，均加評識，擬望捷音。乃竟可中而不中者，或者天之所以玉成汝乎？正可在吾學齋再用數年功，異日學成，而科名或不期而自至。五穀不熟，不如荑稗，子其毋自畫焉。夙昔雖謂辭章之學最利於考試，亦易以動衆而收名，但子之筆性，素不相近，爲之難以見功。即竭畢生之力，恐未必卓然有成，能繼步古之作者，故可以學可以不學。戴東原先生亦不能爲華藻之文，無害其爲通儒也。至若史學，則所關者甚鉅。向所立資治通鑑課程，不可間斷。誠以此書乃史家之絶業，治亂成敗，瞭如指掌。讀之則眼界日擴，識見日超。讀一次則有一次之益，二次三次則有二次三次之益。不特免王充陸沉之譏，由此而措之，且可成爲有用之學。胡梅磵之注，亦精博相稱，間有誤略，要不傷其大體。余擬撰通鑑翼胡、後魏書音義二書，俟禮經釋例終定稿之後，擯棄一切以卒其業，庶幾史學之一斑乎？近日學者風尚，多留心經學，於辭章則卑視之，而於史事，又或畏其繁密。辭章之學，相識中猶有講求之者。而史學惟錢辛楣先生用功最深，江君鄭堂亦融洽條貫，相與縱談今古，同時朋好，莫與爲敵，蓋不僅經學專門也。辛酉與今科在江寧，子聆其言論氣槩，當更有以感奮興起矣。別後欲與子言者，筆所難罄。新篇積案，黄菊開庭，務速來館中，使鄙懷爲少慰也。此候文禧。不備。

與程易疇先生書丙寅

先生去後，卽檢大著述爵讀之。鄉衡之解，疏證先鄭古義，其精密固不在釋磬折、九穀之下也。惟篇中「飲酒之禮，必立而飮之」二語，似乎可商。考鄉飮酒獻賓、獻介，燕禮獻賓、獻卿，皆坐卒爵。鄉飮酒獻衆賓，燕禮獻大夫、獻士，乃立飮。蓋禮盛者坐卒爵，禮殺者立卒爵也。燕禮獻公立卒爵者，殺於賓也。獻工坐卒爵，獻笙立卒爵者，禮相變也。旅酬立飮，則以觶不以爵矣。一得之愚，敢獻諸左右，以備采擇。又昨日所談樂律及禮經數事，倘有未當，願先生極論之。蓋學問之道，愈辨乃愈精耳。嘗怪世之言律呂者，反覆布算，極於豪釐；及驗之於用，多成畫欸。不然則以今人所吹之笛，上考古律。不知此皆謬悠之甚者。夢溪筆談之言燕樂也，夾鐘宮今爲中呂宮，林鐘宮今爲南呂宮，無射宮今爲黄鐘宮，無射商今爲林鐘商，黄鐘角今爲林鐘角，黄鐘羽今爲中呂調。自明及今談樂律者，有能了然於心而詳其義蘊者否？且黄鐘宮今爲正宮、中呂商今爲雙調者，又何說也？夫沈存中非三代之人，唐宋人之燕樂非神瞽所製，學者已不能知其故，而欲侈言周秦以前之律呂，則其所言者是邪？非邪？吾未之敢信矣。古人考律，如京房、鄭譯、王樸輩，皆以絲聲定之，不以竹也。惟晉荀勗及梁武帝始有笛律，然必十二笛方可備諸調，非一笛之謂也。且荀笛與梁武之笛，其尺寸亦判不相合，學者又何嘗細心求之乎！蓋今笛之於古律，中隔唐人燕樂一關，此關不通，而欲飛渡，此必不得之數也。拙著有燕樂考原一書，粗有心得，於二十八調與雅樂不同之故，頗能推其所以然。俟心緒少寧，録副寄正。目疾未愈，難於握管，艸此奉質，伏候鈞誨。不宣。

附荅書

昨得手書，言立飲之誤，如聞棒喝，幸甚。曩因鄉衡之義，自矜創獲，又觸賈子容經言經立之容，固頤正視，是謂立容頭直，不許昂首，恰合鄉衡不昂首而得盡其實之容。且以今人環坐羣飲，古人則立而行事，遂貪經立二字以爲言。不知飲必至卒爵乃得盡其實，經文屢見坐卒爵字，則不得以立飲槩飲酒也。此一時粗心不檢之失，益見大著儀禮釋例之作不容已也。拙著述爵中，只將「必立而飲之」句，改作「必頭容直也」句，今已令刻人剜板更正。前呈一册中，望隨手塗易之爲祝。前日於大著，略涉其趣，未及悉心體勘。然於此經翻閱已久，故一觸目，即上心頭。諸例細緻精審，令人敬服，不復得作聲也。所云「笛孔勻排，似當酌之」。瑶田不解度曲，於今人所用樂器，未能理會。壬戌客杭，與製簫管工人往還。其人送簫四枝，黄鐘一，大吕一，姑洗一，仲吕一；又送篪二枝。則孔府工人帶來依樣製者。頃檢出，校其中孔，參差不勻。手頭無笛，其開孔之法，當與簫篪不異。此事全未考究，不敢妄説。琴律與今所定之十三徽有兩不相當者，其故雖老琴師不能知。

至吾師愼齋先生，乃謂絲與管絶不相合。然今彈琴者之指法，黃鐘宮當十徽，太蔟商當九徽，南呂羽在十三徽外，姑洗角當八徽，林鐘徵全弦空彈，應鐘變宮在十一徽內，蕤賓變徵在七徽外。此以第一弦爲徵而論，皆是用管律也。如不用管律，則當案徽布指，而何以有徽內徽外出入之懸殊。然後知絲竹之律適一無二，而十三徽特取其泛音之明亮者設之，以與彈琴者望之爲記號，而知管律之或在某徽，或在某徽之內外，庶不致誤布其指也。瑤田於琴理亦未深考。然彈琴者之粗法如此，附記乞正之。所造律管二副，共三十二枝，送到查收，一二日後仍望擲還。何日成行，容晤敘。瑤田拜上。

與海州刺史唐陶山同年書丙寅

陶山先生同年閣下：去冬辱書見唁，并論及海州新修志書之事。其時在迷罔之中，語無倫次，未盡欲言。今已逾小祥，請略陳固陋。海州自劉宋卽僑立徐州於此，嗣後代爲大郡，至明始省入淮安府。特以近年以來文獻闕略，舊志不詳，遂至湮沒其地。在兩漢及晉，皆爲東海郡朐縣。漢東海郡惟朐、祝其、厚丘、建陵、曲陽、東安、利成七縣及琅邪郡之贛榆、廣陵郡之海西在今州境。劉宋僑立徐州，泰豫元年移治東海朐山。南齊青冀二州並治鬱洲。元魏武定七年，改爲海州，領郡六，東彭城、今龍且鎮。東海、今雲臺山。海西、今新安鎮。沭陽、今縣城。武陵、今興莊場。琅邪，今州城。又南青州之義塘郡，今贛榆縣西北。皆在州境。高齊始移海州理琅邪，改爲朐山郡。隋東海郡治朐山。唐武德四年，置海州總管府，又置環州於東海縣，八年省入海州，屬河南道，後又隸淄青平盧節度使。五代屬楊吴及南唐，宋屬淮南東路，金屬山東東路，元屬淮安路。又唐之東海縣，乃漢之贛榆縣，即今之雲臺山，非漢之東海郡也。今之贛榆縣乃漢之祝其縣，金大定七年始改名贛榆，非漢之贛榆縣也。此沿革之大者也。禹貢羽山，山海經都州，南齊明僧紹住鬱洲弇榆山栖雲精舍。水經注游水歷朐山與沭合。淮水下。又大伊萊山今之大伊山也。東盧今之盧石山也。此山川之大者也。趙氏金石録有鬱林觀碑，洪氏隸釋有東海廟碑，顧氏天下郡國利病書：銀山壩，元季爲張士誠所據，王宣父子決之，遂廢。此古蹟水利之大者也。王莽時東海徐宣、謝禄等擊莽將田況，大破之。後漢建武六年，吴漢拔朐，斬董憲、龐萌。建安六年，劉備與袁術戰敗，屯於海西。晉隆安五年，孫恩走郁洲。劉宋泰始三年，劉懷珍進據朐城。南齊建元二年，魏郎大檀等三將出朐城。又魏梁郡王嘉帥衆十萬圍朐山。梁天監五年，桓和克朐山城。十年，馬仙琕敗魏盧昶於朐山。太清三年，青州刺史明少遐棄城走，東魏據其地。陳太建五年，劉桃枝拔朐山城。唐光化二年，海州戍將陳漢濱降於楊行密。楊吴太和二年，海州都指揮使王傳拯叛降後唐。又新唐書藩鎮傳、宋史李全傳、元史李璮傳，皆有與海州交涉之事。此攻戰之大者也。高齊祖珽，隋房恭懿，唐李邕、李行言，皆海州刺史。唐孔如珪爲海州司户參軍，宋穆修調海州理掾，胡旦、孫洙皆知海州，刁約通判海州，沈括沭陽主簿，曲端貶海州團練副使。此職官之大者也。魏徐宣，唐吴通玄、通微兄弟，後梁張鈞，後唐李崧，楊吴徐温，宋孫傅、胡松年，明劉肇基，皆海州人。又漢邴原，南齊明僧紹，皆嘗住鬱洲。此人物流寓之大者也。舊志唐以前凡東海郡人皆入州之人物，非也。又梁劉孝標，唐獨孤及，宋蘇軾、張耒及沈括夢溪筆談，杜本谷音，金元好問中州集，近薛熙明文在，朱彝尊曝書亭集，毛奇齡西河合集，王士禎香祖筆記，皆有海州詩文故實。凡此，竊憶舊志未能悉載，其已載者，不敢及也。蒙諭索觀拙著胸乘，此書尚未脱稿，謹以其大者奉質，想新修州志已搜輯無遺矣。又舊作詩文數篇，尚闕此邦文獻，倘有可採，亦愚者之一得也。下懷縷縷，不宣。

與中丞初頤園先生書丁卯

廷堪去冬仰荷知遇，當將銘泐之私，敬具寸函，由同年魯太守處轉投。承其雅意，見廷堪語言艸野，未諳體制，惟恐獲戾於左右，遂令其幕下士改撰重謄，以呈鈐閣。昨將稟稾寄示，始知區區微忱，尚未達於侍史，不勝惶悚。竊思廷堪未瞻山斗，遽蒙延譽，置之紫陽講席，此真國士之知也。若不親竭其愚，委諸流俗，僅用浮辭報謝，是以衆人自待也。且讀禮不言「古也有志」，今駢四儷六，爲此不由衷之談，上瀆清聽，亦違先民之戒。閣下久而未荅，得毋心鄙其人邪？廷堪幼而孤貧，蹉跎失學。昔應京兆試，不獲出大賢門下，生平深以爲恨。前年驟罹大故，無家可歸，加以數月之中，兄逝於先，妻亡於後，孑然一身，實無意於人世。何期不足比數之人，乃爲大君子所齒及，片言噓枯，增其聲光，俾憂患餘生，得奉先人松櫝，知己之感，曠世所無，清夜自思，不知涕之覆面也。屈蠖塗泥，圖報無路，惟有束身砥行，冀他日少窺著作之林，庶無負海内偉人之策勵而已。右目内障，已逾二載，尚未全愈。字畫潦草不恭，敢祈原宥。臨穎依溯。

附荅書

前奉朶雲，未卽裁荅。竊以苔岑臭味，諒具同心，雖尺素稽遲，定邀鑒茹。頃復接三月二十八日手書，發椷伸紙，維誦再三，斐亹情辭，溢乎楮墨。自維迂鈍，辱荷神交。藉稔前函，非經大筆。先生讀禮之餘，不爲駢體，卽此言規行矩，已裕師資，不勝欽佩之至。新安向稱名郡，主講一席，非鴻材碩望，不足以矜式士林。先生學績品端，卓然鄉黨。弟久熱雷名，是用推轂。仰資陶淑，共樂裁成。愧非廣厦之陰，竊附緇衣之好。惟是清輝伊邇，良晤未圖，秋水蒹葭，溯洄彌切耳。專此佈覆，卽候素履。諸唯雅照，不備。同學弟初彭齡頓首。

與程麗仲書

承示易筋經一卷。舊傳初祖達磨所授，蓋依托也。前有李靖序，題曰「唐貞觀二載春三月，三原李靖藥師序」。案：唐明皇天寶三載春正月丙辰朔，改年爲載，至肅宗乾元元年二月丁未，仍改載爲年，此外皆稱年，無稱載者。此云「貞觀二載」，其僞可知。序中又云：「徐洪克遇之海外，得其秘諦，授於虬髯客，復授於予。」案：虬髯客，唐人戲作耳，非實有其人。觀新、舊唐書皆無夫餘國，他何足辨也。又有牛皋序，尤陋妄，題曰「宋紹興十二年，鄂鎮大元帥少保岳麾下，宏毅將軍湯陰牛皋鶴九甫序」。案：宋史牛皋傳，字伯遠，汝州魯山人，非湯陰人，亦不字「鶴九」。「鄂鎮大元帥」，宋時無此官。又宋史職官志亦無「宏毅將軍」之號。序中又云：「徽欽北狩，泥馬渡江。」案：宋高宗紹興三十一年五月辛卯，金遣高景山等來賀天申節，兼報淵聖皇帝訃音。九月甲午，上淵聖謚，廟號欽宗。此序既云作於紹興十二年，是時淵聖尚無恙，未上廟號，何得便云徽欽也？序又云：「江南多事，予因應我少保岳元帥之募，署爲裨將。」案皋傳，初爲射士，翟興表補保義郎，累遷榮州刺史、中軍統領、果州團練使，留守上官悟辟爲同統制，兼京西南路提點刑獄，轉和州防禦使，充五軍都統制。是皋初隸翟興，再隸上官悟，非因應武穆之募，歷官亦不云爲「宏毅將軍」也。又高宗紹興十一年十二月，賜岳飛死。十二年春正月，田師中領飛鄂州兵。案皋傳又云：「紹興十七年上巳日，都統制田師中大會諸將，遇毒而卒，年六十一。」是飛死後，皋又隸田師中麾下，皋卒時淵聖猶在也。作僞者卽以皋武人，目不知書爲解，而官爵、名字、籍貫何由而誤，未來之事又何由而知乎？蓋不通古今村夫子所臆撰也。後又附洗髓經一卷，其序托名二祖慧可，云「初至陝西敦煌」。案：後魏時敦煌安得有陝西之稱？皆可笑之甚者。足下天資英敏，又極虛懷，雙聲之説，一日而悟，爲朋輩中不可多得之人，故敢以鄙見奉質。倘蒙采納，則由此推之於讀書稽古，當有迎刃而解之樂。區區愚者一得，不足道也。不宣。

與羅仲英孝廉書

昨晚座間談及曾見有紀金正希先生之事者，謂正希以抱才未得狀元，向明莊烈帝哭奏，於是授以修撰，係得諸刻本。彼時卽以爲委巷讕言。歸撿明史金聲傳云：「崇禎元年進士，授庶吉士。明年十一月，大清兵逼都城，具疏言申甫有將才，卽日召見，超擢副總兵，改聲御史，參其軍。甫陣亡。再疏不用，遂乞歸。八年春，起山東僉事，力辭。福王立，超擢右僉都御史。唐王授右都御史，兼兵部尚書，總諸道軍。王師襲破之，被執死，贈禮部尚書。」其歷官史詳載之，無授修撰之說也。竊思莊烈素輕詞臣，嘗諭館員須歷外僚，語見鄭以偉傳。豈有都城被圍，需才孔亟之時，無端爲此三家村觀劇之舉，此不待辨而知其誣妄也。且正希一未授職之庶常耳，上書召對，卽以御史參副帥之軍，其委任亦綦重矣，乃不以爲榮，而別造此無稽之談，徒供識者捧腹，於正希何所加乎？又王家屏傳，萬曆初由編修進修撰。此亦明代故事，非爲破格。但正希無此耳。足下讀書多，又極虛懷，想不以鄙言爲河漢，伏惟教之。

與阮中丞論克己書戊辰

前在甬上聞閣下談及論語「克己」之己字，不當作私欲解，當時卽深以爲然。頃又出新著論語論仁論一篇，并以蕭山四書改錯見示，其扶翼遺經，覺悟來世，皆國家稽古之瑞，曷勝抃躍。伏讀篇中論仁，以中庸「仁者人也」鄭氏注讀爲相人偶之人爲主，而以曾子制言篇諸書證成其義，可謂不刊之識。試卽以論語克己章而論，下文云「爲仁由己，而由人乎哉」，人己對稱，正是鄭氏相人偶之說。若如集註所云，豈可曰爲仁由私欲乎？再以論語全書而論，如「不患人之不己知」，見學而及憲問篇。又里仁作「不患莫己知」，衞靈公作「不病人之不己知」。「夫仁者，己欲立而立人，己欲達而達人」，「己所不欲，勿施於人」，仲弓問仁、子貢問一言章皆有此語。「古之學者爲己，今之學者爲人」，「脩己以安人」，「君子求諸己，小人求諸人」，皆人己對稱。此外之己字，如「無友不如己者」，「人潔己以進」，「仁以爲己任」，「行己有恥」，「莫己知也」，「恭己正南面」,「以爲厲己」,「以爲謗己」,若作私欲解,則舉不可通矣。案左傳昭公十二年,仲尼曰:「古也有志,克己復禮,仁也。」而論語「克己復禮爲仁」,實出於此。馬氏之注以克己爲約身,此論最得經意。而邢叔明忽援劉光伯之言,謂嗜欲與禮義交戰,蓋剽襲春秋正義所述者。不知劉氏因左傳上文有「楚靈王不能自克」之語,故望文生義耳,與論語何涉?邢氏無端於注外旁及之,亦太憒憒。至於集註所以屏去舊説而專主此孤據,但喜其與己之理欲相近而已,未追取全經而詳繹之也。竊以馬氏之注申之,克己卽修身也。故「修己以敬」,「修己以安人」,「修己以安百姓」,直云修,不云克也。中庸云:「非禮不動,所以修身也。」動實兼視聽言三者,與下文荅顏淵「請問其目」正相合,詞意尤明顯也。今蕭山改錯獨取馬氏約身之訓,而力闢劉光伯謬説,則所謂錯者誠錯,所謂改者必不可不改也,其有功於聖經爲何如邪!蕭山之著述等身,惟此書最爲簡要可寶也。嘗謂蕭山之書如醫家之大黃,實有立起沉疴之效,爲斯世不可無者,其他可勿論矣。鄙見如此,伏希鈞誨。不宣。廷堪頓首。

擬魯肅上孫權書

肅以駑材,猥當重任。前上書左右,以爲帝王之起,皆有驅除,關某不足忌。久之,未奉明諭,度至尊之意,必以肅爲內不能辨,外爲大言,輒復恕之,不苟責也。請略陳固陋。肅聞舉大事者不規小利,務遠圖者不計近功。曩者徒以至尊憤關某已甚,未暇思及遠大,故肅爲此言,聊以抒至尊之怒。其實肅之本謀,欲留爲輔車,與之同仇,蓋能取而不取,非不能取而外爲大言也。至尊視曹操與關某何如?

昔曹操奄有荆襄，馳書東下，恫疑虚喝。三吴人士震讋無地，咸勸至尊迎之，獨肅以爲不然，力排衆議，急呼公瑾，敗之赤壁。豈肅能辨孟德者，獨不能辨關某邪？劉備負國，關某洶洶，益陽之役，肅單刀往會，就便責數，彼懼不敢荅，雖曰師直爲壯，亦必肅之威略有以服之，此至尊之所知也。甘興霸，肅之部曲，彼聞其咳唾尚不敢渡，而疑肅爲大言邪？關某雖稱萬人敵，然剛而自矜，重戰輕防，非惟肅能辨之，即肅帳下如吕子明、陸伯言輩，皆能辨之。脱肅不幸一旦僵仆，異日必有爲至尊任其事者。圖取關某，未爲奇策，正恐兩虎交鬭，使曹氏收卞莊之利耳。何者？關某敗則劉備必恥，備恥則以忿兵順流而東，至尊將自救不暇，曹操猾虜必狡焉思逞，如此則江東恐非國家有矣。即或孟德即世，諸郎文士闇於長算，而至尊北面求援，勢所不免，此非肅緦緦過慮也。蓋依山阻水，有急相救，二國之利，雖曹氏謀臣亦必有見及此者矣。是故譚尚中訌，則不能保河朔，韓馬内猜，則不能守關右，皆至尊所親見，非假肅一二談也。肅初見至尊，即云漢室不可復興，曹操不可卒除，惟有鼎足江東，以觀天下之釁，至尊何遽忘之邪？今劉備既定荆益，君臣輯睦，關某雖亢厲，當以恩信撫之，疆埸之閒不宜數生狐疑也。况曹操據中原區宇，挾天子以號令天下，合二國之力以蹙之，尚恐不敵，豈可自相吞噬也！諸葛孔明，一時之傑，嘗云「國家可以爲援，而不可圖」。易地而觀，彼此有異情乎？昔藺生目無强秦，而屈身廉頗。今肅志吞曹操，而推心關某，非怯也。苟不忍一朝之忿，則後患有不可勝言者，至尊殆未之深思也。或謂肅陰與漢室，故勸至尊與劉備連衡；或又謂肅非爲漢，果爲漢，當去至尊而歸備。不知此皆悠悠者之言，烏足以測英雄之略哉！肅與至尊，皆漢之臣子，安得不乃心漢室，何必陰與也！然肅即乃心漢室，亦必不棄至尊而歸劉備。何者？備之於漢，雖曰中山靖王之後，而族屬疎遠，不能紀其世數名位，他日徒以窮蹙不克自振耳，使其士宇稍廣，士馬稍強，保其不據地自王邪？使其克許昌，擒曹操，保其不加九錫之封、飾三讓之表邪？至尊若疑劉備克許則其勢益盛，不可復制，宜乘此時少牽綴之，其爲計滋左矣。夫曹公威力實重，備未能遽得志也。如其得志，匡輔王室，固所甚願。設欲自取，則至尊扶義而征，是天所以假至尊也，庸非國家之益乎？至尊志在小利近功，亟圖用衆，故肅前者不暇莊論，竊附主文譎諫之義，以徐俟至尊之自悟。今復重申前意，肅夙夜籌此至熟也，願至尊勿疑。肅白。

偶閱近人文集有魯肅論，作此正之。廷堪記。

校禮堂文集卷二十六

序一

周易述補序

元和惠君定宇著周易述二十卷，未竟而卒。闕自鼎至未濟十五卦，序卦、雜卦二傳。德州盧運使序而刻之，其闕帙如故，慎之也。易家之龐雜，如王韓之鑿，宋人之陋，太極、河洛之誕，此在國初諸儒，黄宗炎氏、毛奇齡氏、胡渭氏，皆能言其非者。然從未有盡祛魏晉以來儒説之異而獨宗漢易者也。漢易最深者無過荀氏、虞氏，其説今僅散見於李氏鼎祚集解中，後儒土苴視之而不以爲易之準的，是易終爲幽渺不可知之書，愚者怖之，陋者鑿之，而漢之師法盡亡矣。雖然，漢易豈易言哉！裴松之三國志注引虞翻别傳曰：「翻高祖父故零陵太守光少治孟氏易，至祖父鳳，爲之最密，世傳其業。至翻五世。」則虞所注者孟氏學也。陸氏釋文曰：「箕子之明夷，劉向云：『今易箕子作荄滋。』鄒湛云：『訓箕爲荄，詁子爲滋，漫衍無經。』以譏荀爽。」而箕子者，萬物方荄滋也，其説出於孟喜弟子趙賓，則荀所注者亦孟氏學也。漢書儒林傳乃曰：「孟喜從田王孫受易，詐言師田生且死時獨傳喜，同門梁丘賀疏通證明之。又蜀人趙賓好小數書，後爲易，持論巧慧，易家皆曰非古法也，云受孟喜。」若然，荀、虞之學幾於師承不明，是班固所述已昧經師之授受，而啟學士之疑惑，易學之亂，不待唐宋以還也。惠君生千餘年後，奮然論著，專取荀、虞，旁及鄭氏、干氏九家等義，且據劉向之説以正班固之誤。蓋自東漢至今，未析之大疑，不傳之絶學，一旦皆疏其源而導其流，不可謂非豪傑之士也。予讀其書而惜其闕，思欲補之，自懼寡陋，未敢屬草。癸卯春，在京師聞旌德江君國屏爲惠氏之門人，作周易述補，心慕其人，未得見也。次年客揚州，汪容甫始介余交江君，讀其所補十五卦，引證精博，羽翼惠氏，皆余所欲爲而不能爲者。江君屬余序之。余以爲江君體例同于惠氏，兹不再論。獨惠氏之書，家下傳家人「女正乎内，男正乎外」，注内謂二，外謂五；家下傳「澤无水困」，注水在澤下故无水，木上有水，井注「木上有水」，上水之象等，猶不免用王弼之説。江君則悉無之，方之惠書，殆有過之，無不及也。

儀禮注疏詳校序

抱經先生纂儀禮注疏詳校成，將以付梓，以廷堪嘗從事於是經也，命之作序。廷堪案：儀禮一經，明監本及汲古閣本，舛誤特甚。崑山顧氏，濟陽張氏既據開成石本校正其經文矣；校鄭注者，則有休寧戴氏；并校賈疏者，則有嘉定金氏。戴氏所據者，小字宋本、嘉靖重刻相臺本。金氏所據者，明鍾人傑本、陳鳳梧本。至于所校賈疏，惟據經傳通解一書而已。先生此書，則自宋李氏集釋而下，所引證者數十家。凡經注及疏一字一句之異同，必博加考定，歸于至當。以云詳校，誠不虛也。其經文於顧氏、張氏所校之外，如大射儀「負侯許諾」節「如初去侯」，據歙縣汪氏以爲「去侯」二字疑衍；聘禮記「所以朝天子」節「朱白蒼」下，據戴氏以爲仍當有朱白蒼三字；既夕記「男女改服」四字，據金氏以爲從大記誤入；特牲饋食禮「賓坐取觶還東面拜」，據戴氏以爲拜字誤衍等，皆確不可易。而注文大射儀脱者六節，公食大夫禮以疏文誤入者二節，竝多至百許字，尤爲有功於鄭氏。疏文則據魏氏要義等校正，亦有多出於金氏者。後之治是經者，執此而求，不翅暗室之一燈、大水之一楫矣。又士冠禮「贊者盥于洗西」。案疏云「盥于洗西，無正文」，引鄉飲酒禮，以爲知在洗西。則經文無「于洗西」三字可知。燕禮「主人盥洗」節，「賓降筵，北面答拜」。案疏以賓受獻訖，立于序内，未有升筵之事，謂降筵爲誤。誠然。今以大射儀經文校之，「賓降筵」三字當作「西階上」三字。蓋大射之前卽燕禮，故此節經文全與大射同，唯此三字異。而鄭注亦與大射略同，無降筵之説，則鄭氏所見經文本非「賓降筵」字可知。少牢饋食禮「佐食遷肵俎于阼階西」節，「脊脅肺肩在上」。案禮之通例，肩骨體不當列於肺之下。濟陽張氏云：「上文已言肩，不當重出，且遺胃字，則肩字卽胃字之誤。」今詳疏意，亦當作胃字，然則唐初本尚是胃字也。此三條皆廷堪尋繹疏文而得者。其「盥于洗西」節，已竊幸與先生合。其後二條，未審尚可采擇焉否也。廷堪淺學，以附名簡末爲榮，故不辭而爲之序。至於其徵引之廣，刊定之嚴，不使敖繼公臆爲增改者闌入焉，則深於禮經者自知之，無俟廷堪之頌揚也。

禮經釋例序

儀禮十七篇，禮之本經也。其節文威儀，委曲繁重。驟閱之如治絲而棼，細繹之皆有經緯可分也；乍覩之如入山而迷，徐歷之皆有塗徑可躋也。是故不得其經緯塗徑，雖上哲亦苦其難；苟其得之，中材固可以勉而赴焉。經緯塗徑之謂何？例而已矣。如鄉飲酒，此飲食之禮也；而有司徹祭畢飲酒，其例亦與之同。尸即鄉飲酒之賓也，侑即鄉飲酒之介也。主人獻尸，主人獻侑，主人受尸酢，即鄉飲酒之主人獻賓、主人獻介、賓酢主人也。主人酬尸，奠而不舉，即鄉飲酒之主人酬賓、奠而不舉也。旅酬無算爵，即鄉飲酒之旅酬無算爵也。此異中之同也。有司徹獻尸、獻侑及受尸酢，有豆籩、牢俎、匕湆、肉湆、燔從諸節；鄉飲酒獻賓、獻介及酢主人，但薦與俎而已。有司徹獻尸、獻侑之禮，主人、主婦、上賓凡三獻；鄉飲酒但主人一獻而已。有司徹獻尸侑畢，復有獻長賓、主人自酢及酬賓之儀；鄉飲酒但獻衆賓而已。有司徹旅酬，使二人舉觶于尸侑以發端；鄉飲酒但使一人舉觶于賓而已。有司徹無算爵，賓黨則用主人酬賓之觶，主人黨則用兄弟後生所舉之觶以發端；鄉飲酒則但使二人舉觶于賓與介而已。此同中之異也。推之於士冠禮，冠畢醴賓以一獻之禮；鄉飲酒、鄉射明日息司正；特牲饋食禮祭畢獻賓，其例皆大約相同，而鄉射之同於鄉飲酒者更無論也。又如聘禮之聘享覿，此賓客之禮也，而聘畢問卿、面卿及士昏禮納采、納徵之屬，其例亦與之同。問卿授束帛，昏禮授鴈，即享禮之授璧也。問卿及昏禮納徵庭實用皮，即享禮之庭實用皮也。昏禮使者禮畢，主人禮賓，即聘禮之聘賓禮畢，主國之君禮賓也。面卿幣用束錦，庭實用馬，即私覿之幣用束錦、庭實用馬也。聘賓面卿畢，介面、衆介面，即聘賓之私覿畢，介覿、衆介覿也。此異中之同也。聘用圭，享用璧；面卿及昏禮無授玉之事，但用束帛及鴈如享禮而已。聘禮聘賓至，昏禮使者至，皆設几筵；問卿賓及廟門不几筵，但擯者請命而已。聘禮既享未覿之際則禮賓；問卿畢不儐，但行面卿之禮而已。聘禮禮賓侑醴以幣，昏禮禮賓但酌醴禮之而已。聘享聘賓、主國之君皆皮弁服，有襲裼之殊；問卿聘賓、主人但朝服，昏禮使者、主人但玄端而已。聘禮受玉于中堂與東楹之間，問卿則受幣于堂中西，昏禮則受鴈于楹間而已。此同中之異也。推之於士相見禮及聘禮郊勞、致館、歸饔餼，其例皆大約相同，而聘禮之同於覲禮者更無論也。是故鄉飲酒、鄉射、燕禮、大射不同也，而其爲獻、酢、酬、旅酬、無算爵之例則同也。聘禮、覲禮不同也，而其爲郊勞、執玉、行享、庭實之例則同也。特牲饋食、少牢饋食不同也，而其爲尸飯、主人初獻、主婦亞獻、賓長三獻、祭畢飲酒之例則同也。鄉射、大射不同也，而其爲司射誘射、初射不釋獲、再射釋獲飲不勝者、三射以樂節射飲不勝者之例則同也。不會通其例，一以貫之，祇厭其膠葛重複而已耳，烏覩所謂經緯塗徑者哉！廷堪年將三十，始肆力於是經，潛玩既久，知其間同異之文與夫詳略隆殺之故，蓋悉體夫天命民彝之極而出之，信非大聖人不能作也。學者舍是奚以爲節性修身之本哉！肆習之餘，心有所得，輒書之於册。初仿爾雅爲禮經釋名十二篇。如是者有年，漸覺非他經可比，其宏綱細目必以例爲主，有非詁訓名物所能賅者。乾隆壬子，乃删蕪就簡，仿杜氏之於春秋，定爲禮經釋例。已而聞婺源江氏有儀禮釋例，又見杭氏道古堂集有禮例序，慮其雷同，輟而弗作者經歲。後撿四庫書存目，載儀禮釋例一卷，提要云：「江永撰。是書標目釋例，實止釋服一類，寥寥數頁，蓋未成之書。」復考杭氏禮例序，又似欲合周禮、儀禮而爲之者，且以大射爲天子禮，公食大夫爲大夫禮，則於禮經尚疏。然則江氏、杭氏皆有志而未之逮也。於是重取舊稾，證以羣經，合者取之，離者則置之，信者申之，疑者則闕之，區爲八類：曰通例，上下二卷；曰飲食之例，上中下三卷；曰賓客之例，一卷；曰射例，一卷；曰變例，一卷；曰祭例，上下二卷；曰器服之例，上下二卷；曰雜例，一卷：共爲卷十三。至於第十一篇，自漢以來，說者雖多，由不明尊尊之旨，故罕得經意，乃爲封建尊尊服制考一篇，附於變例之後。不別立宮室之例者，宋李氏如圭儀禮釋宮已詳故也。回憶草創之初，矻矻十餘年，稾凡數易矣，困學之中，聊借爲治絲登山之一助。知禮君子矜其失之煩而規之，則幸甚焉。嘉慶四年，歲在屠維協洽，日躔壽星之次，歙凌廷堪次仲氏書於寧國學署之杞菊軒中。

孟子時事考徵序

七十子後，百家競起，人自爲學。明王道、守儒術者，孟、荀二子也。孟子有漢趙岐注，荀子有唐楊倞注，皆大醇無小疵焉。自宋人取孟子以配論語及小戴禮記中大學、中庸兩篇，謂之四書，後遂用之取士，由是說孟子者日益多。然皆就考亭集注而摹畫之，以爲科舉之用，於本書無所發明也，矧求其時事而詳考之邪？康熙中，太原閻氏有孟子生卒年月考，近吾友海寧周君耕厓有孟子四考，於是孟子時事稍稍可尋。同年陳君鳳石，博極羣書，名冠儕輩，授經之暇，復撰孟子時事考徵四卷，兼旁及七國之形勢，徵引賅洽，考證明備，較閻氏、周氏而加密焉。孟子曰：「頌其詩，讀其書，不知其人可乎？是以論其世也。」鳳石此書，可謂知人論世之學矣。竊惟太史公書以孟子、荀卿同傳，未嘗有所軒輊於其間，而孟荀之稱，由漢迄唐無異辭。若夫罷荀卿從祀，祧七十子而以孔孟竝舉，此蓋出後儒之意，於古未之前聞也。今孟子得鳳石及閻氏、周氏實事求是，蒐討靡遺，而荀卿子三十二篇，自一二好古君子爲之校正審定外，無過問者，甚且遭陋者妄加删改，幾失其真，斯亦儒林之深耻也。鳳石屬余序其書，爰并述其所見以質焉。嘉慶八年，日躔鶉尾之次，歙年愚弟淩廷堪拜序。

燕樂考原序

樂記曰：「聲相應故生變，變成方謂之音。」又曰：「聲成文謂之音。」古之所謂聲者，卽燕樂之十五字譜也；古之所謂音者，卽燕樂之二十八調也。故知聲而不知音，昔人所譏焉。樂以調爲主，而調中所用之高下十五字次之。故唐宋人燕樂及所填詞、金元人曲子，皆注明各調名。今之因其名而求其實者誰乎？自鄭譯演蘇祗婆琵琶爲八十四調，而附會於五聲二變十二律，爲此欺人之學，其實繁複而不可用。若蔡季通去二變而爲六十調，殆又爲鄭譯所愚焉，後之學者奉爲鴻寶，沿及近世，遂置燕樂二十八調於不問，陋者又或依蔡氏於起調畢曲辨之，而於今之七調反以爲歌師末技，皆可哂之甚者。於是流俗著書，徒沾沾於字譜高下，誤謂七調可以互用，不必措意，甚至全以正宫調譜之自詡知音，耳食者亦羣相附和。語以燕樂宫調，貿焉不知爲何物，遂疑爲失傳。嗚呼！豈唐宋人所習者亦神奇不可測之事耶？不知燕樂不用黍律，以琵琶弦叶之。琵琶四弦，故燕樂四均，一均七調，故二十八調。今笛與三弦相應，蓋以琵琶之第一弦爲黄鍾。然則今琵琶之七調卽燕樂之七宫也，三弦之七調卽燕樂之七商也，其殺聲用某字卽今之某字調也。至於七角，宋人已不用；七羽，元人已不用。蓋此二均必轉弦移柱乃得之，不適於用故也。竊謂世儒有志古樂，不能以燕樂考之，往往累黍截竹，自矜籌策，雖言之成理，及施諸用，幾如海上三神山，可望而不可卽。不然則以今笛參差其孔，上尋律呂。夫今笛尚不能應燕樂之七宮，況雅樂乎？是皆扣槃捫籥之爲，學者將何所取徑焉！廷堪於斯事初亦未解，若涉大水者有年，然後稽之於典籍，證之以器數，一旦始有所悟入，乃以鄙見著爲燕樂考原六卷，於古樂不敢妄議，獨取燕樂二十八調詳繹而細論之，庶幾儒者實事求是之義。顓愚之識不自意及此，或者鬼神牖其衷乎？此本孤學，無師無友，皆由積思而得，不似天文算術有西人先導也。同志者希，書成未敢示人，謹藏篋衍，俟好學深思者質之。倘是非不謬於古人，其於審聲以知音、審音以知樂之故，不無葑菲之采云爾。嘉慶九年，歲在甲子七月之望，歙凌廷堪次仲序。

晉泰始笛律匡謬序

樂學之不明，由算數之説汨之也。黃鍾之數，史記、漢書皆云十七萬七千一百四十七。稽諸經傳，無此文也。不知此數於何施用。將以爲黃鍾之長邪，吾恐九寸之管非鍼芒刀刃不足以容之；將以爲黃鍾之實邪，吾恐徑三分之中空，非野馬塵埃不足以受之。卽容矣，受矣，藉使造律者贏朒之數或偶差至什伯，吾又恐非離朱之明不足以察之也。然則律度之乘除損益，果可以深信邪？畫鬼易，畫人難，言樂者每恃此以爲藏身之固。苟以吾言轉叩之，未有不瞠乎若失者。陳之以虛數則爛然，驗之以實用則茫然，蓋比比皆是矣。有識之士，如魏之陳仲孺，宋之沈存中，皆嘗疑之，特不能户説以眇論耳。晉泰始末，荀公曾嘗製笛律，乃以絲聲之律度爲竹聲之律度，悉毀前人舊作，而樂學益晦。幸晉朝廂笛之制，列和所對之辭以及梁武帝四通十二笛尚存於史志，可因此以考見其崖略，於是條分而件繫之，作晉泰始笛律匡謬一卷。嗟乎！所匡者寧獨荀公曾哉！

校禮堂文集卷二十七

序二

西魏書後序

南康謝蘊山先生撰西魏書二十四卷，凡紀一，考五，表四，傳十三，載記一。既成，以示廷堪，命爲後序。廷堪受而讀之終篇，乃作序曰：夫班馬以降，紀載迭興，自宋逮元，史法漸失。主文辭者，其弊或至於空疏；寄褒貶者，厥咎遂鄰於僭妄。雖家自謂繼龍門之軌，人自謂續麟經之筆，然求諸體例，尋其端委，罕有當焉。先生以金匱之才，歷石渠之選，網羅放失於千數百載以上，編次事實於二十餘年之中，詳有休文、伯起之明備，無子京、永叔之簡陋，卷帙不廣，條目悉具，編年紀月以經之，旁行邪上以緯之，於因革損益，著其興衰治亂，洵足以存南、董之權度，爲東觀之規矩者矣。約舉大綱，其善有六，載繹微旨，可得言焉。夫承祚以武皇作紀，而孝獻孱主，范史自升之；房喬以文帝繫年，而高貴沖人，陳志自進之。良以帝系所關，義無漏略。未聞拓跋末造，附載於宇文，水運季朝，借垂於木德，而長安四主，竟乏專書，豈因有延壽總録之北朝，遂可置佛助就剛之西國乎？是曰補闕，其善一也。寶符已禪於延康，志士猶尊章武；神器久移於天祐，後人尚右昇元。何者？聊紹劉宗，暫延唐祚。況夫出帝儼存，清河遽立，永熙未改，天平遂元，然則抑彼鄴下，扶茲關中，齊寶炬於天王，厠善見於列國，方之蕭常、謝陛之表章西蜀，陸游、馬令之纂輯南唐，孰短孰長，必能辨之。是曰存統，其善二也。至於仲達、子上，篇不見於當塗，獻武、文襄，傳不列於元魏，功業雖著，人臣以終，圖籙詎膺，帝制乃僭，案其時世，固有依違，揆諸史裁，寧云允協？於是除太祖之追美，大書黑獺；削唐紀之溢稱，直登李虎。發古人未發之公，抉前史未抉之隱。是曰正名，其善三也。若乃卿士之設，悉倣周官；詔令所頒，咸規大誥。始祖配帝，聿崇郊祀之儀；屬國來王，爰修聘覲之典。或同時所未遑，或後代所希有。講明古禮，尤宜愛惜。而令狐乏志，湮墜良多；鉅鹿懷私，刊落都盡。所幸者杜君卿典標八目，偶存棠谿之碎金；于志寧志貫五朝，間具崑山之片玉。裒集狐腋，冠聚鷸毛。是曰蒐軼，其善四也。管幼安誤收國志，本未仕曹；嵇叔夜濫入晉書，何嘗臣馬。又若齊社屋而叔朗西行，陳鼎遷而德章北面，而王晞仍存於河朔，袁憲莫擯於江左。凡此之類，更僕難終，徒豐其蔀，未艮其限。故万紐效績於荆襄，究非魏之勳舊；尉遲建功於庸蜀，自屬周之臣子。但録其事，不載其人。是曰嚴界，其善五也。毌丘、諸葛，魏室之藎臣；劉秉、袁粲，宋家之誼士。以及子勛舉義，攸之勤王，衡其終始，都無可議。乃或以忠作叛，以順號逆，皆是曲筆，豈爲讜言？猶之孝武謀去疆臣，非爲失德，而横謂斛斯椿爲羣小，王思政爲諂佞，巧言亂其皁白，俗語流爲丹青，不合不公，未足爲訓。今一洗之，槩從其實。是曰辨誣，其善六也。因斯六善，運厥三長，集簡册之遺聞，闡古今之通論。其考紀象也，兼正光之推步，較天象而益精焉。其考疆域也，訂大統之版圖，較地形而更密焉。其考氏族也，釐代都之門望，較官氏而尤詳焉。其封爵、征伐諸表也，則於魏書所未備者，取法於遷、固而加嚴焉。是書也，雖劉知幾之苛於論世，必當首肯；鄭漁仲之嚴以律人，亦爲心折者矣。夫八代之書具存，南北之史復撰，宋景文之新書洎劉昫同著，薛子平之舊史與歐陽竝傳。矧紹統續志，可輔范詹事之全書；太素逸篇，曾入魏著作之闕卷。行見儲於中秘，彙在上庠，夫豈柯奇純之等所能望其肩背，王損仲之徒所能窺其堂户也哉！用是撮其體要，綴諸簡末，俾後之讀是書者，有所考焉云爾。

後魏書音義序

夫蒼素之别，青蠅能惑之，審視則自知也；異同之辨，白馬能淆之，平心則自定也。昔臨碩爲周官發難，及鄭司農注焉，然後盛行；何休爲左氏膏肓，及杜當陽解焉，於兹大顯。經尚如此，況於史乎！故作史者當善善而惡惡，苟畏讐避怒，則曲筆滋彰矣；論史者當是是而非非，苟勦説雷同，則直道終泯矣。魏收撰後魏書凡一百十四篇，其文豐腴，其體詳慎。皇始之耆定英偉，其才力足以發之；太和之制度明備，其博雅足以張之：未嘗不擅著作之材，具良史之識也。乃末學膚受，信一人之偏詞，隨羣詈而交響。舉司馬、歐陽之篇目，則攘臂歎其長；聞休文、伯起之姓名，則撫掌笑其短。夫束其書而未觀，置其人於弗道，則優劣得失何自而知，本末始終何由而貫。每聆斯議，蒙竊惑焉。蓋嘗綜其巨綱而論之。平文之初大書丁丑者，著夫晉亡而魏紹，則春王正月之文也。道武之始特紀元年者，明夫臣攝而君在，則共和行政之義也。序紀詳載源流，法史記述殷周而作焉。列傳備陳宗族，開唐書表世系之先焉。蒼烏白鹿，爭言祥瑞，爲五行所未究，是以有靈徵之志；長孫、獨孤，比於著望，皆世本所不詳，是以有官氏之志；象教玄風，迭相消長，非方伎所能賅，是以有釋老之志。此主乎創者也。天象卑南而尊北，故罕書占驗於建康；地形扶東而抑西，故但據版圖於武定。他如律曆、禮、樂，則本於遷之八書；食貨、刑罰，則仍於固之十志。此主乎因者也。倘取斯編，以方曩哲，固可兄事陳壽，弟畜沈約，故陸操謂有大功於魏，楊愔謂爲不刊之典，此豈蔚宗足以扶轂、永叔足以驂乘者歟！或謂魏書既成，訴之者衆，文宣詔魏收于尚書省，與諸家子孫共加討論，謗史諸人，竝各抵罪，於是衆口喧然，號爲「穢史」。披猖至是，尚煩表章乎？此不然也。夫謗史之罪定於齊文宣，穢史之名成於李百藥。苟謗史既實，則穢史必虛也。案北齊書魏收傳，前則採伯起之自序，後蓋援訴史之讕辭。所謂號爲穢史者，即訴者之所造，藉以蓋其先愆也；所謂酬助于陽休之、受金于爾朱氏者，即訴者之所誣，思欲引爲左證也。百藥不辨，據之而書，無識甚矣。再考魏收對高隆之所言，見隋書李德林之傳。是未獎其子，先侮其父，輕薄殊甚，府怨何疑。然則百藥之詆收，不獨摭當時之故牘，抑且挾上世之宿嫌也。或謂收既緣史筆多憾於人，齊亡之歲，至於發冢棄骨，豈亦百藥詆之乎？此又不然也。夫子孫之情，孰不樂祖父爲君子；常人之見，亦願垂方册之令譽。故東征未道恒彝，宣武爲之變色；南史直書崔杼，齊卿至於加刃。盜憎主人，民惡其上，怨毒所鍾，何有腐骼乎？故訟之者衆，正見其不虛美；憾之者深，益徵其不隱惡也。彼夫龍門謗書，實由蠶室孤憤。世宗英主，文涉刺譏；平津賢相，語含姍訐。功如衞、霍，暴其姦生之醜；吏如張、杜，著其深文之酷、將軍屢敗，黜其事而激昂不平；都尉生降，壯其人而淋漓欲絕。褊衷私意，與收孰多？幸而書出頗晚，恩怨既已悉忘；時猶近古，毀譽非其所較。使處蛺蜨之遭，當殺擺之代，恐難免入束矢於兩造，揩便房於九原也。或謂詰汾、力微悉隆以帝，禄官、猗㐌皆升於紀，東晉則黜爲僭僞，南朝則呼爲島夷；徒河、臨渭，則別其種落，姑臧、敦煌，則責其私署。此何以稱焉？應之曰：此春秋之例也。魯雖侯爵，內諱崇之爲公；楚已王稱，外擯卑之爲子。物莫能兩大，禮定於一尊。故粵君黃屋左纛，貶其號曰尉佗；新室紫色餘分，斥其名曰王莽。且蘭臺操觚，不遺陳勝、項籍；宣城握管，并收文伯、子陽。自天保以前，溯建興之末，中原則十六國，江表則二百年，不書固無此理，書之將何以書？好學深思，當知其意也。又若三馬冠於金行，羣龍附於晉簡，塗轍所在，國工莫踰，何獨於收遂相詬厲乎？或謂孝武尚存，亟進東帝，宇文未滅，遽退南陽；茹柔吐剛，伸逆屈順，又何以稱焉？應之曰：此亦春秋之例也。孫林父之逐獻而剽書衛侯，祭封人之立厲而昭書鄭忽。況永熙因赤虵而奔，大統爲黑獺所奉，收爲齊臣，安得不云爾乎？苟吹毛索瘢，執珠尋纇，自非聖經，何書蔑有？故攻子長之隙，則曰崇勢利，羞賤貧；摘孟堅之疵，則曰排死節，否正直。然而歷世珍賞，莫之能廢。蓋衣狐裘者不嫌羔袖，采葑菲者無以下體，寧以一眚而忘大德乎？皆不足爲收病也。且延壽北史，君實通鑑，並全襲收作，點竄罕加。乃聲影偶生而百犬競吠，朝暮互易而衆狙皆喜，楚璞遭刖，趙璧易城，可勝噓乎？書有闕帙，在宋已然。亡者前賢既爲綴補，存者後人尤宜寶惜。廷堪情非矯枉，志在闡幽。夫馬昭申鄭，豈有成見；劉炫規杜，不無謏聞。於是不揣譾陋，爲之音義。踵事折衷，願俟君子。世之抗墜，所不計也。

元遺山年譜序

遺山先生，金亡不仕幾三十年，其舊都之感，故君之思，幽憂慷慨之端，悱惻纏綿之故，不可明言者，悉寓之於詩。顧其詩集分體而不編年，其出處又皆散見於他書，閱之者但獵取其辭華，剽襲其體格而已，究未能得其寄托之所在也。乾隆四十六年辛丑歲，客居揚州，讀先生之詩而愛之。展卷之際，身世漠不相關，古今渺不相接，然而其情之可以移人者，常一往而不可窮，其誠之可以動物者，每三復而不能置，茫茫然而來，怦怦焉欲動，不自知其何心也。既而取金史先生本傳及文集排比而類次之，尋先生所遭之時，與先生所處之境，而後先生之出處本末有所考，庶幾先生之詩之命意有所窺。蓋其天懷之所感激，偶於一物焉而伸之；其孤憤之所鬱結，偶於一事焉而發之。身處於元而心在乎金，言盡於此而意繫乎彼。細而案之，隨處皆舊都之感、故君之思也。始知向之相賞於辭華體格間者，爲已淺矣。然先生出處本末，天興甲午以前雖具金史本傳，而自乙未以至丁巳，往來乎齊、魯、燕、趙、晉、魏之間，行踪靡定，本傳及郝陵川所撰墓銘皆未之詳，蒐緝亦殊不易易也。於是仿魯氏之於少陵、施氏之於東坡之例，以年爲經，以詩緯之，爲先生年譜一書。癸卯在京師，曾以草創質翁覃溪師，師甚喜，曰：「昔者亦擬爲此。今得子書，余可以不作矣，子其勉旃。」嗣以牽於俗累，稿几數易，終未成書。及就官寧國，稍稍得暇，乃取舊稿并雜采金史、元史、中州集、歸潛志、元文類洎金元人文集撰著之等，鈎稽校勘，釐爲二卷。以仕金時事爲上卷，北渡後事爲下卷。其可考者録之，其不可考者闕之，後人議論之誣、考證之疏者則爲辨之。至於其詩之寄托之所在，未敢臆解，聊自附於季卿、元之之後。惜道遠不獲就正於吾師也。嘉慶元年，歲在丙辰十一月朔，歙淩廷堪序。

寧國淩氏宗譜序

淩氏之見史傳，始於吴志偏將軍父子，而兩漢無聞焉。其受氏之始，鄭樵通志氏族略以爲姬姓，衞康叔支子爲周淩人，子孫以官爲氏。則字當從仌。又考廣韻：「淩，水名，出臨淮。亦姓，吴將有淩統。」則字當從水。廣韻雖重修於宋初，實本於陸法言、孫愐諸人，遠在夾漈之前，較爲可信。唐唯柳子厚連州淩員外司馬詩云：「淩人古受氏，吴氏夸雄姿。」説同夾漈，然亦在陸、孫後矣。據廣韻則當從水，而莫明其受氏之由；據通志則當從仌，而又與廣韻不合。或謂淩，水名，漢書泗水國有淩縣，淩水所出，廣韻作「淩」，豈以地得氏歟？或又謂博雅、廣韻淩字皆云「歷也，從水」。史記秦始皇本紀「陵水經地」，正義曰：「陵作淩，猶歷也，從仌。」則淩與淩音義原可通歟？之二説者，皆臆度之辭，未可以傳信也。竊謂吾族受氏之由，當據通志以官爲氏，而字則當據廣韻從水作「淩」。猶之邵氏出自召公奭，後加邑作「邵」，袁氏出自轅濤塗，後省車作「袁」也。何也？廣韻於水旁淩字下注引吴志偏將軍爲證，而於仌旁淩字下注但云「冰淩」，別無他語，則當時所見吴志原文，固是從水之淩字也。淩氏皆祖偏將軍，則從水作淩爲宜。今吴志刻本作「淩」，字從仌，是後人因以官爲氏而妄改。廣韻古書二字偏旁，判然不紊，非魯魚亥豕者比，當本之以爲定説也。吾歙之淩始於元一公，諱安，唐顯慶二年，官歙州長史，卜宅城北之雙溪，是爲自餘杭遷歙之第一世祖。後凡居休寧、宣、饒、松江及江北之定遠、懷遠者，皆歙之所分也。廷堪官寧國府教授，有宗人世厚，居府屬之寧國縣，以譜來請序。閱其世次，爲元一公二十一世孫，大德公之裔，則其爲吾歙所分者信而有徵。惟譜中載吳晉諸誥勅及陶侃所作偏將軍傳，皆雙溪宗譜所無者。且吳志本傳但稱孫權使張承爲作銘誄，即裴氏注中亦不聞有陶侃作傳之事，疑以傳疑可也。於是考吾族受氏之梗概并序其與吾歙同源之故，弁之於首云。嘉慶二年九月初八日，元一公第三十九世裔孫，賜同進士出身，勅授文林郎，寧國府儒學教授，加一級，廷堪謹序。

懷遠宫氏族譜序

譜牒之學，隋唐二志著録者多至數十百家，蓋魏晉六朝士大夫以門第相高，而古之敬宗收族遺意亦因之存焉。然就新唐書宰相世系表所載而案之，強半出於附會，不盡可徵信也。懷遠宫氏，其先於明洪武中徙自句容，代習儒業。十二傳至吏部公，以名進士起家，始亢其宗。又再傳至中丞公，勳猷政事，爲國家楨幹，而族益以大。吏部公修家譜，以徙居懷遠者爲始，其荒略不可考者概闕焉。無前代附會之習，可謂得著作之體矣。吾淩氏之先，則唐初由餘杭遷歙，至今聚族居於城北雙溪之上，而支派散處寧國、懷遠、定遠、上海、江西諸地者甚多。其譜自宋迄明末，屢經增緝，近又百餘年矣。中丞公娶於定遠淩氏，亦吾歙之所分也。中丞公文孫茂琴徵君，以諸生舉孝廉方正，能世其家學，今年冬因事來宣城，出其家譜，屬余序之。余既忝在葭莩之末，而中丞公嗣君雲峰己酉鄉試，又與余同薦於劉鍊齋先生房」，是以不敢以不文辭。謹據譜中所述，録以爲序。而吾族百年來譜牒之事，未有續任之者；對此益惴惴焉有放佚之懼。徵君歸，其爲我語懷遠、定遠二族，各録其世次見貽，俾他日秉筆者有所依據，而敬宗收族之意不致久而廢墜，是所厚望焉。嘉慶二年十二月中浣，賜同進士出身、勅授文林郎、寧國府教授、姻末歙凌廷堪頓首拜撰。

榷經齋劄記序

自宋以來爲考覈之學者所著書，以洪野處容齋筆記、王深寧困學紀聞爲最。後之著録者，列其目於子部雜家，所以别於類書及小説家也。稍稍衰於前明。迨至國朝，兹學漸盛，而崑山顧氏日知録、太原閻氏潛邱劄記，由此其選也。同年桐城孫君符如博綜羣籍，好學深思，著榷經齋劄記一卷，於六經傳注、百家撰述皆有所論辨。其鈎深縋隱，不翅象罔之索珠也；其批郤導窾，不翅庖丁之游刃也；其較得失，區同異，不翅雍巫之别五味而泠綸之審六同也。誠可謂觀書眼如月，罅隙靡不照矣。世亦有籍談、原伯魯者流，詡醯雞之甕爲文囿，自知考纇百出，怵稽古之士齮齕其短長，譬之魑魅嫌白日，盜賊憎主人，因而積陋生妄，華言自欺，逆詆考覈爲不足爲，究之，不識考覈之學爲何等，甚且以類書、小説當之。雖使見殷侍御新注公羊春秋，其能愧生於中、顏變於外乎！於是歎昌黎爲不可及矣。符如屬廷堪序其書，徒以慵孏寡學，逡遁逾年。昨開雕於秣陵，復寓書促之。竊謂符如此書不騁才競勝，不夸多鶩廣，唯於實事求是，固應比肩寧人、百詩，接武景盧、伯厚，而兼儒墨，合名法，亦不外乎劉氏七略之初旨，方諸弇州之藝苑卮言，升菴之丹鉛總録，其精粗深淺之判，蓋有不可同日語者。符如之族人季仇觀察、鳳卿茂才，皆今之善讀書者，且同在白下。試以廷堪所見質之，如不河漢其言，即以爲序可也。嘉慶五年，上章涒灘之歲，三月辛酉，年愚弟歙凌廷堪拜序。

程尹谿印譜序

周官掌節曰「貨賄用璽節」，後鄭注：「璽節者，今之印章也。」許叔重説文解字敍曰，秦書八體，五曰摹印。又曰，亡新居攝時有六書，五曰繆篆，所以摹印也。徐鍇曰：「摹印屈曲填密，則秦璽文是也。」然則印章之制，其來遠矣。漢以玉及金、銀、銅爲之。至元王冕始易以石，後人遂目爲小技，而與書畫玩物竝類而齊觀，抑何陋也。夫文字之興，代相更易，古文變而爲籀書，籀書變而爲小篆，小篆變而爲隸與八分，隸與八分又變而爲楷書，已盡失古象形、象聲之旨。所可賴以尋繹者，説文解字而外，惟金石文字之僅存者而已。而弇陋之徒，第賞其筆畫之工整，可歎也。鐘鼎之文無論矣。石刻以石鼓文爲最古，然唐以前無述之者，始見於杜少陵詩，韋蘇州、韓昌黎繼之。昌黎以爲周宣王時刻，宋鄭漁仲以爲秦時刻，金馬子卿以爲宇文周時刻，幾莫能辨其真贗。兩漢石刻存於世者，除重刻及拓本僅存者，惟曲阜之五鳳二年甎及乙瑛、孔謙、韓勑、孔宙、孔霅、史晨等碑，濟寧之景君、鄭固、魯峻、武榮、鄭季宣等碑，汶上之衡方碑，城武之張壽碑，東平之張遷碑，登封之太室石闕銘，鄢陵之尹宙碑，無極之白石神君碑，溧水之校官碑，滎陽之諱仁碑，郃陽之曹全碑，鎮西之裴岑碑等，統碑陰碑側而計之，不過二三十種，較之歐、洪、趙所著録者已什不存一。其中惟五鳳二年甎爲西漢刻，餘皆東漢安順以後物。又惟五鳳二年甎及太室石闕銘爲篆書，餘皆八分書。故攷古者多旁索於古刀布泉貨、漢瓦、漢印之殘字，借以稍見小學之源流，字體之遷變。而刀布泉貨漢瓦世罕規橅之者，惟漢印自元以來，輾轉仿效，百出不窮。於是不深求六書之本，而但以工於章法姿態爲能事。嗟乎！其陋與以金石文字爲法帖而賞其筆畫之工整者何以異耶？印章著録家有吾衍學古編及周亮工印人傳、朱象賢印典等書；而印譜之作，雪漁、三橋而還，更僕難終矣。程君尹谿讀書稽古，深明六書之藴，復以餘技作爲印章，是真有志於古之士，非數典忘祖者可比。客有以其印譜見示者，遂疏所見於卷端而還之。他日尹谿盡發胸中之藏，著書以問世，則今日印譜之刻，其亦鄧林之一枝，渤澥之一勺也歟！

校禮堂文集卷二十八

序三

鄔覺菴詩序庚子

鄔君覺菴，家臨長白，人號飛黃，雙目如星，一身是膽。詢才華則夙傳倚馬，問閥閱則舊本從龍。幼逐宦游，壯增落拓，以翩翩之公子，作僕僕之羈人。流連郭隗臺前，潦倒荆卿市上。高歌撫劍，黃皮縛袴以馳驅；長嘯登樓，赤幘籠頭而憑眺。少年同學，盡是輕肥；先世故人，半居卿相。何獨幽薊雪花似席，偏逢已敝之裘；京華美酒如泉，不到流涎之口。將碎琴於市肆，自慚客有何能；待曳履於侯門，又以戇無所遇。長安米貴，大是難居；庾嶺春深，忽思作客。扁舟掛席，覓親知於拾翠洲邊；徒步束書，訪古蹟於投香浦側。指趙陀之故苑，更無麋鹿來游；尋劉龑之荒宮，時有鵂鶹飛上。蕭條珠岸，漁父頻過；冷落花田，美人何處？饒他嶽嶽，未免一往俱深；對此茫茫，能不百端交集。加以風流結習，顧盼多姿，覩麗景之鮮新，動閒情之跌宕。蠻風瘴雨，愛眠蜑婦蘭船；島月夷煙，屢醉黎姬酒肆。半江榕葉，綠上新詩；滿樹蕉花，紅分舊夢。鏤香刻玉，既多兒女柔腸；策電驅霆，復帶英雄俠骨。無何刀頭已卜，盾鼻旋磨，丈夫安事毛錐，壯士須盤馬矟。牛腰蠹腹，羞忍凍而劃虀；燕頷虎頭，願高飛而食肉。投筆蓮花幕裏，詎因久客思歸；荷戈瓠子河干，實羨從軍最樂。力逾三虎，能開八石之弓；才幹萬牛，甘作百夫之長。雖指揮略展，非同細柳營前；而懷抱初開，小試桃花水畔。凡茲經歷，悉寄篇章。暫洩雄心，故多傑作。所謂解飛揚之太白，何嘗但曉吟詩；賦競病之景宗，不止耑精騎射者也。僕綱成未貴，臣朔長飢。辭家紫石峰頭，托跡蒼梧山下，蓋賤子僑居之地，卽乃祖敷治之邦。五袴曾歌，識餘風之未泯；一錢不受，感遺愛之猶存。昔詢故老於朐山，甘棠勿翦；今覩文孫於鬱水，垂柳初齊。邂逅方春，相逢恨晚。行當痛飲，開孔座之清尊；謬許賞音，發賀囊之古錦。爰因交厚，遂爾言狂。竟效他山，不憚吹毛妄索；納其細壤，何期抵掌深談。豈惟一片虛心，恕予之狂瞽；兼以千秋巨眼，指我之瑕疵。是以沙石微攻，轉獲瓊瑤厚報矣。嗟乎！抉謫摘失，固云良友深情；護短好諛，亦是文人通病。所以樽前現在，劉夢得結怨於奇章；席上之而，王介甫取憎於明允。君誠快士，彼獨何人。斯時也，雨外挑燈，余既頹唐以醉；酒邊把卷，君忽慷慨而言。四海曾游，誰知我者？片言勿吝，子盍序之。不敢避席深辭，聊復援毫報命。心知難却，顏汗何任。小言詹詹，徒著佛頭之糞；大方落落，敢加頰上之毫。用志雅懷，敬題蕪語。

墨波堂詩集序

十五國風有正有變，大小二雅亦有正有變。風雅且然，唐宋以下何論焉。唐人之詩有正有變，宋人之詩亦有正有變。唐詩之變，變而不失其正者也。宋詩之變，有變而不失其正者，有變而失其正者。學邯鄲之步，去風雅彌遠矣。故詩當論正變，不必分唐宋也。元裕之云：「蘇門果有忠臣在，肯放坡詩百態新。」又云：「奇外無奇更出奇，一波纔動萬波隨。」其曰新者，則變之謂也。其曰奇外出奇者，則變而失其正之謂也。今之翻新鬬奇者，日出不窮，一夫倡之，百夫和之，其於唐人之詩，不啻魏文侯之聽古樂矣。同年陳子犀先生，不隨流俗之好惡，不爲風氣所轉移，其爲詩毅然以唐人爲宗，不獨唐以後之詩戛戛務去，卽唐詩之變者亦矜慎所擇，不敢苟同焉，洵可謂豪傑特立之士也已。嘉慶九年冬，相遇於宣城，出所著墨波堂集見示。華贍高渾，超軼等倫，一時習尚，無由染其筆端，是真能得唐詩之髓者。讀之如清廟之瑟，壹倡而三歎。始知天地和平之音，未嘗不足以感人，彼操縵而使人欲臥者，不善爲樂之過也。子犀謬以予爲知言，屬予序之。竊謂今之翻新鬬奇者，莫不極力推崇宋人矣，果能沿波討源真見其精神之所聚乎？抑隨衆口而交譽也？又莫不同聲抵排明七子矣，果能批郤導窾直指其癥結之所在乎？抑隨衆口而交毀也？夫文勝則救之以質，質勝則救之以文。公安、竟陵之取宋人譏七子，蓋生唐風既盛之後而思有以救之，不自知其矯枉之過正也。今之談藝家自謂翻新鬬奇，而不知適蹈公安、竟陵之故轍。然則救近日詩家之流弊，其惟唐人之詩乎？子犀致身清要，遭遇聖世，屢持文衡，庶幾出其所學爲多士倡，將見庠序之內，上舞下歌，蹈德詠仁，騣騣乎皆風雅之正聲，又何唐宋之足辨也哉！

酌亭遺藁序

乾隆丙午七月，余友章君酌亭卒於朐山之陽，年僅三十。是冬，余京兆下第南歸，君之孤士杞方六齡，覓君遺藁不得，甚悼之。及余官宛陵，士杞漸長，乃以君手藁浣香吟草一册見寄。於是校而録之，并附以昔所記憶者，凡得詩八十八篇，詞十三闋，統名之曰酌亭遺藁，藏之篋中。花晨月夕，每展玩一過，猶似故人依依共話時也。嘉慶戊辰，阮伯元侍郎再撫浙江，招余作西湖之遊，暇日因出君此藁，乞侍郎序而傳之。前青浦王述菴司寇輯國朝詞綜，載君壽樓春一調，亦從余篋中本録入也。是歲中秋後九日，淩廷堪次仲序。

學勤齋時文自序

廷堪少困飢寒，學賈不成，年二十餘去而傭書，不知時文爲何等也。暇日，竊借經史讀之，人咸以爲笑，謂不從時文入，終無是處也。嗣是見作時文者輒怖之，然與之談論，又往往不滿人意。疑時文別有秘傳，乃宛轉叩作時文之法於人，則又笑曰：「是甚難。有理有法，非童而習之不可，如子之年，尚奚及哉！」於是退而自悲，因憶戴記所云「時過而後學，則勤苦而難成」，斯言不誣也。至是遂絶意於時文。癸卯，客京師，洗馬大興翁覃溪先生見廷堪所作詩、古文及他撰述，大嗟異，問奚以不應試。廷堪以幼未嘗學時文、且不知理法爲對。先生覼然曰：「子蓋爲村夫子之言所誤矣。夫古今文一而已，豈有二理二法哉！」乃取案上文數篇示廷堪曰：「此時文也，寧有異於子所云乎？」乃昜之學，於是遂受業先生之門。援例入成均應試，是年主京兆試者即先生也。而廷堪以文不合格下第，將南歸省親，臨行，先生謂之曰：「予作主司而子被放，寧非憾事。然子今者尚未作時文也，苟作之，取科第不難，毋以一蹶而墮其志也。」及廷堪再入都，寓天津牛次原齋中，去先生居不里許，時廷堪年二十有九矣。乃發憤每月課時文四篇，文成必請先生指授，如是者年餘。榜前以文質先生，先生喜曰：「中矣！」榜發，仍不第。先生曰：「子之文可中而不中，蓋天之所以厚子也。子必勉之。」丁未，從先生於南昌。戊申，客河南，作文僅數篇。秋中京兆副車，南歸。明年己酉，試於江寧，始領鄉薦，次年遂成進士。嗟乎！以廷堪之駑駘失學，中間又惑於浮言，非先生之策勵，烏能及此。古人有言，得一知己，可以不憾。若先生者，可謂知己矣！近者稍稍輯其所作，得若干篇，名曰學勤齋時文。非曰可存，蓋以志生平遭遇之艱苦，師友講習之淵源，示子孫於不忘也。京師同學者，天津牛君次原名坤，同縣胡君樹思名梧實，二君皆丙午中式，先廷堪一科云。乾隆甲寅，歙淩廷堪書於海上寓齋。

梅邊吹笛譜序

少時失學，居海上，往往以塡詞自娛，相倡和者唯同里章君酌亭。後出游，漸知治經，得交儀徵阮君伯元，談說之餘，時或及此，蓋亦深於詞者。其他朋輩，多以小道薄之，不敢與論也。年二十許，遂屏去，一意嚮學，不復多塡詞，舊稿久束之篋中。及官宛陵，暇日撿出閱之，頗有敝帚千金之想，乃編爲二卷。酌亭已前卒，不得見矣。舊取白石暗香句意，名之曰梅邊吹笛譜，蓋詞人習氣，亦不復追改也。又，少作但依舊詞填之，不知宫調爲何物，近因學樂律，少少有所悟。而宋人之譜多零落失傳，又誤以琵琶證琴聲，故燕樂二十八調多與雅樂異名也。今取其可考者注宫調於其下，不可考者不注也。阮君今以侍郎廵撫浙江，命小史録一本質之，不審能傳於後否。稿中所用四聲，非於唐宋人有所本者，不敢輒爲假借。所用韻，凡閉口不敢闌入抵齶鼻音，至於抵齶與鼻音亦然。異時有揚子雲，當鑒此苦心也。嘉慶庚申端午日，淩廷堪次仲書。

一斛珠傳奇序

杜少陵麗人行「楊花雪落覆白蘋」，蓋爲太真忮梅妃而發，楊則太真之姓，蘋則梅妃之名也。此詩故多感慨，若虢秦，若丞相及此句，皆明指時事。説杜詩者往往穿鑿，於此獨未之及，何也？余友程君時齋取曹鄴梅妃傳譜作傳奇，雜取少陵事附之，名曰一斛珠。歲在丙申，始屬草焉。時余在海上，時時過，相商定。未二年，各以事他去。中間南船北馬，或離或合，然晤時必問是書。癸丑冬，余自京師歸，時齋始出定本見示。蓋至是，稿凡八易，忽忽幾二十年矣。時齋將以付梓，屬余作序。余以爲近時度曲家未覩東籬、蘭谷之面目，但希青藤、玉茗之矉笑，折腰齲齒，自以爲工。得時齋此劇以藥之，庶幾其有瘳乎！若以梅妃復幸，少陵登科，僅目之爲梨園補恨事，則淺之乎視時齋矣。

校禮堂文集卷二十九

序四

蜀岡餞別詩序

乾隆四十九年，閼逢執徐之歲，余將復游京師，七月辛巳，江都鍾懷保琪、何孫錦春林，儀徵江安定甫、阮元梁伯放船保障湖，餞余於蜀岡之酒肆。微雨送暑，好風迓秋，葉紅蔽橋，篠碧浮徑。馬遲遲而不進，舟招招而欲發。登山臨水，諷思遠道之什；對酒當歌，賡別栩陽之賦。少年氣豪，繼之慷慨；半酣耳熱，雜以詼嘲。食填巨壑，拔劍斫生彘之肩；飲吸大川，倒甕倩長鯨之口。加以鍾士季精練名理，何平叔深研眇道，江文通詩擬雜體，阮孝緒學貫五經。行子泊居人交錯，歡悰共雜緒相亂。黑貂已敝，去也何心；白駒未維，忽焉成醉。斯固殊鄉之樂事，抑亦合志之雅懷也。於是南望大江，北眺平原，則思魏太武之所馳驅，楊行愍之所規畫焉。驚沙茫茫，歌吹隱隱，則思鮑參軍之所憑弔，杜分司之所冶游焉。悼英雄而搔首，悵才士而騁目。昔晉卿來化雉之感，齊侯下爽鳩之泣，良有以也。又若江淮大賈，門庭如市，鹽鐵小吏，尊嚴若神，奉貨殖之傳，薄儒林之篇，持輿皁之服，傲有頍之弁。故郅氏以洒削鼎食，濁氏以胃脯連騎，讀書不如讀律，刺繡不如倚市，自古然矣；可勝歎哉！且夫亭歷夏枯，橐吾冬華，性之異也；螾衍御行，發皇翼鳴，才之殊也。故礜石殺鼠，原蠶食之則肥；蝍蛆甘帶，倮蟲見之則嘔。我之不能爲彼，猶彼之不能爲我也。況夫人貴適志，不以豐約改轍；士當固窮，寧因通塞易慮。富貴本所自有，貧賤豈足驕人。吾曹爲太平之民，遭右文之世，固應隨鵷鸞以翺翔，握龍虎之符節，和聲鳴國家之盛，來宣敷民物之澤。而乃比迹散材，自甘屈蠖，進之不能膺析珪之禄，退之不能作循陔之養，挾彼一編，負兹七尺。安敢望華裾而生羨，漫爲有激之談；顧裋褐而興嗟，自解無聊之況乎？賤子行矣，諸君勉之。馬首北向，知曳履於何門；雁足南來，願寄書於他日。志雪中之鴻迹，盍簪爰藉此新詩；聯波上之鷗盟，戴笠毋忘夫舊約。

同人遊莫愁湖序

若乃金商協律，日在鶉尾之墟；玉宇凝涼，秋滿牛頭之闕。買輕舠一葉，縱其所如；邀羈客數人，聊以自適。閒花沿岸，皆能白紅；遥山映波，迭呈蒼翠。燐光黯碧，木客吟五字之詩；暝色昏黄，山鬼談六朝之史。乃舍舟而登陸，眺望川原；遂離市而入林，徘徊阡陌。樓臺隱隱，時聞斷續疏鐘；蒲稗蕭蕭，但見荒寒野水。半鈎淡月，循古徑而閒行；一抹斜陽，叩禪關而少坐。桂梁新葺，云是莫愁之湖；薜壁舊題，半屬無稽之語。夫石城西去，樂府自述夫郢州；河水東流，古蹟何關夫建業。是故昔人貽誤，久爲野處所譏彈；不謂近日名流，仍襲清真之紕繆。安庸巨子，此倡彼和而弗知；佔畢小夫，朝登暮臨而靡悟。蓋辭章陋習，惟思純盜夫虛聲；輕薄爲文，未遑深求於實事。陳鄙生之末議，用告同儕；亮汲古之通材，應無異論。

長安春望圖序

若夫雜花生樹，芳草被隄，細柳案轡之營，長楊射熊之館。好山競秀，青連斜谷嵐光；野水方生，綠上曲江波影。秦川寒食一百五晨，漢代離宫三十六所。則有青門客子，白嶽畸人，匣中三尺秋霜，囊裏七條寒玉。前瞻陸海，低回鄠杜馳驅；後睇甘泉，想像淵雲頌歎。遥指桃林之塞，馮翊左環；近尋槐里之墟，扶風右控。嬴宫劉苑，離離禾黍之塍；隋寢唐陵，擾擾狐狸之窟。楊花變李，承黑獺之遺基；草付生蒲，換紅羊之小劫。將軍戰壘，半屬斜陽；霸主雄圖，都歸逝水。建章、太液，第供詞客之鋪張；天寶渼陂，惟剩詩人之題詠。茫茫黃土，埋龍雀之遺刀；漠漠蒼苔，蝕鴛鴦之古瓦。夫四時變易，而春之動物最深；百感纏綿，而望之關心尤著。羈懷值芳年，麗景觸緒紛來；古意當臨水，登山更端沓至。所以少陵江上，萬點飄風；太白庭前，一尊對月。下綦絳氣，文通廬阜之章；仰溯青雲，康樂石門之作。以及仲宣馳情於灞岸，嗣宗遐想於漢皋，莫不眺遠開襟，撫時感事。矧茲飄零游子，轉徙他鄉，朝隨肥馬之塵，夜聽荒雞之唱。非憑雅奏，安能寄此愁心；不有壯遊，何處抒茲朗抱。則並樊川而縱目，定多思古幽情；步韋曲而行吟，不乏驚人奇句。此蘆中窮士，有長安春望之篇；稷下鯫生，有海國送行之序也。同袍三數人，得詩十餘首。倩虎頭之妙筆，繪以爲圖；研龍尾之芳丸，吟而成集。雄關四扇，迎紅日而初開，廣路三條，披黄塵而乍入。經過華下，應逢賣畚之人；憑眺渭濱，倘遇垂綸之叟。攬山川之形勢，千古爲懷；對光景而流連，一時寄興。五陵游俠，佩錦帶而相邀；三輔少年，裼紫裘而共迓。握崤函於掌上，應有同心；羅涇渭於胸中，豈無知己。登高能賦，可使爲大夫；對酒當歌，何慚於豪士。嗟乎！瀉水置平地，鮑參軍行路知難；攜手上河梁，李都尉思歸成句。腰纏十萬，會看跨鶴東還；足繭三千，且自騎驢西笑。乾隆丙申二月序。

李問原秋郊小獵圖序丁酉

夫褰裳而臨碧海，未必逢照乘之珠；命駕而適藍田，未必獲連城之璧。娱耳目，樂心意，若此其難；從車騎，建旌旄，談何容易。惟問諸楮墨，則無涯之願立償；倩彼丹青，則有象之觀悉致。故三山浩渺，嚮壁能遊；五嶽崚嶒，閉門可躡。然則閒居嘯詠，苟容高揖長康；匡坐鼓歌，但解乞靈道子。蓋不待效辭人之設論，文士之大言，固已赤管恢奇，須眉改色，素屏颯爽，顧盼生姿矣。於是深林大澤之旁，廣隰平原之表，凉飆卷地，萬樹皆秋，夕照浮天，千峰盡霽。沙平似雪，見駭獸之羣奔；煙淡於霜，指驚禽之亂起。於斯時也，邀五陵公子，帥六郡良家，呼潘黨使彎弧，叱王陽爲驂乘。脱韝俊鶻，奮玉爪以摩空；解縶生駒，壓金鞍而逐影。墮雲邊之白鵠，中必疊雙；殪草際之黄麞，鈞能開六。桃花嘶過，下峻阪而疑飛；楊葉穿來，越顛厓而自喜。據鞌送酒，妖姬競撥琵琶；覆盾割鮮，猛士争傾蠡落。遂使空堂咫尺，雨血風毛，斗室肅條，星流霆擊，可謂極淋漓之逸興，盡慷慨之雅懷者矣。抑吾聞之，鐘鼎之念不起於江湖，介胄之容不生於琴瑟。今以東方一士，南畝諸生，軀瘦犢於溝塍，策疲驢於道路，吟成擁鼻，跧伏蓬蒿，讀罷低頭，含咀藜藿。乃忽短衣射虎，望雁磧而朵頤，長鋏思魚，對鵝溪而撫掌，毋乃強歡者不暢，僞怒者無威乎？然而桓子過屠門，何妨大嚼；屈平適樂國，未礙空談。爰借荒唐，用資噱嘘。是以子虛出使高文，大抵多夸；都尉從軍雜體，聊爲擬古。枚生七發，鋪張馳騁之豪；班氏兩都，遐想游畋之盛。譬之任公釣鼇於海上，蓋皆虛搆其辭；鄭人覆鹿於隍中，何必實求其事。矧夫秦府十八學士，僅留貌像於瀛洲；漢家四七元勳，惟剩雲臺之圖畫。寄形骸於紙上，暫洩雄心；假面目於毫端，少抒壯志。聞雞起舞，姑爲半夜之先鞭；躍馬論功，好作他年之左券。

秋日李問原西莊小集序

夫昨日之景光，已去者不能挽；詰朝之風物，未來者不可期。惟實境之當前，斯勝游之足據。是日也，嚴霜滿地，旭日照天，槐影出檐，菊香堆砌。紙窗安以杉几，草閣覆以蘆簾。黃雞秋肥，白酒晨漉，煮淮南之菽乳，切江東之鱸膾。讀爾雅未熟，且食蟛蜞；誦蘇文尚生，宜餐藜藿。清談霏玉，既無挾册之腐生；快論干雲，復少持籌之傖子。臨池小憩，蘋葉半黃，拓牖遠觀，稻花初紫。田夫故事，居然可泣可歌；牧豎新聞，允矣妄言妄聽。但覺文由興寄，敢云事以人傳。各賦佳篇，無忘雅集。

校禮堂文集卷三十

跋一

手鈔諸經跋

余幼而孤露，學書僅足記名姓。服賈入市，舍籌而嬉。少長，輒以意爲詩文詞曲自娛，六經未之全覩也。年過二十，亟思發憤讀書，是以有辨志賦之作。後以負米出游，時借主人之經讀之，文義淵深，苦不易曉，倦而棄去者屢矣。乾隆庚子冬，兩淮巡鹽御史長白伊公，奉旨删改古今雜劇傳奇之違礙者。次年，屬余襄其事，客揚州者歲餘。吳人孝廉李勉伯先生，贈余詩有「莫將椽似筆，顧曲誤垂名」之句。於是感其言，復取諸經就枕上觀覽。同人或阻之曰：「是學甚難，不若詩文之易見長也。是學甚樸，不若詩文之華而悦俗也。」余皆不謂然。夫學求爲己焉耳，豈以難易華樸易慮哉！且未通一藝，而自命爲文人，亦文人之羞也。自是有暇卽默誦，而艱於記憶，乃自課以手鈔代讀。然寄食於人，几案少隙，或作或輟，二年中始鈔得詩、書二經，時未得注疏，但就錫山秦氏本鈔之。壬寅冬，入都，及覃溪師之門，命之習舉子業，復鈔得周官禮。丙午，下第歸朐浦，又鈔得儀禮。戊申，部臣新定科場例，請五經竝用，通場同題，以杜闕節。上以士子五經未能徧習，命本年先用詩經，次年會試用書，次易，次禮，次春秋，五科後再以五經同出題。是科余以副榜准貢，冬歸自京師。次年將試於江寧，春間又鈔得易經，遵功令也。余鈔諸經，初不爲應試計，而中副車則以詩，領鄉薦則以易，捷南宮則以禮，前此肄業太學則以書也。盤庚曰：「若農服田力穡，乃亦有秋。」夫操豚盂而祝，敢曰力穡，而有秋之報，亦云厚矣。然九年之久，止鈔得易、書、詩、周官、儀禮而已。戴記、左傳，以文多，尚未遑從事，他日當與公羊、穀梁、孝經、爾雅等陸續補鈔也。辛亥三月，撿舊篋，重加輯治而藏之，竝書數語於卷尾，以見飢寒奔走讀書之不易云。

書校正汲古閣本儀禮注疏後

毛氏汲古閣本諸經皆有脱誤，惟儀禮爲最多。然所脱誤者在明監刻本已如此，不自毛氏始也。其經文脱誤，前此有崑山顧氏、濟陽張氏據唐開成石經校正之，而鄭氏注則概未之及，良由治是經者少耳。近世休寧戴氏始據宋本及嘉靖本刊定其誤，雖有釐正，亦不能盡也。丁未夏，客南昌，從謝蘊山太守家假得正德本，復取楊氏儀禮圖、欽定本、永懷堂本、張氏本、戴氏本，詳加較對鄭注一過。其脱者，則士冠禮「乃醴賓以一獻之禮」，注「内則曰飲重醴」下脱「稻醴清糟黍醴清糟粱醴」十字；「離肺實于鼎設扃鼏」，注「可嚌也」下脱「離肺小而長午割之不提心扃鼎扛鼏鼎覆也」十八字；「以成厥德」經文下，脱注「厥其也」三字。士冠記「加有成也」經文下，脱注「醮夏殷之禮每加于阼階醮之于客位所以尊敬之成其爲人也」二十五字；「諭其志也」經文下，脱注「彌猶益也冠服後加益尊諭其志者欲其德之進也」二十字。

士昏禮「席于北墉」經文下，脫注「墉牆也」三字。鄉飲酒禮「祭如賓禮」經文下，脫注「酢報也」三字。聘禮記「君初爲之辭矣」注此句下，脫「亦非其次」四字；又「拜送」注「敢拜送」下，脫「自拜聘享至」五字；「此」字下脫「亦非其次」四字。喪服傳「貴父之命也」注「大夫之妾」下，脫「妾子之無母父爲母子者其使養之」十四字；「可無愼乎」注「道猶行也」下，脫「言婦人棄姓無常秩嫁于父則爲母行嫁于子則爲婦行」二十二字；「尊嚴之稱」下，脫「是嫂亦可謂之母乎言不可」十一字；「以慈己加也」注「此之謂也」下，脫「其可者賤于諸母謂傅姆之屬也」十三字。喪服記「朋友麻」注「疑衰素裳」下，脫「冠則皮弁加絰」六字。士喪禮「繼主人東上乃斂」注「春秋傳曰」下，脫「鄭伯有嗜酒爲窟室而夜飲酒擊鍾焉朝至未已朝者曰公焉在其人曰」二十八字；「壑谷」下，脫「伯有者公子子良之孫良霄」十一字。既夕禮「藏器於旁加見」注「檀弓曰」下，脫「有虞氏瓦棺夏后氏堲周殷人棺槨」十四字。士虞禮「尸坐不說」注「不敢燕惰」下，脫「今文說爲稅」五字。特牲饋食禮「不諏日」注「丁己之日」下，脫「今文諏皆爲詛」六字；「皆復外位」注「爲視牲也」下，脫「今文復爲反」五字；「挂于季指」注「嚌之」下，脫「古文挂作卦」五字。特牲記「升受降飲」注「貴之」下，脫「非執事者」四字。有司徹「西階上北面賓在左」經文下，脫「言升長賓則有贊者爲之」十字；「糗在棗東」注「弟婦也」下，脫「今文曰婦也贊者執棗糗授婦贊者不興受」十七字。其非注文誤入者，則士冠禮記「夏收」注「所以收斂髮也」下，「齋所服而祭也」六字，從經傳通解誤入。士昏禮「卒爵皆拜」經文下，「婦拜見上篇見母章此篇婦見奠菜一章及內則女拜尚右手」二十四字，從經傳通解誤入。士昏記首節注「用昏壻也」下，「壻悉計反從士從胥俗作婿女之夫」十四字，從釋文誤入。公食大夫禮「先者反之」經文下，「釋曰反之者以其庶羞十六豆羞人不足故先至者反取之下文云先者一人升設於稻南其人不反則此云先者反之謂第二已下爲先者也」五十五字，從賈疏誤入；「其他皆如公食大夫之禮」經文下，「釋曰云其他謂豆數俎體陳設皆不異上陳但禮異者謂親戒速君則不親迎賓公不出此大夫出大門公受醬湆幣不降此大夫則降也公食大夫大夫降食於階下此言西序端上公食卷加席公不辭此則辭之皆是異也」八十六字，從賈疏誤入。士冠記「夏后氏之道也」經文下，「或謂委貌爲玄冠」七字，聘禮記「君還而後退」經文下，「争争鬬之争」五字，不知從何處誤入。其注隨經文而脱者，則士昏記「壻授綏姆辭曰未教不足與爲禮也」注「姆教人者」四字，從儀禮圖補入。鄉射記「士鹿中翿旌以獲」注「謂小國之州長也用翿爲旌以獲無物也古文無以獲」二十一字，從戴氏本補入。其誤者，則大射儀鄭目録「大射儀」三字，誤作「射義」二字。其錯亂者，則士昏禮「納采用鴈」注「納采而用鴈爲摯者取其順陰陽往來」十五字，本在「詩云」之上，今誤在「以養廉耻」之下。鄉射禮「采蘩采蘋」注「躬行」下，脱「召南之教」四字，「周南」下多「召南」二字而錯。「皆不拜」一節注「今文無執觶及賓觶大夫之觶皆爲爵實觶觶爲之」二十字，本在「禮又殺也」之下，今誤在後六節注「主人之意也」之下。以上姑就所見諸本校定之，其脱誤處當不止此。至於一二字之異同，亦備録於此本之上方，俾讀是注者有所考證焉。永懷堂本脱誤與明監刻同。

大戴禮記解詁跋

同年南城王實齋先生著大戴禮記解詁十三卷，研求古訓，理精義密，足矯以臆説經之弊。其言曰：

「近代以來，人事校讐，或據王肅私定家語，改易經文，是猶聽信盜賊，研審事主也。又或據唐宋類書所引，增删字句，是猶舍當官案牘，而求情實於風聞也。」故其所釋，惟據相承舊本，不敢以他書增删改易。用力之勤，凡二十餘年。其於太傅禮，可謂有功矣。嘉慶戊辰歲八月，晤先生於浙西，先生不以爲鄙，發篋見示。廷堪於是書所得甚淺，既無以益之，於是舉其卓絶之識，書諸簡末，以告世之好學深思者。同門年愚弟歙淩廷堪識。

書汪若文書中星解後

赤道者，動天之中圍也。黄道斜絡於赤道，日循之右轉，半出赤道南，半出赤道北。在赤道南者，冬至日所躔也，過冬至則日漸右旋而北。在赤道北者，夏至日所躔也，過夏至則日漸右旋而南。此一歲寒暑發斂之故也。冬至日遠天頂，故其景極長；夏至日近天頂，故其景極短。周髀云：「冬至，晷景丈三尺，極長也。夏至，晷景尺五寸，極短也。」雖里差以北極高下而移，然中國在赤道北，其長短以二至爲極者不殊也。汪若文書中星解云：「日永謂夏至也。自冬至之後，日自北而南，陽漸以生，則日景漸以長至此而始極也。日短謂冬至也。自夏至之後，日自南而北，陰漸以生，則日景漸以短，又至此而始極也。」夫冬至後，日躔自南而北，乃反謂之自北而南；夏至後，日躔自北而南，乃反謂之自南而北。又日永者，謂晝漏長，非日景長也；日短者，謂晝漏短，非日景短也。冬至後，日景漸短，至夏至乃極短，今反云冬至後日景漸長，至夏至而極；夏至後日景漸長，至冬至乃極長，今反云夏至後日景漸短，至冬至而極：皆茫昧可笑。夫寒暑之發斂，晷景之短長，雖三尺童子，舉目卽見。汪氏在當時尚稱博雅者，何顛倒若斯也？自宋以後，儒者率蹈虛言理，而不實事求是，故往往持論紕謬，汪氏之言蓋亦有所本也。嗚呼！以此說經，真可謂不知而作者矣。

校禮堂文集卷三十一

跋二

書五代史梁家人傳後

士君子著書，成一家之言，雖命意不無偶偏，立說未免過矯，然必始終不雜，義例相符，從無有前後矛盾其辭、自相剌謬者也。歐陽氏之撰五代史，以爲魯之桓、宣，鄭之厲，衞之剽，春秋皆不絕其爲君，故朱梁以篡弒得國，不復更加貶斥，其實爲君矣，書其爲君，其寔篡也，書其篡，而後世信之，其罪自不可掩。此其不僞梁之旨，所謂引春秋之義也。若夫友珪之亂，亦嘗卽位改元，何以本紀乃削不書而列之家人傳中？於是自爲之解曰：「友珪不得列於本紀者，所以伸末帝討賊之志也。」其於義例，殆不能無病矣。夫温之弒君，友珪之弒父，其罪同也。莊宗之伐梁，末帝之討亂，其志亦同也。於温則君之，於友珪則削之，於莊宗則没之，於末帝則伸之，豈友珪之惡浮於温而莊宗之舉不同乎末帝歟？蓋歐公此書，於梁多恕辭，於敵梁者多微辭，於忠於梁者多溢辭，其心竊竊然竟以朱温爲是，特不敢明言之耳。非獨此一事爲然也。夫賊温肆虐社稷，絕滅三綱，徒執「不没其實」一語，遂以帝制畀之。李克用父子血戰河朔三十餘年，矢心戮力，百折不回，曾不爲之少伸討賊之志，顧於友珪、末帝之間，轉汲汲乎不吝如椽之筆，以示予奪之權，遺重舉輕，獄同讞異，何其謬也！或曰：「歐公嘗謂朱梁、李晉共起而窺唐，而梁先得之，李氏因之借名討賊，以與梁爭中國。其退莊宗而進末帝也或以此。」此尤不然。唐亡，王建移書克用，請各帝一方。克用報之曰：「誓於此生，靡敢失節。」其言載在史册，炳若日星。夫唐社既遷之後，尚不敢稍萌他念，矧當時共主猶存，而遂謂其有覬覦神器之心哉！嗟乎！大盜移國，一二遺臣誓死致討，卒賴其力，得雪讐耻，斯亦千古所希有者也。不於此亟加褒揚，而乃深文曲辭以誣之。且討賊則討賊矣，何爲借名？誠如是，則漢光武之於王莽，蜀先主之於孫、曹，晉元帝之於劉、石，宋孝武之於元凶，梁孝元之於侯景，唐肅宗之於安、史，胥可以借名黜之，是率天下後世置君父之讐於不問，而傷忠臣誼士之心也。此豈可哉！且末帝之心果盡出於公乎？不僞梁之旨，吾固知之矣，恐人以子之矛陷子之盾也。

書金史太宗紀後

古之一天下者，必審夫天下之形勢，奮吾之全力控其要害，然後傳檄以定其餘，此發蒙振落之勢也。勇夫之搏虎也，畢一身之力扼其吭，則虎斃矣。苟或將扼其吭，又曳其尾，則我之力分而虎之力完，虎之力未損而我之力已憊矣。金太宗天會六年，詔伐宋康王。河北諸將欲罷陝西兵，併力南伐。宗翰不可，曰：「河北不足虞，請先事陝西，略定五路，然後取宋。」太宗曰：「趙構當窮其所往而追之，陝右之地亦未可置而不取。」於是命婁室等平陝西，撻懶、宗弼等分道南伐。宗弼之軍雖渡江取建康、杭州，自明州行海三百里，然以上游未定，所得州縣皆不能守，旋棄之而歸。自是不復渡江，延至天眷中，乃定和議。夫以天會之兵力而不能一統，議者遂謂天不絶宋。以吾觀之，寔人謀之不臧也。善定大謀者，如治絲，如振裘，總其端而挈之，舉其領而提之，其末雖不理，梳爬而已耳，其衽雖不齊，拂拭而已耳。未有不挈其端而先理其末，不提其領而先齊其衽，其不至於棼亂而顛倒者幾何哉！今夫全蜀非天下絲之端、裘之領乎？爲太宗者，當從宗翰之謀，停宗弼南追之舉，以傾國精兵先定關陝五路，而後命諸將率偏師出散關，軋興元，以窺全蜀。夫挾平陝之餘威，加以婁室、宗翰、宗弼、睿宗熊虎之將，俯視吴玠、張浚之等，不啻拉朽，未有不得志者也。定蜀之後，以舟師由巴夔順流而東，復命上將將步騎十萬南出唐鄧以取襄樊。上游既得，如瓴之建，如竹之破，則區區吴越之地，可以不戰而定，不出五年，天下混一，必然之理也。昔晉武平吴，王濬樓船自益州而下；周使尉遲迥取蜀，隋文因之以滅陳。故劉禪、李勢之未亡也，魏文臨江，賦詩而還，季龍雖强，不敢南下。豈二君之才劣於晉武、隋文哉？形勢不同，用兵有難易之分也。宗翰之言固在夏而不在蜀，然亦具有卓識。惜乎太宗見不及此，不能取其言而裁制之以控天下之要害，徒令諸軍漫然四出而自分其力也，豈非人謀之不臧哉！迨婁室既敗張浚之兵於富平，始命宗弼、撒離喝取蜀，吴玠得以悉力固守，而蜀卒不可得。蓋此之力用於既分之後，而始當彼之全，宜其難也。厥後海陵正隆間，開國宿將凋敝殆盡，宣宗之時，强敵侵陵，國勢日削，乃欲混一車書，孤軍南伐，則又不足論也已。

書宋史史浩傳後

南宋隆興初，張魏公鋭意用兵，史文惠力争其不可，御史王十朋論之，遂出知紹興府。事之本末載宋史本傳者甚詳，而張時泰續綱目廣義竟指爲南渡大姦，與秦檜竝列，目未覩全史而輕於持論，何其陋而妄也。夫秦檜之當國也，召還諸將，和議遽成，未覩用兵之究竟，故拘儒切齒，痛詆爲非。至於隆興之師，文惠已罷矣，李顯忠、邵宏淵已用矣，孝宗恢復之舉已付之矣，上有推心之主，下無掣肘之相，是魏公之志可謂大行而無遺憾者矣。迺當飲馬白狼之河，洗兵黄龍之府，奠汴京之鐘簴，拜鞏邑之山陵，光復舊業而間執讒慝之口。何以符離之潰，喪師辱國，與文惠所言若著龜之不爽耶？幸而金世宗厭兵息戰，僅以稱姪納幣得免。否則，光堯壽皇不爲昏德、重昏之續者幾希矣。嗟乎！東晉咸康中，庾亮欲伐趙，蔡謨持重，以爲不可。永和中，殷浩欲伐秦，王羲之持重，以爲不可。世未聞以蔡司徒、王右軍爲姦，而奬許元規、深源之輕舉妄動者。何廣義之果於褒魏公而苛於貶文惠也！廣義不知而作，陋妄之處甚多，本不足辨，亦辨之不勝辨，況二人之優劣，當時如葉氏四朝聞見録、何氏備史、周氏齊東野語久有公論者乎？辛丑，在揚州，客論此事，尚有主廣義之説者。因取宋史本傳示之，且告之故，客無以難而終不謂然。夫史臣持筆不能奪俗士之謭言者，則先入之見據於中也。客去，遂書諸傳後云。

書元史陳祖仁傳後

元順帝詔削擴廓帖木兒官爵，命諸軍四面討之。時明兵已取山東。陳祖仁上書皇太子，言「此項軍馬終爲南軍之所忌」，又云「朝廷苟善用之，豈無所助」，皆爲擴廓而言也。書載元史祖仁本傳。案：書中所稱南軍，卽指明太祖兵也。元史成於明初，語多忌諱。察罕、擴廓父子戰勝攻取之事，有關於明者多不傳。卽此數語推之，明兵之畏擴廓爲何如。觀後明兵已定元都，擴廓入援不及，湯和等乘勝狥山西，擴廓僅遣將禦之，戰於韓店，而明師大敗。洪武五年，明太祖復遣大將軍徐達、左副將軍李文忠、征西將軍馮勝，將十五萬衆，分道出塞，至嶺北與擴廓遇，大敗，死者數萬人。夫以元室喪敗之後，奮其餘力，猶能取明兵如拾芥，當其盛時，勢可知矣。惜乎元之君不以恢復之事付之，且疑其欲反而削奪以困之。擴廓亦但知與孛羅帖木兒相報復，與李思齊相讐殺，不以明兵爲意，遂令明祖坐大而有天下也。嘗謂漢高帝非項羽敵也，所以勝之者，賴田榮、彭越等議其後耳。明太祖亦非擴廓敵也，所以勝之者，賴孛羅、李思齊等掣其肘耳。然則漢之舉楚，明之克元，皆天也，非人之所能爲也。使當明兵未來之先，擴廓奉元帝之威令，悉衆大舉南出江淮以搗其胸，李思齊以秦兵劘其右，王信以齊兵躡其左，何真以粤兵、陳友定以閩兵扼其背，梁王復以滇兵撓蜀，使夏不暇出師以相救，則明祖雖欲盡江東而守之，恐智者亦不能爲之謀矣，况北定中夏乎！案：明史擴廓帖木兒傳，初，察罕破山東，江淮震動，太祖遣使通好。元遣户部尚書張昶、郎中馬合謀浮海如江東，授太祖榮禄大夫、江西等處行中書省平章政事。甫至，而察罕被刺，太祖遂不受。然則察罕不死，明祖固已受其撫而降之，不過察罕部下之一校，順則爲杜伏威，逆則爲輔公祏而已矣。明玉珍傳載太祖遺玉珍書曰：「足下處西蜀，予處江左，蓋與漢季孫、劉相類。近者王保保以鐵騎勁兵，虎踞中原，其志殆不在曹操下。予兩人能高枕無憂乎？願以孫、劉相吞噬爲戒。」王保保者，擴廓小字也。然則擴廓在河南，明祖固已讋其強而悸之，亟思與明氏結脣齒以爲保江左之計，幸則爲權之拒守，不幸則爲皓之輿櫬而已矣。蓋當時之情事如此。嗟乎！元事之不可爲，一徵之於察罕之被刺，再徵之於擴廓之搆兵。蓋天之棄元也久矣，而察罕、擴廓父子必欲與之，以區區之人力而與天爭，安可得哉！又擴廓傳載明太祖之言曰：「常遇春雖人傑，吾得而臣之。吾不能臣王保保，其人奇男子也。」劉基亦嘗謂太祖曰：「擴廓未可輕也。」是擴廓之威略節概，明之君臣未嘗不心服焉，惜讀史者不能會於其微也。

書權文公酷吏傳議後

權文公酷吏傳議云：「詩美仲山甫曰『剛亦不吐，柔亦不茹』。故體備健順，是謂全德。得柔之道者爲循吏，失剛之理者爲酷吏。司馬氏修史記，始作二傳以誡世，其論酷吏可謂當矣。」下文復謂馬、班列郅都於傳首爲非，則又誤以椎埋沉命、舞文巧詆之徒當之，何其前後之不符也。夫酷吏者，武健剛毅，不畏強禦，權豪爲之斂跡，貴戚爲之側目。京兆、司隸、長安、雒陽難治之區，非此不足以勝任而愉快，非酷虐無人理之謂也。唐以前史之傳酷吏者，後漢如董宣之責數貴主，陽球之搏擊宦官，後魏如張赦提之嚴誅盜賊，酈道元之峻斷孌倖，北齊如宋游道之見賊能討，畢義雲之彈射不避，彰彰可考。隋書所錄，雖漸遠前史本旨，然猶有請托不行之田式也，境内肅然之燕榮也。竝皆郅都之儔，寧獨馬、班爲然哉！蓋椎埋沉命、舞文巧詆者，酷吏之過，史氏因而載之，非卽以此爲酷吏也。宋子京新唐書始以索元禮、來俊臣等爲酷吏，則大乖史法矣。來、索之徒，迎合女主，屠割良善，殘忍慘毒，開闢未有，事蹟不足污齒頰，姓名不足辱簡牘。審酷吏若此，史遷何爲取之與循吏竝傳哉！夫三代而後，治道多雜，民氣久離。爲之牧者，亦各隨其學與才之所近而已。所謂酷吏者，申韓之學也；所謂循吏者，黄老之學也。傳曰：「道之以政，齊之以刑，民免而無恥。」酷吏近之。又曰：「上失其道，民散久矣，如得其情，則哀矜而勿喜。」循吏近之。是二者或剛或柔，皆未能合乎先王之道，然則循吏傳非褒之，酷吏傳非貶之也。嗟乎！知椎埋沉命、舞文巧詆爲酷吏之過，則來、索殘忍慘毒之小人，不足以蒙其稱也明矣。自宋以來，史法漸失，酷吏亦其一端也。

吳志伊十國春秋跋

粵自謡傳曹上，翻金色之蝦蟇；讖應秦中，著黄家之日月。烝民爲青虎所啖，朝士隨白馬而逝，六臣奉璽，九宇争圭，海水羣飛，妖星肆燭。西極岷峨，東竝溟澥，南逾甌越，北抵淮漢，其間以智吞愚，以強兼弱，或盜賊入據方州，或節度化爲天子。年未滿百，國區爲九。既而契丹北首，乾祐遽亡，雕青南面，太原復起。視夫秦楚之際月表，劉石以來僞朝，事蹟或有殊，而紀載不可廢也。蓋嘗綜其形勢，計其興衰。遠控濠泗，近擁宣潤，則楊氏、李氏先後國焉。山阸褒斜，水阻虁萬，則王氏、孟氏先後國焉。枕江籍沔，襟沅帶湘，則江陵高氏、武安馬氏分而國焉。句踐遺址，餘善故墟，則杭州錢氏、福州王氏分而國焉。服嶺以南，則南漢劉氏國焉。大河以東，則北漢劉氏國焉。奠九山於禹貢，僅跨三州；斥六代爲島夷，尚成一部。茲乃鯨呿豻咋，瓜剖豆分，雖十日燒八紘，大霧迷五里，比於狼戾，未云懸絕。在坤之上九曰：「龍戰于野，其血玄黃。」其斯之謂歟！唐天祐四年，歲在彊圉單閼，朱全忠篡立稱梁，改年開平，封馬殷爲楚王，錢鏐爲吳越王，以高季昌爲荆南節度使。後一年，王建稱蜀，改年武成，吳越改年天寶。後九年，劉龔稱漢，改年乾亨。後二年，楊隆演稱吳，改年武義。後六年，王衍降於後唐，蜀亡。後八年，王延鈞稱閩，改年龍啟。後一年，孟知祥稱蜀，改年明德。後三年，李昪篡吳稱唐，改年昇元。後八年，王延政降於南唐，閩亡。後六年，後周篡漢，劉崇繼漢稱乾祐。是年馬希崇降於南唐，楚亡。後十二年，高繼沖降於宋，荆南亡。後二年，孟昶降於宋，後蜀亡。後六年，劉鋹降於宋，南漢亡。後四年，李煜降於宋，南唐亡。後三年，錢俶降於宋，吳越亡。後一年，劉繼元降於宋，北漢亡。時代未泯，端緒可尋。成都恃其險阻，故世亂而先叛；晉陽鄰於邊塞，故世治而後服。居今稽古，良不誣也。嗚呼！四七之符翊漢，尺地皆王；十八之兆亡隋，敷天同亂。大蛇中分，羣起七雄之裔；蒼鷲上翥，釁生六夷之衆。然而高邑立號，熛火全消；長安受禪，陰霾盡散。儋豹競角，入關之龍已翔；聰虎遞乘，渡江之馬猶在。從未有蜉蝣生死，天無可紀之元；蠻觸升沉，人無可歸之統，如五代之交、十國之會者也。陶介立之史補已多疏漏，王禹偁之闕文更爲簡約。自非專門，曷由操管。夫歷代時勢既有不齊，諸史章程因之亦判。是以漢唐故籍，寇盜列於傳先；晉魏成規，僭僞收於卷末。唯茲渠率，靡所適從。蓋天水未興，李花已落。中夏之地，倏更五朝；大梁之君，驟易八姓。乃東觀之彦，南董之流，或以爲五代之餘分，或以爲兩宋之間色，且不曰載記，而曰世家，皆是外篇，均非正義。吳氏就近代所存，承昔人之乏，勒成一書，用垂千古，洵可質前修而不讓，示來學而無慚者矣。或疑九國之從横，實貫五代之終始，事本相類，例得竝登。若夫并代數郡，僅閲周宋兩朝，而亦虚費蒐羅，勤爲討論。然則王氏之據成德，傳世孔多；李氏之據定難，歷年尤永。盧龍劉守光帝制自爲，秦鳳李茂貞唐年未改。何以悉從芟夷，弗加纂輯邪？竊謂斯言刻覈，匪曰名通。夫道原紀年，永叔附録，皆此十家，竝無二致。吳氏嘗言，取法乎前，詎由自我作古。蓋阿布祖父，唐之世臣，拓跋子孫，宋之屬國，兩史各爲立傳，此固無庸複書。又況燕主爲朱耶所虜，岐王入沙陀之朝，運祚微淺，措施荒陋，究與保先世之祀者不侔，敵故君之愾者有間也。必若所云，豈惟西北有之，即在東南亦爾也。前如洪州之鍾傳，朗州之雷滿，後如武平之劉言、王逵、周行逢，清源之留從效、陳洪進，衡彼大槩，與前同科。倘亦特標名稱，別爲篇帙，則恐治絲而棼，窮年莫竟矣。獨是稽之古昔，凡屬春秋，皆是編年，竝非紀傳。所以崔鴻之十六國，蕭方等之三十國，馬紹統之九州，尹師魯之五代，王範之交廣，包諝之河洛，雖已或存或佚，要皆亦步亦趨。今世傳十六國春秋，如太史公體例，乃明代僞托，非彦鸞本書，其名則同，其實非故。而吳氏撿數百種遺文，耗十餘年精力，爬梳補綴，校勘鉤稽，鑪冶則聚彼真金，模範則仿兹贋鼎，殊可惜也。又其書喜述瓌聞，好采璅説，違尼父不語之戒，蹈左氏失誣之譏。饒有三長，不無一短。豈以年湮世遠，不忍刊誤點煩乎？廷堪久欽曩哲，夙慕是編，懷槧莫鈔，典衣難購。屬者假諸楊氏書肆，閲於真州旅館。靜繙一過，如得百朋。偶有管窺，記諸牘左。譬之拙工操器，竊評匠石之斧斤；少女升機，妄議天孫之杼軸云爾。

書黃氏通史發凡後

通史發凡四卷，甘泉黃君秋平撰。黃君將爲通史，屬草未竟，此其例目也，秘不示人。乾隆辛丑夏，余在揚州，借而讀之，歎曰：「世固有矯枉過正如是者乎！」其書曰漢紀，兩漢諸帝也；曰魏紀，曹魏諸帝也；曰晉紀，西晉諸帝也；曰後魏紀，元魏諸帝也；曰周紀，宇文氏諸帝也；曰隋紀；曰唐紀；曰遼紀；曰金紀；曰元紀。凡十代，以正統繫之。外此諸國，悉目之爲僭盜。如蜀則曰益州盜劉備，吴則曰江南盜孫權，燕則曰遼東盜公孫淵，皆附書於魏紀後。東晉則曰江南盜司馬叡，宋齊梁則曰江南盜劉裕、蕭道成、蕭衍，劉氏、石氏則曰僭趙，慕容氏則曰僭燕，苻氏、姚氏、乞伏氏則曰僭秦，吕氏、禿髮氏、沮渠氏則曰僭涼，李氏則曰僭成，赫連氏則曰僭夏，前涼則曰姑臧盜張軌，西涼則曰敦煌盜李暠，北燕則曰遼東盜馮跋，皆附書於後魏紀後。北齊則曰關東盜高洋，陳則曰江南盜陳霸先，後梁則曰降將蕭詧，皆附書於周紀後。朱梁則曰汴州盜朱温，後唐則曰并州盜李克用，後周則曰汴州盜郭威，楊氏則曰揚州盜楊行密，錢氏則曰杭州盜錢鏐，王氏則曰福州盜王審知，南唐則曰昇州盜徐知誥，高氏則曰荆南盜高季昌，馬氏、周氏則曰湖南盜馬殷、周行逢，王氏、孟氏則曰益州盜王建、孟知祥，劉氏則曰廣州盜劉隱，北宋則曰汴州盜趙匡胤，西夏則曰銀夏盜拓跋思恭，後晉則曰降將石敬瑭，後漢則曰降將劉知遠，北漢則曰降將劉崇，皆附書於遼紀後。僞楚則曰降將張邦昌，僞齊則曰降將劉豫，南宋則曰降將趙構，夏則曰降將李乾順，皆附書於金紀後。客見之，謂余曰：「黃氏創爲是書，誠所謂異説而不讓、高論而不顧者也。方將詬厲指摘之不暇，而僅目之爲矯枉過正，無乃近於好奇乎？」應之曰：「此非黃氏創見也。以曹魏爲正者，陳壽、魚豢之已事，而吳蜀二志，舊唐書亦列之於僞史焉。以元魏爲正者，王通、元行沖之緒言，而宋齊諸國，魏伯起皆名之爲島夷焉。若遼宋金之相承也，脩端辨之於前，楊維楨爭之於後，卒之各自爲史，未能統攝，然則正閏之說，迄無定論也。自宋人正統之論興，有明襲之，率以私意，獨尊一國，其餘則妄加貶削，不以帝制予之。黃氏矯其弊可也，乃於昔人所推尊者，皆斥之爲僭盜，爲降將，豈非過正乎？昔莊叟薄堯舜，黃生非湯武，其爲儒林所詬厲，名教所指摘，固何如者？然且劉向收之於七略，班固載之於漢史，所謂與其過而廢之，無寧過而存之者也。人自少見多所怪耳，奚好奇之有哉！然其書於劉、石、苻、姚之屬，尚存其國號，而蜀漢、六朝、五代、北宋則削之而以盜書，亦不知其義例之所在也。」客去，遂書其後而還之。黃君名文暘，字時若，秋平其號也。

校禮堂文集卷三十二

跋三

書程賓渠算法統宗後

漢徐岳數術記遺，有「珠算控帶四時，經緯三才」之文，珠算之名，其來已久。然考其制，「刻板爲三分，位各五珠，上一珠與下四珠色別」等語，似亦與今珠算不同。明程大位算法統宗，則尚言珠算者也。其書卷末載算法書目，有盤珠集、走盤集，云是元豐、紹興、淳熙以來刻者。然則今之珠算，蓋始於宋，梅氏古算衍略謂珠盤之法始於明初郭伯玉者，恐非也。今世俗所傳歸除歌括，亦始見於統宗，但不知創自何人。古算衍略云：「吴信民九章比類所載句長而澀，蓋卽是時所創。」理或然歟？案：古法合散數而總之謂之乘，剖總數而散之謂之除，無所謂歸除也。歸除之名，卽始於造歌括者。其歌括一句之中，有法，有實，有得數，有餘實，可稱簡便。然獨置除數於不言，遂使習之者無由得其本原，而「實如法而一」之理不明矣。夫得數由除數而生者也，故必先知除數而後知得數。今既有法，有實，有得數，而不言所除之數，試問何由而知得數乎？考九章算經，「以法除實，曰實如法而一」。此謂除法也。何謂實如法而一？試以七爲法論之，卽珠算所謂七歸也。凡遇實中滿七數者，則除之而得一數；滿十四者，則除之而得二數；滿二十一者，則除之而得三數；滿二十八者，則除之而得四數；滿三十五者，則除之而得五數；滿四十二者，則除之而得六數；滿四十九者，則除之而得七數；滿五十六者，則除之而得八數；滿六十三者，則除之而得九數。若不盡者，則謂之餘實，言實如法之數則得一也。與乘法之爲用正相反。如七歸之歌括曰「七一下加三」。七，法也，一，實也，卽借爲得數下加三餘實也。而其所以得一餘三之故，作之者不言也，習之者不知也。蓋七爲法，一十爲實，除實之七，則得數一，仍餘實數三也。七二下加六者，七爲法，二十爲實，除實之十四，則得數二，仍餘實數六也。七三四十二者，七爲法，三十爲實，除實之二十八，則得數四，仍餘實數二也。七四五十五者，七爲法，四十爲實，除實之三十五，則得數五，仍餘實數五也。七五七十一者，七爲法，五十爲實，除實之四十九，則得數七，仍餘實數一也。七六八十四者，七爲法，六十爲實，除實之五十六，則得數八，仍餘實數四也。今但言得數，而置所除之數於不言，則所以得數之理不明，故學者讀古算經而不知所用，習世俗之法而不能通之於古書，皆此歌括因陋就簡誤之也。然所謂歸者，指法之單位而言耳。若法有多位，則亦不能耑用歸，又必兼除用之，尤爲混雜。如七五爲法，三爲實，實如法而一，七五者法也，則除七五得數一，除一五得數二，除二二五得數三，除三則得數四也。其理顯然。若以歸除歌括算之，則曰「七三四十二」，復以得數四，與法之次位五相呼曰五四，除二十亦是得數四，而算理不明矣。嗚呼！自篆變而爲楷，而六書之義晦；自籌變而爲珠，而九數之義亦晦，是亦學術之大升降也。前明人精力敝於講學，九數之書散佚略盡，雖好學深思者無由得見古本也。今國家稽古右文，所謂算經十書，唐人以之取士者，僅佚祖冲之綴術一種，餘悉從永樂大典中録出。學者狃於歌括，讀之多不得其解。而博通古今之儒，則又窮極中西兩術而探索其精微之奥，以爲歸除歌括人所共習，存其法而不暇言其義也。故梅文穆雖增删算法統宗而重刻之，然於歸除歌括與古算經相通之故，亦未論及。是統宗一書，終屬胥史商賈之書，與古算經閡而爲二，初學何自而啟其扃鑰乎？聊釋其大旨，書諸簡尾，俾後之好古者有所從入焉爾。

書陳琳檄吴文後

陳孔璋檄吴將校部曲文，僅見於昭明文選中，三國志及裴注皆未之載也。案魏志武帝紀，建安十七年冬十月，公征孫權。又十九年秋七月，公征孫權。又二十一年冬十月，治兵，遂征孫權。此檄但云年月朔日，而不明指何年。案魏志荀彧傳，建安十七年，太祖征孫權，彧疾，留壽春，薨，時年五十。而此檄首稱尚書令彧告江東諸將校部曲，則是荀彧尚存，其爲建安十七年征權時無疑也。然檄中所云「如偏師涉隴，則建、約梟夷」。案魏志武帝紀，遣夏侯淵討斬宋建，則建安十九年冬十月事也。西平金城，諸將斬送韓約首，則建安二十年五月事也。又云「軍入散關，則羣氐率服；進臨漢中，則陽平不守」。案魏志武帝紀，公出散關，氐王竇茂恃險不服，公攻屠之，亦建安二十年五月事也。公至陽平，則建安二十年秋七月事也。又云「張魯逋竄，走入巴中；懷恩悔過，委質還降」。案魏志武帝紀，魯潰奔巴中，亦建安二十年秋七月事也。魯自巴中將其餘衆降，則建安二十年十一月事也。又云「巴夷王樸胡、賨邑侯杜濩，各率種落，以奉王職」。案魏志武帝紀，巴七姓夷王樸胡、賨邑侯杜濩舉巴夷、賨民來附，則建安二十年九月事也。又云「超之妻孥，焚首金城」。案魏志武帝紀，南安趙衢、漢陽尹奉討馬超，梟其妻子，則建安十九年春正月事也。又云「與匈奴南單于呼厨完」。案魏志武帝紀，匈奴南單于呼厨泉來朝，待以客禮，遂留魏，則建安二十一年秋七月事也。又云「使征西將軍夏侯淵等」。案魏志夏侯淵傳，建安十七年，以淵行護軍將軍，屯長安；至於拜征西將軍，則建安二十一年事也。又云「合肥遺守不滿五千，權親以數萬之衆，破敗奔走」。案吴志孫權傳，權征合肥未下，徹軍，還爲魏將張遼所襲，則建安二十年事也。凡此皆在建安十七年荀彧既薨之後，未審檄文何以詳載之。若云是建安二十一年征吴之檄，則距荀彧之薨已五年，檄首不應仍稱尚書令彧也。竊恐「彧」字或誤，然李善所見本已是「彧」字，故注引魏志荀彧傳以證之，未必誤也。豈孔璋此檄是齊梁文士所擬作，而昭明遂取以入選歟？不然，承祚、少期何以不録也？而邵子湘評阮元瑜爲曹公與孫權書云：「孔璋之檄，乘勢恐喝耳。此書當敗軍之後，有倍難於措辭者。」竟以爲在建安十三年下荆州時，益陋不足辨矣。

書唐文粹後

唐文粹一百卷，宋姚寶之輯。曰古賦，曰詩，曰頌，曰贊，曰表奏書疏，曰文，曰論，曰議，曰古文，曰碑，曰銘，曰記，曰箴誡銘，曰書，曰序，曰傳録紀事，凡十六門，所以續文選也。體例不甚精確。如明皇紀泰山銘則附於頌，柳子厚塗山銘、獨孤至之仙掌銘等乃與墓誌銘爲一門，通謂之銘，權文公幾銘、盧玉川門銘等又與箴誡别爲一門，夫銘一而已，宜自爲一類，墓誌銘或又爲一類，不當淩雜如此也。皮襲美九諷、反招魂，楚騷類也，不當入詩。韓退之進學解，荅客難類也，不當入古文。皆其短也。唯平淮西碑取段文昌而不取昌黎，此真深知文體者。蓋昌黎之文，化偶爲奇，戛戛獨造，特以矯枉於一時耳，故好奇者皆尚之；然謂爲文章之别派則可，謂爲文章之正宗則不可也。宋初古學猶存，文章椠鑊人皆知之，故姚氏明於決擇如此。熙寧而後，厭故喜新，末學習爲固然。元明以來，久不復識源流之别矣。竊謂昌黎之論文與考亭之論學，皆欲以一人之見，上掩千古，雖足以矯風尚之同，而實便於空疎之習。故韓、歐作而摯虞、劉勰之熖熸，洛、閩興而冲遠、叔明之勢絀，廢墜之所由來者漸矣。今一二有識者，知蹈虚言理不如名物訓詁之實有可憑也，於是蒐遺訂佚，倡之於前，士從事於學者皆以復古爲志，而論文則貿貿焉但曰八家，是知二五而昧於十也。因讀文粹，感而書此。又案宋史姚鉉本傳曰廬州合肥人，而文粹序題曰吳興，蓋舉其郡望也。

書平淮西雅後

柳子厚平淮西雅云「鼎臑俎胾」，鼎臑二字，蓋本之楚辭大招。案：牲體肱骨三，肩也，臂也，臑也；股骨二，肫也，胳也；脅骨三，代脅也，長脅也，短脅也；脊骨三，正脊也，脡脊也，横脊也：謂之十一體。合左右肱骨、股骨、脅骨，謂之十九體。加兩髀，謂之二十一體。皆載於俎若鼎，或升左右胖，或升豚解，或升體解，不獨一臑也。至於俎胾二字，尤不典。牛羊豕之胾，則肉之無骨者，皆實於豆。若俎，但載牲之骨體而已，安所謂截哉！禮經十七篇具在，可案而知也。一句之内，雜出不倫，稽之禮例，無一合者。蓋唐之詞人，類皆疎於經術，而經術中尤疎於禮。雖表表如子厚者，亦所不免，良可歎也。

書蘇東坡赤壁賦後

東坡赤壁賦「壬戌之秋，七月既望」，下云「少焉，月出於東山之上，徘徊於斗牛之間」。案：壬戌爲宋神宗元豐五年，距乾隆七年壬戌，凡十一壬戌，六百六十年，歲差不過十度。七月太陽所躔，約在張翼左右。則既望之月當在室壁之間，不當云「徘徊於斗牛之間」也。壁在斗東已一象限，初昏時斗牛正中，月方東出，安得徘徊於其間？蓋東坡未必真有是游，特想像而賦之，以爲月令孟秋之月，昏，建星中，建星在斗上，月既漸升，臆度應至斗牛。不知月漸東升，則斗牛亦漸西降，月決不能退至斗牛也。昔人謂梅花開於孟春時，昏參中，夜半則參没，龍城録所云「天曉月落參横」者誤，故東坡作梅花詩，特云「耿耿獨與參横昏」以正之。然則東坡蓋知縣象者。今以此賦考之，則東坡於縣象亦未必了了也。

書唐詩説殘卷後

三韓郎君兆夢於其友人處得鈔册一卷，題曰「唐詩説」，後附宋、金、元、明詩説，持以示余。點竄塗乙，似是選詩發凡，雜以議論，大旨於婁東、歷下、公安、竟陵而外，自出手眼。惟論宋詩，閒有過當語，然亦非依傍門户，故爲排擊也。卷上有私印三：一曰「不隨王李袁鍾錢陳步趨」，一曰「費錫璜」，一曰

「滋衡氏」。案：滋衡，四川新繁人，爲費中文先生次子，流寓揚州，著有貫道堂文集，其詩亦奔放絶塵。是選未見行世，豈草創而未就耶？因書其後而還之，并誌其鄉里姓名於卷首。時乾隆庚子二月也。

樹經堂詠史詩跋

文選所録詠史詩，如左太沖、鮑明遠輩，僅略借古事，自抒胸臆，而謝宣遠張子房詩、虞子陽詠霍將軍北伐詩，雖有所專指，然亦一人一事而已，未能徧及全史也，況上下千古而詠之乎？唐末胡曾詠史詩稍多，而義既膚淺，又皆斷句，故談藝家恆置之不論。是詠史詩自古無傑構也。蘇潭先生於旬宣之暇，論次全史，自司馬遷以迄宋濂之書，綜其大者并旁及別史如屠喬孫、吴任臣所述之等，爲七言律五百首，名曰樹經堂詠史詩，鴻篇絡繹，美不勝收，洋洋乎大觀矣。警句如漢武帝云：「玉檢封中呼萬歲，金童海上引三山。」賈誼云：「年少高陳治安策，夜深虚溯鬼神原。」王尊云：「洪流萬丈填隄立，峻坂千尋叱馭過。」王莽云：「宫中漢臘更新臘，殿上黄貂换黑貂。」班固云：「再世爲郎輸范、蔡，兩都作賦麗卿、雲。」張衡云：「十載覃思二京賦，千秋絶唱四愁篇。」則少陵之風格渾成也。如劉向云：「五行洪範春秋傳，丙夜青藜太乙燈。」魏武帝云：「暮年伏櫪雄心在，明月棲烏古調哀。」晉成帝云：「誤國朝臣多放達，渡江名士半浮沉。」向秀云：「虞淵日薄琴聲邈，窮巷風淒笛響來。」吕光云：「葡萄美酒龜兹賦，燕雀西風朔馬篇。」庾信云：「春風官渡黎陽柳，落日長橋渭水輪。」則東川之天才雄秀也。如黄霸云：「吏食郵亭烏欲攫，人言相府鶡初飛。」光武云：「餘子緑林方蟻鬬，真人白水竟龍升。」臧洪云：「志士同仇傾蓋定，故人流涕撫弦看。」郭泰云：「似仙衆望同維楫，如玉人來賦束芻。」魏明帝云：「傳聞玉馬呈文石，已見金人泣露盤。」宋廢帝云：「淒淒秘院屠猪日，寂寂華林射鬼時。」則錢、劉之吐語高華也。如張敞云：「走馬章臺麾便面，研螺官閣畫修眉。」楊震云：「三鱣講席生前兆，一鳥闕亭死後悲。」謝靈運云：「衣冠新製尊康樂，山水清音愛永嘉。」梁簡文帝云：「無蒂雪花歸永福，多生伽葉禮重雲。」陳後主云：「長江誰唱公無渡，羣鳥争呼帝柰何。」薛道衡云：「作頌翻嫌魚藻美，題詩已兆燕泥空。」則温、李之修詞富豔也。如王吉云：「廣厦細旃中尉諫，古車周道下泉風。」謝莊云：「江東無我一時秀，明月與君千里同。」王元禮云：「三世三公門第貴，一官一集宦情殊。」石勒云：「孤寡不欺心磊落，帝王自取氣縱横。」禿髮傉檀云：「索丘以外有經濟，關隴之間多傑英。」杜甫云：「離亂何人憂社稷，哀歌到處感山川。」則涪翁之峭健清新也。如鍾會云：「鳴鶴在陰占自吉，亢龍有悔義難參。」宋文帝云：「白面書生談北伐，黑衣宰相坐南衙。」任昉云：「生前十斛桃花米，身後諸郎白練裙。」陶弘景云：「學道十年呼宰相，讀書萬卷作神仙。」林逋云：「夢迴鶴羽飛難覓，魂在梅梢喚欲醒。」元順帝云：「黄瀆岡生石人眼，白毛天雨老君髯。」則劍南之俊邁工整也。他如明德馬皇后云：「底事廖防同日貴，濯龍門外起深憂。」荀彧云：「飲藥壽春哀撤讌，明年九錫册文隆。」公孫瓚云：「但信此間堪避世，不知何處更容君。」宋武帝云：「能揮雄略殲靈寶，卻少深謀護義符。」齊東昏云：「縛菰怒及而翁首，別認潘梅作父兄。」李後主云：「從來文士爲天子，終作降王入敵庭。」則又白傅之識解超妙，玉局之議論宏闊也。蓋集唐宋人之長，於太沖、明遠諸君外，開未有之奇，豈胡曾之徒所可同日語哉！爰倣張爲主客圖之例，擇其尤者録以爲跋，與海内談藝家亟賞焉。歙凌廷堪次仲謹跋。

書孫平叔雕雲詞後

夫句分長短，號曰詩餘；音有抑揚，胎於樂府。檀槽乍按，六么爲最小之弦；鐵撥輕籠，七宮乃夾鐘之律。由濁而清者，四旦元闕徵音；自高而下者，九階奚須勾字？燕樂廿八調，久則失傳；律準六十聲，誣而非實。東都識曲，咸推片玉、屯田；南渡知音，競數堯章、君特。自餘詞客，罕識宮商；譬彼詩人，但知平仄。無錫孫平叔孝廉，馳情綺麗，托興纏綿，猥通研粉之箋，遠示雕雲之集。未邉謀面，獲捧瓊瑶；敢詡同心，謬膺縞紵。慢則纖綃泉底，得傳石帚全神；令則弄影雲邊，不拾草堂餘唾。可云金風亭長頓遇替人，樊榭山民忽來同調者矣。然而誇鑪錘匪易，固爲學士恆情；視律吕太深，亦屬古人通蔽。唐沿而宋，大石本細於正宮；金易而元，仙吕遂歸於雙調。苟不尋源於千古，僅能按譜於四聲，何異扣槃郎云識日。不知摹山刻水，詎闕九域廣輪；春賦秋吟，無與四時推步也。故鏤冰琢雪，不乏驚才；换羽移宫，都非事實。語及高平般涉，怖若鬼神；問諸啇指過腔，幻如風影。夫惟好學，始克深思；是在讀書，方能稽古。非執事何以發吾之狂，非鄙生何以知君之妙？

族曾祖蒼舒先生手札跋

右手札一紙，爲族曾祖蒼舒先生與從伯曾祖向若公者也。先生諱世詔，字宫球，前明崇禎庚午舉人，甲戌進士，官户部主事，著有汭沙草，詳見明詩綜及御選四朝詩。蒼舒，其别號也，於向若公爲昆弟行。札中所云龍翁者，爲族高祖龍翰公，諱駉，前明崇禎丙子舉人，癸未進士，福王初授巡案河南監察御史，死於歸德。所云元性弟者，爲從叔曾祖諱潤生，以布衣從龍翰公殉節事，竝見華亭王氏明史稿。元性公本向若公胞弟，後其叔父伯衍公者。伯衍公諱光亨，以贈太常東鰲公廕除南京都察院經歷，遷浙江温州府通判。札中所云官奶奶者，即伯衍公繼配朱安人也。庚子冬，廷堪自海州板浦場扶先君子柩歸葬於歙，得之敝簏中，已殘缺矣。此其末後一箇也。伏讀我皇上議予明季殉節諸臣諭旨，有云：「凡諸臣事蹟之具於明史及通鑑輯覽者，宜各徵考姓名，仍其故官，予以謚號。欽此。」謹案御批通鑑輯覽，於順治二年三月，特書我大清兵定河南，進取歸德，巡按御史淩駉及其從子潤生死之。是先臣駉、先臣潤生，皆應在得謚之列。後恭撿勝朝殉節諸臣録，未載先臣姓名，或編纂者之遺忘，或傳鈔者之脱落，均未可知也。於是裝潢而藏之，并考其始末，書諸卷尾，上志曠典，下示子孫，不獨書法遒美爲可寶也。向若公諱瀚生，邑諸生，先曾祖方平公同祖兄也。乾隆四十六年，歲在辛丑，三月朔，族曾孫廷堪敬識。

校禮堂文集卷三十三

文　傳

賣癡獃文

著雍淹茂，聿屆歲除。市南淩生，窮愁索居。比鄰共閈，飲酒吹竽。一燈熒然，時還讀書。見范至能郵田樂府有賣癡獃詞，嘍嘈自語曰：「癡獃其可賣乎？若是余癡獃已甚，曷弗賣諸。」於是起被敝裘，約以韋帶。手啟荆扉，立於門外。仰視觜觿，當頭光大。數其癡獃，抗聲而賣。夫癡爲不慧，載於説文。獃見廣韻，象物未分。癡獃狎至，迭相爲羣。盈囊累橐，膠葛糾紛。懋遷有無，伊古所云。余之厚擁此物，固里黨所習聞也。今將出賣，冀取高貲。樸屬苦窳，各有等差。以多易鮮，匪曰居奇。五尺之童，莫之或欺。請論其直，買者擇之。天生兩手，以用爲賢。雲雨翻覆，俄頃變遷。既不秉耜，菑畬於田。曷不持籌，會計於廛。揭車是擷，杜衡載搴。手之癡獃，其直百錢。惟足能行，進則有獲。捷徑争先，岐塗特闢。柰何見利，罔知攸適。跬步之間，江河阻隔。裹足要津，殊屬可惜。足之癡獃，其直五百。聰生於耳，與聲作緣。耳食耳剽，道聽互傳。噂沓讙譁，號呶狂顛。爾胡憖寘，弗司其權。巴浦犀聾，瑱塞孔堅。耳之癡獃，其直五千。快意目前，奚取見遠。惟鼠有目，厥光盈寸。窺伺倉廩，睢盱藩溷。爾覩其樂，胡不知勸。倀倀無相，卒以自困。目之癡獃，其直一萬。兑説爲口，言乃其職。佞辭泉湧，怪幻罕測。何圖出話，但矜伉直。規人之過，竟忘默默。忍飢誦經，晝夜靡息。口之癡獃，其直一億。心官則思，幽湛深窈。上求下索，旁搜遠紹。誠通千古，精鶩八表。至於機械，全不了了。任人欺紿，貿焉莫曉。心之癡獃，其直一兆。自甲至丙，夜漏三下。舌敝脣乾，面爲之赭。行人往來，如聾如啞。俾倪匿笑，無過問者。癡獃之精，化爲神官。貌比玉雪，氣猶芝蘭。翩翩虹裳，峩峩星冠。雲軿既降，揖余而言曰：「甚矣吾子之蔽也！狐狸而蒼，墨以爲明。垂棘博塊，懸黎易羹。姑援往昔，爲子量衡。忠臣孝子，奕世留名。孰非癡獃，驅之使行。儒林文苑，薄海騰聲。孰非癡獃，迫之使成。彼逞儇巧，自鳴得意。利甫及躬，害亦旋至。子於癡獃，尚嫌未摯。豈可淺嘗，輒思捐棄。信道不篤，是謂失志。至能樂府，本其吴俗。子非吴人，何故賡續。人云亦云，屋下架屋。何不翻新，別立名目。子有老母，待子而食。菽水雖艱，傭書可得。子已弱冠，不思進德。獵騁辭華，面有矜色。子粗能文，不中程式。不試有司，未爲奇特。柳之乞巧，韓之送窮。以文爲戲，調謔兒童。逐貧之賦，始於揚雄。韓、柳雖襲，不失爲工。子何學步，勦説雷同。心直何貴，手直何賤。軒此輊彼，安生意見。不由司市，疇與掄選。百千億兆，據何經傳。去疾得財，無乃太便。統計其直，百餘萬緡。邈邈山陬，延延海濱。詼嘲滑稽，擬售何人。吾恐富者不子售，而欲售者又苦其貧也。韓子有言，小黠大癡。柳子有言，後懌初悲。子失其旨，徒仿其辭。悦華忘實，效顰可嗤。我之於子，步步追隨。生同枝榦，形影不離。美在其中，暢於四支。本未相負，見賣何爲。」神官言訖，春風滿天。汗流瑟縮，自慰自憐。蕙芷乍蘇，梅杝已妍。招邀同醉，闔户高眠。守此癡獃，以待來年。

弔李將軍文并序

濡水之南，陂陀綿亙，案之圖經，蓋漢右北平郡塞外境也。歲在癸丑，廷堪從座主韓城公客於濡上，暇日輒乘馬往遊焉。山川莽蒼，草木蓊翳，涼風颯其暫至，壯士爲之變色。案史記，李將軍廣爲右北平太守，嘗射虎郡中。事往風微，地無可考，而濡南去郡不遠，平原千里，禽獸蕃茂，度亦將軍游獵所必及也。嗟乎！名將難封，中材易貴，莫邪置而不用，鉛刀矜其一割。徘徊其盤馬彎弓之處，想像其没石飲羽之技，俯仰陳跡，悠然神往，蓋不待聞雍門之哀響，固已泣下沾襟也。昔文帝嘗謂廣曰：「惜乎子不遇時，如令子當高帝時，萬户侯何足道哉！」夫窮陰沍寒，蛟龍蟄而難出；雨潤泉動，蛇蚓鳴其得意。敬問匈奴單于，遺書蠻夷大長，四郊無警，猛士坐衰，時乎不遇，亶其然矣。若夫當盛漢之隆，際大略之主，北挑彊鄰，南誅勁越，功臣受封，侔於祖考。爰自元光，洎乎元狩，大小百餘戰，侯者數十人，將軍未嘗不身在行間，親當矢石，而卒不能與屬國降王、票騎裨將竝得爵土，豈盡係於時乎哉，殆亦有命存焉。觀公孫昆邪爲上泣曰：「李廣才氣，天下無雙。」而大將軍亦陰受上誡，以爲李廣老數奇，毋令當單于，恐不得所欲。悲夫！少負飛將之殊譽，晚逢天驕之合圍，才非不傑也，時非不齊也；然而由東道而出師，與勍敵而相左，徒有對簿之困，竟無尺寸之績，是將軍之命也夫！是將軍之命也夫！雖然，將軍以良家子起家，至二千石，在邊凡四十年，再爲郡守，三登列卿，天下知與不知，皆曰名將，非懷才待試者比也。所惜者，但未侯耳。同列信其才，當宁知其命，才不勝命，自古所歎焉，獨將軍而已哉！彼夫鞶帨末藝，篆刻微長，少不如意，輒咄咄於口，悻悻於面，感將軍之已事，亦可以廢然而返矣。乃爲文以弔之曰：

惟軫蓋之肖物，隨陰陽而賦形。因所遭以貴賤，初不係夫蠢靈。伊將軍之才氣，誠照耀乎漢廷。才激盪乎山嶽，氣震迅乎雷霆。勇豈讓於票騎，功不下於長平。徒爲命之所囿，奚智力之克爭。事已邁夫千載，慨遺跡於郊坰。寄古意於變徵，拊余節而孰聽。溯皇漢之中葉，孝武奮夫雄姿。厲海内之蕃庶，將騁志於四夷。既蒐賢而拔俊，爰命將而出師。豈劉興而項蹶，始龍躍而虎馳。以將軍而值彼，固藏器而遘時。何猨臂之善射，竟垂老而數奇。初爲郎於禁闥，力格獸而折闢。露翹異於帝側，每太息而動顏。從太尉而取旗，勦吳楚而桓桓。殺射雕而迴騎，敵皆驚而上山。心欲退而轉進，乃下馬而解鞍。名王怪而不擊，迨平旦而引還。作邊郡而屢徙，勳不賞於縣官。彼文景之休養，匪遇合之維艱。緬建元之嘉會，世仰望其英風。發大黄而殪敵，戰日暮而益雄。無刁斗以警衛，卒未嘗與害逢。較不識而異趣，法簡易而樂從。出雁門而生得，伏馬邑而無功。悲霸陵之醉尉，胡睚眦之不容。矧殺降而肆虐，洶狙詐之致窮。實軍行而失道，詎廷論之匪公。昔馬遷之於邑，以空言而著書。疾庸俗之高位，憒瑰奇而索居。感斯人之相類，遂掩卷而欷歔。寓激昂於懷抱，寧無端而發抒。憶出守於北平，借游獵以自娱。虎駭弦而靡遁，石飲羽而非誣。覽平原之蕭瑟，猶想見其馳驅。佳人嫁於沙漠，才士放於江潯。色莫憐於悦己，調罕遇其賞音。來後世之憑弔，起樂府之謳吟。富貴豔乎當代，逸樂盈乎寸心。

同驚塵之飄忽，共逝水而銷沉。若將軍之烜赫，亞羲娥之照臨。聞其風而咸慕，述其事而竝欽。野當秋而更曠，草被霜而逾深。鳥翩翩而集木，獸逐逐而出林。魂有知而戀此，應無間於古今。

銅鼓齋上梁文

兒郎偉：碧雞舊宅，草堂藉老杜而留；白鶴新居，茅屋因大蘇而重。果置身於不朽，斯容膝其必傳。廸彼前修，垂茲後世。麗仲主人，胸有成竹，目無全牛，放眼空九州，讀書破萬卷。天下山川形勢，較若列眉；古來成敗是非，明如指掌。談言微中，顧盼動人。思緣經濟以發名，不屑辭章以邀譽。陳平門外，恆虞車轍之羣來；董子園中，將與詩書而共對。别營斗室，涵養寸心。恥盜處士之虛聲，勉效前民之實用。雄劍在匣，蕭然一畝之宮；奇書滿家，儼若百城之富。蒔花種竹，三徑初開；蒔史枕經，千秋自命。爰儲瑶函之秘帙，肇錫銅鼓之嘉名。蓋慕諸葛君之爲人，非同賞鑒家之愛古。欣協棟隆之吉，敢陳堂構之規。謹托謳吟，聊供邪許。

兒郎偉，抛梁東，旭日初生曙色紅。細數古今真事業，發源多在讀書中。

兒郎偉，抛梁西，科舉文章要細稽。讀到昌黎明水賦，始知心細是昌黎。

兒郎偉，抛梁南，過目仍須反覆探。試想深寧辛苦日，原來過目本虛談。

兒郎偉，抛梁北，才高往往矜明識。不分塗徑用工夫，至竟身心何所得。

兒郎偉，抛梁上，薄技偏長何足尚。經術爲根史佐之，逢原左右真無量。

兒郎偉，拋梁下，古人才力應難跨。觀書鹵莽是聰明，但恃聰明吁可怕。

伏願上梁之後，學問日深，見聞日廣。心思則靜而益靜，才識則開所未開。射策千言，書姓名於雁塔；建功萬里，銘勳業於麟臺。庶幾北野故廬，可媲南陽先哲。

吴宜人傳

吴宜人名序，歙人，年十七，歸程吏部振甲，事舅姑以孝聞。乾隆四十九年三月，舅病，篤禱於神，刲股肉以進，不數日遂愈。又十年，奉姑就養京師，四月，姑患瘧，危甚，再刲股以進，次日卽愈。雖其子，不知也。嘉慶三年，自京師歸。里居二年，舅復病，復刲股以進，而舅竟不起。至是股已三刲矣。嗚呼！刲股，恆情所難也，而至於再，至於三，不謂之奇孝，得乎！十一年十月，以疾卒，年四十有八。其子洪溥，不忍其奇孝不彰，以狀丐余作傳。余文不足以傳其孝也。顧世之論刲股者，動云以毁傷肢體爲過。案孝經：「身體髮膚，受之父母，不敢毁傷。」漢孔氏注：「能自保全而無刑傷。」蓋如髡鉗劓刵之屬是也。若云刲股療親爲毁傷肢體，然則忠臣烈士死綏疆埸，陷胸抉脰，亦可謂之毁傷邪？論者折衷於經義可矣。

論曰：吏部，余同門友也。前年，余銜恤歸，聞宜人奇孝於鄉黨者甚悉。今年再歸，主講紫陽，而宜人已卒矣。於是因洪溥之請，仿李習之、司空表聖傳楊、竇二烈婦之例，以備他日采擇。洪溥爲諸生，好讀有用之書，報宜人之奇孝者，其在斯乎！

校禮堂文集卷三十四

碑

蒼頡廟碑

夫蒼黃肇剖，視之則有形，黔赤憑生，叩之則成響，緣形以達意，就響以立名，書契之端，胎於此矣。紀事而結繩，仰淳龐於上古；觀圖而畫卦，溯聖神於太昊。粤自蒼頡氏作，秉玄穹之秀，爲黃帝之史，爰考萬物而制六書，事意形聲爲之經，轉注假借爲之緯，文字聲音於是乎大備矣。玄聖制經，本之則成爾雅；中壘校書，別之則曰小學。洎夫爰歷、博學、凡將、急就，莫不以爲大輅之椎輪，明堂之茅蓋，洵可謂鑿燿魄以探奧，感幽靈而灑泣者矣。夫文字者，其形也；聲音者，其響也；訓詁者，其義也。小學之類，別之雖有三；大指所歸，約之則惟兩。傳其形者謂之文字，傳其響者謂之聲音。至於義者，非形則孰依，非響其何寄。是訓詁由文字聲音而後有，離文字聲音而卽無者也。表厥本原，固有在矣；尋其流失，可得言焉。夫許君著書，諧聲居半；徐氏繫傳，會意蓋尠。如忠之從心也，諧之以中；恕之從心也，諧之以如。但取其聲之相近，追計夫意之可通。乃或謂中心爲忠，如心爲恕，是何異於長以馬頭索解、虫以屈中作訓乎？此昧於文字而併昧其聲音者也。又若易傳詩篇不煩改讀，屈騷宋賦悉是本音。故池以也得聲，古人以之合阿；軌以九得聲，古人以之合牡。夫閩越之區既不能繩燕、趙，齊、梁之世安可以律商、周？乃或謂韻必協而始調，語必轉而方肖。良由厥旨未明，而妄生區畫。此昧於聲音而併昧其文字者也。若夫假借以一字而兼數訓，轉注以一義而統衆文。李者木也，而借爲行李；初者始也，而轉爲首基。故李與行李假借也，字不異而意則異；初與首基轉注也，字不同而意則同。此往彼來，理原易見。如四序之寒暑迭更，如九數之乘除互報。彼以少長爲轉注者，已混轉注於假借；以猋飇爲轉注者，又混轉注於諧聲。治絲而棼，解酲以酒。此昧於訓詁而併昧其文字聲音者也。略舉數事，可以類推。倘罄羣言，殊難指屈。雖世與世相易，語三傳而失真；而心與心相通，法一成而可貫。此蒼頡氏所以爲萬世之首出而六書之鼻祖也。夫甲兵之造，尚報本於蚩尤；炊爨所先，且薦馨於老婦；抑思禮樂所藉而留，文章所憑而立，合古今如旦暮，導川原於階闥，伊誰力也，而輒忘乎？甘泉朱君，好古若渴，飲水知源，偕同學數人，擇近城隙地，庀材半載，構宇一區，以祀蒼頡氏。經始於丁未，落成於戊申，李斯、史游之儔繪於兩壁，許慎、呂忱之等聚於一堂。乃屬廷堪紀其興事之由，銘諸麗牲之石。嗟夫！元豐之編既出，久淆夫事意形聲；淳熙之書復行，徒習夫灑掃應對。小學之荒，其來已舊。斯廟之葺，庶幾可興。銘曰：

洋洋聖謨，布在簡編。人世遞閱，積有歲年。今以續古，後以繼前。匪托文字，曷由而傳。河龍吐苞，洛龜呈卦。書契之興，蓋取諸夬。庚庚蒼史，功著百代。仰觀俯察，振聾發聵。九皇云遠，六書始萌。象形象事，象意象聲。珠囊洩秘，金鏡耀精。圓顱方趾，咸賴以生。篆易而隸，隸易而楷。沿波討源，厥理斯在。象胥所通，九州四海。重譯而來，厥理不改。臨摹既工，日益舛訛。藝成而下，奚足詆訶。故籍誤豕，俗書博鵝。大本已失，遑及其他。郵畷坊庸，先嗇司嗇。貓虎昆蟲，各典乃職。歲時索饗，以報種植。文字之先，疇思厥德。惟兹文字，日用所需。俎豆告虔，詎曰諂諛。木石爰積，士民競趨。築之登登，成之愉愉。左右有序，東西有堂。栗主中奉，粉壁外張。配食諸賢，繢象兩旁。愼爾祀事，鑒此馨香。

蒙城縣莊子廟碑

敘曰：嬴劉而上，區寓之蹟久湮；宋元以還，方輿之學多舛。考古者靡所依據，志地者強爲穿鑿。況復五牛入洛，一馬渡江，北土之流人，羈棲於吳越；中原之故郡，僑治於荆揚。魏武定之割析，乃有百州；唐貞觀之省併，爰分十道。其間更易不常，遷移無定，或新邑而被舊名，或此疆而蒙彼號。是以襄陽之土遂建雍、梁，鬱洲之山亦城青、冀。京口有南徐之設，廣陵有南兗之置。山陽在淮陰，琅邪在江乘，襄賁在漣水，當塗在姑孰。以及函谷之或靈寶，或新安也；夏口之或江南，或江北也。漢之長安或還於大興，魏之鄴都或徙於安陽。淺學未明，既生回惑，俗士多妄，復來假借。故建業有莫愁之湖，開封有梁王之苑。東萊、朐山竝著棲田之島，黄岡、嘉魚皆載破曹之壁。若此之類，悉數之而更僕難終，枚舉之而僂指莫罄。然則蒙城縣之有莊子廟，毋乃近於是歟？案史記，莊子，蒙人也。夫楚之蒙縣，於漢自屬梁國；今之蒙城，在漢實曰山桑。莊生之産，遠在周時；蒙城之改，始於唐代。商丘猶有故城，渦陽轉來廟食。覈之於圖經，徵之於史册，不可爲典要也明矣。然而漆園之著書，南華之立論，以身世爲鼠肝，以戰争爲蝸角，夢蝶則因之爲蝶，呼牛則應之以牛，非魚可以知魚，非馬可以喻馬。甚者，嗤帝力謂之爝火，鄙聖經謂之糟粕，安知以是爲是者不爲其所棄，以非爲是者不爲其所取乎？苟欲執經生考證之見，辭人辨難之文，以定厥里居，分其畛域，譬之挾仁義以説秦，資章甫以適粤，奉狙玃以宫室，享爰居以鐘鼓，九原如作，其爲非笑可勝既乎！若夫姒氏敷土之典，夏后作貢之經，歷代之所講求，諸儒之所研究，猶且師承殊軌，授受歧轍。即如一大伾也，張揖以爲在成臯，臣瓚以爲在黎陽。一嶓冢也，班固以爲在氐道，魏收以爲在漢中。大别有安豐、漢陽之分，陪尾有江夏、泗水之異。三江之舊説非誤，而庾闡則以爲竝在吴；九河之故蹟尚存，而王横則以爲淪於海。輾轉紛紜，迄無定論。今以區區郡縣之志，悠悠世俗之談，而謂何者爲可憑，何者爲難據，蓋亦膠柱而不通，拘墟而可怪者矣。饒平劉鍊齋先生，以嶺表鴻駿之儒，作渦上神明之宰。廷堪猥用文字，受知鄉薦，頃奉贄兹土，適落成是廟。父老叩琴堂而乞文，磨樂石以俟刻。先生以其戾於古籍，乖於前聞，將不許焉。第以自前明以來，書之於志乘，鐫之於金石，庸俗之流傳，蔽錮已久，耳目之濡染，更革爲難，所謂與其過而廢之，無寧過而存之者也。乃命廷堪述其大略，以告邦人，且爲之銘。至於人之醇疵，書之得失，定於前哲，兹不具論。先生名士煌，乾隆己亥科舉人。銘曰：

清濁之濱，莊生有祠。自明以來，邦人祀之。古蒙在梁，今蒙在兹。以古易今，識者致疑。維彼莊生，持論偏頗。小知大知，非彼非我。神游八極，無乎不可。斷斷齗齗，恐與之左。廣莫之野，無何之鄉。鞭笞鯤鵬，睥睨濠梁。舊游所歷，情或不忘。經生之學，詎可論莊。鬱鬱城東，隙地數畝。覆瓦妥神，言期永久。歲時伏臘，奔走恐後。呼之爲仙，酹之以酒。往牒未載，故老競傳。先人誤人，執之孔堅。懼爲理障，肯落言筌。聊借達士，光我山川。歲月既深，堂宇遂圮。塵生頹檐，草長廢址。階鳴夏蟲，庭積秋水。其分也成，其成也毀。邦之薦紳，諗彼里閭。鳩工庀材，謀新厥居。狌貍驅逐，荆棘翦除。丹青照暎，有加於初。崇墉夾峙，修廡旁列。煥其榱桷，輝其棖闑。配以惠施，侍以齧缺。我作斯銘，壽諸貞碣。

擬西楚霸王廟碑

夫皇降而帝，帝降而王，四序極則霸圖起焉。忠敝而敬，敬敝而文，三統窮則武力尚焉。故大彭、豕韋遞作，言霸者必首齊桓；蚩尤、共工代興，論力者斷推秦始。西楚霸王，挾宇宙之雄風，秉乾坤之剛德，用八千人而張楚，將五諸侯而滅秦，樹立君公，宰割方夏，用能勳出召陵之表，威加酈山之上。故兼皇帝之號，祖龍當之而有慚；合霸王之稱，重瞳居之而無愧。近古以來，一人而已。乃龍門記事，既知本紀名篇；而馬遷論人，復以天亡爲謬。良由成敗之見未祛於中，以致是非之評不得其當。且夫項蹶劉興，雖往跡之已遠；知人論世，賴陳編之具在。語其天幸，寧止一端；綜彼大綱，約有十事。夫殺慶救趙，強秦挫衄，沈船破甑，鹹角虜離，章邯外降，趙高内釁，坐乘其敝，先入關中，是漢之徼天幸一也。孤軍霸上，以卵當石，鴻門詣謝，虎穴托命，示玦莫應，舞劍不前，芷陽閒行，撞斗何及，是漢之徼天幸二也。田榮驟反，陳餘繼畔，奮兵致討，夷城阬卒，漢乃東嚮，楚難西顧，三齊未平，三秦已定，是漢之徼天幸三也。晨擊漢軍，日中大破，殺其戰士，壅諸睢水，三匝已圍，大風忽發，倉黃遁走，亡其室家，是漢之徼天幸四也。不利彭城，稍從下邑，乃遣隨何，誘說黥布，淮南甫歸，河北爰下，不留數月，安得百全，是漢之徼天幸五也。奪漢甬道，乏食計窮，三軍大呼，四面進擊，赤幟晝偃，黃屋宵誑，雖燒紀信，竟脫劉季，是漢之徼天幸六也。漢之四年，身輕百戰，被困成皋，急跳修武，共滕公車，入韓信壁，自稱使者，遂奪大軍，是漢之徼天幸七也。廣武對語，樓煩辟易，伏弩射中，傷胸捫足，强起勞軍，冀以安衆，身被大創，病甚復濟，是漢之徼天幸八也。自擊彭越，謹謂曹咎，期以旬日，必定梁地，海春違戒，汜水自剄，及引軍還，漢已走險，是漢之徼天幸九也。中分天下，卽歸若翁，盟血未乾，逞其詐力，追至陽夏，復敗固陵，事急分土，兵始來會，是漢之徼天幸十也。觀其鞭笞四海之意，陵躐百王之心，出師則正正堂堂，行事則磊磊落落，刀可折而利不屈，玉可碎而堅不改，必待智勇俱困，天人交迫，然後撫有區宇，稱爲丈夫。苟兼弱攻昧，得之終以爲羞；祕計陰謀，勝之不足云武。又況父妻甫釋，蒙面窮追，信誓方申，乘危背約，如漢之所爲者乎？詩曰：「柔亦不茹，剛亦不吐，不侮矜寡，不畏彊禦。」惟王有焉。使王少懷狙詐，略存狼顧，則新豐之饗，屠沛公如雞豚，高俎之置，烹上皇如羊豕，安能踐阼汜水，端冕未央，侈十八之元功，垂四百之景運哉！故赤泉合圍，示之以勇；烏江畢命，委之於天。豈是有激之談，允爲不易之論。謹案祭法曰：「能禦大菑則祀之，能捍大患則祀之。」夫燔六藝，阬羣儒，非大菑乎？尚甲兵，任刑法，非大患乎？六王所不敢爭者，三户能報之；九國所不得逞者，一炬能燒之。方諸平成之大禹，固曰不侔；衡以忍詢之子胥，豈伊所及。勾吳血食，本應經典；於越薦馨，詎爲淫祀。彼狄仁傑者，持祿牝朝，屈身女主，未草駱丞之檄，敢奮越王之戈，負茲須眉，當受巾幗，固宜聞王之風而思立，覩王之靈而增愧，何圖坐視在生之妖孽，妄譏已死之英雄，不知面熱，徒令齒冷。夫氣蓋一世之豪，智過千人之傑，龍虎之性不可馴擾，干莫之鋒不可逼視，必非委蛇鄙生、脂韋庸士所能測其本末、知其得失者也。譬之登梁父者不知泰岱之高，游惡池者不知大河之廣。耳目既陋，胸腹必卑，固其宜也，庸足怪乎！嗟夫！移軍垓下，掩泣數行，夜飲帳中，悲歌四起，美人屬和，駿馬長嘶，天乎奈何，時兮不利。述其事者猶爲歔欷，當其境者能無慷慨。允宜載新廟貌，別綴高文，用告小夫，垂諸奕世。銘曰：

六王既畢，九州皆秦。焚滅典籍，啖食生民。天生大勇，曰萬人敵。喑啞叱咤，星馳霆擊。金虎負嵎，手持太阿。萬靈環視，莫敢誰何。橫稍酣戰，英姿颯爽。所當者破，古今無兩。渡河一戰，遂入函關。氣可蓋世，力能拔山。咸陽喋血，阿房焦土。號令天下，如龍如虎。狄生晛訾，善事婦人。狂言移檄，何止灰塵。妄而不慚，誣而非實。薄言殺之，污我斧質。配食伊誰，龍且、范增。翳欣降將，何足以稱。古廟峩峩，中祀奇傑。下視長陵，不啻蟻垤。

往時讀狄梁公檄告西楚霸王文，頗不以爲然。己亥，假館真州，擬爲此文以駮之。頃閱南史孔靖傳：「吴興有項羽神爲卞山王，居郡聽事，二千石嘗避之。」疑有物憑焉，非王神也。故梁公檄首特云湖州，蓋欲解民之惑，遂不覺其言之過歟？然梁公立朝本末，終有未滿人意者，不徒此檄也。乾隆四十七年，歲在壬寅，三月既望，廷堪記於竹西客舍。

招勇將軍阮公神道碑

嘉慶元年，內閣學士兼禮部侍郎、提督浙江學政阮伯元先生，將爲乃祖遊擊公立石於神道，述先德而紀戰功，不遠數百里，郵行狀示其友淩廷堪，屬爲之銘。廷堪與侍郎交久且厚，不敢以卑賤不文辭也。謹案狀，公諱玉堂，字履庭，號琢菴。先世自山陽遷江都，遂爲江都人。曾祖秉謙，祖樞良，考時衡，皆潛德不仕。公始占籍儀徵，舉康熙五十年武鄉試。越四年，武會試中式。殿試三甲，分鑲藍旗教習。五十八年，授藍翎侍衞。雍正元年，遷三等侍衞。三年，授湖北撫標中軍遊擊。十年，會改撫標中軍缺，爲參將。時岳威信公以大將軍西討準夷，奏以軍前某官補其缺未抵任，公仍以原官署參將事。是年軍政卓異，次年調廣東提標後營遊擊。巡撫德齡以公馭士嚴整有律，奏留湖北任，得俞旨。乾隆元年，參將某至自軍前，撫臣遂以公署興國營參將，旋改署苗疆九谿營遊擊。二年，天子命大吏各舉所知，史文靖時總督兩湖，以公才守兼優應詔。五年五月，湖南城步、綏寧兩縣苗叛，據險焚刦，殺傷吏民。公奉檄，率九谿、澧州、洞庭、常德四營兵，隨鎮筸總兵官劉策名往勦。時賊悉精鋭，屯三界溪山口。公於六月進薄賊寨，身先士卒，奮勇力戰，火槍鐵丸掠耳有聲，公屹不爲動，遂大敗賊。三界溪爲賊要隘，公首克之，賊勢漸蹙。旋攻八樹寨，又克之，殪賊幾盡。而長安鹽井口、客寨、飛毛坪、龍家溪、竹林此五寨者，地勢尤險絶，林箐深密，攀登不易。公率兵步行，親冒矢石，殲其伏兵，鼓鋭摧堅，復於一日中次第攻克，誠奇捷也。當是時賊已大困，而天子慮事權未一，復命經略張廣泗總制諸軍。甫到，知公謀勇冠諸將，凡軍事悉委之。時南山大箐餘賊尚扼險抗命，積木石塞路，兵不得進。公統衆聲言從大路入以牽綴之，夜簡壯士五百人，由間道越嶺騰躍而上，誤墜阬傷膝，血流至踵，裹創進益力，撤木石以通徑。時賊已覺，數千人來拒。公命偃旗息鼓，於山顛俟之。度賊少懈，乃鳴礮直下，賊衆駭散，而大路之兵亦至，合擊，大破之。獲賊所掠巡檢印一，及器械糗糒甚夥。殘賊僅六七百人，遁伏南嶺，讋公之威，詣營請降。公言之經略，經略虞其詐，未許，公力任之。詰朝，出諭賊，賊悉衆叩軍門匍匐乞命。經略命發大礮擊之以驗誠僞，凡三發，皆伏地無敢動者，其感且畏如此。是時各寨竝摧破，苗皆退保橫坡。經略復命遊擊區明、李登華偕公往攻。橫坡之險如南山，公相度形勢，從其左抽戈先登，衆從之，盡覆賊巢。前後生擒男婦三千餘人。俘至，經略欲駢誅，公固争，不從，乃從容曰：「執兵抗師之壯夫殺無赦，宜宥其婦女及男子十六歲以下者。」經略雅重公，竟如所請。公乃擇其尤黠悍者斬於軍門，餘宣布天子威德，竝縱遣之。苗慶更生，咸曰：「阮將軍活我。」驩呼之聲振山谷，於是賊寨悉平。十一年，以軍功議叙加等。十三年，遷河南衞輝營參將。十四年，被劾罷歸，以詩酒自娱，泊如也。十六年，鑾輅南幸，公迎於高旻寺河干。甫奏名，上在舟中顧曰：「是鄂容安所參者？」公對曰：「諾。」乃命以都司起用。蓋湖南戰績久契聖衷故也。十七年，授廣東羅定協都司。二十一年，遷廣東欽州營遊擊。二十四年十月壬辰，卒於官，年六十有五。公幼有志概，好讀書，能文章。儀表修偉，中人僅及其胸，挽強貫札，弦不再控。尤篤於氣誼。鄉試爲儀封張清恪所取士。清恪以言事爲忌者所中傷，落職居揚州。忌者陰使人刺之，公佩刀揩矢侍其側，寢食不離，刺者怖不敢發。未幾事白。清恪感公之義，盡以其學授之，後公所至威愛竝著，兵民交頌，雖公之天性過人，亦未嘗不淵源於此也。其他懿行及惠政甚多，皆詳行狀，不具書，書其大者。嗚呼！人徒知公戰功赫赫，照人耳目，而不知其宅心之厚、行己之端也。徒知侍郎甫逾弱冠卽以文章經術受聖天子特達之知，位登清要，爲學者坊表，而不知實公隱德有以致之也。世可以知所勸矣。娶汪氏，贈淑人；繼娶江氏，封淑人。子男四：長承德、次承義、次承仁，早卒；次承信，卽侍郎父。女三，皆適士人。孫男三：長兆麟，揚州營外委千總；次元，卽侍郎；次亨，國學生。乾隆二十五年，葬於揚州府城北雷塘中壩，以兩淑人祔，禮也。今公以侍郎貴，贈如其官，兩淑人亦贈夫人。銘曰：

淮水既深，淮山既崇。靈秀孕毓，實生阮公。桓桓阮公，敦詩說禮。用武起家，宿衞天子。已通六藝，復曉五兵。天子契焉，俾往專城。專城於楚，躬爲士先。雅歌投壺，步伐不愆。洞庭之南，苗頑負嵎。公統偏師，貔虎載驅。攻如鬼神，戰若風雨。一日五捷，親援枹鼓。南山、横坡，高入雲表。窮林邃箐，不通飛鳥。銜枚賈勇，間道出奇。奪賊所恃，賊乃不支。生殺之柄，閫外是膺。草薙禽獮，天子所矜。苗曰不共，唯公遏之。苗曰既共，唯公活之。脅從罔治，孔武且仁。位不稱德，爰啓後人。宰木森森，豐碑峩峩。勒公之勳，奕禩不磨。

校禮堂文集卷三十五

行狀　墓誌銘

戴東原先生事略狀

東原先生卒後之六年，廷堪始游京師，洗馬大興翁覃溪先生授以戴氏遺書，讀而好之。又數年，廷堪同縣程君易田復爲言先生爲學之始末，深惜與先生生竝世而不獲接先生之席也。自宋以來，儒者多剿襲釋氏之言之精者，以說吾聖人之遺經。其所謂學，不求之於經，而但求之於理；不求之於故訓典章制度，而但求之於心。好古之士雖欲矯其非，然僅取漢人傳注之一名一物而輾轉考證之，則又煩細而不能至於道。於是乎有漢儒經學、宋儒經學之分，一主於故訓，一主於理義也。先生則謂理義不可舍經而空憑胸臆，必求之於古經。求之古經而遺文垂絕，今古懸隔，然後求之故訓。故訓明則古經明，古經明則賢人聖人之理義明，而我心之所同然者乃因之而明。理義非他，存乎典章制度者也。彼歧故訓、理義而二之，是故訓非以明理義，而故訓何爲？理義不存乎典章制度，勢必流入於異學曲說而不自知。故其爲學，先求之於古六書九數，繼乃求之於典章制度。以古人之義釋古人之書，不以己見參之，不以後世之意度之。既通其辭，始求其心，然後古聖賢之心不爲異學曲説所汨亂。蓋孟荀以還所未有也。學成乃著書，以詔後之學者。不幸哲人遽萎，書多未就。今案其遺編，學之大者猶可考見，特懼讀之者不得旨要之所在，以矜奇炫博遇之，不然或與妄庸巨子譏罵洛閩者等視而齊觀，則先生之學由此而晦矣。廷堪於先生爲同郡後生，爰綜其論著及生平出處之大略，綴緝成篇，聊自附於私淑之末，并以備他日采擇焉。先生姓戴氏，諱震，字東原，休寧之隆阜人也。生九歲，始能言。年十餘，入鄉塾讀詩，即爲小戎圖，觀者咸訝其詳覈。時婺源江君永，精禮經及推步、鐘律、音聲、文字之學。先生偕其縣人鄭牧、歙人汪肇瀧、方矩、汪梧鳳、金榜師事之，而先生獨能得其全。將三十，始爲諸生。乾隆十九年，以避讐入都，是時先生之學已大成。在都數年，北方學者如獻縣紀尚書昀、大興朱學士筠，南方學者如嘉定錢少詹大昕、餘姚盧學士文弨、青浦王侍郎昶等皆在館閣，交愛重之，先生亦不吝爲之講説。無錫秦尚書蕙田纂五禮通考，先生實任其事。二十二年，歸自京師，客揚州盧運使見曾所，與元和惠徵君棟論學有合。二十七年，應江寧鄉試，青田韓錫胙爲同考官，得先生文，異之，亟薦於主司，遂中式。屢試禮部，不第。游汾晉間，廷堪座主朱石君先生時爲山西布政使，延之撰方志，禮遇有加焉。三十八年，天子稽古右文，開四庫館，徵海内淹貫之士，司編校之役。金壇于文襄敏中以先生名應詔，充永樂大典纂修官。四十年，命與會試中式舉人一體殿試，賜同進士出身，改翰林院庶吉士。未散館，於四十二年夏五月，卒於京邸，年五十有五。以弟霖之子中孚爲後。先生之學，無所不通，而其所由以至道者則有三：曰小學，曰測算，曰典章制度。其小學之書，有聲韻考四卷，聲類表十卷，方言疏證十三卷。自漢以來，不明故訓音聲之原，以致古籍傳寫誤失，溷淆莫辨。先生則謂詩「勞心慘兮」，慘本懆字之譌，而釋文以爲「七感反」之類，皆文字先誤因而誤其音聲者也。又「有鷕雉鳴」，鷕，釋文本音以水反，從唯得聲。後「水」譌作「小」，廣韻遂收入三十小之類，皆文字不誤，因傳寫而遞訛音聲者也。音聲誤，故訓或因之而誤矣。夫字書主於故訓，韻書主於音聲，二者恆相因。音聲有不隨故訓變者，則一音或數義；音聲有隨故訓變者，則一字或數音。其例或義由聲出，或聲同義別，或聲義各別，唯洞究其旨，凡異字異音絕不相通者，其誤自能別之，庶釋經論字不至茫然失據也。自漢以來，轉注之說失傳，徐鉉、徐鍇、鄭樵、戴仲達、周伯琦皆穿鑿附會，不得其解。而蕭楚、張有諸人，以轉聲爲轉注之論，爲尤謬。雖好古如顧炎武，亦不復深省。先生則謂指事、象形、諧聲、會意四者爲書之體，假借、轉注二者爲書之用。一字具數用者爲假借，依於義以引伸，依於聲而旁寄，假此以施於彼也。數字共一用者爲轉注，如初、哉、首、基之皆爲始，卬、吾、台、予之皆爲我，其義轉相爲注也。轉注與假借正相反。說文於考字訓之曰老也，於老字訓之曰考也，即轉相爲注也。以說文證說文，可不復致疑矣。自漢以來，古音寖微，學者於六書諧聲之故，靡所從入。廣韻東、冬、鍾、江、真、諄、臻、文、欣、元、魂、痕、寒、桓、刪、山、先、仙、陽、唐、庚、耕、清、青、蒸、登、侵、覃、談、鹽、添、咸、銜、嚴、凡，共三十五韻，有入聲，外此如支、脂等二十二韻，無入聲。顧氏古音表反是。先生則謂有入無入之韻，當兩兩相配，以入聲爲之樞紐。真以下十四韻與脂、微、齊、皆、灰五韻同入聲；東以下四韻及陽以下八韻，與支、之、佳、咍、蕭、宵、肴、豪、尤、侯、幽十一韻同入聲；侵以下九韻之入聲，則從廣韻，無與之配；魚、虞、模、歌、戈、麻六韻，廣韻無入聲，今同以鐸爲入聲，不與唐相配：而古音遞轉及六書諸聲之故，胥可由此得之。皆古人所未發也。其測算之書，有原象四篇，迎日推策記一篇，句股割圜記三篇，續天文略三卷，策算一卷。自漢以來，疇人不知有黃極，西士入中國，始云赤道極之外，又有黃道極，是爲七政恆星右旋之樞，詑爲六經所未有。先生則謂西人所云赤極，卽周髀之正北極也，黃極卽周髀之北極璿璣也。虞書「在璿璣玉衡以齊七政」，蓋設璿璣以擬黃道極也。黃極在柱史星東南，上弼、少弼之間，終古不隨歲差而改。赤極居中，黃極環繞其外。周髀固已言之，不始於西人也。又月建所指，亦謂黃極。夫北極璿璣，冬至夜半恆指子，春分夜半恆指卯，夏至夜半恆指午，秋分夜半恆指酉。以周髀四游所極推之，則月建十有二辰，爲黃極夜半所指顯然，漢人以爲斗杓移辰者，非也。自漢以來，月之九道，史雖載之，而在若明若昧之間。郭守敬以月道爲白道，九道之說遂廢。西人於月行之遲疾加減至有四輪，亦未能言九道之義也。先生則謂月道出入黃道內外，二十七日有奇而交道一終，交終不復於原處，其差一度半弱。每年之差，自東而西十九度強。古法有九道八行，所以考其差也。借青朱白黑以別之，借八節之名以命之。如交入陰律，在黃道冬至、立冬，半交必在春分、立春，爲二青道。交退在秋分、立秋，半交必在冬至、立冬，爲二黑道。交退在夏至、立夏，半交必在秋分、立秋，爲二白道。交退在春分、立春，半交必在夏至、立夏，爲二朱道。以四年過半循二道，十八年過半八行一周。其交道出入、當交半交、去赤道遠近、交差、每月在某次、兩交與朔望不齊，皆於是考焉。此古法之廢而宜舉者也。自漢以來，九數佚於秦火，儒者測天，多不能盡句股之蘊。明末，西人傳弧三角之術，推步始爲精密。其三邊求角及兩邊夾一角求對角之邊加減捷法，梅氏用平儀之理爲圖闡之，可謂剖析淵微。然用餘弦折半爲中數，則過象限與不過象限有相加相減之殊，猶未爲甚捷也。先生則謂用餘弦者，或加或減，易生岐惑，乃立新術，用總較兩弧之矢相較折半爲中數，則一例用減，更簡而捷矣。蓋餘弦者，矢之餘也。八綫法弧小則餘弦大，弧大則餘弦小。弧若大過象限九十度，則餘弦反由小而漸大。唯矢不然，弧小則矢小，弧大則矢大。弧若大過象限九十度，則矢更隨之而大，是矢與弧大小相應，不似餘弦之參差，故以易之。此立法之根，先生所不言者，亦皆古人所未發也。其典章制度之書未成。有文集十二卷，考工記圖二卷，毛鄭詩考四卷，詩經補注僅二南二卷，屈原賦戴氏注七卷，通釋二卷。考證之精者，多散見其中。至於原善三篇，孟子字義疏證三卷，皆標舉古義，以刊正宋儒，所謂由故訓而明理義者，蓋先生至道之書也。又因西人龍尾車法作贏旋車記，因西人引重法作自轉車記，皆見文集。其地理之學，僅水地記一卷。禮經及鐘律之學未著書，故不得論次云。其在館所校如儀禮集釋、儀禮識誤、大戴禮記、水經注、周髀算經、九章算術、海島算經、孫子算經、五曹算經、夏侯陽算經、張丘建算經、五經算術、緝古算經、數術記遺、孟子趙注、孟子音義、方言諸書，皆詳慎不苟。周髀、九章爲之補其圖，五曹爲之訂其誤，而大戴禮記、水經注則又舊所勘定者也。先生卒後，其小學之學，則有高郵王給事念孫、金壇段大令玉裁傳之；測算之學，則有曲阜孔檢討廣森傳之；典章制度之學，則有興化任御史大椿傳之：皆其弟子也。先生於讀書知條貫者，就其學之淺深高下，或引而友之，或進而教之，循循如不及。非是族也，雖負理學盛名及以詩古文自雄者，悉擯斥之，未嘗少假辭色焉。先生所著書，文辭淵奧，兼多微見其端，留以俟學者之自悟。今取其發古人所未發者，稍稍表出之，非敢謂能舉其大也，亦非敢有所損益去取也。昔河閒獻王實事求是。夫實事在前，吾所謂是者，人不能強辭而非之，吾所謂非者，人不能強辭而是之也，如六書九數及典章制度之學是也。虛理在前，吾所謂是者，人既可別持一說以爲非，吾所謂非者，人亦可別持一說以爲是也，如理義之學是也。故於先生之實學，詮列如左。而理義固先生晚年極精之詣，非造其境者，亦無由知其是非也。其書具在，俟後人之定論云爾。謹狀。

章酌亭墓誌銘

昔劉瓛既逝，户曹有辨命之作；羊綏云亡，大令起惜人之悼。良以淮琛荆璞，舉世所同寶；蕙隕蘭摧，斯人所共歎。矧夫牙操期聽，雅號知心，諶贈琨荅，舊稱同調，則巫陽不下，楚客難招，莫測亭毒者何心，虔劉者又何意焉。君諱泂，字寧叔，又字酌亭，姓章氏，績溪人也。丹陽竹箭，宜充筐篚之華；黄海杞柟，允屬廟廊之選。曾大父某，大父某，皆行賈海州之板浦場，而君遂生於是焉。劉尹原貫沛國，京口僑居；周訪家本安成，尋陽寄跡。父某公歿數月，君始誕降。鄭小同手則有文，袁本初生而無怙。石麟初墮，已成黄口孤兒；玉燕方投，僅伴黑頭嫠母。少而岐嶷，總角能文。鮫人咳唾，盡是明珠；鳳子機絲，都生異錦。才能扛鼎，貌不勝衣。衛叔寶世許璧人，孔巢父羣驚仙骨。吴丈來旬，負淮海月旦之名，擅鄉曲人倫之鑒，一見卽曰：「此國器也。」士龍文弱，夙蒙賞於司徒；阿大清疎，嘗見推於太傅。既冠，長身玉立，風度凝然。詩學李長吉，詞如姜堯章。山鬼含睇，未足語其奇怪；洛神微步，未足狀其娟秀。兼精騎射，復嫻音律。挽强似塞北健兒，顧誤類江東名士。柳邊叱撥錦韉，開八石之弓；花下琵琶銀字，案六么之譜。生有至性，嘗以太君劉氏，賦柏舟以矢心，和熊丸以厲節，思欲致身青雲，書名彤管，人子以表見爲榮，志士以顯揚爲孝。而瀕海之民，鬻鹽之俗，持籌則爲英特，挾册則爲狂愚。且居盈百年，不得占籍，河雖納濟，自溢爲滎；橘縱逾淮，未能化枳。由是於邑無聊，恆以吟嘯自適。與余同庚甲而小一月，庚威之於中立，歲共甲辰；沈逵之於子瞻，生皆丙子。志趣不殊，過從甚密。縱秋原之獵，出則聯鑣；擷春苑之芳，居恆接席。雨昏茅屋，時時躡屐而來；雪壓芸窗，往往披裘而至。窮愁互苔，寒禽多迭應之鳴；貧賤相依，野樹羡交花之樂。年二十四，娶長洲龔孺人。敬禮如賓，倡酬成集。彦先以贈婦名篇，平子以同聲作詠。琴瑟之靜好專焉，閨房之師友備焉。甲辰冬，余北游燕薊，君餞别河橋。黯然曰：「吾亦欲東耳，安能鬱鬱久居此乎！」驚心岐路，空悲疇昔之言；注目高旻，莫返蔚藍之魄。以乾隆五十一年七月某日，遘疾卒，年甫三十。陸據入京師之日，已嗟薤露；張儉典羽林之年，旋歌蒿里。赤霄星宿，偶謫人間；紫府神仙，仍歸天上。是年冬，余應京兆試，下第南歸，未輟抱璞之感，更作撫棺之慟。黄腸七寸，邈若山河；白首三生，惟通夢寐。鼓龍脣於牀上，已矣神傷；轉麈尾於燈前，思之痛絶。君婦泣謂余曰，君易簀之頃，字余曰仲子何不來，蓋冀一訣也。張元伯臨盡，呼巨卿而不知；嵇叔夜告終，思孝尼而莫見。範金欲事，已無不壞之軀；擣藥何從，未有長生之術。君之子士秠於五十五年三月某日，葬君於龍且之原。余以計偕入都，不克會葬。嗚呼！青山有恨，下掩瓊華；黄土無情，中藏玉樹。敢同子建定丁敬禮之文，竊效昌黎誌李元賓之墓。銘曰：

石照之山，光可鑑人。蘊其奇氣，發爲君身。元精燭空，降于海濱。生既有來，歿豈無因。絳灌少文，隨陸不武。君乃兼之，當世誰伍。運斤成風，執轡如組。筆可雕龍，弓能射虎。羲和敲日，作玻瓈聲。君之詩篇，能與之爭。去來無跡，天際孤行。君之樂府，能得其情。編珠作慧，研雪爲才。玉樓帝召，吟魂不回。仙凡異路，咫尺蓬萊。上下求索，亦孔之哀。丹蚡碧鄂，蕭艾偕刈。粹質英姿，瓦礫俱碎。在彼行路，猶深感慨。況我與君，摯交難再。峩峩南岡，迢迢北阜。藝梅成林，墓門左右。寒香如雲，覆我良友。太陰鍊形，千年弗朽。

汪容甫墓誌銘

君諱中，字容甫，姓汪氏。其先歙人，後遷揚州，遂占江都籍。少孤，性至孝，奉母以居。天資高邁，好嫚罵，人多忌而惡之。爲諸生十餘年，屢試於鄉，不售。嘉善謝金圃侍郎督學江蘇，排衆議，拔而貢諸太學，以病未廷試，自是遂絕意於仕進。丙午歲，朱石君先生典江南試，榜發以不得君爲惜，而君是科實未入場也。家貧，善治生，衣食漸充裕。巡鹽御史聞其名，使司文匯閣所頒之四庫書。乾隆五十九年，以撿校書籍往杭州，遘疾，卒於西湖旅次，弔之者僅三人，悲夫！君讀書極博，六經子史以及醫藥種樹之書，靡不觀覽。著書率未成，少日作詩古文，復自棄去。今所存者有述學四卷，皆雜文也。君最惡宋之儒者，聞人舉其名，則罵不休。又好罵世所祠諸神如文昌、靈官之屬，聆之者輒掩耳疾走，而君益自喜。漢唐以後所服膺者，崑山顧寧人氏，德清胡朏明氏，宣城梅定九氏，太原閻百詩氏，元和惠定宇氏，休寧戴東原氏。嘗云：「古學之興也，顧氏始開其端；河洛矯誣，至胡氏而絀；中西推步，至梅氏而精；力攻古文書者，閻氏也；專言漢儒易者，惠氏也；凡此皆千餘年不傳之絕學，及戴氏出而集其成焉。」擬爲國朝六儒頌而未果。君於時流，恆多否而少可。錢曉徵、程易疇兩先生外，惟王懷祖給事、孔衆仲檢討、劉端臨訓導、江子屏太學數人，時或稱道，餘大半視之蔑如也。所極罵者一二人，皆負當世盛名，人或規之，則應曰：「吾所罵皆非不知古今者，蓋惡莠恐其亂苗也。若方苞、袁枚輩，豈屑屑罵之哉！」其傲兀類如此。然於學術知條理者，未嘗不推挹之。憶甲辰歲，阮伯元詹事方弱冠，余偕之訪君，君與談論，頗折服，越數日治具招焉。伯元畏其好罵，謝不往，君深恨之，遂成釁隙。然每與余論及當代學人，終爲伯元屈一指也。嗚呼！即此可見君之虛懷好善，非徒以嫚罵驚世駭俗者矣。君卒年五十有一。曾祖某，祖某，父某。君初娶孫氏，不相能，援古禮出之。繼娶朱氏，生子喜孫，尚幼。以某年月日葬於某原。銘曰：

昔君爲文以弔黃祖，謂祖謂禰衡能道人意中語，是祖爲衡之知己也。雖復殺之，亦云可取。蓋君以衡自況，而傷舉世之莫我知。以君之好罵，殺之者且不可得，矧知之者邪？嗚呼！其不幸如斯邪？其幸如斯邪？

校禮堂文集卷三十六

誄　祭文

孔檢討誄并序

夫玄圃積玉，洵五都之珍；嶧陽孤桐，非一世之響。故居平風議，識究天人；疇昔過從，誼兼師友。雖使白頭論定，蓋棺猶爲掩泣；黄髮書成，易簀能無垂涕。豈謂年未逾夫強仕，遽兆夢蛇；官有微於侍郎，俄驚賦鵩。嗚呼哀哉！曲阜孔檢討，諱廣森，字撝約，故衍聖公傳鐸之孫也。禮屬小宗，德爲大器，幼穎異，善屬文。謝尚八歲，即號顔回；張霸七齡，便稱曾子。乾隆戊子歲，舉於鄉，年甫十七。采紛作賓於觀國，佩觿奏名於計吏。辛卯歲，成進士。逾年授檢討。假歸，築儀鄭堂，讀書其間，蓋心儀鄭氏學云。囊括大典，仰止高山，效孔融表通德之門，從孫皓居弟子之列。嘗以公羊春秋自唐後絶無專家，太傅禮記盧辯外亦罕述者，乃閉門覃思，爲二經作訓。夫明德之後，必有達人；矧在聖門，豈無賢哲？故子國鳳儀於漢朝，沖遠鵠起於唐代，儒林之彦，并君而三矣。又綜百家之言，通九數之學，約七緯之旨，爲六朝之文，可謂仁義陶鈞，道德橐籥者矣。歲在甲辰，廷堪僑居邗上，汪明經中示君林編修誄及元武宗論二篇。誄則纏綿悽愴，論則析理精微。黃英百鍊，悉是純鏐；丹穴高翔，迴殊凡鳥。賤子知君，自兹始矣。是冬，廷堪重懷荆璞，再游燕市。刻玉作楮，愚類宋人；製荷爲衣，窮同楚客。明年，君父止堂公以著書爲族人所訟，將西戍塞外。君納贖鍰入都，百繭赴闕，仰冀主慈，萬里荷戈，願以身代，寓米市胡同南頭叢祠。廷堪亦客津門牛户部所，相去不數武也。下仲舉之榻，時還讀書；近子雲之亭，輒思問字。覃溪翁先生語以廷堪姓名，君殷然下交。人非曲逆，虚停長者之轍；才異仲宣，竟倒中郎之屣。君故休寧戴君弟子，盡傳其學。至於駢偶之文，瑰麗之作，則又君不假師承、自得於己者也。廷堪質以所著，君頗不以爲鄙。子慎逆旅遂荷傳經，士安邂逅乃蒙作序。談論既深，往來益密。凡姬、孔淵源，屈、宋流别，靡不指其善敗，區其良楛。荀卿爲儒宗老師，蕭統乃文章正派。又周髀、勾股，昔聖所遺，三角八綫，遠人所述，口講手畫，積紙盈笥。時廷堪將應京兆試，棲身蓬蒿，埋頭帖括，雖聞眇論，未暇盡心，而意甚感焉。未幾，止堂公獲宥，長途迢遞，送客遄征，短轂蕭條，御親歸去。丙午秋，廷堪下第，垂翅而返。北風瀰瀰，愧貂裘之已敝；東流洋洋，悵魚書之難達。乾隆五十二年五月，謁翁先生於南昌使署。先生謂廷堪曰：「撝約居父憂，去冬十一月，以毁卒矣。」嗚呼哀哉！置書懷中，三歲不滅；招魂地下，九原誰歸？廷堪席帽尚存，褐衣如故，言念知己，殊難爲心。君之著述，成否皆未可知，度世必有藏弆之者。夫成連既逝，伯牙何處移情；惠施云亡，莊生無以爲質。思其言論，有如平生；計其形骸，已爲異物。嗚呼哀哉！乃作誄曰：

禮泉有源，芝草有根。惟君英英，聖人子孫。游心學海，束身禮門。百氏羅列，五經紛綸。迴翔承明，年始弱冠。小鳴大鳴，不窮問難。九經三史，靡不條貫。追踪鄒魯，接武秦漢。周髀八尺，商高九章。祖龍燔餘，述者莫詳。泰西客來，學苦望洋。唯君會通，其說甚長。公羊春秋，漢初立學。大戴之記，亦無踳駮。俗儒屏棄，誰與揚搉。唯君疏瀹，其見孔卓。況有高文，卿雲在霄。俯視三唐，平揖六朝。曹虎遜繡，劉龍讓雕。五百年來，作者寥寥。歸而築堂，誦經希聖。仰止康成，名曰儀鄭。後此諸儒，高談性命。非君家學，弗與之競。君父蒙譴，憂來無端。奔赴鳳闕，仰冀雞竿。周旋福堂，嚴君以安。君形既悴，君心已殫。僕挾敝裘，春明獻策。邂逅城南，居同巷陌。感君氣誼，時共昕夕。賞奇析疑，索隱探賾。推步之術，極崇邢臺。勾股割圜，中西兼賅。晦明風雨，無問往來。罕譬而喻，片言心開。至於文章，亦示準則。或樸或華，皆由學殖。寧於偶儷，別分畛域。元和以來，無此高識。無何君父，竟獲東還。止堂公行至安肅，聞命乃歸。君亦束裝，言旋鄉關。班馬蕭蕭，送君燕山。此情宛在，思之愴顏。嗚呼哀哉！去年京兆，賤子被放。襆被長塗，秋風惆悵。道經鳧、繹，引領而望。歸省念切，無由過訪。今年負笈，章江之濱。聞君不禄，雨泣沾巾。搔首向空，欲問鬼神。胡不憖遺，萎此哲人。嗚呼哀哉！君罹百憂，其卒以毀。天壤茫茫，奪我知己。既爲通儒，復爲孝子。文行交修，古今罕比。嗚呼哀哉！惜君未發，胸中之儲。偶著竹帛，講論之餘。何時禮堂，手寫遺書。載瞻昌平，臨文欷歔。嗚呼哀哉！

祭武虛谷文

維嘉慶五年七月之望，謹以彘肩斗酒，遥祭故博山縣知縣虛谷武君之靈曰：嗚呼哀哉！名惟學成，節以窮見。吁嗟武君，儒林之彦。孤松千尋，精金百鍊。高不可攀，堅不能變。嵩洛之間，山川雄深。閉門授受，揚搉古今。疏越獨彈，世有賞音。拔幟棘闈，看花上林。食兼數人，飲可一石。心雄萬夫，身長九尺。聲響如鐘，鬚眉如戟。抵掌豪談，滿座辟易。貌既奇偉，氣復剛勁。不解趨時，但知守正。枕經葄史，澤躬砥行。無勞著龜，自有性命。君之鴻駿，我聞已久。天津牛四，與君最厚。君來京華，介我爲友。傾蓋成契，胸懷共剖。君初釋褐，緱山高卧。讀書十年，不畏寒餓。出宰博山，吏民相賀。徒步到官，循聲遠播。金吾偵卒，私出捕亡。所至城邑，婦子走藏。君怒笞之，遂掛彈章。一笑垂橐，行返舊鄉。爾時江左，紛紛傳説。識與不識，歎其風烈。僉謂此事，終當昭雪。冀君再起，少吐英傑。何圖今歲，牛四信來。云君已卒，北望興哀。貢冠休彈，孫閣徒開。莫邪中折，負此奇才。憶我下第，丙午季秋。感君過慰，偕登酒樓。割鮮炙肥，言消羈愁。半酣激發，同看吴鉤。君盡三觴，我舉一爵。我已沾醉，君仍酬酢。送我歸去，慮我岐錯。回溯斯境，依依猶昨。次年陽月，我客浚儀。兩得君書，長河之湄。語長情摯，風義相期。上言撰述，下言别離。自兹以後，車馳馬騖。祁溽迭更，罕逢尺素。比得音耗，草將生墓。空賦暮雲，忍歌朝露。嗚呼哀哉！秋雨淒淒，秋風蕭蕭。關河阻絶，人琴寂寥。置芻何日，欲往路遥。巫陽未遣，君魂難招。昔王僧達，祭顔光禄。野酌山羞，曾將虔肅。宛陵學齋，饒有苜蓿。不敢薦君，恐餒君腹。生㲊一肩，醇醪一甖。割以佩劍，酹以巨觥。靈如涖止，歡若平生。幽遐無間，茹此寸誠。嗚呼哀哉！尚饗。

祭廣西巡撫謝蘇潭先生文

嘉慶七年，六月乙丑。公薨於位，吏民奔走。天子震悼，褒功獨厚。賜金三千，俾返江右。嗚呼哀哉！時維仲秋，江城重陰。得公凶問，南望驚心。士伸知己，涕淚沾襟。自忘卑賤，聊寫哀音。公之勳勞，旂常所垂。公之政績，寰區所知。蘭臺紀載，史官職司。緊我不文，但述己私。昔我從師，負笈擔簦。羞澀空囊，失路廣陵。感公邂逅，引作友朋。乾隆丁未，翁覃溪師招廷堪往南昌，始遇公于揚州。彭蠡如鏡，長風偕乘。計公之年，長我二十。許爲同門，時相講習。獎之掖之，如恐不及。師承文章，約共編輯。時公擬仿任天社選山谷精華録例，輯覃谿師詩爲學古編要，余共爲之。時我將游，大河之南。感公留我，宿於蘇潭。痛飲十日，日日沉酣。都忘名輩，靡所不談。在昔朱季，見重君游。先達真賞，寸心綢繆。今我冷官，浮沉可羞。平生之言，何時能酬。上章閹茂，律中蕤賓。我舉禮部，公覲紫宸。及公巡河，招我淮濱。下榻官齋，其情逾親。我得博士，公已廉訪。太歲在卯，餞我湖上。解推肫摯，中心是貺。孰知永訣，回思悽愴。嗚呼哀哉！丹陽劇郡，公有甘棠。我挾一氈，往憩其旁。居民愛之，無敢或傷。公之遺惠，江流湯湯。是年徂暑，旬宣三晉。公發之頃，遣人問訊。貽我朝服，勉我登進。霍、太爭高，長、汾比潤。維茲東南，公所經營。重涖於浙，父老歡迎。政餘著書，恆念鄙生。咫尺莫就，此心怦怦。天子神聖，久契於公。在浙未幾，命撫粤中。路雖萬里，魚素屢通。考經證史，時見郵筒。昨公書來，春水始波。憶我新詩，繾綣孔多。置之懷袖，我勞如何。屈指數月，邈若山河。嗚呼哀哉！莫爲之後，雖盛弗彰。公之哲嗣，方躋玉堂。公猶見之，爲善必昌。公所未竟，繼起彌光。公之精爽，上爲列星。懷德未報，且失典型。無由鼓楫，一酹公靈。敬將絜酒，少致微馨。尚饗。

校勘記

六頁一四行　聯八轂以來會　「轂」原作「轂」，今改。

八頁六行　扶筐七星兮天厨映　「七」原作「四」，今改。

一三頁七行　敦洽塗澤而專寵兮　「寵」原作「罷」，今改。

一三頁九行　廣戎選懦而作公　「戎」原作「戒」，今改。廣指胡廣，戎指王戎。

四六頁一〇行　憶賦文兮鉤玄　「鉤玄」原作「鈎元」，今改。

五五頁一一行　銷人魂思　「思」原作「想」，今改。

五六頁一六行　酬其幣帛之敬　「幣」原作「弊」，今改。

五七頁一〇行　昔尺繒斗粟之冢嗣兮　「斗」原作「升」，今改。

五七頁一一行　何圖喜妖言而樂諂諛兮　「諂」原作「謟」，今改。

五七頁一三行　案輿地圖而思騁兮　「騁」原作「聘」，今改。

五七頁一四行　周被下夫潁川　「潁」原作「穎」，今改。

七〇頁八行　安成郡公王琳　「郡」原作「都」，今改。

八二頁九行　晝候無警　「候」原作「侯」，今改。

八二頁一一行　飛廉斂干　「干」原作「千」，今改。

九二頁八行　高候失律　「候」原作「侯」，今改。
九二頁一四行　白帢進兵　「帢」原作「帽」，今改。
九九頁三行　宗弼本名兀朮　「朮」原作「木」，今改。
一三八頁二行　少牢　「少」原作「小」，今改。
一四一頁二行　毋以交於右　「右」原作「石」，今改。
一四五頁一六行　慎而無禮則葸　「葸」原作「蒠」，今改。
一六五頁九行　必俟歌者自訴而後知之　「訴」原作「訢」，今改。
一六六頁一行　高麗伎　「高」原作「商」，今改。
一七四頁六行　匪其候而誤服之　「候」原作「侯」，今改。
一七四頁七行　此閉關守險之秋也　「險」原作「儉」，今改。
一七六頁四行　口不能言　「口」原作「日」，今改。
一七八頁一四行　華軼以累世公卿之胄　「胄」原作「胃」，今改。
一七九頁九行　竟唯力之是視　「力」原作「刀」，今改。
一八〇頁五行　故守在躬之短垣不蹈厥兄之故轍　「垣」原作「坦」，「蹈」原作「蹈」，「轍」原作「徹」，今改。
一八三頁一四行　比物喻情　「喻」原作「喩」，今改。

一八五頁四行　鼠腊可以充璞　「腊」原作「臘」，今改。
一九四頁六行　沃冷灰而取火哉　「冷」原作「泠」，今改。
一九五頁三行　顧影自慚　「慚」原作「漸」，今改。
一九五頁一〇行　研經論古　「論」原作「論」，今改。
二〇四頁一六行　東晉大興初　「大」原作「太」，今改。
二〇五頁五行　而鄭服之學寖微　「寖」原作「寢」，今改。
二一〇頁八行　濬遣人持刺往拜　「遣」原作「遺」，今改。
二二四頁一一行　何其傎也　「何」原作「河」，今改。
二二五頁一四行　往籍恆淆　「籍」原作「藉」，今改。
二二九頁一三行　琅邪郡　「邪」原作「雅」，今改。
二三〇頁一〇行　劉桃枝拔朐山城　「桃」原作「挑」，今改。
二三〇頁一三行　宋穆修調海州理掾　「掾」原作「椽」，今改。
二三〇頁一六行　獨孤及　「孤」原作「狐」，今改。
二三二頁六行　秋水蒹葭　「蒹」原作「兼」，今改。
二四〇頁一行　聘禮記　「聘」原作「聘」，今改。
二四〇頁三行　皆確不可易　「確」原作「確」，今改。

二四九頁三行　宋景文之新書洎劉昫同著　「洎」原作「泊」，今改。

二五一頁一一行　蓋衣狐裘者不嫌羔袖　「狐」原作「孤」，今改。

二五三頁一五行　今吴志刻本作凌　「今」原作「令」，「凌」原作「淩」，今改。

二六〇頁六行　嘉慶九年冬　「年」原作「午」，今改。

二六一頁一六行　先生矙然曰　「矙」原作「眽」，今改。

二六二頁一六行　子必勉之　「子」原作「于」，今改。

二六四頁一五行　齊侯下爽鳩之泣　「侯」原作「候」，今改。

二六五頁一行　濁氏以胃脯連騎　「胃」原作「胄」，今改。

二六七頁一三行　奮玉爪以摩空　「爪」原作「瓜」，今改。

二七〇頁二行　休寧戴氏　「休」原作「体」，今改。

二七一頁四行　二十二字　下「二」原脱，今補。

二七一頁一〇行　丁己之日　「己」原作「巳」，今改。

二七六頁一四行　勇夫之搏虎也　「搏」原作「摶」，今改。

二七七頁一行　命婁室等平陝西　「陝」原作「陜」，今改。

二七八頁一四行　史臣持筆　「持」原作「特」，今改。

二八四頁五行　西晉諸帝也　「西」原作「兩」，今改。

二九五頁四行　海州板浦場　「場」原作「塲」，今改。
二九六頁八行　飲酒吹竽　「竽」原作「竿」，今改。
二九八頁二行　闔户高眠　「眠」原作「眂」，今改。
三〇二頁一一行　「洎」夫爰歷　洎原作「泊」，今改。
三〇五頁二行　然而漆園之著書　「園」原作「圍」，今改。
三〇五頁六行　其爲非笑可勝既乎　「其」原作「共」，今改。
三〇五頁一四行　至於人之醇疵　「疵」原作「庛」，今改。
三〇六頁六行　輝其根闑　「根」原作「棖」，今改。
三一四頁一行　以致古籍傳寫誤失　「失」原作「其」，今改。
三一四頁一四行　以入聲爲之樞紐　「入」原作「人」，今改。
三一五頁四行　虞書在璿璣玉衡以齊七政　「虞」下原有「夏」，今删。